LEE CHILD

Im Visier

Lee Child

Im Visier

Ein Jack-Reacher-Roman

Deutsch von Wulf Bergner

blanvalet

Die Originalausgabe erschien unter dem Titel »Never go Back«
bei Bantam Press, an imprint of Transworld Publishers,
A Random House Group Company, London.

FSC
www.fsc.org
MIX
Papier aus verantwortungsvollen Quellen
FSC® C014496

Verlagsgruppe Random House FSC® N001967

1. Auflage

Dieses Werk wurde vermittelt durch die Literarische Agentur
Thomas Schlück GmbH, 30827 Garbsen.

Umschlaggestaltung: www.buerosued.de
Mann: Trevillion Images / Yolande de Kort (YDK22957)
Brücke, Stadt, Himmel: www.buerosued.de
HK · Herstellung: sam
Satz: Uhl + Massopust, Aalen
Druck und Bindung: GGP Media GmbH, Pößneck
Printed in Germany
ISBN: 978-3-7645-0636-0

www.blanvalet.de

Für Andrew Grant und Tasha Alexander,
meinen Bruder und meine Schwägerin:
klasse Autoren und klasse Leute

1

Bis vor einer Woche hatten Höhen und Tiefen mein Leben geprägt. Teils war es gut. Teils nicht so gut. Größtenteils war es gleichförmig. Lange träge Perioden, in denen nicht viel passierte, und zwischendurch kurzzeitig hektische Aktivität. Eigentlich wie beim Militär. Und auf diese Weise fanden sie mich. Man kann die Army verlassen, aber sie verlässt einen nie. Nicht endgültig. Nicht vollständig.

Die Fahndung der Army nach mir begann zwei Tage nachdem irgendein Kerl auf den französischen Präsidenten geschossen hatte. Davon hatte ich in der Zeitung gelesen. Ein Attentat aus großer Entfernung mit einem Scharfschützengewehr. Damit hatte ich nichts zu tun. Ich war fast sechstausend Meilen weit entfernt in Kalifornien mit einer jungen Frau zusammen, die ich in einem Bus kennengelernt hatte. Sie wollte zum Film. Ich nicht. Deshalb ging sie nach achtundvierzig Stunden in L.A. ihres Weges, und ich fuhr mit dem Bus weiter. Erst für ein paar Tage nach San Francisco, anschließend nach Portland, Oregon, wo ich drei Tage blieb, und dann weiter nach Seattle. Auf dieser Strecke hielt der Bus an der Abzweigung nach Fort Lewis, wo zwei Frauen in Uniform ausstiegen. Dabei ließen sie auf dem Sitz jenseits des Mittelgangs ein Exemplar der *Army Times* vom Vortag liegen.

Die *Army Times* ist eine seltsame alte Zeitung. Sie wurde vor dem Zweiten Weltkrieg ins Leben gerufen, erscheint weiterhin wöchentlich, ist voller Nachrichten von gestern und bringt alle möglichen praktischen Tipps und Informationen, wie die Schlagzeilen dieser Ausgabe verkündeten: *Neue Bestimmungen! Änderungen bei Abzeichen und Aufnähern! Vier weitere Uniformänderungen geplant!* Gerüchten nach sind die Nachrichten von gestern, weil sie aus alten AP-Zusammenfassungen abgeschrieben werden, aber wer die Texte genauer analysiert, entdeckt manchmal wirklichen Sarkasmus zwischen den Zeilen. Die Leitartikel sind gelegentlich mutig, die Nachrufe manchmal interessant.

Was der einzige Grund dafür war, dass ich nach der Zeitung griff. Manchmal sterben Leute, deren Tod einen freut. Oder auch nicht. In beiden Fällen muss man davon erfahren. Aber so weit kam ich nie, denn auf der Suche nach den Nachrufen blieb ich bei den Kleinanzeigen hängen. Wie immer suchten dort Veteranen andere Veteranen. In Dutzenden von Anzeigen, alle mit ähnlichem Text.

Darunter eine mit meinem Namen.

Genau mitten auf der Seite standen eingerahmt fünf Wörter in Fettdruck: *Jack Reacher Rick Shoemaker anrufen.*

Das musste Tom O'Days Werk sein. Allein deshalb kam ich mir später ein bisschen lahm vor. Nicht dass O'Day kein cleverer Typ gewesen wäre. Das musste er sein, denn er hatte lange überlebt. Sogar sehr lange. Ihn gab es seit ewigen Zeiten. Wie ein Hundertjähriger hatte er schon vor zwanzig Jahren ausgesehen. Dieser große, dürre, hagere, ausgezehrte Mann bewegte sich, als könnte er jeden Augenblick wie eine defekte Stehleiter zusammenklappen. Er entsprach niemandes Vorstellung von einem Infanteriegeneral, sondern sah eher wie ein Professor aus. O'Day hätte ein Anthropologe sein können. Seine Überlegung war jedenfalls schlüssig gewesen: *Reacher bleibt unter dem Radar, was Busse und Züge, Wartesäle und Schnellrestaurants be-*

trifft, die – zufällig oder nicht – der wirtschaftlich vernünftige Lebensraum von Mannschaftsdienstgraden sind, die im PX eher die Army Times *als irgendeine andere Zeitung kaufen und sie um sich herum verbreiten, wie Vögel Beerensamen verbreiten.*

Und er konnte damit rechnen, dass mir ein Exemplar in die Hände fallen würde. Irgendwie. Früher oder später. Irgendwann. Weil ich mich informieren wollte. Man kann die Army verlassen, aber sie verlässt einen nie. Nicht vollständig. Betrachtete man die *Army Times* als Kommunikationsmittel, durch das man mit jemandem Kontakt aufnehmen konnte, musste er sich ausgerechnet haben, dass zehn bis zwölf nacheinander erscheinende Anzeigen eine kleine, aber realistische Chance auf Erfolg hatten.

Aber schon der erste Versuch hatte Erfolg. Einen Tag nach dem Erscheinen der Zeitung. Deshalb kam ich mir später lahm vor.

Ich war berechenbar.

Rick Shoemaker war Tom O'Days rechte Hand. Inzwischen vermutlich sein Stellvertreter. An sich leicht zu ignorieren. Aber ich war Shoemaker einen Gefallen schuldig, was O'Day offenbar wusste. Deshalb hatte er seinen Namen in die Anzeige gesetzt.

Und deshalb würde ich mich melden müssen.

Berechenbar.

Seattle war trocken, als ich aus dem Bus stieg. Und warm. Und in dem Sinn auf Zack, dass überall Unmengen von Kaffee getrunken wurden, was es zu meiner Art Stadt machte, und in dem Sinn, dass es überall Wifi-Hotspots und Smartphones gab, die mich nicht interessierten, und altmodische Münztelefone an Straßenecken deshalb schwer zu finden waren. Drunten am Fischmarkt gab es jedoch eines, deshalb stand ich von Meeresgerüchen umgeben in der salzhaltigen Brise und wählte eine gebührenfreie Nummer im Pentagon. Eine Nummer, die ich vor vielen Jahren auswendig lernte. Eine spezielle Nummer nur für Notfälle. Weil man nicht immer einen Quarter in der Tasche hatte.

Eine Telefonistin meldete sich. Ich verlangte Shoemaker und wurde weiterverbunden – innerhalb des Gebäudes oder der USA oder weltweit, und nach mehrmaligem Klicken und Zischen und einer langen Pause, in der man gar nichts hörte, war Shoemaker endlich dran und sagte: »Ja?«

»Hier ist Jack Reacher«, sagte ich.

»Wo sind Sie?«

»Haben Sie nicht alle möglichen Geräte, die das automatisch anzeigen?«

»Ja«, sagte er. »Sie sind in Seattle, an einem Münztelefon drunten am Fischmarkt. Aber uns ist's lieber, wenn Leute solche Auskünfte freiwillig geben. Wir finden, dass das anschließende Gespräch dann flüssiger wird. Weil sie schon kooperieren. Sie beweisen Interesse.«

»Woran?«

»An dem Gespräch.«

»Führen wir ein Gespräch?«

»Eigentlich nicht. Was sehen Sie direkt vor sich?«

Ich sah hin.

»Eine Straße«, sagte ich.

»Links?«

»Fischläden.«

»Rechts?«

»Einen Coffeeshop schräg gegenüber nach der Ampel.«

»Name?«

Ich gab ihn durch.

Er sagte: »Setzen Sie sich dort rein und warten Sie.«

»Worauf?«

»Dass Sie abgeholt werden. Dauert ungefähr eine halbe Stunde«, antwortete er und legte auf.

Niemand weiß wirklich, weshalb Kaffee in Seattle eine so wichtige Rolle spielt. Seattle ist eine Hafenstadt, deshalb war es vielleicht vernünftig, den Kaffee dort zu rösten, wo er ins Land kam, und ihn anschließend auch dort zu verkaufen, was weitere Kafferöster anlockte, genau wie die Autobauer alle in Detroit landeten. Oder vielleicht ist das Wasser genau richtig. Oder es liegt an der Ortshöhe, der Temperatur oder der Luftfeuchtigkeit. Jedenfalls gibt es in jedem Straßenblock einen Coffeeshop, und wer gern Kaffee trinkt, muss dafür einen vierstelligen Betrag pro Jahr ansetzen. Der Coffeeshop schräg gegenüber nach der Ampel war beispielhaft. Er hatte kastanienbraune Farbe und Sichtmauerwerk, naturbelassenes Holz und eine Tafel, auf der mit Kreide Dinge angeschrieben waren, von denen neunzig Prozent nicht in einen Kaffee gehörten: Milchprodukte in verschiedenen Geschmacksrichtungen und Temperaturen, seltsame Aromen auf Nussbasis und weitere Verunreinigungen. Ich bestellte die Hausmarke, schwarz, ohne Zucker, in einem mittelgroßen Becher, keinen *Grande*-Eimer, wie ihn manche Leute mögen, mit einem großen Stück Zitronenkuchen und saß damit allein auf einem harten Holzstuhl an einem Zweiertisch.

Der Kuchen beschäftigte mich fünf Minuten, der Kaffee weitere fünf, und achtzehn Minuten später kam Shoemakers Mann herein. Was bedeutete, dass er bei der Marine waren, denn achtundzwanzig Minuten war ziemlich schnell, und die Navy befand sich hier in Seattle. Sein Wagen war dunkelblau. Er fuhr eine Limousine in Einfachausstattung, nicht sehr ansprechend, aber auf Hochglanz poliert. Der Kerl selbst war Anfang dreißig, drahtig und durchtrainiert. Er trug Zivil. Einen blauen Blazer über einem blauen Polohemd, dazu khakifarbene Chinos. Der Blazer war abgewetzt, Hemd und Hose waren schon tausendmal gewaschen worden. Vermutlich ein Senior Chief Petty Officer, ein Hauptbootsmann, wahrscheinlich bei den Special Forces, mutmaßlich ein SEAL, ein Kampfschwimmer, bestimmt an irgendeinem zweifelhaften Unternehmen beteiligt, das unter O'Days Aufsicht stand.

Er betrat den Coffeeshop mit einem raschen, ausdruckslosen Rundblick, als hätte er ungefähr eine Fünftelsekunde Zeit, Freund oder Feind auszumachen, bevor er zu schießen begann. Seine knappe Einweisung, sicher aus einer alten Personalakte, musste mündlich erfolgt sein, aber er hatte die Eckpunkte *eins fünfundneunzig* und *hundertzehn Kilo.* Alle anderen Gäste waren Asiaten, überwiegend Frauen, die meisten klein und zierlich. Der Kerl kam geradewegs auf mich zu und fragte: »Major Reacher?«

Ich sagte: »Nicht mehr.«

Er fragte: »Dann Mr. Reacher?«

Ich sagte: »Ja.«

»Sir, General Shoemaker möchte, dass Sie mitkommen.«

Ich fragte: »Wohin?«

»Nicht weit.«

»Wie viele Sterne?

»Sir, ich kann Ihnen nicht folgen.«

»Hat General Shoemaker?«

»Einen, Sir. Brigadegeneral Shoemaker, Sir.«

»Wann?«

»Wann was, Sir?«

»Ist er befördert worden?«

»Vor zwei Jahren.«

»Finden Sie das so ungewöhnlich wie ich?«

Der Kerl schwieg einen Moment, dann sagte er: »Sir, dazu habe ich keine Meinung.«

»Und wie geht es General O'Day?«

Der Mann zögerte nochmals, dann sagte er: »Sir, ich kenne niemanden, der so heißt.«

Der blaue Wagen war ein Chevrolet Impala mit Polizeifelgen und Stoffsitzen. Das Neueste an ihm schien seine Politur zu sein. Der Kerl in dem Blazer fuhr mit mir durch die Innenstadt und auf der I-5 nach Süden. Auf dieser Interstate war ich mit dem Bus nach Seattle gekommen. Wir fuhren wieder am Boeing Field und am Sea-Tac Airport vorbei, weiter in Richtung Tacoma. Der Kerl in dem Blazer sagte nichts. Ich schwieg ebenfalls. Wir saßen beide stumm da, als wollten wir einander beweisen, dass der eine länger schweigen konnte als der andere. Ich sah aus dem Seitenfenster. Hügel und Meer und Bäume, alles grün.

Wir passierten Tacoma und wurden vor der Bushaltestelle langsamer, an der die beiden Soldatinnen ausgestiegen waren und die *Army Times* zurückgelassen hatten. Wir nahmen dieselbe Ausfahrt. Die Wegweiser zeigten an, dass vor uns nur drei Kleinstädte und ein riesiger Militärstützpunkt lagen. Folglich konnte ich ziemlich sicher davon ausgehen, dass wir nach Fort Lewis wollten. Aber dann zeigte sich, dass wir doch nicht dorthin fuhren. Heute vielleicht theoretisch, aber früher wäre das nicht der Fall gewesen. Wir waren zur ehemaligen McChord Air Force Base unterwegs, jetzt die silberglänzende Hälfte der Joint Base Lewis-McChord. Reformen. Politiker schrecken vor nichts zurück, um ein paar Dollar einzusparen.

Ich erwartete ein kleines Hin und Her am Tor, das von Army und Air Force gemeinsam bewacht wurde, während Wagen und Fahrer zur Navy gehörten und ich ein absoluter Niemand war. Nur das Marinekorps und die Vereinten Nationen fehlten noch. Aber O'Days Einfluss war so groß, dass wir die Geschwindigkeit kaum drosseln mussten. Wir rauschten hindurch, bogen links ab, dann rechts, wurden an einem zweiten Tor durchgewinkt und fuhren aufs Vorfeld hinaus, auf dem riesige Transporter C-17 Globemaster standen, unter denen man sich wie eine Maus im Wald vorkam. Wir rollten unter einer gigantischen grauen Tragfläche hindurch und fuhren über schwarzen Asphalt genau auf ein kleines weiße Flugzeug zu, das auf einer speziell gekennzeichneten Abstellfläche stand. Ein zweistrahliges Geschäftsreiseflugzeug. Ein Learjet oder eine Gulfstream, oder was reiche Leute sich heutzutage sonst zulegten. Die Lackierung glänzte in der Sonne. Die einzige Beschriftung des Flugzeugs war das Kennzeichen auf dem Seitenleitwerk. Kein Name, kein Logo. Nur weißer Lack. Seine Triebwerke brummten im Leerlauf, und unter der offenen Kabinentür war die Fluggasttreppe heruntergeklappt.

Der Kerl in dem Blazer fuhr geschickt einen Halbkreis und kam so zum Stehen, dass meine Tür kaum zwei Meter von der Kabinentreppe entfernt war. Was ich als Wink auffasste. Ich stieg aus und blieb kurz in der Sonne stehen. Der Frühling war endlich da und hatte mildes Wetter mitgebracht. Hinter mir fuhr die Limousine weg. In der ovalen Türöffnung über mir erschien ein uniformierter Steward. Er sagte: »Sir, bitte kommen Sie an Bord.«

Unter meinem Gewicht gab die Treppe leicht nach. Ich musste den Kopf etwas einziehen, um in die Kabine zu gelangen. Während der Steward sich nach rechts verzog, tauchte links von mir ein weiterer Mann in Uniform aus dem Cockpit auf und sagte: »Willkommen an Bord, Sir. Heute wird die Crew ganz von der Air Force gestellt, und wir bringen Sie schnellstens hin.«

Ich fragte: »Wohin?«

»An Ihr Ziel.« Der Mann zwängte sich wieder in seinen Sitz

neben dem Kopiloten, und beide fingen an, eine Checkliste abzuarbeiten. Ich folgte dem Steward und fand mich in einer Kabine mit karamellbraunem Leder und Walnusspaneelen wieder. Als einziger Passagier ließ ich mich in den nächstbesten Sessel fallen. Der Steward zog die Fluggasttreppe hoch, verriegelte die Kabinentür und nahm auf dem Klappsitz hinter den beiden Piloten Platz. Zwei Minuten später waren wir in der Luft und stiegen steil weiter auf.

2

Ich rechnete mir aus, dass wir von McChord aus nach Osten flogen. Allerdings blieb uns kaum eine andere Wahl. Im Westen lagen Russland, Japan und China, und ich bezweifelte, dass ein so kleines Flugzeug genug Reichweite gehabt hätte. Als ich den Steward nach unserem Ziel fragte, sagte er, er habe den Flugplan nicht gesehen. Was natürlich Bullshit war. Aber ich bohrte nicht nach. Bei allen anderen Themen erwies er sich als ziemlich redselig. Er teilte mir mit, das Flugzeug sei eine Gulfstream IV, die bei einem betrügerischen Hedgefonds beschlagnahmt und der Air Force übergeben worden war, die sie für VIP-Flüge einsetzte. In diesem Fall konnten die VIPs der Luftwaffe sich glücklich schätzen. Das Flugzeug war sensationell. Es war leise und solide, und die nach allen Richtungen verstellbaren Sessel waren ultrabequem. Und in der Bordküche gab es Kaffee. Ganz altmodisch aufgebrüht. Ich forderte den Mann auf, die Kaffeemaschine laufen zu lassen, und erklärte ihm, ich würde mir meinen Kaffee selbst holen. Das nahm er dankbar zur Kenntnis. Vermutlich hielt er das für einen Beweis meines Respekts. Natürlich war er kein echter Steward, sondern irgendein Sicherheitsmann, der tough genug war, um diesen Job zu bekommen, und stolz darauf, dass ich das wusste.

Ich schaute aus dem Fenster und betrachtete als Erstes die Rocky Mountains mit den dunkelgrünen Wäldern in niedrigen Lagen und blendend weißen Schneegipfeln in den Höhen. Dann zogen die braungrünen Ebenen des Mittleren Westens vorbei: in winzige Mosaikflächen unterteilt, gepflügt, bestellt und abgeerntet, wieder und wieder, ohne viel Regen abzubekommen. Ich hatte den Eindruck, wir schnitten eine Ecke von South Dakota ab und sähen ein Stück von Nebraska, bevor wir die Etappe über Iowa in Angriff nahmen. Was wegen der geometrischen Kompliziertheit eines Flugs in großen Höhen vermutlich bedeutete, dass unser Ziel weit im Süden lag. Wir flogen auf einer Großkreisroute, die auf einer Landkarte verrückt ausgesehen hätte, aber für einen kugelförmigen Planeten genau richtig war. Unser Ziel war Kentucky, Tennessee oder die Carolinas. Vielleicht sogar Georgia.

Während ich nach und nach eine Kanne Kaffee leerte, brummten wir Stunde um Stunde weiter, bis die Erde wieder näher kam. Anfangs tippte ich auf Virginia, aber dann hielt ich North Carolina doch für wahrscheinlicher. Ich sah zwei Städte, die nur Winston-Salem und Greensboro sein konnten. Sie lagen an Backbord und wurden etwas kleiner, was bedeutete, dass wir uns auf dem Weg nach Südosten befanden. Die nächste Stadt war erst Fayetteville, aber kurz davor kam Fort Bragg. Dort lag das Hauptquartier der Special Forces, Tom O'Days natürlicher Lebensraum.

Wieder falsch. Oder theoretisch richtig, aber nur dem Namen nach. Wir landeten in der Abenddämmerung auf der ehemaligen und inzwischen an die Army übergegangenen Pope Air Force Base. Jetzt hieß der Platz nur Pope Field und war lediglich eine kleine Ecke von Fort Bragg, das ständig weiterwuchs.

Reformen. Politiker schrecken vor nichts zurück, um ein paar Dollar einzusparen.

Wir rollten lange, sehr lange, winzig auf Landebahnen und Rollwegen, die man für Transportstaffeln angelegt hatte. Dann kamen wir vor einem kleinen Verwaltungsgebäude zum Stehen, an dessen Fassade *47th Logistics, Tactical Support Command* zu lesen war. Die Triebwerke wurden abgestellt, und der Steward öffnete die Kabinentür und klappte die Passagiertreppe aus.

»Welche Tür?«, fragte ich.

»Die rote«, antwortete er.

Ich stieg die wenigen Stufen hinunter und ging über das beleuchtete Vorfeld auf das Gebäude zu. Es hatte nur eine rote Tür, die sich öffnete, als ich bis auf fünf Meter herangekommen war. Eine junge Frau in einem schwarzen Nadelstreifenkostüm erschien. Blickdichte Nylonstrümpfe. Gute Schuhe. Eine noch ziemlich junge Frau. Ich schätzte sie auf Ende zwanzig. Sie hatte blondes Haar und grüne Augen und ein herzförmiges Gesicht, auf dem ein freundliches Willkommenslächeln stand.

Sie sagte: »Ich bin Casey Nice.«

Ich fragte: »Casey was?«

»Nice.«

»Ich bin Jack Reacher.«

»Ja, ich weiß. Ich arbeite im Außenministerium.«

»In D.C.?«

»Nein, hier«, sagte sie.

Was irgendwie logisch war. Die Special Forces stellten den bewaffneten Arm der CIA dar, die wiederum die Einsatztruppe des Außenministeriums war, und es gab bestimmte Entscheidungen, die von allen dreien gemeinsam getroffen werden mussten. Daher ihre Anwesenheit auf dem Stützpunkt, auch wenn sie sehr jung für diesen Job wirkte. Vielleicht war sie ein Verhandlungsgenie. Irgendeine Art Wunderkind. Ich fragte sie: »Ist Shoemaker hier?«

Sie sagte: »Kommen Sie, wir wollen reingehen.«

Sie führte mich in einen kleinen Raum mit Drahtglasfenstern. Möbliert war er mit drei Sesseln, die nicht zusammenpassten, alle ein bisschen traurig und verlassen. Miss Nice bot mir mit einer Handbewegung einen davon an und nahm mir gegenüber Platz.

Ich fragte: »Wozu bin ich hier?«

Sie sagte: »Als Erstes müssen Sie verstehen, dass alles, was Sie ab jetzt hören, streng geheim ist. Auf Verstöße gegen Geheimhaltungsvorschriften stehen schwere Strafen.«

»Wieso sollten Sie mir Geheimnisse anvertrauen? Sie kennen mich überhaupt nicht. Sie wissen nichts über mich.«

»Ihre Personalakte war im Umlauf. Sie hatten eine Sicherheitsfreigabe. Die ist nie widerrufen worden. Sie sind nach wie vor daran gebunden.«

»Kann ich jetzt gehen?«

»Uns wär's lieber, wenn Sie blieben.«

»Wozu?«

»Wir wollen mit Ihnen reden.«

»Das Außenministerium?«

»Sind Sie bereit, sich an die Geheimhaltungsvorschriften zu halten?«

Ich nickte. »Was will das Außenministerium von mir?«

»Wir haben bestimmte Verpflichtungen.«

»In welcher Beziehung?«

»Jemand hat auf den französischen Präsidenten geschossen.«

»In Paris.«

»Die Franzosen haben um internationale Unterstützung gebeten bei der Fahndung nach dem Täter.«

»Ich war's nicht. Ich war in L.A.«

»Wir wissen, dass Sie's nicht waren. Sie stehen nicht auf der Liste.«

»Es gibt eine Liste?«

Statt meine Frage zu beantworten, griff sie in die Innentasche ihrer Kostümjacke und zog ein zusammengefaltetes Blatt Papier heraus, das sie mir übergab. Es war von ihrem Körper warm und leicht gebogen. Aber es war keine Liste, sondern die Zusammenfassung des Berichts unserer Botschaft in Paris. Vermutlich von dem CIA-Stationsleiter verfasst. Die nüchternen Details des Anschlags.

Die Entfernung war ungewöhnlich gewesen. Der dreizehnhundert Meter entfernte Balkon einer Wohnung war als Versteck des Schützen identifiziert worden. Der französische Präsident hatte im Freien auf einem Podium hinter dicken Panzerglasscheiben gestanden. Aus irgendeinem verbesserten neuen Material. Außer ihm selbst hatte niemand den Schuss gesehen. Er hatte einen unwahrscheinlich fernen Mündungsblitz wahrgenommen – klein, hoch und weit links –, und drei Sekunden später war auf dem Glas ein winziger weißer Stern erschienen. Ein weiter, weiter Schuss. Aber das Glas hatte gehalten und das einschlagende Geschoss sofortige Reaktionen ausgelöst: Der Präsident wurde augenblicklich unter einer Traube von Leibwächtern begraben. Später waren Metallsplitter gefunden worden, die auf ein panzerbrechendes Geschoss Kaliber .50 schließen ließen.

Ich sagte: »Ich stehe nicht auf der Liste, weil ich nicht gut genug bin. Bei einem nur kopfgroßen Ziel sind dreizehnhundert Meter eine verdammt weite Entfernung. Das Geschoss ist volle drei Sekunden lang in der Luft. Als ließe man einen Stein in einen sehr tiefen Brunnen fallen.«

Casey Nice nickte. »Die Liste ist sehr kurz. Deshalb sind die Franzosen besorgt.«

Sie waren nicht gleich besorgt gewesen. Das war offensichtlich. Dem Bericht nach hatten sie die ersten vierundzwanzig Stunden damit verbracht, sich zu ihren Absperrmaßnahmen, die eine so große Schussentfernung erzwungen hatten, und ihrem neuen Panzerglas zu gratulieren. Dann hatte die Realität sich durchgesetzt, und sie begannen hektisch herumzutelefonieren. Wer kannte einen Scharfschützen, der so gut war?

»Bullshit«, sagte ich.

Casey Nice fragte: »Welcher Teil?«

»Sie machen sich nichts aus den Franzosen. Nicht *so* viel. Sie hätten vielleicht ein paar mitfühlende Worte gefunden und Praktikanten eine Ausarbeitung darüber schreiben lassen. Aber dieser Bericht hat O'Day vorgelegen. Mindestens fünf Sekunden. Was bedeutet, dass die Sache wichtig ist. Und dann haben Sie binnen achtundzwanzig Minuten einen SEAL auf mich angesetzt und mich danach mit einer Privatmaschine quer über Amerika geflogen. Der SEAL und das Flugzeug haben offensichtlich in Bereitschaft gestanden, aber ebenso offensichtlich wussten Sie nicht, wo ich mich aufhielt oder wann ich anrufen würde, sodass überall im Land Tag und Nacht SEALs und Privatjets bereitgestanden haben müssen. Für alle Fälle. Und wenn Sie diesen Aufwand für mich getrieben haben, bin ich nicht der Einzige. Hier läuft das volle Programm ab.«

»Es würde alles komplizieren, wenn der Schütze ein Amerikaner wäre.«

»In welcher Beziehung?«

»Wir hoffen, dass es keiner war.«

»Was kann ich also für Sie tun, das ein Privatflugzeug wert ist?«

Ihr Handy klingelte in ihrer Tasche. Sie meldete sich, hörte kurz zu und steckte das Smartphone wieder ein. Sie sagte: »Das erklärt Ihnen General O'Day. Er hat jetzt Zeit für Sie.«

3

Casey Nice führte mich in ein Dienstzimmer im ersten Stock. Das Gebäude war abgenutzt, schien nur vorübergehend eingerichtet zu sein. Ein Kerl wie O'Day war ständig unterwegs. Einen Monat hier, einen Monat dort, in provisorischen Unterkünften mit sinnlosen Bezeichnungen wie 47th Logistics, Tactical Support Command. Für den Fall, dass jemand ihn beobachtete. Oder weil jemand ihn beobachtete, würde er sagen. Irgendjemand beobachtete einen immer. Trotzdem hatte er lange überlebt.

Er saß hinter einem Schreibtisch, an dessen Seite Shoemaker Platz genommen hatte, wie es einem guten Stellvertreter zustand. Shoemaker war zwanzig Jahre gealtert, was mich nicht verwunderte, weil ich ihn vor zwanzig Jahren zuletzt gesehen hatte. Er hatte zugenommen. Sein rotblondes Haar war jetzt eher aschblond und sein pausbäckiges Gesicht gerötet. Er trug einen Kampfanzug mit Tarnmuster und einem auffällig großen Stern auf den Schulterklappen.

O'Day schien überhaupt nicht gealtert zu sein. Er sah noch immer wie hundert aus. Und er trug, was er immer getragen hatte: einen fadenscheinigen schwarzen Blazer über einem Pullover mit V-Ausschnitt, der ebenfalls schwarz und schon so oft gestopft war, dass die geflickten Stellen überwogen. Das bewies, dass auch Mrs. O'Day gesund und munter war, denn ich konnte mir nicht vorstellen, dass irgendjemand für ihn Nadel und Stopfgarn in die Hand genommen hätte.

Auf seinem hohlwangigen Gesicht lag ein schwaches Lächeln, als er mich mit ausdruckslosem Blick betrachtete und sagte: »Freut mich, Sie wiederzusehen, Reacher.«

Ich sagte: »Ihr Glück, dass ich keinen wichtigen Termin hatte. Sonst würde ich mich beschweren.«

Er äußerte sich nicht dazu. Ich setzte mich auf einen Metallklappstuhl, anscheinend aus Navy-Beständen, und Casey Nice nahm neben mir Platz.

O'Day fragte: »Hat sie Ihnen gesagt, dass dies alles geheim ist?«

»Ja«, erwiderte ich, und Casey Nice nickte nachdrücklich, als wollte sie bestätigen, dass sie seinen Auftrag ausgeführt hatte. So wirkte O'Day auf Untergebene.

Er fragte mich: »Haben Sie den zusammenfassenden Bericht gelesen?«

Ich sagte: »Ja«, und Casey Nice nickte nochmals.

Er sagte: »Was halten Sie davon?«

Ich sagte: »Der Kerl ist ein verdammt guter Schütze, denke ich.«

»Stimmt«, meinte O'Day. »Das muss er sein, wenn er seinen Auftraggebern einen garantierten Treffer mit nur einem Schuss aus dreizehnhundert Metern verkauft hat.«

Das war eine für O'Day typische Äußerung. Sokratisch nannte man so was im College. Ein intellektuelles Hin und Her, um Wahrheiten zu verkünden, die jedem vernunftbegabten Wesen bewusst waren. Ich sagte: »Er hat nicht einen Treffer mit nur einem Schuss garantiert. Geplant waren zwei mit zwei Schüssen. Der erste sollte das Glas zersplittern lassen, der zweite tödlich treffen. Wäre das Glas zersplittert, hätte er noch mal geschossen. Eine blitzschnell zu treffende Entscheidung. Noch mal abdrücken oder verschwinden. Eine eindrucksvolle Leistung. War das Geschoss tatsächlich panzerbrechend?«

O'Day nickte. »Das hat die Untersuchung mit dem Gaschromatografen ergeben.«

»Haben wir solches Glas für unseren Präsidenten?«

»Das bekommen wir morgen.«

»Hatte es wirklich Kaliber .50?«

»Auch das ist nachgewiesen.«

»Das macht alles noch eindrucksvoller. Dafür braucht man ein großes hässliches Gewehr.«

»Das Ziele noch in sechzehnhundert Metern Entfernung treffen kann, in Afghanistan einmal sogar aus über zwei Kilometern Entfernung. Also sind dreizehnhundert Meter vielleicht doch nicht so sensationell.«

Sokratisch.

Ich sagte: »Zweimal aus dreizehnhundert Metern zu treffen, ist weit schwieriger als einmal aus größerer Entfernung, denke ich. Hier geht's um Wiederholbarkeit. Der Kerl hat Talent.«

»Genau«, sagte O'Day. »Glauben Sie, dass er irgendwo beim Militär war?«

»Natürlich. Nur dort kann man so gut werden.«

»Glauben Sie, dass er noch irgendwo beim Militär ist?«

»Nein. Das würde ihn zu sehr einengen.«

»Ganz Ihrer Meinung.«

Ich fragte: »Wissen wir bestimmt, dass er seine Leistung verkauft hat?«

»Wie groß ist die Chance, dass ein Wutbürger früher mal ein erstklassiger Scharfschütze war? Wahrscheinlicher ist, dass dieser Wutbürger auf dem freien Markt etwas Geld ausgegeben hat. Vielleicht eine kleine Gruppe von Wutbürgern. Mit anderen Worten eine Interessengruppe. Die dann natürlich mehr Geld aufbringen könnte.«

»Was kümmert uns das? Die Zielperson war ein Franzose.«

»Das Geschoss war amerikanisch.«

»Woher wissen wir das?«

»Das sagt uns der Gaschromatograf. Vor einigen Jahren ist eine Vereinbarung getroffen worden, von der die Öffentlichkeit nicht viel erfahren hat. Tatsächlich überhaupt nichts. Jeder Hersteller verwendet eine bestimmte Legierung. Die Unterschiede sind gering, aber messbar. Wie eine Signatur.«

»Die halbe Welt kauft amerikanische Munition.«

»Dieser Kerl ist neu in der Szene, Reacher. Sein Profil ist noch nirgends aufgetaucht. Dies war sein erster Job. Er macht sich hier einen Namen. Mit einem verdammt schwierigen Auftrag. Er muss mit einer Kaliber-fünfzig-Kanone zweimal rasch nacheinander aus dreizehnhundert Metern Entfernung treffen. Schafft er das, ist er für den Rest seines Lebens in der Major League. Trifft er nicht, bleibt er ewig in der Bush League. Das ist viel zu riskant. Der Einsatz ist einfach zu hoch. Aber er schießt trotzdem. Was bedeutet, dass er *wusste,* dass er treffen würde. Zweimal mit totalem Selbstvertrauen aus dreizehnhundert Metern. Wie viele Scharfschützen dieser Klasse gibt es?«

Das war eine sehr gute Frage. Ich sagte: »Ehrlich? Unter uns? So gut? Ich glaube, dass wir uns glücklich schätzen könnten, in jeder Generation einen bei den SEALs, zwei bei den Marines und zwei in der Army zu haben. Also fünf in allen Teilstreitkräften.«

»Aber Sie haben eben bestätigt, dass er nicht beim Militär ist.«

»Deshalb gibt es fünf weitere Männer aus der vorigen Generation: noch nicht lange draußen, alt genug, um nichts mit sich anzufangen zu wissen, aber noch jung genug, um gut zu funktionieren. Das sind die Kerle, nach denen Sie fahnden sollten.«

»Das wären Ihre Kandidaten? Die vorige Generation?«

»Ich sehe nicht, wer sonst dafür geeignet wäre.«

»Und wie viele Staaten kommen tatsächlich für solche Jobs infrage?«

»Mit uns vielleicht fünf.«

»Bei durchschnittlich fünf Kandidaten in jedem Land wären das weltweit fünfundzwanzig. Korrekt?«

»Grob geschätzt.«

»Durchaus nicht. Fünfundzwanzig ist die exakte Anzahl von ehemaligen Elitescharfschützen, die Geheimdiensten in aller Welt bekannt ist. Glauben Sie, dass ihre Regierungen sie penibel überwachen lassen?«

»Bestimmt.«

»Und wie viele dieser Männer hätten Ihrer Meinung nach für jeden beliebigen Tag ein felsenfestes Alibi?«

Weil sie sehr sorgfältig überwacht wurden, sagte ich: »Zwanzig?«

»Einundzwanzig«, antwortete O'Day. »Also haben wir's mit vier Kerlen zu tun. Und damit beginnen die diplomatischen Probleme. Wir gleichen vier Kerlen in einem Raum, die sich gegenseitig anstarren. Und ich kann's nicht brauchen, dass die Munition von hier war.«

»Einer der unseren ist nicht nachweisbar?«

»Nicht hundertprozentig.«

»Wer?«

»Wie viele so gute Scharfschützen kennen Sie?«

»Keinen«, sagte ich. »Ich hänge nicht mit Scharfschützen rum.«

»Wie viele haben Sie jemals gekannt?«

»Einen«, sagte ich. »Aber der war's offenbar nicht.«

»Und das wissen Sie, weil?«

»Weil er im Gefängnis sitzt.«

»Und das wissen Sie, weil?«

»Weil ich ihn hinter Gitter gebracht habe.«

»Er hat fünfzehn Jahre bekommen, richtig?«

»Meiner Erinnerung nach.«

»Wann?«

Sokratisch. Ich rechnete im Kopf nach. So viele Jahre. So viel Wasser unter der Brücke. So viele verschiedene Orte, verschiedene Leute. Ich sagte: »Scheiße.«

O'Day nickte.

»Vor sechzehn Jahren«, sagte er. »Wie die Zeit verfliegt, wenn man sich gut amüsiert.«

»Er ist wieder draußen?«

»Seit einem Jahr.«

»Wo ist er?«

»Nicht zu Hause.«

4

John Kott war der einzige Sohn eines tschechischen Emigrantenpaars, das im Kalten Krieg vor dem kommunistischen Regime flüchtete und sich in Arkansas niederließ. Seine drahtige osteuropäische Erscheinung passte gut zu den ärmlichen einheimischen Jugendlichen, mit denen er als einer der ihren aufwuchs. Sah man von seinem Namen und seinen slawischen Wangenknochen ab, hätte er ein Cousin fast aller sein können. Mit sechzehn konnte er Eichhörnchen, die außer ihm fast keiner sah, von weit entfernten Bäumen schießen. Mit siebzehn erschoss er seine Eltern – zumindest nach Überzeugung des County Sheriffs. Es gab keinen handfesten Beweis, aber reichlich Verdachtsmomente. Das alles schien den Werber der U.S. Army, bei dem er ein Jahr später unterschrieb, nicht sonderlich zu stören.

Kott war für einen hageren, drahtigen Kerl außergewöhnlich ruhig und still. Er konnte seinen Puls auf wenig über dreißig absenken und stundenlang in Stellung liegen, ohne sich zu bewegen. Er sah übermenschlich gut. Mit anderen Worten: Er war der geborene Scharfschütze. Das erkannte sogar die U.S. Army. Er wurde auf mehrere Spezialschulen geschickt und anschließend zur Delta Force versetzt. Dort baute er seine Talente durch unermüdliche harte Arbeit aus und entwickelte sich in dieser zwielichtigen Black-ops-Welt zu einem Star.

Für einen Soldaten der Special Forces ungewöhnlich war jedoch, dass in seinem Kopf die Trennung zwischen dienstlichen und privaten Belangen nicht hundertprozentig funktionierte. Um einen Menschen aus tausend Metern zu erschießen, braucht man mehr als nur Talent und sportliche Fähigkeiten. Dazu benötigt man die Erlaubnis des ältesten Teils des Gehirns, in dem grundlegende Hemmungen entweder verstärkt oder gelockert werden. Der Schütze muss wirklich glauben: *Das ist in Ordnung. Er ist dein Feind. Du bist besser als er. Du bist der Weltbeste. Wer sich dir entgegenstellt, verdient zu sterben.* Die meisten Kerle verfügen über einen Ausschalter. Doch Kotts Schalter schloss nicht ganz.

Drei Wochen nachdem in Kolumbien ein Mann in einem Gebüsch hinter einer abgelegenen Bar mit durchschnittener Kehle aufgefunden worden war, lernte ich ihn kennen. Bei dem toten Kerl handelte es sich um einen Ranger, einen Sergeant der U.S. Army. Die Bar war das Stammlokal einer von der CIA geführten Einheit der Special Forces, deren Soldaten dort ihre Freizeit verbrachten, wenn sie nicht im Dschungel Jagd auf Kartellangehörige machten. So beschränkte sich der Kreis der Verdächtigen auf sehr wenige und äußerst schweigsame Personen. Ich war damals beim 99th MP und bekam den Auftrag, den Fall aufzuklären. Aber nur, weil der Tote ein amerikanischer Militärangehöriger gewesen war. Bei einem einheimischen Zivilisten hätte das Pentagon sich das Flugticket gespart.

Alle redeten viel, aber keiner packte aus. Ich wusste, wer sich in der Bar aufgehalten hatte, ließ mir von allen den Abend schildern und erfuhr von jedem irgendeine Kleinigkeit. So konnte ich mir allmählich ein Bild machen. Ein Kerl tat dieses, ein anderer jenes. Dieser Typ ging um elf, jener um Mitternacht. Der andere saß neben dem ersten, der kein Bier, sondern Rum trank. Und so weiter und so fort. Ich legte mir die Choreografie im Kopf zurecht und passte sie immer wieder neu an, bis sich ein stimmiger Ablauf ergab.

Bis auf John Kott, der kaum mehr als ein Loch in der Luft war.

Niemand hatte besonders viel über ihn gesagt. Nichts darüber, wo er gesessen, was er getan und mit wem er geredet hatte. Er blieb mehr oder weniger unerwähnt. Das konnte alle möglichen Gründe haben – möglicherweise auch den, dass ihn zwar niemand aus seiner Einheit verpfeifen, aber auch keiner irgendwelche Dinge für ihn erfinden wollte. Irgendeine Art Ehrenkodex. Oder Mangel an Fantasie. In beiden Fällen eine kluge Wahl. Erfundene Storys werden unweigerlich enttarnt. Da ist's besser, nichts zu sagen. So konnte in einem hypothetischen Fall ein erbitterter Streit mit einem später ermordet aufgefundenen Kerl zu … nichts werden. Zu nichts weiter als einem Loch in der Luft.

Ein schwacher Fall mit unbewiesenen Schlussfolgerungen und einem Star in der Schattenwelt geheimdienstlicher Operationen – aber zur Ehre der Army muss gesagt werden, dass sie ihn sich ansah. Und ganz richtig feststellte, dass wir ohne Geständnis nicht weiterkommen würden.

Sie ließ mich Kott in Untersuchungshaft stecken.

Bei Vernehmungen kommt es entscheidend darauf an, sich die Antworten anzuhören, und ich hörte Kott lange zu, bevor ich zu dem Schluss kam, der Mann werde von einer unglaublichen Arroganz gesteuert. Und er konnte nicht zwischen Dienst und Privatleben unterscheiden. *Wer sich dir entgegenstellt, verdient zu sterben,* ist ein Schlachtruf, kein Motto für den Alltag.

Aber mit solchen Leuten hatte ich mein Leben lang zu tun.

Ich war das Produkt solcher Leute. Sie wollen einem alles darüber erzählen. Sie wollen, dass man ihre Motive versteht. Sie wollen, dass man sie billigt. Okay, vielleicht hatten sie theoretisch gegen irgendeine dumme kleinliche Vorschrift verstoßen, aber sie waren wichtiger als solche Bestimmungen. Das waren sie doch? Richtig?

Ich ließ ihn reden, dann trieb ich ihn in die Enge und rang ihm das Geständnis ab, irgendwann an diesem Abend mit dem später Ermordeten geredet zu haben. Daraus ergab sich zügig alles Weitere. Aber die Sache war keineswegs ein Selbstläufer, sondern erforderte weiter harte Arbeit.

Zwei Stunden später unterschrieb er eine lange, detaillierte Aussage. Der später Ermordete hatte ihn im Prinzip einen Schlappschwanz genannt. Dummes Gerede, das aus dem Ruder gelaufen war. Irgendeine Reaktion hätte erfolgen müssen. Manche Dinge waren einfach unentschuldbar. Stimmt's?

Weil Kott ein Star und dies ein Geheimunternehmen war, profitierte er von einem Deal: Geständnis gegen mildere Strafe. Fünfzehn Jahre für Totschlag im Affekt. Mir war das nur recht. Weil es kein Kriegsgerichtsverfahren gab, verbrachte ich die gewonnene Woche auf den Fidschiinseln und lernte dort eine unvergessliche Australierin kennen. Also hatte ich keinen Grund, mich zu beschweren.

O'Day sagte: »Wir dürfen nicht von unbewiesenen Annahmen ausgehen. Nichts deutet darauf hin, dass er jemals wieder eine Waffe auch nur angesehen hat.«

»Aber er steht auf der Liste?«

»Logischerweise.«

»Wie hoch sind die Chancen?«

»Eins zu vier, versteht sich.«

»Würden Sie darauf wetten?«

»Ich behaupte nicht, dass er unser Mann ist. Ich stelle nur

fest, dass er mit fünfundzwanzigprozentiger Wahrscheinlichkeit der Täter ist.«

»Wer steht noch auf der Liste?«

»Ein Russe, ein Israeli, ein Brite.«

Ich sagte: »Kott hat fünfzehn Jahre lang gesessen.«

O'Day nickte und meinte: »Überlegen wir also, wie sich das bei ihm ausgewirkt haben dürfte.«

Wieder eine sehr gute Frage. Was konnten fünfzehn Jahre hinter Gittern einem Scharfschützen antun? Gutes Schießen basiert auf allen möglichen Voraussetzungen. In der Haft konnte seine Körperbeherrschung gelitten haben. Gutes Schießen setzt voraus, dass man weich und hart zugleich ist. Weich genug, um winzige Zitterbewegungen abzufangen; hart genug, um eine gewaltige Detonation zu kontrollieren. Auch seine körperliche Verfassung konnte Schaden genommen haben, denn zu dem Deal gehören ebenso langsamer Herzschlag und gutes Lungenvolumen.

Letztlich sagte ich jedoch: »Sehvermögen.«

O'Day fragte: »Weil?«

»Was er in den letzten fünfzehn Jahren zu sehen bekommen hat, war alles sehr nahe. Hauptsächlich Mauern. Selbst beim Hofgang. Seit er ein junger Mann war, haben seine Augen kein weit entferntes Objekt mehr fixiert.« Das klang gut, fand ich. Mir gefiel die mentale Vorstellung. Kott, der weich geworden war, jetzt vielleicht sogar ein bisschen zittrig, leicht gebeugt und mit Brille.

Dann las O'Day mir eine Passage aus dem Entlassungsbericht vor.

Auch wenn John Kott aus Tschechien stammte und in Alabama aufgewachsen war, hatte er seine fünfzehn Jahre hinter Gittern wie ein mythischer orientalischer Weiser verbracht. Er hatte Yoga und Meditation praktiziert, täglich ein wenig trainiert, um kräftig und beweglich zu bleiben, aber auch stundenlang kaum atmend mit dem leeren Tausendmeterblick dagesessen, den er laut eigener Aussage üben musste.

O'Day erklärte: »Ich habe ein bisschen herumgefragt. Vor allem bei den Frauen, die hier arbeiten. Sie sagen, dass Kotts Yoga auf Stille und entspannter Kraft basiert. Man blendet sich immer weiter aus, dann nimmt man – *peng!* – die nächste Stellung ein. Das gilt auch für seine Meditation. *Vergiss, was dich bedrückt. Stell dir deinen Erfolg vor.*«

»Soll das heißen, dass er besser aus dem Gefängnis raus- als reingegangen ist?«

»Er hat fünfzehn Jahre hart an sich gearbeitet. Auf einzigartig konzentrierte Weise. Und ein Gewehr ist schließlich nur ein Werkzeug aus Metall. Erfolg entsteht durch das Zusammenwirken von Geist und Körper.«

»Wie hätte er nach Paris kommen können? Besitzt er überhaupt einen Reisepass?«

»Denken Sie an die Gruppe Unzufriedener. Denken Sie an ihre gebündelte Finanzkraft. Ein gefälschter Reisepass ist ihr geringstes Problem.«

»Als ich ihn zuletzt gesehen habe, hat er sein Geständnis unterschrieben. Das war offenbar vor über sechzehn Jahren. Ich weiß nicht, wie ich Ihnen jetzt helfen könnte.«

»Ich darf nichts unversucht lassen.«

»Und was könnte ich dazu beitragen?«

»Sie haben ihn schon einmal geschnappt«, sagte O'Day. »Notfalls schaffen Sie das wieder.«

5

An dieser Stelle mischte Shoemaker sich ein, als wäre der Überblick abgeschlossen und jetzt Zeit für die Einzelheiten. Viel hing vom Motiv für den Anschlag ab. Bestimmte Kreise würden niemals einen Israeli engagieren, was die Chancen auf eins zu drei verbessert hätte, aber offenbar sah der Israeli irgendwie irisch aus und trug einen neutralen Decknamen. Vielleicht wussten die Gruppen das nicht, was Verwirrung stiften konnte. Aber letztlich war die Suche nach einem Tatmotiv eingestellt worden. Die Liste des Außenministeriums mit Franzosenhassern war ziemlich lang. Daher wurden alle vier Verdächtigen gleichbehandelt. Profiling war nicht gestattet.

Ich wandte mich an Casey Nice und sagte: »Das ist noch immer Bullshit.«

Wie zuvor fragte sie: »Welcher Teil?«

»Der gleiche. Dies ist alles weit übertrieben. Sie würden nicht auf die Franzosen pissen, wenn sie in Flammen stünden – und trotzdem sind Sie hier. Sie tun so, als wäre dies ein zweites Pearl Harbor. Wieso? Was könnte Frankreich gegen uns unternehmen? Uns keinen Käse mehr schicken?«

»Wir dürfen nicht den Eindruck erwecken, als unternähmen wir nichts.«

»Sie sind praktisch unsichtbar. Ziehen von Ort zu Ort und verstecken sich hinter gefälschten Schildern. Was gut ist. Kein Beobachter aus irgendeiner Botschaft kann herausfinden, wer Sie sind oder was Sie tun. Nicht mal aus der französischen Botschaft. Die weiß nicht, ob Sie helfen oder nicht. Wozu machen Sie sich also die Mühe?«

»Hier geht's um unseren Ruf.«

»Die Chancen stehen eins zu vier, dass ein vorbestrafter Amerikaner irgendwo auf der Welt freiberuflich seine Dienste anbietet. Er wird nicht der Erste sein und bestimmt nicht der Letzte. Diese kleine Beschädigung verkraftet unser Ruf ohne Weiteres, besonders weil der Franzose noch lebt. Kein Schaden, kein Foul.«

O'Day hob abwehrend eine Hand und sagte: »Die politischen Entscheidungen treffen andere.«

»Als *die* zuletzt auf den Kongress gehört haben, war Abraham Lincoln ein Junge in kurzer Hose.«

»Aber auf wen *höre* ich?«

»Auf den Präsidenten«, sagte ich knapp.

O'Day sagte: »Alle sind auf die Franzosen wütend, was sich letztlich so auswirkt, als wäre niemand auf sie wütend. Keiner hatte einen speziellen Grund, den Kerl umzulegen. Nicht dieses Jahr. Nicht mehr als sonst. Deshalb sind die klugen Leute sich darüber einig, dass dies ein Vorspiel war. Unser Knabe wollte sich bewähren, sich für Größeres qualifizieren. Und wer könnte das sein? Das weiß niemand, aber alle wetten darauf, dass sie's sind. Und warum auch nicht? Sie gehören zu den wichtigsten Menschen der Welt. In nächster Zeit wollen sich die Staats- und Regierungschefs der EU treffen, bevor G8- und G20-Treffen auf dem Programm stehen. Dort kommen zwanzig Spitzenpolitiker zusammen. Alle stellen sich für ein Gruppenfoto auf. Sie stehen still und lächeln. Vermutlich auf den Stufen vor irgendeinem öffentlichen Gebäude. Sie alle möchten nicht, dass ein Kerl, der aus über tausend Metern treffen kann, frei herumläuft.«

»Die Politiker wollen ihren Arsch retten?«

»Buchstäblich. Auf der ganzen Welt.«

»Auch unser Mann?«

»Was er persönlich denkt, spielt keine Rolle. Der Secret Service flippt stellvertretend für ihn aus.«

»Daher der Privatjet für mich.«

»Geld spielt keine Rolle.«

»Aber nicht nur ich, stimmt's? Bitte sagen Sie mir, dass Sie sich nicht nur auf einen Mann verlassen.«

O'Day entgegnete: »Wir bekommen alle Hilfe, die wir brauchen.«

Ich meinte: »Kott war's wahrscheinlich nicht.«

»Drei von ihnen sind's garantiert nicht. Wollen Sie würfeln oder sich an die Arbeit machen?«

Ich gab keine Antwort. Shoemaker erklärte mir, ich würde in der Nähe untergebracht und dürfte diesen Teil des Stützpunkts nicht verlassen. Sollte ich offiziell oder beiläufig gefragt werden, müsste ich behaupten, als ziviler Berater für Palettenversand tätig zu sein. Genügte das nicht, sollte ich sagen, ich arbeitete mit dem 47th Logistics an einem Problem in der Türkei zusammen. Was nur vernünftig war. Sobald ich die Türkei erwähnte, würden alle Fragesteller an Raketen denken, und die guten Kerle würden dann keine weiteren Fragen mehr stellen, während die bösen falsch informiert waren – aus General O'Days Sicht ein sehr wünschenswertes Ergebnis.

Ich fragte: »Wer fahndet nach den anderen drei Kerlen?«

O'Day sagte: »Ihre eigenen Leute, in ihren eigenen Ländern.«

»Nicht die Franzosen in Frankreich?«

»Sie vermuten, dass er in seine Heimat gereist ist, um dort unterzutauchen.«

»Vielleicht befindet er sich im Exil. Ein Russe, der in Frankreich lebt. Oder ein Israeli, vielleicht ein Kerl aus Großbritannien. In einem alten Bauernhaus oder einer Villa am Meer.«

»Daran haben sie vielleicht nicht gedacht.«

»Ist Kott nach Frankreich übergesiedelt?«

O'Day schüttelte den Kopf und sagte: »Er ist nach Arkansas zurückgegangen.«

»Und?«

»In den ersten Wochen haben wir sein Haus mehrmals von einer Drohne kontrollieren lassen. Dabei war nichts Verdächtiges zu erkennen. Dann wurde die Drohne anderswo gebraucht und Kott nicht weiter überwacht.«

»Und jetzt?«

»Wir haben die Drohne zurückbekommen. Sein Haus ist leer. Kein Lebenszeichen.«

Casey Nice begleitete mich zu der von Shoemaker erwähnten Unterkunft, die sich als improvisiertes kleines Dorf erwies, das aus vorgefertigten transportablen Wohncontainern bestand, deren Abmessungen den weltweit üblichen 53-Fuß-Frachtcontainern entsprachen. Knapp zweieinhalb Meter hoch und zweieinhalb Meter breit, mit herausgeschnittenen Fenstern und Türen, klimatisiert und mit angeschlossenen Strom-, Wasser- und Abwasserleitungen. Meiner war sandgelb gestrichen, vermutlich aus dem Irak zurückgeholt. Ich hatte schon schlechtere Unterkünfte. Die Nacht war angenehm mild. Frühling in North Carolina. Zu früh im Jahr, um heiß, zu spät, um noch kalt zu sein. Am Nachthimmel funkelten Sterne, an denen geisterhafte Wolkenschleier vorüberzogen.

Wir machten vor meiner Stahltür halt, und ich fragte: »Wohnen Sie auch in einem dieser Dinger?«

Casey Nice zeigte auf die nächste Reihe. »In dem weißen«, antwortete sie. Wenn sie in der First Street wohnte, war dies die Second Street. Ich fragte: »Ist dies hier das, wofür Sie unterschrieben haben?«

»Jedenfalls findet hier die Action statt«, sagte sie. »Ich bin ganz zufrieden.«

»Kott war's wahrscheinlich nicht«, wiederholte ich. »Statistisch gesehen haben die Russen die meisten und die besten

Scharfschützen und die Israelis eine Vorliebe für das Kaliber .50. Also kommen diese beiden am ehesten in Betracht.«

»Aber uns macht das Yogatraining Sorge. Kott hatte offenbar ein bestimmtes Ziel. Er wollte nach der Entlassung weitermachen können, wo er aufgehört hatte.« Sie nickte vor sich hin, als wäre ihr Auftrag damit erledigt, ließ mich stehen und ging ohne ein weiteres Wort davon. Ich öffnete meine Tür und trat ein.

Drinnen sah es genau wie in einem 53-Fuß-Frachtcontainer aus: überall glänzend weiß lackiertes Wellblech, in dem Wohnzimmer, Küche, Dusche mit Toilette und Schlafzimmer hintereinander angeordnet waren. Wie in einem altmodischen Schlafwagenabteil. Die Splitterschutzabdeckungen vor den Fenstern ließen sich heruntergeklappt als Arbeitsflächen nutzen. Der Fußboden bestand aus Birkensperrholz. Ich packte aus, indem ich meine Zahnbürste aus der Tasche holte, sie aufklappte und in ein Zahnputzglas stellte. Während ich noch überlegte, ob ich duschen solle, klopfte es an meiner Tür. Ich ging durch das vollgestellte schmale Rechteck zurück und machte auf.

Draußen stand eine weitere Frau, die ein anthrazitgraues Nadelstreifenkostüm, blickdichte Nylons und gute Schuhe trug. Sie war eher in meinem Alter und wirkte selbstbewusst und befehlsgewohnt. Ihr schwarzes Haar war von silbernen Strähnen durchzogen und sehr gut geschnitten, aber nicht gestylt oder gefärbt. Sie musste früher hübsch gewesen sein; jetzt war sie attraktiv. Sie sagte: »Mr. Reacher? Ich bin Joan Scarangello.«

Dabei streckte sie die Hand aus. Ich ergriff sie und schüttelte sie. Eine schmale, aber kräftige Hand. Kurz geschnittene Nägel, farbloser Nagellack. Keine Ringe. Ich fragte: »CIA?«

»*So* offensichtlich sollte es eigentlich nicht sein«, meinte sie lächelnd.

»Mit Außenministerium und Special Forces habe ich schon

gesprochen. Also musste die dritte Kraft logischerweise auch bald aufkreuzen.«

»Darf ich reinkommen?«

Mein Wohnraum war zweieinhalb Meter hoch, zweieinhalb Meter breit und etwa vier Meter lang. Groß genug für zwei, aber nur knapp. Die Möbel waren auf dem Boden festgeschraubt: ein zweisitziges Sofa und zwei kleine Sessel, die eine kompakte kleine Sitzgarnitur bildeten. Wie in einem Wohnmobil oder einer Designstudie für eine neue Gulfstream-Kabine. Ich setzte mich aufs Sofa, Joan Scarangello auf einen der Sessel. Wir drehten uns beide leicht zur Seite, damit wir uns ansehen konnten.

Sie sagte: »Wir sind Ihnen für Ihre Hilfe sehr dankbar.«

Ich sagte: »Ich habe noch nichts getan.«

»Aber Sie tun bestimmt etwas, wenn's nötig ist.«

»Gibt es das FBI nicht mehr? Ist es nicht normalerweise dafür zuständig, amerikanische Staatsbürger in den USA aufzuspüren?«

»Kott ist vielleicht nicht in Amerika. Nicht im Augenblick.«

»Dann wäre das Ihr Job.«

»Und wir arbeiten daran. Dazu gehört, dass wir uns die bestmögliche Hilfe holen. Alles andere wäre fahrlässig. Sie kennen den Mann.«

»Ich habe ihn vor sechzehn Jahren hinter Gitter gebracht. Ansonsten weiß ich nichts über ihn.«

»Die EU, dann die G8 und die G20«, erklärte sie. »Die Europäische Union, dann die acht führenden Industrienationen und die zwanzig größten Volkswirtschaften der Welt. Zahlreiche an einem Ort versammelte Staatsoberhäupter. Per Definition alle bis auf den Gastgeber auf unbekanntem Gelände. Fällt einer einem Attentat zum Opfer, ist's ein Unglück. Gibt es mehrere Tote, ist's eine Katastrophe. Und Sie selbst haben darauf hingewiesen, glaube ich, dass der Pariser Scharfschütze zweimal schießen wollte. Und wozu sollte er nach nur zwei Schüssen aufhören? Stellen Sie sich vor, drei oder vier würden tödlich getroffen. Völlige Lähmung wäre die Folge. Die Märkte würden weltweit einbrechen, und wir hätten wieder eine Rezession. Menschen würden hungern. Kriege könnten ausbrechen. Die ganze Welt könnte ins Chaos fallen.«

»Vielleicht sollten sie ihre Gipfeltreffen absagen.«

»Das Ergebnis bliebe gleich. Die Welt muss regiert werden. Das geht nicht nur am Telefon.«

»Aber bestimmt ein, zwei Monate lang.«

»Wer sollte das vorschlagen? Wer blinzelt als Erster? Wir, von den Russen beobachtet? Die Russen, von uns beobachtet? Die Chinesen, von allen beobachtet?«

»Das ist also eine Testosteronsache?«

Joan Scarangello fragte: »Was ist das nicht?«

Ich antwortete: »Weil wir gerade davon reden, dass die Welt regiert werden muss ... Ich habe nicht mal ein Handy.«

Sie fragte: »Möchten Sie eins?«

»Ich will darauf hinaus, dass John Kott ein Mann ist, mit dem ich vor sechzehn Jahren mal einen Tag lang zu tun hatte. Ich habe keine Ressourcen, keine Nachrichtenmittel, keine Datenbanken, keine Systeme, überhaupt nichts.«

»Über all das verfügen wir. Sie bekommen von uns alle Hinweise, die Sie brauchen.«

»Und dann schicken Sie mich los, um ihn zu erledigen?«

Sie gab keine Antwort.

Ich sagte: »Soll ich Ihnen etwas verraten, Miss Scarangello? Obwohl ich eben erst angekommen bin, bin ich nicht von gestern. Wenn Kott der Kerl ist, soll ich tollpatschig durch die Gegend tapsen, damit seine Geldgeber versuchen, mich beseitigen zu lassen. Interessierte Kreise, wie O'Day sie gern nennt.

Ich soll sie aus der Deckung locken. Das ist alles. Ich bin nur ein Köder.«

Sie gab keine Antwort.

Ich sagte: »Oder vielleicht wollen Sie, dass Kott selbst Jagd auf mich macht. Schließlich ist er verdammt wütend auf mich. Ich habe ihn für fünfzehn lange Jahre hinter Gitter gebracht. Das muss seine Lebensplanung ziemlich durcheinandergebracht haben. Ich denke, dass er entsprechend sauer auf mich ist. Vielleicht hat der ganze Yogazirkus nicht der Verbesserung seiner Chancen auf dem Arbeitsmarkt, sondern vor allem mir gegolten.«

»Niemand hält Sie für einen bloßen Köder.«

»Bullshit. Tom O'Day denkt an alles und wählt das billigste und effektivste Mittel.«

»Haben Sie Angst?«

»Kennen Sie irgendwelche Infanteristen?«

»Hier auf dem Stützpunkt gibt's viele.«

»Reden Sie mit denen. Infanteristen halten allen möglichen Scheiß aus. Sie hausen frierend, nass, schlammig, hungernd in Löchern im Erdboden, werden mit Granatwerfern, Artillerie und Raketen beschossen, müssen Angriffe mit Bomben, Giftgas und Lenkwaffen aushalten und haben alldem nichts entgegenzusetzen als Stacheldraht und MG-Nester. Aber wissen Sie, was sie am meisten fürchten?«

»Scharfschützen«, sagte sie.

»Korrekt«, sagte ich. »Willkürlicher Tod, aus dem Nichts, jederzeit, überall, ohne Ankündigung, ohne Vorwarnung. Zu jeder Minute jedes Tages. Pausenlos. Irgendwann wird der Stress unerträglich. Manche drehen davon tatsächlich durch. Und ich kann verstehen, weshalb. Im Augenblick sitze ich hier in einer kleinen Metallbox, und das gefällt mir schon besser, als gesund für mich ist.«

»Ich habe Ihren Bruder gekannt«, sagte Scarangello.

»Wirklich?«

Sie nickte. »Joe Reacher. Ich war eine junge Agentenführerin und er in der Army beim Nachrichtendienst. Wir haben in einem Fall zusammengearbeitet.«

»Und jetzt werden Sie mir erzählen, er habe gut über mich gesprochen, mich den toughsten Hundesohn weit und breit genannt. Sie werden einen Toten instrumentalisieren, der sich nicht mehr wehren kann.«

»Tut mir leid, dass er tot ist. Aber er hat gut über Sie geredet.«

»Wäre Joe hier, würde er mir raten, diese Sache möglichst schnell hinter mir zu lassen. Schließlich war er beim Nachrichtendienst. Und er hat auch O'Day gekannt.«

»Sie mögen O'Day nicht, stimmt's?«

»Ich finde, jemand sollte ihm einen Orden verleihen, ihm eine Kugel in den Kopf jagen und eine Brücke nach ihm benennen.«

»Vielleicht war Ihre Reaktivierung keine gute Idee.«

»Mich wundert, dass er noch im Geschäft ist.«

»Solche Dinge machen ihn unentbehrlich. Mehr denn je. Er steht absolut im Brennpunkt.«

Ich schwieg.

Joan Scarangello sagte: »Wir können Sie nicht zum Bleiben zwingen.«

Ich zuckte mit den Schultern.

»Ich bin Rick Shoemaker einen Gefallen schuldig«, entgegnete ich. »Also bleibe ich erst mal da.«

Berechenbar.

6

Scarangello verließ wenig später die Metallbox und hinterließ den schwachen Duft eines teuren Parfüms. Ich ging unter die Dusche und ins Bett. O'Day hatte die Gewohnheit, jeden Tag mit einer Besprechung zu beginnen, und ich wollte gleich nach dem Frühstück dort sein. Nur ich konnte keines finden. Beim ersten Tageslicht sah ich, dass wir uns in einer entfernten Ecke von Pope Field befanden, das riesig war. Ich rechnete mir aus, dass ich mich vermutlich über eine Meile, sogar vielleicht über fünf Meilen von der nächsten Kantine entfernt aufhielt. Und ich konnte mich nicht frei bewegen. Unbefugt zu Fuß in Fort Bragg unterwegs zu sein war nicht die cleverste Idee. Nicht unter den gegebenen Umständen. Eigentlich unter gar keinen Umständen.

Also ging ich zu der roten Tür zurück und traf Casey Nice in einem Raum mit einem Tisch an. Der Tisch bog sich unter dem Gewicht von Muffins, Gebäck auf Papptellern und großen Cateringboxen mit Kaffee. Dunkin' Donuts, aber nicht aus einer Heeresbäckerei. Privates Catering. Reformen. Alles, um einen Dollar zu sparen.

Casey Nice fragte: »Gute Unterkunft?«

Ich antwortete: »Besser, als in einem hohlen Baumstamm zu schlafen.«

»Tun Sie das normalerweise?«

»Redewendung«, sagte ich.

»Aber Sie haben gut geschlafen?«

»Erstklassig.«

»Haben Sie gestern noch mit jemandem gesprochen?«

»Mit einer Frau namens Joan Scarangello.«

»Gut.«

»Wer ist sie genau?«

»Die Stellvertreterin des stellvertretenden Direktors der Operationsabteilung.«

Das klang nicht nach hohem Rang, aber dieser Eindruck trog. Als D-DDO, wie sie im CIA-Sprech hieß, gehörte Scarangello zum höchsten Führungszirkel ihres Dienstes. Eine von zehn bis zwölf der am besten informierten und vernetzten Personen der Welt. Ihr natürlicher Lebensraum würde ein Büro in Langley sein, das ungefähr achtmal so groß wie mein Wohncontainer war – vermutlich mit mehr Telefonen auf dem Schreibtisch, als ich je im Leben gesehen hatte. Ich sagte: »Die dort oben nehmen diese Sache wirklich ernst, was?«

»Das müssen sie, finden Sie nicht auch?«

Ich gab keine Antwort, und dann kam Scarangello selbst herein. Sie nickte grüßend, griff sich ein Stück Teegebäck und einen Becher Kaffee und verschwand wieder. Ich nahm zwei Stück Gebäck, einen leeren Pappbecher und eine ganze Kaffeebox, um sie mit dem Ausgießer zu mir an die Konferenztischkante zu stellen. So konnte ich mir nachschenken, wann immer ich wollte. Wie ein Alkoholiker hinter einer Bartheke.

Die Morgenbesprechung fand in einem Raum neben Tom O'Days Dienstzimmer im ersten Stock statt. Nichts Luxuriöses, nur vier zusammengeschobene einfache Tische, die ein Quadrat bildeten, und acht Stühle für uns fünf. Shoemaker, O'Day und Scarangello hatten ihre Plätze bereits eingenommen. Casey Nice setzte sich neben Scarangello, und ich entschied mich für einen Platz, an dem ich auf beiden Seiten einen leeren Stuhl neben mir hatte. Ich rückte die Kaffeebox zurecht und biss in ein Stück Teekuchen.

Shoemaker ergriff als Erster das Wort. Er trug wieder einen Arbeitsanzug mit dem großen Stern, was keine Überraschung war, aber seine einleitende Analyse hörte sich scharfsinnig genug an, um zu suggerieren, dass er sich die Beförderung verdient hatte. Er führte aus: »Die polnische Regierung spricht davon, überraschend Neuwahlen ansetzen zu wollen, und die Griechen haben das anscheinend auch vor. Das sieht nach Demokratie in Aktion aus, aber bei genauerem Hinsehen enthält die europäische Verfassung einen Passus, dass Gipfelkonferenzen verschoben werden können, wenn in zwei oder mehr Mitgliedsstaaten Wahlen anstehen. Mit anderen Worten: Sie flüchten in die Berge. Die Staatschefs der Europäischen Union werden also nicht zusammentreffen. Damit sind wir beim G8-Gipfel in drei Wochen angelangt, der weiterhin auf dem Plan steht. Also dürften der Zeitpunkt und die Zielpersonen feststehen.«

Ich holte Luft, um zu sprechen, aber O'Day streckte mir einen hageren Arm mit erhobener Handfläche entgegen, als würde er einem Hund »Platz!«, befehlen, und sagte: »Sie wollen uns warnen, dass wir hier von einer sehr gewichtigen Annahme ausgehen und die wahre Zielperson jemand ganz anderer sein könnte. Das ist korrekt, aber Sie müssen bitte verstehen, dass uns keine andere interessiert. Gilt der Anschlag sonst jemandem, tanzen wir hier auf den Tischen. Aber bis dahin gehen wir für operative Zwecke davon aus, dass der geplante Mordanschlag auf einen Spitzenpolitiker eine schon bewiesene Tatsache ist.«

Ich sagte: »Ich wollte fragen, wer die G8 sind.«

Das schien eine dämliche Frage zu sein, denn alle rutschten unruhig hin und her, aber keiner antwortete. Zuletzt sagte Casey Nice: »Wir und Kanada, Großbritannien und Frankreich, Deutschland und Italien, Japan und Russland.«

Ich sagte: »Das sind nicht die acht größten Volkswirtschaften der Welt.«

»Sie waren es mal«, erklärte Scarangello. »Manche Dinge sind wie in Stein gehauen.«

»Hat der Anschlag persönliche oder nationalistische Gründe, könnte er jeden dieser Staaten treffen. Soll er jedoch eine große terroristische Botschaft verkünden, kommt Italien bei allem Respekt wohl kaum infrage. Ich meine, wer würde das schon merken? Dort wechseln die Regierungschefs ohnehin jedes Vierteljahr. Kanada auch nicht. Den Kerl würde man nicht erkennen, wenn er einem im Supermarkt über den Weg liefe. Bei Japan sieht's ähnlich aus. Und auch bei Frankreich. Ebenso bei Großbritannien. Der Tod des Premierministers würde die Welt nicht destabilisieren. Deutschland wäre eher problematisch, denke ich.«

Joan Scarangello nickte. »Der größte Exporteur der Welt, ein Stabilitätsanker der Europäischen Union mit einer ganz neuen Psyche, die unbedingt darauf angewiesen ist, dass *keine* Politiker erschossen werden. Dadurch könnte alles außer Kontrolle geraten. Und bei Deutschland wäre das ein tiefer Absturz.«

»Also kommen nur wir, Russland und Deutschland in Betracht. Das macht die Sache einfach. Es geht lediglich darum, diese drei wegzusperren. Keine frische Luft mehr für sie. Die anderen fünf können sich weiterhin frei bewegen. Oder wir schicken auch die Vizepräsidenten los, lassen sie Fototermine wahrnehmen. Das wäre sogar ein PR-Gag. Wir und die Russen haben so viel Mumm, dass wir uns das trauen.«

»Das ist der schon ausgearbeitete Plan B«, sagte O'Day. »Plan A ist, John Kott zu finden und zu hoffen, dass London, Moskau und Tel Aviv ähnlich erfolgreich sind.«

»Wissen wir irgendwas über deren Kerle?«

»Wir wissen nahezu alles über sie. Der Brite ist ein ehemaliger SAS-Angehöriger namens Carson. In Uniform hat er in aller Welt über fünfzig Männer erschossen, auch wenn das nie jemand zugeben würde, davon einen aus achtzehnhundert Metern, alles dokumentiert und verifiziert. Der Russe ist ein Mann namens Dazow. Sein erster Ausbilder hat noch in Stalingrad gekämpft, was eine harte Schule war. Bei dem Israeli handelt es sich um einen gewissen Rosan. Der beste Mann mit einem Barrett Kaliber .50, den sie jemals hatten – und das will bei den israelischen Verteidigungsstreitkräften einiges heißen.«

»Alle drei scheinen besser als Kott zu sein.«

»Nein, sie sind etwa so gut wie er. Dreizehnhundert Meter waren nichts für Kott. Bloße Routine. Das heißt, bis Sie ihn hinter Gitter gebracht haben.«

»Das klingt fast so, als hätte ich's nicht tun sollen.«

»Für uns war er wertvoller als der Soldat, den er umgelegt hat.«

Ich fragte: »Wo findet das G8-Treffen statt?«

»London«, antwortete O'Day. »Theoretisch knapp außerhalb. In einem Herrenhaus oder einem alten Schloss. Irgendwas in dieser Art.«

»Hat es einen Wassergraben?«

»Das weiß ich nicht.«

»Vielleicht sollten sie anfangen, einen zu graben.«

»Die Idee ist, es nicht erst so weit kommen zu lassen.«

»Dort kann ich Ihnen ohnehin nicht helfen. Mein Reisepass ist abgelaufen.«

O'Day sagte: »Darüber sollten Sie mit dem Außenministerium reden.« Er nickte Casey Nice zu, die in ihre Kostümjacke griff, wie sie es getan hatte, als sie mir den CIA-Bericht gezeigt hatte, und ein dünnes blaues Heftchen herauszog, das sie mir über den Tisch hinschob. Es fühlte sich ebenfalls leicht warm an.

Vor mir lag ein Reisepass mit meinem Namen und meinem Foto, am Vortag ausgestellt, zehn Jahre gültig.

7

Nach der Morgenbesprechung nahm Rick Shoemaker mich in sein Dienstzimmer mit, wo er mich aufforderte, einen detaillierten taktischen Plan für einen Trip nach Arkansas auszuarbeiten. Was lächerlich war. Für Arkansas brauchte man keinen detaillierten taktischen Plan. Und es lag in der falschen Richtung. Ich sagte: »Er ist bestimmt in Europa geblieben. Wahrscheinlich befindet er sich schon in London. Wenn er's überhaupt war.«

Shoemaker sagte: »Von Joan Scarangello haben wir gehört, dass Ihnen klar ist, welche Rolle Sie spielen.«

Ich bin nur ein Köder.

Ich fragte: »Ist das Ihr Ernst?«

Er sagte: »Das ist keine große Sache. Wie Sie selbst festgestellt haben, hält Kott sich wahrscheinlich nicht dort auf, wenn er unser Mann ist. Aber wenn er's ist, hat er da vielleicht Leute, die unsere Fortschritte überwachen. Arkansas ist ein logisches erstes Etappenziel. Dort sollten wir uns auf jeden Fall umsehen. Wir brauchen eine Bestätigung dafür, dass er wieder zu schießen angefangen hat. Wenn nicht, brauchen wir uns keine Sorgen zu machen. Mit Yoga und Meditation allein kommt man nicht weit. Man muss auch mit der Waffe trainieren. Diese Leute rechnen bestimmt damit, dass wir das überprüfen. Ich denke, dass sie gewöhnliche Leute sind. Kein Problem für Sie. Aber vielleicht kann man doch was aus ihnen rauskriegen.«

»Falls er's ist.«

»Und wenn er's nicht ist, haben Sie noch weniger Grund zur Sorge.«

»Wieso ich? Haben wir nicht genügend FBI-Agenten? Die wären sogar bessere Köder als ich. Sie könnten mit Blinklicht und Sirenengeheul vorfahren.«

»Wissen Sie, wie viele Amerikaner Zugang zu streng geheimen Unterlagen haben?«

»Keine Ahnung.«

»Fast eine Million, von denen die Hälfte Zivilisten sind. Firmenchefs und Geschäftsleute, Unternehmer und Subunternehmer. Und selbst im besten Fall sind von jeder Million einige hundert Menschen echte Verräter.«

»Da höre ich O'Day reden.«

»Er hat meistens recht.«

»Und leidet immer unter Verfolgungswahn.«

»Okay, halbieren wir diese Zahl. Bei uns gibt's hundert Verräter mit Zugang zu streng geheimen Unterlagen. Unsere nationale Sicherheit kann niemand mehr garantieren. Das ist schon seit einem Jahrzehnt so. Deshalb wissen nur wenige Eingeweihte von diesem Projekt. Informationen darüber werden nicht verbreitet. General O'Day arbeitet gegenwärtig nur mit Leuten zusammen, die er als vertrauenswürdig kennt.«

»Ich kann mir nicht mal ein Auto leihen. Ich verfüge weder über Führerschein noch Kreditkarte.«

»Casey Nice begleitet Sie«, erklärte Shoemaker. »Sie fährt gut, glaube ich.«

»Dann ist sie auch ein Köder.«

»Sie weiß, wofür sie unterschrieben hat, und ist tougher, als sie aussieht.«

Letztlich bestand die taktische Planung dann daraus, dass ich meine Klappzahnbürste aus dem Bad holte und mir Kotts letzte bekannte Adresse aufschrieb. Sein gemietetes Haus stand meilenweit von der nächsten Siedlung entfernt in der unteren linken Ecke des Staats, wo Arkansas in Oklahoma oder Texas oder Louisiana übergeht. Casey Nice verschwand in ihrem schwarzen Nadelstreifenkostüm in ihrer weißen Box und kam fünf

Minuten später in Jeans und einer braunen Lederjacke wieder zum Vorschein. Beides natürlich für die linke untere Ecke von Arkansas besser geeignet.

Wir bekamen dasselbe Flugzeug. Mit derselben Besatzung. Ich ließ Casey Nice auf der Fluggasttreppe den Vortritt, das einzig Vernünftige, wenn man mit einer Jeansträgerin Ende zwanzig unterwegs war. Ich saß im selben Sessel und sie mir gegenüber. Diesmal wusste der Steward genau, wohin wir unterwegs waren: zum Texarkana Regional Airport, einem Flughafen mit Autovermietungen. Keine Großkreisroute. Nur geradeaus nach Südwesten, über Georgia, Alabama und Mississippi hinweg. Eine Kanne Kaffee würde reichen, falls Casey Nice nicht auch einen Becher wollte.

Ich sagte zu ihr: »Shoemaker behauptet, Sie wüssten, wofür Sie unterschrieben haben.«

Sie sagte: »Ich denke schon.«

»Und das wäre?«

»Dazu gibt es eine Theorie. Sie haben gesehen, wie's ist. Wir arbeiten alle zusammen. Die Theorie besagt, dass wir zukünftig verschmelzen werden. Hinter den Kulissen, meine ich. Deshalb müssen wir praktische Erfahrungen sammeln. Was in Ordnung ist. Ich muss darauf vorbereitet sein. Der größte Teil meiner Karriere liegt in der Zukunft.«

»Welche Erfahrungen haben Sie bisher gesammelt?«

»Diese Sache macht mir keine Sorgen, wenn Sie das meinen.«

»Gut zu wissen«, sagte ich.

»Sollte ich mir welche machen?«

»Waren Sie mal in einem Hotel mit richtig großen Maxibetten? Ungefähr zweieinhalb Meter lang? Sind wir jemals im Freien unterwegs, sollten Sie auf ungefähr so viel Abstand von mir achten. Im besten Fall kann es nämlich passieren, dass Kott nichts mit alledem zu tun hat, auf einem Angelausflug war, als Ihre Drohne sein Haus überflogen hat, und nun wieder zu Hause ist – mit einer schnurgeraden langen Einfahrt und einem geladenen Gewehr neben dem Küchenfenster. Wenn er sich sehr aufregt, geht sein erster Schuss vielleicht zwei Meter daneben. Aber keine zweieinhalb.«

»Ich glaube nicht, dass er zu Hause ist. Ich denke, er befindet sich in London.«

»Warum er? Die anderen klingen besser.«

»Dazow war als sehr junger Mann in der Roten Armee, danach in der russischen Armee, bis er vor fünf Jahren auf eigenen Wunsch ausgeschieden ist. Rosan ist schon länger nicht mehr bei den israelischen Selbstverteidigungsstreitkräften. Und der Brite Carson hat den Dienst beim Special Air Service noch früher quittiert. Aber in Paris haben wir ein ganz neues Täterprofil gesehen. Wozu sollten Dazow, Rosan oder Carson jahrelang pausieren, bevor sie ihre Dienste anbieten? Nein, hier weist alles auf einen Mann hin, der sich ein Jahr lang darauf vorbereitet hat, den Schritt in die Selbständigkeit zu wagen. Ein Kerl, dessen Ruhestand eben erst begonnen hat.«

»Trotzdem sollten Sie zweieinhalb Meter Abstand von mir halten. Dazow, Rosan und Carson können anderswo beschäftigt gewesen sein. In Privatarmeen oder bei Sicherheitsdiensten. Vielleicht haben sie auch Biobuchläden geführt und sind damit in rote Zahlen geraten. Oder sie haben irgendwie ihre Pensionen eingebüßt oder sind wegen ganz anderer Vergehen eben erst aus der Haft entlassen worden. Unter Umständen ist Kott schon länger als Freelancer tätig als seine Kollegen – auch wenn's vielleicht nur ein Jahr ist.«

»Dann würden die ihn als Ersten nehmen, weil er die meiste Erfahrung hat. Er hält sich in London auf, davon bin ich überzeugt. Arkansas macht mir keine Sorgen.«

Mir anfangs auch nicht.

8

Wir landeten in Texarkana und fanden die Autovermietungen am Ende einer langen Reihe von Unternehmen, die alle mit der Luftfahrt zu tun hatten. Als Casey Nice einen ganz normalen Führerschein aus Maryland vorlegte, konnte ich einen Blick auf ihr Geburtsdatum werfen und mir ausrechnen, dass sie achtundzwanzig war. Sie zahlte mit einer von einer Bank in Maryland ausgestellten Visa-Karte. Dafür bekam sie einen Haufen Formulare, die sie alle unterschreiben musste, und den Schlüssel für einen Pick-up, einen Ford F-150, den hier viele Leute mieten zu wollen schienen.

Der Pick-up war feuerrot und hatte ein Navi, das über den Zigarettenanzünder betrieben wurde. Sie gab die Adresse ein, die wir hatten. Das Gerät scrollte, als griffe es auf Unmengen örtlichen Wissens zurück, und meldete dann, die Entfernung betrage achtundvierzig Meilen. An der Ausfahrt schaute ich mich noch einmal um. Ich konnte unser Flugzeug auf dem Vorfeld erkennen. Vor uns sah ich kurvenreiche enge Straßen und junges Laub an den Bäumen.

Ich sagte: »Wir sollten irgendwo zu Mittag essen.«

Sie fragte: »Sollten wir nicht erst unseren Auftrag ausführen?«

»Keine Gelegenheit zum Essen auslassen. Das ist die goldene Regel.«

»Wo?«

»Im ersten Lokal, das auf unserem Weg liegt.«

Leider war das kein ländliches Schnellrestaurant, wie ich gehofft hatte. Stattdessen rollten wir durch eine hübsche Kleinstadt an einer Straßenkreuzung und kamen zu einer belebten Ladenzeile mit einer Shell-Tankstelle an einem und einem Familienrestaurant am anderen Ende. Dazwischen gab es Discounter für nahezu alles, was man täglich brauchte, dazu eine Apotheke und ein Textilgeschäft. Das Restaurant hatte einfache Holztische und nicht zusammenpassende Teller, aber eine vernünftige Speisekarte ohne exotische Gerichte. Ich holte mit Kaffee, Pfannkuchen und Schinkenrührei das versäumte Frühstück nach. Casey Nice bestellte einen Salat und trank dazu Wasser. Sie zahlte – vermutlich aus O'Days Budget.

Anschließend machte ich einen Umweg über das Textilgeschäft und suchte im Khakibereich des Farbspektrums und im unteren Bereich des Preisspektrums, bis ich Unterwäsche und Socken, eine Hose sowie ein Hemd und eine Jacke gefunden hatte, die vielleicht zum Golfen im Regen gedacht war. Meine Stiefel behielt ich, weil es keine besseren zu kaufen gab. Ich zog mich wie immer in der Umkleidekabine um und stopfte meine alten Sachen in einen Abfallkorb. Casey Nice beobachtete diesen Vorgang interessiert. Sie sagte: »Davon habe ich bei der Einweisung gehört, aber ich wusste nicht, ob ich's glauben sollte.«

Ich fragte: »Du hast eine Einweisung zu Jack Reacher bekommen?«

»General O'Day nennt dich Sherlock Homeless.«

»Er sollte mal daran denken, sich einen neuen Pullover zu kaufen.«

Wir stiegen wieder in den roten Pick-up, fuhren weiter nach Nordwesten, schnitten eine Ecke von Texas ab und hielten auf Oklahoma zu. Laut Navi schien unser Ziel, das wie bei einem Autorennen mit einer kleinen schwarz-weiß karierten Flagge markiert war, in einem absoluten Niemandsland zu liegen. Ich hoffte, dass auf dem Display mehr Straßen erscheinen würden, wenn wir näher herankamen.

Eine Stunde später waren allerdings mehr Straßen zu sehen: alle dünn, grau und kurvenreich. Hier gab es auch Seen, Bäche und

Flüsse, die alle auf eine Weise ausgerichtet waren, die auf eine von Schluchten durchzogene Gegend schließen ließ. Das bestätigte ein Blick auf die vor uns liegende Landschaft mit parallel verlaufenden bewaldeten Hügelketten, die an ein Waschbrett erinnerten. Eine Meile vor der Zielflagge hielt Casey Nice an und zog ihr Smartphone heraus, aber sie bekam nicht herein, was sie wollte. Vermutlich ein Satellitenbild. Also blieben wir bei dem Navi, auf dem die karierte Flagge eine halbe Meile nördlich der Straße ganz allein in einem Meer aus Grün stand.

»Eine lange Zufahrt«, sagte ich.

»Hoffentlich nicht schnurgerade«, meinte sie.

Wir fuhren langsamer weiter, bis wir die Stelle erreichten, wo die Zufahrt auf unsere Straße mündete. Sie war nur ein unbefestigter, von Bäumen gesäumter Weg, der zwischen symbolischen Torsäulen aus aufgestapelten Steinen begann und sich windend rasch hinter jungem Laub verschwand. Auf dem Bankett stand ein weitgehend verrosteter Briefkasten, der aber keinen Namen trug. Und genau gegenüber, auf der linken Straßenseite, befand sich ein deutlich sichtbares Haus. Vermutlich Kotts nächster Nachbar.

Ich sagte: »Komm, wir fangen dort drüben an.«

Das Nachbarhaus war nichts Besonderes, aber einigermaßen gut erhalten: ein langer niedriger Bau aus braunen Brettern. Auf der mit Kies bestreuten Fläche vor dem Haus parkte ein älterer Pick-up. Hinter dem Haus schien ein kleiner Garten zu liegen. Auf einer Seite neben dem Pick-up stand eine fast noch größere Satellitenschüssel, auf der anderen eine verrostete Waschmaschine mit heraushängenden Schläuchen, die alle brüchig waren.

Ich drückte auf den Klingelknopf und hörte hinter der Tür einen Gong anschlagen, der besser nach Suburbia gepasst hätte. Zunächst rührte sich nichts. Dann vernahmen wir Schritte, und ein Kerl kam auf der Waschmaschinenseite von hinten um die Hausecke. Er war schätzungsweise vierzig, trug Haar und Bart ziemlich kurz und hatte einen Stiernacken, einen skeptischen Blick und ein Gesicht, das in keiner Weise auffällig gewesen wäre, hätte ihm nicht oben links ein Vorderzahn gefehlt.

Sein Tonfall war neutral, als er fragte: »Für Sie tun?«

Was meiner Erfahrung nach drei Wörter sind, denen alles von bereitwilliger Kooperation bis zu einem Schuss ins Gesicht folgen kann. Ich sagte: »Wir suchen John Kott.«

Er sagte: »Bin ich nicht.«

»Wissen Sie, wo er wohnt?«

Der Kerl zeigte durch seine dünne Hecke und über die Straße auf die Einmündung von Kotts Zufahrt.

Ich fragte: »Ist er zu Hause?«

»Wer will das wissen?«

»Er ist ein Kumpel von mir.«

»Woher?«

»Knast«, sagte ich.

»Warum fahren Sie nicht hin und sehen selbst nach?«

»Wir haben einen Mietwagen. Heutzutage muss man zahlen, wenn man einen Platten hat. Und diese Zufahrt sieht ziemlich schlimm aus.«

Der Kerl sagte: »Ich weiß nicht, ob er daheim ist.«

»Wie lange lebt er schon hier?«

»Ungefähr ein Jahr.«

»Arbeitet er?«

»Glaub ich nicht.«

»Wovon zahlt er dann die Miete?«

»Keine Ahnung.«

»Sehen Sie ihn kommen und gehen?«

»Wenn ich zufällig auf die Straße schaue.«

»Wann haben Sie ihn zuletzt gesehen?

»Kann ich nicht bestimmt sagen.«

»Heute? Gestern?«

»Kann ich nicht sagen. Ich beobachte die Straße nicht sehr oft.«

»Vor einem Monat? Vor acht Wochen?«

»Kann ich nicht sagen.«

Ich fragte: »Was fährt er?«

»Einen alten blauen Pick-up«, antwortete der Mann. »Einen uralten Ford.«

»Hören Sie dort oben manchmal Schüsse?«

»Wo dort oben?«

»In den Wäldern. Auf den Hügeln.«

»Wir sind hier in Arkansas«, meinte der Kerl.

»Bekommt Mr. Kott jemals Besuch?«

»Kann ich nicht sagen.«

»Treiben sich hier seltsame Leute herum?«

»Was für seltsame Leute?«

»Vielleicht seltsame Ausländer?«

»Sie sind der Erste, den ich seit Langem sehe.«

Ich sagte: »Ich bin kein seltsamer Ausländer. Ich bin weder das eine noch das andere.«

Er fragte: »Wo sind Sie geboren?«

Darauf wusste ich keine gute Antwort. Dass ich nicht aus dem Süden stammte, konnte er selbst hören. Und New York wäre ihm so egal wie Chicago oder Los Angeles gewesen. Also sagte ich ihm die Wahrheit: »Westberlin.«

Er äußerte sich nicht dazu.

»Mein Vater war beim Marinekorps«, erklärte ich.

»Ich war bei der Luftwaffe«, sagte er. »Marines kann ich nicht leiden. Lauter ruhmsüchtige Angeber, wenn Sie mich fragen.«

»Tue ich aber nicht«, sagte ich.

Der Kerl wandte sich ab, musterte Casey Nice in aller Ruhe

von oben bis unten, von unten bis oben und sagte: »Aber Sie haben nie gesessen, glaub ich.«

Sie sagte: »Nur weil sie nicht clever genug waren, mich zu erwischen.«

Der Kerl grinste und steckte seine Zungenspitze in die Zahnlücke. Er fragte: »Wobei erwischen, kleine Missy?«

Casey Nice antwortete: »Sie sollten den fehlenden Zahn ersetzen lassen. Dann hätten Sie ein nettes Lächeln. Und Sie sollten die Waschmaschine vor dem Haus abtransportieren. Die muss da nicht stehen, glaube ich.«

»Machen Sie sich über mich lustig?« Der Kerl trat dicht an sie heran und starrte sie wütend an. Dann sah er zu mir herüber, und ich erwiderte seinen Blick ausdruckslos, als überlegte ich, ob ich ihn eine Woche lang humpeln lassen oder für den Rest seines Lebens in einen Rollstuhl befördern sollte. Nach kurzem Zögern sagte er: »Na, dann wünsche ich euch einen netten Besuch bei eurem Kumpel, Leute.« Er wandte sich ab und ging wieder hinters Haus – dieses Mal an der Satellitenschüssel vorbei. Wir blieben noch einen Augenblick in der schwachen Frühlingssonne stehen, dann stiegen wir in unseren Pickup und hielten quer über die schmale Straße genau auf Kotts Einfahrt zu.

9

Die Zufahrt war kaum besser als ein ausgetrocknetes Bachbett, aber sie verlief wenigstens nicht gerade. Zumindest anfangs nicht. Sie stieg ab der Straße flach an, bog dann scharf rechts ab, um ein Bachufer zu erklimmen, bevor sie nach einer Linkskurve dem oberen Rand einer Schlucht folgte. Als Nächstes kam eine

Kehre. Was dahinter lag, war noch nicht zu erkennen. Casey Nice saß nach vorn gebeugt da und kämpfte mit dem schlagenden Lenkrad, das sie mit beiden Händen festhalten musste.

Ich sagte: »Du musst dich zurücklehnen und den Sitz zurückfahren.«

»Wozu?«

»Damit du in den Fußraum abtauchen kannst, wenn die Schießerei losgeht. Ich weiß nicht, ob unser Motor aus Aluminium oder Gusseisen besteht, aber jedenfalls bietet er gute Deckung. Natürlich nur, wenn nicht gleich der erste Schuss trifft.«

»Er ist in London.«

»Einer von ihnen ist dort. Die anderen drei nicht.«

»Er ist der beste Mann.«

»Er hat fünfzehn Jahre lang gesessen.«

»Mit einem Plan, der funktioniert hat oder auch nicht. Hat alles geklappt, ist er noch so gut wie früher. Gut genug für Paris. Oder er könnte sogar besser geworden sein. Hast du dir das mal überlegt? Dann wäre er praktisch übermenschlich.«

»Ist das die offizielle Analyse des Außenministeriums? Ihr solltet bei Pässen und Visa bleiben, Leute.«

Wir krochen höher, auf die unübersichtliche Kehre zu. Von Überwachung keine Spur. Niemand beobachtete unsere Annäherung. Aus der Luft hätte die Schlucht, der wir folgten, klein und unbedeutend ausgesehen, aber aus der Nähe und mit eigenen Augen betrachtet wirkte sie durchaus eindrucksvoll. Sie war geschätzte zehn Meter tief und schien wie von einer Riesenkralle in die Landschaft geritzt zu sein. Ihr Boden war mit felsigem Geröll bedeckt, auf dem außer einigen genügsamen Sträuchern nicht viel wuchs. Bäume gab es erst wieder am oberen Rand der Schlucht; sie trieben zwar erst aus, aber ihr Laub war trotzdem schon so dicht, dass es uns die Sicht nahm.

Ich sagte: »Vielleicht sollten wir ab hier zu Fuß weitergehen.«

»Mit zweieinhalb Metern Abstand?«

»Mindestens.«

Casey Nice nahm den Fuß vom Gas und hielt rumpelnd an. Vom Weg konnte sie nicht abfahren. Die Zufahrt hatte die Breite unseres Pick-up. Was gut war. Ich sagte: »Falls er beim Einkaufen gewesen ist, hören wir ihn zurückkommen. Ich wette, dass er hupt, wenn unser Wagen ihm den Weg versperrt.«

»Er ist in London.«

»Wenn du willst, kannst du hier im Auto bleiben.«

»Das will ich nicht.«

»Dann gehst du voraus. Als wolltest du Lexika verkaufen. Auf dich schießt er nicht.«

»Bestimmt nicht?«

»Du hast ihn noch nicht herausgefordert.«

»Siehst du? Du weißt doch etwas über ihn.«

»Ich bin ungefähr zwanzig Schritte hinter dir. Ruf mich, wenn's ein Problem gibt.«

Ich sah ihr nach, als sie vorausging. Sie blieb mitten auf dem Weg und benutzte große Steine als Trittsteine, als wäre sie tatsächlich in einem Bachbett unterwegs und wollte trockene Füße behalten. Ich blieb knapp zwanzig Meter hinter ihr, machte langsamere, aber größere Schritte, als würde ich steil bergauf gehen, obwohl die Steigung nur gering war. Sie blieb vor der Kehre stehen und schaute sich um. Als ich lediglich mit den Schultern zuckte, ging sie weiter und verschwand. Ich hielt kurz inne, hörte aber nichts außer dem Klappern von Steinen unter ihren Füßen und beeilte mich dann, den vorherigen Abstand wiederherzustellen.

Nach der Kehre verlief der Weg der Bergseite der Schlucht folgend ziemlich gerade bis zu etwas, das eine Art Lichtung mit einem ebenfalls braunen Holzhaus sein konnte. Und mit der

Andeutung von etwas Blauem, das vielleicht ein geparkter uralter Pick-up war. Bis dorthin waren es ungefähr hundert Meter.

Vor mir war Casey Nice von der Mitte an den linken Wegrand gewechselt. Dort kam sie langsamer voran, schien sich aber wohler zu fühlen. Mir ging es ebenso. Ich wechselte an den anderen Wegrand. Es wäre unsinnig gewesen, hintereinander zu marschieren und so praktisch ein einziges Ziel zu bilden. Unsinnig, wenn sie durch einen Schuss starb, der mich verfehlte, und unsinnig, wenn ich durch einen starb, der sie verfehlte.

Wir bewegten uns in diagonalem Gleichschritt weiter, bis sie den Rand der Lichtung erreichte, wo sie stehen blieb. Ich reagierte mit dem militärischen Handzeichen für *Halt!* Aus der Grundausbildung, aber sie begriff, was ich meinte, und trat hinter den nächsten Baum. Ich überquerte mit drei langen Schritten den Weg und schloss zu ihr auf. Sie fragte: »Soll ich an die Tür klopfen?«

Ich sagte: »Das wirst du wohl müssen.«

»Hat er einen Hund?«

»Der hätte längst gebellt.«

Sie nickte, atmete mehrmals tief durch und trat hinter dem Baum hervor. Das Geräusch ihrer Schritte veränderte sich, als jetzt Kies unter ihren Füßen knirschte. Dann hörte ich sie an die Haustür klopfen. Hier gab es keine Glocke. Nur ein lautes *Poch-poch-poch,* das in der Stadt wahrscheinlich unangemessen geklungen hätte, sich aber auf dem Land, wo die Leute oft weiter entfernt beschäftigt waren, völlig normal anhörte.

Keine Reaktion.

Keine Schritte, kein Knarren im Haus, kein Schlurfen oder Knirschen in seiner Umgebung.

Nichts.

Sie klopfte erneut.

Poch-poch-poch.

Stille. Keine Reaktion. Keiner zu Hause, keine Beobachter, keine Überwachung.

Ich überquerte die mit Kies bestreute Fläche und blieb bei Casey Nice stehen. Die Vorhänge hinter den meisten Fenstern waren geschlossen, aber durch einige Spalten waren einfach eingerichtete Räume mit schon älteren Möbeln zu erkennen. Das Gebäude war ein langes, niedriges Ranchhaus im selben Stil wie das des Nachbarn im Tal, vielleicht sogar zur selben Zeit von denselben Leuten erbaut. Ein massives und solides Gebäude. Die Lichtung, auf der wir standen, bestand aus festgefahrener Erde, die mit einer dünnen Kiesschicht bedeckt war. Das Unkraut vom Vorjahr wucherte bereits wieder: dünner im Bereich der Haustür, wo es mehr Fußgängerverkehr gab, an der Hintertür des Hauses und auf den Trampelpfaden von beiden Türen zu dem blauen Pick-up.

Der blaue Wagen war wirklich ein uralter Ford. Vermutlich nur hundert Dollar wert. Ideal für einen Kerl, der gerade aus Leavenworth kam. Sein Motor war kalt, und er schien lange nicht mehr bewegt worden zu sein, aber wer konnte das bei einem so alten Fahrzeug schon sagen?

Casey Nice hielt Ausschau nach möglichen Verstecken für den Hausschlüssel, von denen es hier auffällig wenige gab. Keine Pflanzkübel auf beiden Seiten der Haustür, keine Statuen, keine Steinlöwen. Sie runzelte die Stirn und fragte: »Sollen wir einbrechen?«

Ich entdeckte einen dritten Trampelpfad. Nur eine lange schmale Spur durchs Unkraut, das sich nicht wieder ganz aufgerichtet hatte und teilweise auch verkümmert war. Der Pfad verlief entlang des alten Pick-up und hinauf in die nächste Schlucht.

Ich sagte: »Sehen wir uns erst mal an, wohin dieser Fußweg führt.«

Sie folgte mir in den Wald, einmal links, einmal rechts, bis wir uns am Ostrand einer weiteren Schlucht befanden. Auf den ersten Blick glich sie ganz der, die wir schon kannten: ein Riss in felsigem Untergrund, fünfzehn Meter tief, wie eine grotesk in die Länge gezogene Badewanne geformt. Das Ergebnis irgendeines eiszeitlichen Prozesses. Vermutlich vor Hunderttausenden von Jahren von einem Gletscher bewirkt, dessen mit Felsblöcken durchsetztes Eis diese Wanne unendlich langsam ausgeschürft hatte. Wie die erste Schlucht hatte sie einen felsigen Boden, auf dem nicht viel wuchs. Auf beiden Seiten standen hohe Bäume, die die Tiefe des Grabens unterstrichen und seine Länge betonten.

Drei Bäume waren bei einem Sturm umgestürzt. Genau hier am Ostende der Schlucht. Drei schöne, gerade Tannen. Zwei von ihnen lagen mit drei Meter Abstand wie die äußeren Balken einer Holzbrücke parallel zueinander über der Schlucht. Die dritte Tanne war mit einer Kettensäge in Dreimeterstücke zersägt worden, die, auf die parallelen Stämme gewälzt, eine solide Plattform abgaben. Ihre obere Fläche bildete eine haltbar verschraubte zweieinhalb mal eineinviertel Meter große Platte aus wetterfestem Sperrholz.

Casey Nice fragte: »Wofür?«

Wir kletterten auf die Plattform, richteten uns auf, indem wir uns an überhängenden Zweigen festhielten, waren anfangs noch etwas unsicher, standen dann still und blickten uns um. Hinter uns hatten wir Bäume. Rechts und links von uns ebenfalls. Und vor uns verlief die enge, gerade Schlucht scheinbar endlos weit nach Westen. Ihr kümmerlicher Bewuchs lag weit unter uns. Das andere Ende war fast nicht mehr zu sehen. Dort zeichnete sich ein grauer Fleck ab, als endete die Schlucht früher als zur Zeit ihrer Entstehung – vielleicht unzählige Jahrtausende später durch herabstürzendes Gestein verschüttet.

Ich betrachtete die Sperrholzplatte und entdeckte zwei vage ovale Formen dicht nebeneinander, beide ungefähr so groß wie ein Straußenei oder ein kleiner Football, Seite an Seite wie die Fußabdrücke eines ruhig dastehenden Mannes. Diese Formen waren grau, silbergrau, wie Sperrholz wird, wenn sich Metall darauf reibt. Und ich sah auch Graphitspuren von Waffenöl und einfach Schmutz aus der Luft, weil solche Schmiermittel letztlich immer etwas klebrig sind.

Ich ging in die Hocke, zog die Formen mit den Fingern nach und sagte: »Ein Gewehr dieses Kalibers hat immer ein Zweibein, das sich an- und abklappen lässt. Als umsichtiger Mann hat er die Scharniere leicht geölt, um sie zu schützen, und das Putztuch dazu benutzt, als Korrosionsschutz auch die Füße des Zweibeins abzuwischen. Und dann ist er so oft hier raufgekommen und hat in so vielen Stellungen geschossen, dass er Spuren dieser Größe hinterlassen hat.«

»Sherlock Homeless«, sagte sie.

Ich starrte die Schlucht entlang und sagte: »Was ist, wenn diese Felsen einen Absatz, eine Art Terrasse bilden? Was ist, wenn er dort seine Ziele aufgebaut hat?«

Sie fragte: »Welche Felsen?«

Wir schritten die Entfernung ab, genau parallel zum Rand der Schlucht, in gerader Linie, mit entsprechenden Abzügen für umgangene Bäume: ich mühelos mit exakt einem Meter langen Schritten, Casey Nice vom ersten Schritt an mitzählend – zunächst stumm, dann, als wir bei tausend anlangten, jedoch laut. Erst murmelte sie nur leise, als wäre das bloße Routine, aber als die Zahlen dann größer und größer wurden, sprach sie deutlicher und hörbar aufgeregt, nur um in halb fragendem Tonfall zu enden. Als ich genau auf Höhe des letzten herabgestürzten Felsblocks haltmachte, sagte sie laut: »Dreizehnhundert Meter!«

10

Soweit ich beurteilen konnte, hatte sich hier tatsächlich ein Felssturz ereignet, durch den ein kleiner Absatz, eine Art Terrasse, entstanden war. Nur einen halben Meter tief und in ihrem ebenen Teil keine zwei Meter breit. Trotzdem hatte sie anscheinend Platz für unzählige Bierdosen und -flaschen geboten. Überall lagen Blechstücke und Glassplitter herum. Aber auch weiße Papierfetzen, als hätte er manchmal auf Zielscheiben geschossen. Das Gestein hinter dem Absatz war zersplittert, mit kleinen Kratern durchsetzt. Hier waren viele Hundert Schüsse abgegeben worden, vielleicht sogar Tausende von Schüssen.

Ich sagte: »Wir brauchen einen Behälter.«

Casey Nice fragte: »Welcher Art?«

»Muss nicht sehr groß sein.« Ich deutete auf die mit Metall und Glas durchsetzten Gesteinssplitter. »Wir sollten eine Probe davon mitnehmen. Für den Gaschromatografen. Wir müssen wissen, ob es die gleiche Munition war.«

Sie klopfte ihre Taschen ab, und ich sah, dass ihr eine Möglichkeit einfiel, die sie zunächst ablehnte, um wieder darauf zurückzukommen, als sich keine Alternative bot. Sie sah leicht verlegen zu mir auf.

Ich fragte: »Was?«

Sie sagte: »Ich habe ein Tablettenfläschchen.«

»Das müsste reichen.«

Sie zog ein orangerotes Plastikfläschchen mit Etikett heraus. Dann stemmte sie den Deckel mit dem Daumen hoch, kippte die länglichen weißen Tabletten in ihre Handfläche, ließ sie in eine Tasche ihrer Jeans gleiten, schloss den Deckel wieder und warf mir das leere Fläschchen zu.

»Danke«, sagte ich, scharrte die mit Metall und Glas durchsetzten Gesteinssplitter zu kleinen Haufen zusammen und nahm sie mit dem Fläschchen auf. Ich hatte keine Ahnung, wie ein Gaschromatograf wirklich funktionierte, aber ich wusste, dass er ein kompliziertes Gerät war, das kleinste Proben analysieren konnte. Wir brauchten jedoch vor allem Bleiproben, und um die Chancen zu erhöhen, scharrte ich weiter, bis das Fläschchen zu drei Vierteln gefüllt war. Dann schloss ich den Deckel, steckte den Plastikbehälter ein und sagte: »Okay, jetzt brechen wir bei ihm ein.«

Das taten wir, indem wir die Haustür eintraten, was ziemlich einfach war. Anscheinend eine Frage der aufgewendeten Kraft, die sich aus der Formel »Masse mal Geschwindigkeit im Quadrat« ergibt, und diese Erhebung ins Quadrat bedeutet, dass Geschwindigkeit wichtiger als Masse ist. Sich im Kraftraum zehn Kilo Muskeln anzutrainieren, ist gut, weil man dadurch wuchtiger wird, aber besser ist's, zehn Prozent schneller zuzuschlagen oder zu treten. Das ist hundert Prozent wirksamer, weil dieser Wert ins Quadrat erhoben wird. Kostenlos und wirkungsvoll. Wie beim Baseball. Man kann einen schweren Schläger langsam oder einen leichten schnell schwingen, und der langsame schwere Schläger befördert einen hohen Ball bis an den Spielfeldrand, während der schnelle leichte Schläger ihn auf die Tribüne fliegen lässt. Dieses Prinzip wird allzu oft vergessen. Leute behandeln Türen mit zu viel Respekt. Sie betrachten sie misstrauisch, bauen sich dicht vor ihnen auf und tun dann wenig mehr, als ihre Schuhsohle ans Türblatt zu drücken.

Nicht jedoch ich. Wir entschieden uns für die Hintertür des Hauses, weil sie eine Stufe unter der Haustür zu stehen schien, was ihre Stärke, die Türangeln und das Schloss betraf – und weil vor ihr mehr Platz war. Ich würde drei große Schritte benötigen. Die machte ich in bequemem Gehtempo. Hier war nichts Dramatisches erforderlich. Solange ich in Bewegung war, konnte mein oberes Bein sich schneller rühren, mein unteres Bein noch schneller und mein Fuß am schnellsten, sodass mein Absatz das Schloss herausstanzen würde, als wäre es gar nicht da.

So war's dann auch. Ich hielt die zurückschwingende Tür auf, und Casey Nice ging als Erste ins Haus. Vor uns lag die Küche. Als ich über die Schwelle trat, sah ich Arbeitsplatten, Steh- und Hängeschränke, einen emaillierten Ausguss, einen avocadofarbenen Kühlschrank und einen Elektroherd, dessen barocke Formen an ein Auto aus den Fünfzigerjahren erinnerten. Die Arbeitsflächen waren stumpf, die Schränke in einem scheußlichen Braungrün gestrichen.

Die Luft roch trocken. Richtige Küchengerüche fehlten. Keine Zwiebeln, keine Abfälle. Nur ein irgendwie neutrales, anorganisches Nichts.

Die Luft roch abgestanden.

Casey Nice stand bereits an der Tür zum Flur und fragte: »Kann's losgehen?«

»Augenblick noch«, antwortete ich, weil ich auf die schwachen Vibrationen horchen wollte, die jedes Lebewesen von sich gibt. Aber ich hörte nichts dergleichen. Das Haus war still und leer. Es wirkte sogar verlassen, als lebte schon lange niemand mehr hier.

Ich sagte: »Ich kontrolliere das Wohnzimmer. Du übernimmst die Schlafzimmer.«

Sie trat auf den Flur hinaus, dessen mit Sperrholz verkleidete Wände dunkelbraun gestrichen waren, sah sich um und ging nach links. Also wandte ich mich nach rechts und gelangte in ein L-förmiges Wohnzimmer mit Essnische. In seinen Proportionen wirkte der Raum fast elegant, aber er war größtenteils mit dunklem Holz getäfelt, und die wenigen freien Flächen hatten wie in einem schäbigen alten Hotel mausgraue Vinyltapeten. Die Möbel bestanden aus einem Sofa, einer Liege und zwei Sesseln, alle mit braunem Cordsamt bezogen, alle ziemlich abgenutzt. Es gab zwei Beistelltischchen, aber keinen Fernseher. Auch keine Zeitungen oder Zeitschriften. Keinen achtlos über eine Sessellehne geworfenen alten Pullover, kein benutztes Bierglas, keinen halb vollen Aschenbecher. Überhaupt nichts Persönliches. Kein wirkliches Lebenszeichen außer den Abnutzungsspuren an den Möbeln.

Vom anderen Ende des Korridors aus rief Casey Nice: »Reacher?«

Ich rief zurück: »Was?«

»Das hier musst du dir ansehen.«

Ihre Stimme klang seltsam.

Ich fragte: »Was denn?«

»Das musst du selbst sehen.«

Also folgte ich dem Klang ihrer Stimme, betrat den anderen Raum und stand mir selbst gegenüber.

11

Das war natürlich ein Foto. Ein Schwarz-Weiß-Foto von meinem Gesicht. In Lebensgröße. Vermutlich auf einem handelsüblichen Fotokopierer hergestellt. Fast bis zu den Rändern eines Schreibmaschinenblatts, das mit Reißzwecken an der Wand befestigt war. Darunter befanden sich weitere Blätter, die sich teilweise überlagerten, wie Fliesen angebracht, um Hals, Schultern, den Rumpf, Arme und Beine nachzubilden, bevor jemand diese Körperteile ziemlich gekonnt mit einem dicken schwarzen Filzschreiber, der gut zu dem rußigen Fotokopierton meines Gesichts passte, nachgezogen hatte. Dort stand nun eine originalgroße Gestalt mit erhobenem Kopf, angewinkelten Armen und hochgereckten Daumen – bis ins kleinste Detail, bis hin zu den Schnürsenkeln der festen Stiefel lebensecht.

Alles in allem eine recht gute Darstellung. Meine Mutter hätte sie nicht täuschen können, aber sie war ziemlich realistisch.

In ihrer Brust steckte ein Messer. Ungefähr dort, wo mein Herz gewesen wäre. Ein großes Küchenmesser mit etwa zwanzig Zentimeter langer Klinge, die tief in der holzvertäfelten Wand steckte.

Casey Nice sagte: »Das ist noch nicht alles.«

Sie stand in einem Alkoven, der vielleicht ursprünglich für ein Bett gedacht war. Ich ging zu ihr und stellte fest, dass die Rückwand mit bedruckten Blättern, die alle von mir handelten, tapeziert war. Ganz oben klebte ein Foto von mir; darunter war zu sehen, wo es herkam: aus dem Lebenslauf in meiner Personalakte bei der U.S. Army, den jemand messerscharf kopiert hatte. Unter dem Lebenslauf hingen Dutzende von weiteren Seiten – lauter Fotokopien, die auf bestimmte Weise gruppiert und angeordnet waren.

Nach bestimmten Kriterien ausgesucht.

Dies stellten meine Misserfolge dar. Die meisten Dokumente waren Einsatzberichte, in denen es von falschen Schlüssen, übersehenen Hinweisen und falsch eingeschätzten Risiken wimmelte. Allein zehn Seiten betrafen Dominique Kohl.

Meine Misserfolge.

Casey Nice fragte: »Wer war sie?«

Ich sagte: »Sie hat für mich gearbeitet. Ich habe sie losgeschickt, um einen Kerl zu verhaften. Sie ist gefangen genommen, verstümmelt und ermordet worden. Ich hätte selbst gehen müssen.«

»Das tut mir leid.«

»Mir auch.«

Sie überflog die Seiten, dann sagte sie: »Das konntest du nicht voraussehen.«

Ich antwortete: »Sie war genau in deinem Alter.«

Sie sagte: »Es gibt noch mehr, fürchte ich.«

Sie führte mich nach nebenan, wo ich auf einem Tisch ein Eigenbaugestell für Zielscheiben aus Papier sah, das man in dreizehnhundert Metern Entfernung auf einem Felsabsatz aufstellen konnte. Eine bewundernswerte Initiative, nur trugen die Zielscheiben mein Gesicht. Wieder in Lebensgröße. Es gab zwei Stapel: benutzte und unbenutzte. Mein Gesicht als dunkle Fotokopie, die das Blatt ziemlich ausfüllte. Die gebrauchten Scheiben sahen noch weniger hübsch aus. Viele waren durch das Geschoss Kaliber .50, von hinten kommende Gesteinssplitter oder beides weitgehend zerfetzt. Andere wirkten besser erhalten. Eine wies ein glattes Einschussloch unter meinem rechten Backenknochen auf. Auf einer anderen saß das Loch neben dem rechten Mundwinkel.

Aus dreizehnhundert Metern Entfernung. Ein Tiefschuss links, aber trotzdem eine hervorragende Leistung.

Er wurde besser.

Ein weiterer Stapel enthielt viele zerstörte Zielscheiben, aber die guten waren verdammt gut, darunter drei mit einem Loch in der Stirnmitte: das erste leicht links, das andere leicht rechts, das dritte genau mittig.

Aus dreizehnhundert Metern.

Casey Nice fragte: »Wie alt ist das Foto?«

Ich sagte: »Vielleicht zwanzig Jahre.«

»Also kann er die Akte gehabt haben, bevor er ins Gefängnis musste.«

Ich schüttelte den Kopf. »Einige dieser Pannen sind nach seiner Entlassung passiert. Er hat sich die Akte beschafft, als er wieder draußen war.«

»Er scheint's wirklich auf dich abgesehen zu haben.«

»Glaubst du?«

»Er ist in London.«

»Vielleicht auch nicht«, sagte ich. »Was täte er dort? Wozu sollte er sich im Ausland rumtreiben, wenn er auf mich wütend ist?«

»Das kann viele Gründe haben. Erstens wegen des Honorars, das verdammt hoch sein dürfte. Zweitens kann er dich nicht finden. Du bist wirklich schwer aufzuspüren. Seine Suche könnte ewig dauern. So weit hat er nicht vorausgedacht.«

»Schon möglich. Aber im Augenblick braucht er mich nicht zu finden. Ich bin freiwillig bei ihm aufgekreuzt. Und die Chancen sind hoch, dass er hier ist.«

»Er hätte uns längst erschießen können. Aber er hat's nicht getan. Weil er nicht hier ist.«

»War er jemals hier? Wo sind seine Sachen?«

»Ich vermute, dass er keine hat. Vielleicht einen Schlafsack und einen Rucksack. Die genügsame Existenz eines Mannes, der viel meditiert. Er hat sie eingepackt und ist damit nach Paris abgehauen. Und anschließend nach London.

Was irgendwie vernünftig klang. Ich nickte. Kott hatte fünfzehn Jahre lang nichts besessen und sich vielleicht daran gewöhnt. Nach einem langen Blick auf die Zielscheibe mit dem Loch mitten in der Stirn sagte ich: »Komm, lass uns von hier verschwinden.«

Auf dem Rückweg zu unserem roten Truck fühlte ich mich besser, als ich ursprünglich angenommen hatte. Wegen der Bäume. Es war geometrisch unmöglich, aus großer Entfernung durch einen Wald zu schießen. Irgendwo stand immer ein Baum im Weg, der das Geschoss aufhielt oder unkontrollierbar ablenkte. Also bestand keine Gefahr.

Auf der engen Zufahrt konnten wir mit dem Pick-up nicht wenden, und weil wir nicht endlos weit zurückstoßen wollten, fuhren wir zum Haus hinauf, wendeten davor und rollten wieder bergab. Auf der Zufahrt begegnete uns niemand, und die anschließende Straße war leer. Wir gaben den Flughafen ins Navi ein, das sich daranmachte, dieselben fünfzig Meilen rückwärts abzuspulen.

Ich sagte: »Ich muss mich entschuldigen.«

Sie fragte: »Wofür?«

»Ich habe dich falsch eingeordnet. Ich habe dich für eine Frau aus dem Außenministerium gehalten, die zur CIA abgestellt wurde, um dort Erfahrung zu sammeln. Und die deshalb vielleicht etwas überfordert ist. Aber in Wirklichkeit ist's andersrum, stimmt's? Du bist eine ins Außenministerium abkommandierte CIA-Agentin, die dort Erfahrung sammeln soll. Mit Pässen und Visa und sonstigen Papieren. Folglich bist du keineswegs überfordert.«

»Was hat mich verraten?«

»Verschiedene Dinge. Zum Beispiel das Infanterie-Handzeichen für ›Aufschließen!‹ Das hast du gekannt.«

Sie nickte. »Ich war oft in Fort Benning.«

»Und in Kotts Haus warst du erstaunlich cool.«

»Hat Shoemaker dir nicht gesagt, dass ich zäher bin, als ich aussehe?«

»Ich dachte, damit wollte er ein verrücktes Risiko rechtfertigen.«

»Übrigens ist das Außenministerium für weit mehr zuständig als Pässe und Visa. Es tut alles Mögliche. Beispielsweise überwacht es Unternehmen wie dieses.«

»Wie denn? Neben Tom O'Day sehe ich nur zwei CIA-Leute. Scarangello und dich. Das Außenministerium spielt hier keine Rolle.«

»*Ich* bin das Außenministerium. Vorübergehend. Und theoretisch.«

»Hältst du deinen vorübergehenden und theoretischen Boss auf dem Laufenden?«

»Nicht vollständig.«

»Warum nicht?«

»Weil diese Ermittlungen zu wichtig fürs Außenministerium sind. Sollte der Brite, der Russe oder der Israeli der Täter sein, lassen wir es gern die Ehrenrunde laufen, aber bis wir Gewissheit haben, bleibt das Projekt halbamtlich.«

»Sagt man das heutzutage?«

»Streng geheim war schon vergeben.«

»Der Fall macht Schlagzeilen. Wie streng geheim kann er also sein?«

»Morgen ist er eine Nachricht von gestern. Die Franzosen planen eine Verhaftung. Die dürfte die Wogen erst mal glätten.«

»Wen wollen sie verhaften?«

»Irgendeinen Sündenbock. Sie sind auf der Suche nach einem Kerl, der bereit ist, drei Wochen lang einen Terroristen mit irrem Blick zu spielen. Im Tausch gegen anderweitige Gefälligkeiten. Ich wette, dass sie schon Bewerber für diese Rolle vorsprechen lassen. Das verschafft uns Zeit und Spielraum für unsere Arbeit.«

»Hier geht's um dreizehnhundert Meter«, sagte ich. »Nur die sind wichtig. Wer von den vieren schießt, ist zweitrangig. Sie brauchen eine Schutzzone. Mindestens anderthalb Kilometer Radius wären gut.«

»Oder sie könnten sich in Bunkern verkriechen. Was sie früher oder später vielleicht tun müssen. Aber bis dahin sind wir lieber aktiv. Wir müssen John Kott festsetzen. Wir wollen auf keinen Fall diejenigen sein, die ihren Mann nicht aufspüren können.«

»Wie kommen die anderen voran?«

»Du hast gehört, was O'Day heute Morgen gesagt hat. Sie haben Namen und Fotos und Biografien.«

»Ist das alles?«

»Sie haben, was wir haben. Bisher ist das Spielfeld für alle gleich eben.«

Wir fuhren weiter, brachten den Pick-up zurück und wurden von einem jungen Mann mit einem Golfwagen abgeholt, der uns zu unserem Flugzeug brachte. Zwei Stunden später trafen wir wieder auf Pope Field ein, wo wir herausfanden, dass das Spielfeld nicht mehr eben war.

12

Das Spielfeld war nicht mehr eben, weil die Israelis ihren Mann aufgespürt hatten. Mr. Rosan war wieder da. Er hatte Urlaub gemacht. Am Roten Meer. Die Bewacher hatten seine Abreise nicht mitbekommen. Aber nun war er wieder da. Seine Bewegungen waren unter die Lupe genommen und von allen möglichen Hotelangestellten bestätigt worden. Er hatte ein hieb- und stichfestes Alibi. Er war nicht in Paris gewesen. Er kam nicht als Täter infrage. Er war von der Liste gestrichen worden.

»Was unsere Aufgabe etwas dringender macht«, sagte O'Day, der auch Nachmittagsbesprechungen mochte. Wir kamen alle wieder in dem Zimmer im ersten Stock mit den zusammengeschobenen Tischen zusammen. O'Day, Shoemaker und Scarangello saßen bereits dort, während Casey Nice und ich – noch mit dem Pfeifen der Triebwerke der Gulfstream im Ohr – verspätet dazustießen. Wir berichteten, was wir in Arkansas gefunden hatten, und übergaben ihnen die Bodenprobe in einem durchsichtigen Asservatenbeutel, nicht in dem Tablettenfläschchen. Shoemaker war enttäuscht, dass es keine Überwachung für alle Fälle gegeben hatte. Er hatte gehofft, dass sein Plan mit mir als Köder funktionieren würde. Und dann sagte O'Day, eigentlich sei Kotts Besessenheit von mir verständlich.

Ich sagte: »Mich würde interessieren, woher der Kerl meine Personalakte hat.«

O'Day sagte: »Wahrscheinlich von einem Freund innerhalb der Bürokratie. Das ist eine normale Akte, die unter normalen Sicherheitsvorkehrungen in Missouri lagert.«

»Er hat keine Freunde in der Bürokratie. Er hatte nicht mal in seiner Einheit welche. Keiner wollte für ihn lügen.«

»Dann hat er die Akte gekauft.«

»Womit? Er war eben erst aus Leavenworth entlassen worden. Und dann hat er in seinem Hinterhof geübt, hat ungefähr tausend Patronen Kaliber fünfzig verbraucht, die fünf Dollar das Stück kosten können. Selbst in Arkansas. Woher stammt das viele Geld?«

»Das prüfen wir nach.«

»Wie denn? Das können Sie gar nicht. Nicht mal mit den neuen Vollmachten, die Sie dem Nationale-Sicherheitsscheiß verdanken. Dies ist jetzt ein Fall für die Polizei. Er hatte dreizehnhundert Meter als Übungsentfernung und hat aus dieser Entfernung getroffen. Aus reinem Zufall? Oder war dieser Balkon in Paris längst ausgesucht? Hat er eigens dafür trainiert? Das würde auf eine schon länger bestehende Verschwörung hindeuten. Wir brauchen Informationen. Wem gehört beispielsweise das Pariser Apartment?«

»Melden Sie sich freiwillig als unser Ermittler?«

»Ich dachte, ich sei ein Köder.«

»Sie könnten beides sein.«

»Ich melde mich nie freiwillig für irgendwas. Eine Grundregel für jeden Soldaten.«

»Vielleicht sollten Sie's diesmal tun. So haben Sie keine Ruhe mehr. Nicht nach diesem Fund dort draußen.«

»Weltweit gibt es bestimmt ein Dutzend Leute, die böse auf mich sind. Was kümmert mich das? Von denen findet mich bestimmt keiner.«

»*Wir* haben Sie gefunden.«

»Das war etwas anderes. Glauben Sie, dass ich auf eine Anzeige Kotts reagieren würde?«

»Sie würden ihn dort draußen in Ruhe lassen?«

Sokratisch.

Ich sagte: »Ich bin nicht sein Bewährungshelfer.«

Er sagte: »Für Ihr Alter sind Sie ziemlich gut in Form, Reacher. Bestimmt weil Sie dank Ihrer Lebensweise eine Menge Bewegung haben. Sie gehen viel, was sehr gesund sein soll. Aber ich vermute, dass das für sie keine lästige Pflicht, sondern ein angenehmer Zeitvertreib ist. Freie Straßen, sonnige Tage, weite Horizonte. Oder die Großstadt mit Lärm und Lichtern, mit ihrem geschäftigen Treiben und ihren Freakshows, wohin man blickt. Sie sind gern unterwegs. Sie lieben Ihre Freiheit.«

Ich fragte: »Worauf wollen Sie hinaus?«

»Mit einem Scharfschützen dort draußen sieht alles anders aus.«

Joan Scarangello beobachtete mich, als erwartete sie fast, dass ich widersprechen würde.

O'Day sagte: »Vor allem ein Scharfschütze, der so plemplem ist, dass er fünfzehn Jahre lang Yoga macht und dann eine Figur an die Wand seines Schlafzimmers malt.«

Ich sagte nichts.

Er fragte: »Welche polizeilichen Ermittlungen würden Sie vorschlagen?«

»Er hat seinen Pick-up zurückgelassen. Folglich ist er abgeholt worden. Nicht von einem bestellten Wagen mit Fahrer, denn er hat kein Telefon, und dort draußen gibt's keinen Handyempfang. Das war im Voraus arrangiert. Ebenso alles andere, was bedeutet, dass monatelang Leute zu ihm hinaufgefahren sind. Irgendjemand muss etwas gesehen haben.«

»Der Nachbar nicht.«

»Das behauptet er jetzt. Er ist bestochen worden. Und man hat ihm eingetrichtert, was er sagen soll.«

»Glauben Sie?«

Ich nickte. »Er musste zugeben, dass er seinen Nachbarn kennt. Alles andere wäre in Arkansas undenkbar. Aber er hatte Anweisung, nichts von dem Kommen und Gehen der anderen zu sagen. Als ich nach Fremden gefragt habe, wechselte er sofort das Thema. Er hat das Marinekorps beleidigt und Miss Nice angemacht.«

O'Day sah zu Casey Nice und fragte: »Hat er das getan?«

Sie antwortete: »Ich hab mir nichts gefallen lassen.«

»Was hat er über die Marines gesagt?«

»›Lauter ruhmsüchtige Angeber.‹«

»War er bei der Navy?«

»Luftwaffe.«

O'Day nickte weise, bevor er sich wieder an mich wandte. »Schlussfolgerung?«

Ich sagte: »Der Nachbar hat einen Sack Geld im Kleiderschrank stehen.«

»Nicht nachweisbar.«

»Vielleicht, vielleicht auch nicht. Aber er weiß, von wem er die Kohle hat. Und weiteres Geld aus derselben Quelle ist bei irgendeinem Waffenhändler gelandet. Der sich an den Verkauf von tausend Schuss Kaliber fünfzig erinnern wird. Das ist eine Großbestellung.«

»Aber vielleicht war er bei mehreren Händlern.«

»Genau. Und vielleicht haben mehrere Leute die Munition zusammengekauft. Und je mehr Kerle es waren, desto mehr Flüge nach und von Little Rock und Texarkana muss es gegeben haben … und mehr angemietete Fahrzeuge, mehr Benzinkäufe an hiesigen Tankstellen, vielleicht mehr Verwarnungen wegen Falschparkens oder Geschwindigkeitsübertretungen, mehr Videoaufnahmen aus Streifenwagen, mehr Mahlzeiten in Schnellrestaurants und mehr Übernachtungen in hiesigen Motels. Alle diese Dinge sollten überprüft werden. Und natürlich, was der Nachbar weiß.«

O'Day öffnete und schloss mehrmals den Mund, als übte er verschiedene Antworten, aber zuletzt sagte er nur: »Okay.«

Ich sagte: »Ich kann das nicht machen. Ich besitze keinen Status. Niemand würde mit mir reden.«

»Das kann das FBI erledigen.«

»Ich dachte, diese Sache sei streng geheim. Oder eben halbamtlich.«

»Teile und herrsche«, erklärte O'Day. »Das FBI kann ein kleines Stück davon haben. Wichtig ist nur, dass niemand das Ganze überblickt.«

»Dann empfehle ich, dass die Ermittlungen schon gestern beginnen.«

»Frühestens morgen, denke ich.« Er machte sich eine Notiz, dann sagte er: »Die Russen kommen nicht weiter. Genosse Dazow ist spurlos verschwunden. Die Briten glauben, dass ihr Mann mit einem Reisepass unterwegs ist, den er sich vor Kurzem durch Betrug beschafft hat. Deshalb suchen sie Leute, die zum richtigen Zeitpunkt mit brandneuen Pässen nach Paris gereist sind. Mit Zug, Flugzeug, Auto oder Fähre. Sie haben fast tausend Namen.«

»Wann ist Carson zuletzt gesehen worden?«

»Zu Hause, vor knapp einem Monat. Bei einer routinemäßigen Vorbeifahrt der Special Branch.«

»Und Dazow?«

»Daheim in Moskau. Vor ungefähr vier Wochen. Der Unterschied liegt darin, dass keinem der beiden nachzuweisen ist, dass er aus dreizehnhundert Metern trainiert hat. Deshalb fürchte ich, dass letztlich nur unser Mann infrage kommt.«

»Carson und Dazow können im Ausland trainiert haben. Sie hätten weniger Übung gebraucht als Kott. Er hatte eine Menge nachzuholen. Vielleicht waren die drei irgendwo zusammen. Vielleicht hat ein Wettschießen stattgefunden, und der Sieger hat den Job bekommen.«

O'Day sagte: »Möglich ist vieles.«

Ich fragte: »Haben wir Fotos?«

Er schlug eine rote Mappe auf und nahm vier große Farbporträts heraus, von denen er eines in den Papierkorb warf. Es zeigte einen braun gebrannten Lockenkopf mit freundlichem Lächeln. Vermutlich Rosan aus Israel, der kein Verdächtiger mehr war. Die anderen drei schob O'Day mir über den Tisch. Obenauf lag das Bild eines Kerls mit kahl rasiertem Kopf, ausdruckslosem Gesicht und angedeuteten Schlitzaugen. Irgendwo in seinem Stammbaum musste es einen Mongolen geben.

»Fjodor Dazow«, erklärte O'Day. »Zweiundfünfzig. In Sibirien geboren.«

Danach kam ein Typ, der blass angefangen haben mochte, bis Wind und Sonne sein Gesicht runzlig braun hatten werden lassen. Kurzes braunes Haar, wachsamer Blick, Boxernase und ein kleines Lächeln, das man ironisch oder bedrohlich finden konnte.

»William Carson«, sagte O'Day. »Waschechter Londoner, achtundvierzig.«

Der dritte Mann war John Kott. Manche Leute wurden im

Alter dicker, gingen wie Shoemaker aus dem Leim, aber Kott sah zusammengeschrumpft aus; er war drahtiger, bestand nur noch aus Muskeln und Sehnen. Seine slawischen Wangenknochen traten deutlich hervor, sein Mund war eine schmale gerade Linie. Nur seine Augen wirkten größer. Sein Blick schien sich in meinen zu bohren.

O'Day sagte: »Das ist sein Entlassungsfoto aus Leavenworth. Wir haben kein neueres.«

Ein wenig sympathisches Trio. Ich schob die Fotos zusammen und gab sie zurück.

Ich fragte: »Wie kommen die Briten mit ihrem Burggraben voran?«

Scarangello sagte: »Sie werden kein Gebiet mit anderthalb Kilometer Radius absperren. Sie wissen, wie dicht besiedelt England ist. Ebenso gut könnte man versuchen, Manhattan zu evakuieren. Dazu wird's nicht kommen.«

»Wie geht's also weiter?«

O'Day sagte: »Sie fliegen nach Paris.«

»Wann?«

»Jetzt.«

»Als Köder oder als Cop?«

»Beides. Aber wir brauchen einen Fachmann am Tatort. Für den Fall, dass irgendwas übersehen worden ist.«

»Wieso sollten sie mir irgendetwas zeigen? Ich bin ein Niemand.«

»Mit Ihrem Namen kommen Sie überall hinein. Ich habe schon angerufen. Was sie mir zeigen würden, zeigen sie auch Ihnen. So mächtig ist O'Day. Vor allem heutzutage.«

Ich sagte nichts.

Shoemaker fragte: »Sie sprechen Französisch, richtig?«

Ich sagte: »Ja.«

»Und Englisch.«

»Ein bisschen.«

»Russisch?«

»Wieso?«

»Die Briten und die Russen schicken auch jemanden. Sie werden zwangsläufig mit ihnen zusammentreffen. Versuchen Sie, möglichst viel von ihnen zu erfahren, ohne selbst etwas preiszugeben.«

»Vermutlich haben sie die gleichen Anweisungen bekommen.«

O'Day sagte: »Auch die CIA muss eingebunden werden«, und Casey Nice setzte sich erwartungsvoll auf.

Joan Scarangello sagte: »Ich fliege mit.«

13

Wir bekamen dasselbe Flugzeug, aber mit frischer Besatzung. Zwei neue Piloten im Cockpit und diesmal eine Stewardess, alle in Arbeitsanzügen der Air Force. Ich duschte kurz, dann ging ich in meinen neuen Klamotten aus Arkansas an Bord, und Scarangello kam fünf Minuten später, ebenfalls geduscht und in einem neuen Nadelstreifenkostüm. Sie hatte einen kleinen Rollkoffer und eine Umhängetasche dabei. Vor uns lag ein Nachtflug – sieben Stunden reine Flugzeit durch sechs Zeitzonen –, sodass wir um neun Uhr Ortszeit in Paris landen würden. Mein gewohnter Sessel war aufgeklappt und mit dem Sitz gegenüber zu einem Bett verbunden worden. Und auf der anderen Seite der Kabine wartete ein zweites Bett dieser Art. Zwei lange schmale Betten, beide mit Laken, Decken und Kissen, die durch einen engen Gang getrennt waren. Ich hatte damit kein Problem. Scarangello betrachtete diese Anordnung eher zweifelnd. Als Frau ihres Alters und Typs hätte sie sich vermutlich mehr Privatsphäre gewünscht.

Erst mussten wir jedoch während des Starts in gewöhnlichen Sitzen an einem Tisch Platz nehmen und dann dort bleiben, weil die Stewardess eine Mahlzeit servieren wollte – die überhaupt nicht zu unserer Umgebung passte. Sie war nicht das kulinarische Gegenstück zu Echtleder und Walnussfurnier. Sie stammte auch aus keiner Küche von Army oder Air Force. Es gab in Pappschachteln angelieferte Hamburger, die in der bordeigenen Mikrowelle aufgewärmt wurden: undefinierbares Zeug einer unbekannten Marke, vermutlich in einer Imbissbude vor dem Haupttor von Pope Field gekauft. Vermutlich gleich neben dem Dunkin' Donuts.

Ich verspeiste meinen Hamburger und die Hälfte von Scarangellos, als sie satt war. Dann begann sie zu überlegen, wie sie mit Anstand ins Bett gelangen könnte. Ich merkte, wie sie sich umsah, Winkel abschätzte, Lichtverhältnisse begutachtete und sich vorstellte, wo ich mich befände … und was ich sehen könnte.

Ich sagte: »Ich mache den Anfang.«

Die Toilette war durch die Bordküche zu erreichen; sie lag im Heck vor dem Gepäckraum, in dem Scarangellos Koffer verstaut war. Ich benutzte das WC, putzte mir die Zähne, ging in die Kabine zurück und entschied mich für das Bett auf der rechten Seite. Ich zog Schuhe und Socken aus, weil ich so besser schlafe, legte mich auf die Bettdecke und wälzte mich zur Seite, sodass mein Gesicht zur Wand zeigte.

Scarangello verstand diese wortlose Aufforderung. Ich hörte sie nach hinten gehen, wobei Wolle und Nylon raschelten; später kam sie leiser zurück, vermutlich in Baumwolle. Ich hörte, wie sie unter die Decke schlüpfte. Sie gab einen kleinen Laut zwischen einem schläfrigen Murmeln und einem Hüsteln von sich, den ich als Ankündigung deutete: *Okay, danke, ich bin im*

Bett. Also wälzte ich mich wieder auf den Rücken und starrte die Decke über mir an.

Sie fragte: »Schlafen Sie immer *auf* der Bettdecke?«

Ich antwortete: »Wenn's warm ist.«

»Schlafen Sie immer in Ihren Sachen?«

»In dieser Situation bleibt mir nichts anderes übrig.«

»Weil Sie keinen Schlafanzug haben. Kein Heim, keine Koffer, keinen Besitz. Wir sind über Sie informiert worden.«

Ich sagte: »Das weiß ich von Casey Nice.« Als ich mich halb zur Seite wälzte, um es bequemer zu haben, drückte etwas gegen meinen Oberschenkel. Etwas in meiner Hosentasche. Nicht die Zahnbürste, die in der anderen Tasche steckte. Ich stemmte mich hoch und griff hinein.

Das Tablettenfläschchen. Ich hielt es in der Hand und las bei trübem Licht aus reiner Neugier, was auf dem Etikett stand. Vermutlich erwartete ich ein vorsorglich mitgeführtes Mittel gegen Allergien, die der Pollenflug in Arkansas auslösen konnte, oder ein Schmerzmittel gegen die Nachwirkungen einer Zahnbehandlung oder einer Muskelzerrung. Aber auf dem Etikett stand *Zoloft* – bestimmt kein Mittel gegen Allergien oder Schmerzen. Ich wusste ziemlich sicher, dass Zoloft gegen Stress eingenommen wurde. Oder gegen Ängste. Oder Depressionen, Panikattacken, posttraumatische Belastungsstörungen oder Zwangsstörungen. Ein echter Hammer, strikt rezeptpflichtig.

Aber das waren nicht Casey Nice' Tabletten. Auf dem Fläschchen stand ein anderer Name: Antonio Luna.

Scarangello fragte: »Was halten Sie von unserer Miss Nice?«

Ich steckte das Fläschchen wieder ein.

Ich sagte: »Netter Name, nette Person.«

»Zu nett?«

»Macht Ihnen das Sorgen?«

»Potenziell.«

»In Arkansas hat sie sich gut gehalten. Sie hat den Nachbarn abblitzen lassen.«

»Was wäre passiert, wenn Sie nicht dabei gewesen wären?«

»Am Ergebnis hätte sich nicht viel geändert, denke ich.«

»Das ist gut zu wissen.«

»Ist sie Ihr Schützling?«

Scarangello erklärte: »Ich habe sie erst hier kennengelernt – und hätte sie nicht unbedingt für diesen Job ausgewählt. Aber sie ist unsere Agentin im Außenministerium, deshalb mussten wir sie nehmen.«

Ich sagte: »Spitzenpolitiker riskieren doch ständig, dass auf sie geschossen wird. Das ist ihr Berufsrisiko. Und sie werden besser beschützt als je zuvor. Ich verstehe die Panik nicht.«

»Unseren Informationen nach sind Sie ein kompetenter Mathematiker.«

»Dann sind Sie falsch informiert. Über Highschoolmathematik bin ich nie hinausgekommen.«

»Fläche eines Kreises mit einem Radius von dreizehnhundert Metern?«

Ich grinste im Halbdunkel. *Pi* mal r^2. »Gut fünf Quadratkilometer.«

»Durchschnittliche Bevölkerungsdichte in westlichen Großstädten?«

Das erforderte keine Mathekenntnisse, sondern Allgemeinwissen. Ich sagte: »Fünfzehntausend Menschen pro Quadratkilometer?«

»Sie sind nicht auf dem neuesten Stand. Inzwischen sind es eher zwanzigtausend, in Teilen von London und Paris sogar schon über fünfundzwanzigtausend. Im Normalfall hat man's mit Zehntausenden von Dächern und Fenstern und hunderttausend Einwohnern zu tun. Das ist nicht zu schaffen. Ein begabter Scharfschütze ist der größte Albtraum aller Sicherheitsbehörden.«

»Zum Glück gibt's schussfestes Glas.«

Scarangello nickte im Halbdunkel. Ich konnte hören, wie ihr Kopf sich auf dem Kissen bewegte. Sie sagte: »Es schützt seitlich, aber nicht von vorn. Und Politiker mögen es nicht. Es lässt sie ängstlich wirken – was sie tatsächlich sind. Aber das sollen die Leute nicht merken.«

Dass irgendwo dort draußen ein Scharfschütze lauert, verändert alles.

Ich fragte: »Hat festgestanden, dass das Glas sicher schützen würde?«

Sie sagte: »Der Hersteller hat es behauptet, manche Fachleute waren skeptisch.«

Diesmal nickte ich im Halbdunkel. Auch ich wäre skeptisch gewesen. Geschosse des Kalibers .50 besaßen gewaltige Durchschlagskraft. Sie waren für das Browning-Maschinengewehr entwickelt worden, das Bäume fällen konnte. Ich sagte: »Gute Nacht.«

Scarangello sagte: »Wohl kaum.«

Wir landeten bei hellem Sonnenschein in Le Bourget, dem nach Auskunft der Stewardess verkehrsreichsten Privatflugplatz Europas. Unsere Maschine rollte auf zwei schwarze Wagen zu, die etwas abseits auf dem Vorfeld standen. Citroëns, dachte ich. Keine Stretchlimousinen, aber lang und niedrig und glänzend poliert. In ihrer Nähe warteten fünf Männer, alle vom Wind zerzaust und wegen des Düsenlärms etwas geduckt. Zwei waren offensichtlich Chauffeure, zwei Gendarmen in Uniform, und der fünfte Mann war ein silberhaariger Gentleman in einem Maßanzug. Als unsere Gulfstream zum Stehen kam, stellte der Pilot die Triebwerke ab, und die fünf Männer richteten sich auf und traten erwartungsvoll einige Schritte vor. Während die Stewardess die Kabinentür öffnete, stand Scarangello auf und gab mir ein Smartphone.

»Rufen Sie mich an, wenn Sie mich brauchen«, sagte sie.

»Unter welcher Nummer?«, fragte ich.

»Die ist gespeichert.«

»Trennen wir uns hier?«

»Natürlich«, sagte sie. »Sie besichtigen den Tatort, ich fahre zur DGSE.«

Ich nickte. Die *Diréction Générale de la Sécurité Extérieure* war das französische Gegenstück zur Central Intelligence Agency. Insgesamt nicht besser, aber auch nicht schlechter. Eine kompetente Organisation. Scarangello stattete ihr vermutlich einen Höflichkeitsbesuch ab, bei dem auf höchster Ebene Informationen ausgetauscht werden würden. Oder eben nicht.

»Außerdem bin ich ein Köder«, sagte ich.

»Nur nebenbei«, meinte sie.

»Casey Nice hat mich nach Arkansas begleitet.«

»Mit gut zwei Meter Abstand.«

Ich nickte. »Der in Wohnungstüren schwieriger einzuhalten ist.«

»Er befindet sich in London«, behauptete Scarangello. »Wer immer er ist.«

Die Kabinentür ging auf und ließ frische, kühle, leicht mit Kerosin gewürzte Morgenluft herein. Die Stewardess trat zur Seite, und Scarangello verließ als Erste das Flugzeug, wobei sie auf der obersten Stufe eine Sekunde lang verharrte – jeder Zoll die Würdenträgerin auf Besuch. Ich folgte ihr die Treppe hinunter. Der silberhaarige Mann im Maßanzug begrüßte Scarangello. Die beiden kannten sich offenbar. Vielleicht bekleideten sie genau den gleichen Rang. Vielleicht hatten sie schon früher zusammengearbeitet. Sie stiegen in den Fond eines der Citroëns, und der Chauffeur fuhr mit ihnen davon. Dann bauten die höflich lächelnden Gendarmen sich vor mir auf und sahen mich erwartungsvoll an. Ich angelte meinen neuen Reisepass aus der Tasche und überließ ihn den beiden. Einer der Männer schlug ihn auf, und beide warfen einen Blick auf den Namen, das Passfoto und mein Gesicht, bevor der Mann ihn mir zurückgab – wie ein zeremonielles Geschenk mit zwei Händen. Keiner der Uniformierten verbeugte sich oder schlug die Hacken zusammen, aber ein zufälliger Beobachter hätte geschworen, dass sie's taten. So weit reichte O'Days Macht.

Der zweite Chauffeur hielt mir den Schlag auf, und ich glitt auf den Rücksitz des Citroëns. Wir fuhren durch ein Maschendrahttor, an einem Terminal vorbei und auf die Stadtautobahn hinaus.

Le Bourget ist stadtnäher, aber der gigantische Flughafen Charles de Gaulle liegt nordöstlich von Paris ebenfalls an der Autobahn A1, deshalb staute sich der Verkehr. Ein endloser Strom von Personen-, Liefer- und Lastwagen kroch in Richtung Innenstadt. Die meisten Taxifahrer, darunter viele Frauen, schienen aus Vietnam zu stammen; manche beförderten nur einen hinten sitzenden Fahrgast, andere waren mit vier Fahrgästen voll besetzt. Elektronische Anzeigen an Signalbrücken warnten vor Staugefahr und forderten *Attention aux vents en rafales!*, was eine Windwarnung war. Mir fiel nicht gleich ein, was *rafales* bedeutete, bis ich spürte, dass der Fahrer manchmal gegenlenken musste, und mich erinnerte, dass damit *Sturmböen* gemeint waren.

Mein Chauffeur fragte: »Sir, haben Sie alles, was Sie brauchen?«

Was im existenziellen Sinn eine sehr bedeutsame Frage war, aber ich brauchte im Augenblick nichts, deshalb nickte ich nur in den Innenspiegel und blieb stumm. Tatsächlich war ich hungrig und brauchte Koffein, aber ich rechnete mir aus, dass diese Probleme rasch lösbar sein würden. Die Morgenmaschine aus London würde voraussichtlich später eintreffen als unsere Gulfstream, und die Morgenmaschine aus Moskau war noch später zu erwarten, und weil die Pariser Cops bestimmt keine Lust hatten, den Tatort dreimal zu präsentieren, würden wir gemeinsam hinfahren, sodass mir voraussichtlich Zeit für ein anständiges Frühstück blieb, bevor meine britischen und russischen Kollegen aufkreuzten. Ich würde zweifellos in irgendein Hotel gebracht werden, das die Polizei sich leisten konnte, und in seiner Nähe würde es nette Cafés und Bistros geben. Meiner Ansicht nach war Paris eine angenehme Stadt, und ich freute mich auf den vor mir liegenden Tag.

Etwas voreilig, wie sich herausstellen sollte.

14

Wir überquerten die Périphérique, den Pariser Autobahnring, hinter dem die Stadt sich aus gesichtslosen Vororten in ein riesiges bewohntes Freilichtmuseum mit Alleen, prachtvollen Gebäuden und viel Schmiedeeisen verwandelte. Wir fuhren die Rue de Flandre entlang und hielten auf die Lücke zwischen den Bahnhöfen Gare du Nord und Gare de l'Est zu. Dort schaltete der Fahrer auf vollen urbanen Modus um und schlängelte sich durch enge Seitenstraßen, bis er von der Rue Monsigny abbiegend vor einer grünen Tür hielt. Ich schätzte, dass wir uns auf halber Strecke zwischen dem Louvre und der Oper befanden. Auf dem Messingschild an der grünen Tür stand *Pension Pelletier* – eine bescheidene Unterkunft, die das Polizeibudget nicht überstrapazieren würde.

Der Fahrer sagte: »Sie werden erwartet, Sir.«

Ich sagte: »Danke«, öffnete die Autotür und stieg aus. Die Sonne hatte an Kraft verloren, und die Luft war weder warm noch kalt. Der Citroën fuhr weiter. Ich ignorierte die grüne Tür vorerst und ging zur Rue Monsigny zurück. Genau gegenüber traf eine Gasse in spitzem Winkel auf die Straße, sodass der Gehsteig sich zu einem kleinen Dreieck verbreiterte, das Platz für ein Café mit Stühlen und Tischen unter Sonnenschirmen bot. Wie die meisten Pariser Cafés war es um diese Tageszeit zu etwa einem Drittel mit *Patrons* besetzt, die Zeitung lasen und leere Kaffeetassen und Teller mit Resten von Croissants vor sich stehen hatten. Ich überquerte die Straße und setzte mich an einen freien Tisch. Nach kaum einer Minute erschien ein älterer Kellner, der ein weißes Hemd mit schwarzer Fliege und eine lange weiße Schürze trug. Bei ihm bestellte ich ein herzhaftes Frühstück: eine große Kanne Kaffee, einen *Croque Madame* – ein Schinken-Käse-Sandwich mit einem Spiegelei obendrauf – und zwei *Pains au Chocolat*: mit Bitterschokolade gefüllte rechteckige Croissants. Harte Arbeit, aber irgendjemand musste sie tun.

Am übernächsten Tisch las ein Mann die Seite vier einer Morgenzeitung, sodass ich die Schlagzeilen auf der Titelseite lesen und mich davon überzeugen konnte, dass die Attentatspanik, wie von Casey Nice vorausgesagt, tatsächlich vorüber war. *Morgen ist der Fall eine Nachricht von gestern.* Es hatte eine Verhaftung gegeben, der Täter saß hinter Gittern, der Fall war gelöst, die Welt konnte wieder aufatmen. Ich saß zu weit entfernt, um die Meldung lesen zu können, aber ich wäre jede Wette eingegangen, dass sie von einem fanatischen Einzelgänger mit einem schwer auszusprechenden nordafrikanischen Namen handelte, von einem Amateur, einem Spinner, einem Einzeltäter, kein echter Grund zur Sorge. *Das dürfte die Wogen erst mal glätten. Und es verschafft uns Zeit und Spielraum für unsere Arbeit.*

Ich aß, was ich bestellt hatte, trank meinen Kaffee und behielt die Einmündung der Gasse mit der Pension Pelletier im Auge. Der böige Wind frischte noch auf, ließ den Schirm über mir manchmal knallend flattern und flaute ebenso rasch wieder ab. Massenhaft Leute kamen zu Fuß vorbei: auf dem Weg zur Arbeit oder vom Einkaufen, mit Baguettes unter dem Arm, winzige Hunde ausführend oder Briefe und Pakete austragend. Der Kellner servierte ab und brachte mir noch mehr Kaffee. Irgendwann hielt dann ein schwarzer Citroën drüben vor der grünen Tür. Der Mann auf dem Rücksitz zögerte kurz, während ihm zweifellos mitgeteilt wurde: *Sie werden erwartet, Sir.* Dann stieg er aus und blieb auf dem Gehsteig stehen. Er war ein Kerl von etwa fünfzig Jahren, mittelgroß, frisch rasiert, exakt gekämmtes aschblondes Haar mit grauen Strähnen. Zu einem schottisch karierten Schal trug er einen Trenchcoat von Burberry, unter dem Hosenbeine aus feinem grauem Tuch hervorschauten, die vermutlich zu seinem Anzug aus der Savile Row gehörten, an den sich auf Hochglanz polierte handgefertigte Schuhe anschlossen.

Das muss der Russe sein, dachte ich. Kein britischer Agent wäre jemals so herumgelaufen – außer um sich für eine Rolle in einem James-Bond-Film zu bewerben. Und in Moskau gab es heutzutage jede Menge Luxusgeschäfte. Die Apparatschiks hatten es nie besser gehabt. Seine Limousine stieß zurück und fuhr davon. Nach einem Blick auf die grüne Tür der Pension machte er genau wie ich kehrt, kam auf das Café zu, suchte dabei die Tische ab und hielt sich mit jedem Gast nur eine Zehntelsekunde auf. Kurze, knappe Urteile, die aber offenbar zutrafen, denn er kam geradewegs auf mich zu und fragte auf Englisch: »Sind Sie der Amerikaner?«

Ich nickte, dann sagte ich: »Ich hätte erwartet, dass der Brite vor Ihnen eintrifft.

»Ich nicht«, entgegnete der Kerl. »Weil ich mitten in der Nacht abgeflogen bin.« Er streckte mir die Hand hin. »Jewgeni Chenkin. Freut mich, Sie kennenzulernen, Sir. Sie können mich Eugene nennen. Das wäre die wörtliche Übersetzung. Oder kurz Gene, wenn Sie wollen.«

Ich schüttelte ihm die Hand und sagte: »Jack Reacher.«

Er nahm links von mir Platz und fragte: »Was halten Sie von all diesem Scheiß?«

Seine Aussprache war gut, fast akzentfrei. Nicht richtig britisch, nicht richtig amerikanisch. Ein internationaler Allzwecksound. Vor allem sehr fließend. Ich sagte: »Ich glaube, wir alle haben ein ernstes Problem: Sie, ich und der Brite.«

»Sind Sie von der CIA?»

Ich schüttelte den Kopf. »Ehemaliger Militärpolizist. Ich habe unseren Mann mal verhaftet. Sind Sie beim FSB oder der SWR?«

»SWR«, antwortete er, was *Sluschba wneschnei raswedki* – Auslandsnachrichtendienst – bedeutete. Wie die CIA, die französische DGSE oder MI6 in Großbritannien. Dann sagte er: »Aber wir sind eigentlich alle noch KGB-Tschekisten. Neuer Wein in alten Schläuchen.«

»Kennen Sie Ihren Mann Dazow?«

»Das kann man wohl sagen.«

»Wie gut?«

»Ich war sein Führungsoffizier.«

»Er war beim KGB? Ich dachte, er sei in der russischen Armee gewesen.«

»Theoretisch mag das stimmen. Vielleicht hat das in seinem Soldbuch gestanden. Aber ein Kerl, der so gut schießt, lässt sich anderswo besser einsetzen.«

»In welcher Funktion?«

»Indem er Leute erschießt, die wir beseitigen wollten.«

»Aber jetzt nicht mehr?«

Chenkin fragte: »Sind Sie Fußballfan?«

»In Maßen«, sagte ich.

»Die besten Spieler bekommen fantastische Angebote. Eben noch waren sie bettelarm irgendwo auf dem Land, nächste Woche sind sie Multimillionäre in Barcelona, Madrid, London oder Manchester.«

»Und Dazow hat ein Angebot dieser Art bekommen?«

»Er hat behauptet, er hätte eine ganze Tasche voll davon. Als ich nicht mitbieten wollte, war er wütend auf mich. Und dann ist er untergetaucht. Und nun sind wir hier.«

»Wie gut ist er?«

»Übermenschlich.«

»Schießt er mit Kaliber fünfzig?«

»Aus dieser Entfernung? Klar doch.«

Ich schwieg.

Chenkin fügte hinzu: »Aber ich glaube nicht, dass er's war.«

»Wieso nicht?«

»Dazow hätte sich auf kein Probeschießen eingelassen. Er braucht nichts zu beweisen.«

»Auf wen tippen Sie also?«

»Ich tippe auf Ihren Mann. Er muss etwas beweisen. Er hat fünfzehn Jahre lang gesessen.«

Ich hörte ein Handy klingeln und wartete darauf, dass Chenkin sein Smartphone herausziehen und sich melden würde. Doch das tat er nicht, und mir wurde schließlich bewusst, dass das Klingeln aus meiner Jacke kam. Das war das Smartphone, das Scarangello mir gegeben hatte. Ich holte es heraus und sah auf das Display. *Blockiert,* stand dort. Ich drückte das grüne Symbol und sagte: »Ja?«

Die Anruferin war Scarangello. Sie fragte: »Sind Sie allein?«

Ich antwortete: »Nein.«

»Werden wir belauscht?«

»Von mindestens drei Regierungen, denke ich.«

»Nicht an diesem Mobiltelefon«, sagte sie. »Machen Sie sich deswegen keine Sorgen.«

»Was kann ich für Sie tun?«

»O'Day hat sich eben gemeldet. Die Bodenproben, die Sie aus Arkansas mitgebracht haben, sind mit dem Gaschromatografen untersucht worden.«

»Und?«

»Das war nicht die gleiche Munition. Nicht panzerbrechend, sondern Wettkampfmunition. Für präziseres Schießen mit geringeren Toleranzen hergestellt.«

»Aus amerikanischer Produktion?«

»Ja, leider.«

»Diese Dinger kosten sechs Dollar das Stück. Verfolgt O'Day den Geldfluss?«

»Darauf ist das FBI angesetzt. Aber dieses Ergebnis ist gut, nicht wahr? Insgesamt?«

»Könnte schlimmer sein«, sagte ich. Scarangello legte auf, und ich steckte das Handy wieder ein. Chenkin fragte mich: »Was wird in Amerika hergestellt und kostet sechs Dollar das Stück?«

Ich sagte: »Das klingt wie der Anfang eines Witzes.«

»Wie lautet die Pointe?«

Ich gab keine Antwort, und dann trat der ältere Kellner an unseren Tisch, und Chenkin bestellte Kaffee und Brötchen mit Butter und Aprikosenmarmelade. Er sprach Französisch, ebenfalls fließend, aber keiner bestimmten Region zuzuordnen. Als der Kellner gegangen war, wandte Chenkin sich wieder zu mir und fragte: »Und wie geht es General O'Day?«

Ich sagte: »Sie kennen ihn?«

»Nur vom Hörensagen. Wir haben alles über ihn gelernt. Ihn regelrecht studiert. Richtig im Hörsaal. Für den KGB hatte er Vorbildfunktion.«

»Das überrascht mich nicht. Ihm geht's gut. Er ist genau wie früher.«

»Freut mich, dass er wieder da ist. Sie sind bestimmt auch froh darüber.«

»War er denn jemals fort?«

Chenkin verzog das Gesicht, ohne ausdrücklich Ja oder Nein zu sagen. »Wir hatten den Eindruck, sein Stern sei im Sinken begriffen. Für alte Schlachtrösser wie ihn sind Perioden relativer Stabilität schlecht. Ein Fall wie dieser erinnert die Leute daran, dass Männer wie O'Day gebraucht werden. So hat alles auch etwas Gutes.«

Auf der gegenüberliegenden Straßenseite schob sich ein schwarzer Citroën durch das Fußgängerchaos und bog in die Seitenstraße ab. Vorn ein Chauffeur, hinten ein Fahrgast. Der Wagen hielt vor der grünen Tür, aber der Mann stieg nicht gleich aus. *Sie werden erwartet, Sir.* Einige Sekunden später verließ er dann das Auto: ein mittelgroßer Mann zwischen vierzig und fünfundvierzig mit einem sonnengebräunten kantigen Gesicht unter einem blonden Bürstenhaarschnitt. Er trug Jeans, einen dünnen Pullover und eine Carthartt-Jacke, dazu beige Wildlederstiefel. Vielleicht Wüstenstiefel der britischen Armee. Als die Limousine wegfuhr, kehrte er der grünen Tür den Rücken zu, schaute sich um, überquerte die Rue Monsigny und kam sofort an unseren Tisch.

Er fragte: »Reacher und Chenkin, nicht wahr?«

»Sie sind gut informiert«, meinte Chenkin. »Weil Sie unsere Namen bereits kennen, meine ich.«

»Wir tun unser Bestes«, sagte der Kerl. Seinem Akzent nach schien er Waliser zu sein. Er streckte uns die Hand hin und sagte: »Bennett. Freut mich, Sie kennenzulernen. Meinen Vornamen erspare ich Ihnen. Sie könnten ihn ohnehin nicht aussprechen.«

»Wie klingt er denn?«, fragte ich.

Er antwortete mit einem gutturalen Laut wie ein lungenkranker Bergmann. Ich sagte: »Okay, bleiben wir bei Bennett. Kommen Sie vom MI6?«

»Ich kann von dort sein, wenn Sie möchten. Der MI6 hat meinen Flug bezahlt. Aber im Augenblick ist alles ziemlich fließend.«

»Sie kennen Ihren Mann, diesen Carson?«

»Von vielen Begegnungen.«

»Wo?«

»Hier und dort. Alles ist wie gesagt ziemlich fließend.«

»Glauben Sie, dass er's war?«

»Eigentlich nicht.«

»Warum nicht?«

»Weil der Präsident noch lebt. Ich glaube, dass es Ihr Mann war.« Bennett nahm rechts von mir Platz, sodass er Chenkin gegenübersaß. Als der Kellner das Frühstück des Russen brachte, bestellte Bennett das Gleiche. Ich bestellte noch mehr Kaffee. Der alte Mann freute sich sichtlich, dass die Rechnung immer höher wurde. Hoffentlich hatte Chenkin oder Bennett genügend Euros in der Tasche. Ich besaß keine.

Chenkin sah zu Bennett hinüber und fragte: »Kennen Sie den Ort des G8-Treffens?«

Der Brite nickte. »Nach herkömmlichen Maßstäben ist er ziemlich sicher. Vielleicht weniger, wenn Kott irgendwo lauert.«

Ich sagte: »Vielleicht ist's nicht Kott. Wir dürfen uns nicht schon jetzt festlegen. Vorgefasste Meinungen sind hier schädlich.«

»Ich bin grundsätzlich offen für alles. Aber ich glaube nicht, dass es Carson war. Vielleicht eher Dazow.«

Chenkin schüttelte den Kopf. »Dann war's kein Wettbewerb, und wir vergeuden hier unsere Zeit. Dazow würde nicht mit anderen konkurrieren. Dazu ist er zu arrogant. Hat Dazow geschossen, war das ein Attentat auf den Präidenten, das wegen des Glases fehlgeschlagen ist – und wir vergeuden hier ebenfalls unsere Zeit, weil seine Spur seit Tagen kalt ist.«

Als der Kellner jetzt Bennetts Frühstück und meinen dritten Kaffee servierte, bog auf der anderen Straßenseite ein Van der Pariser Polizei in die Seitenstraße ab und hielt vor der grünen Tür. Ein uniformierter Polizeibeamter stieg aus, klopfte an die Tür und wartete. Eine Frau in einem geblümten Kittel öffnete ihm, woraufhin ein kurzes verwirrtes Gespräch folgte. Vermutlich: *Ich soll die drei Männer abholen.* Vermutlich: *Sie haben noch nicht eingecheckt.* Der Cop bedankte sich, machte kehrt, blickte sich auf der Seitenstraße um, suchte sie in Richtung Rue Monsigny ab, schob sein *Képi* nach vorn, kratzte sich im Genick, sah erneut zu uns herüber, schien allmählich zu erkennen, wen er vor sich hatte, und kam dann auf uns zu. Ich merkte ihm an, dass er beschlossen hatte, so zu tun, als wäre er nie verwirrt gewesen, sondern hätte uns gleich erkannt. Er baute sich vor unserem Tisch auf und sagte mit grässlichem Gassenjungenakzent: »Wir müssen erst beim nächsten Polizeirevier vorbeifahren.« Das klang, als spräche ein New Yorker aus Brooklyn oder ein Londoner Cockney, aber ohne den Charme, nur ein mürrisches, missmutiges Jammern, als lastete das ganze Gewicht einer unfairen Welt auf seinen Schultern.

Bennett übersetzte: »Er sagt, dass wir erst aufs Polizeirevier müssen.«

»Ich weiß«, sagte Chenkin.

Ich schwieg.

Zuletzt zahlte Chenkin für uns alle – mit knisternd neuen Euroscheinen, die echt sein mochten oder auch nicht. Wir standen alle auf, klopften Krümel von unserer Kleidung und folgten dem Cop dann über die Straße zu dem Van. Die Sonne stand inzwischen höher am Morgenhimmel, der blau wie ein Rotkehlchenei war, und ich spürte ihre Wärme, bis die nächste Bö mich erzittern ließ. Chenkins teurer Mantel flatterte um seine Knie, und dann erstarb die Bö plötzlich, und die Wärme kam zurück, bis wir die im Schatten liegende Seitenstraße betraten.

Wir stiegen in den Van: Bennett zuerst, dann Chenkin, danach ich – in ausgelassener Stimmung, wie man ein Fahrzeug besteigt, das einen vom Stützpunkt in eine Bar oder einen Klub oder sonst wohin bringen soll, wo man weiß, dass Frauen warten.

15

Das Polizeirevier, auf das wir gebracht wurden, war keine Polizeistation von der Art, auf der Bürger vorsprechen, um eine entlaufene Katze oder eine verlorene Geldbörse zu melden. Es war mehr ein Nachrichtenbunker, den man durch eine anonyme graue Tür zwischen Verwaltungsbauten auf dem linken Seineufer in der Nähe der Nationalversammlung betrat. Hinter der grauen Tür begann eine Treppe, die zwei Stockwerke tiefer in ein Labyrinth aus niedrigen Räumen mit grau gestrichenen Wänden und grauem Linoleum auf dem Fußboden führte. Eine DGSE-Einrichtung, vermutete ich. Hoffentlich gaben die Franzosen das an der Einrichtung eingesparte Geld für bessere Aufklärungsergebnisse aus.

Wir wurden in eine Art Konferenzraum geführt. Die Stühle standen an der Wand, und auf dem Tisch lagen zwölf Notebooks. Alle waren genau gleich weit aufgeklappt und zeigten genau das Gleiche: animierte Bildschirmschoner der *Police Nationale,* die majestätisch langsam im Gleichschritt über die Bildschirme zogen und oben, unten und seitlich von den Rädern abprallten wie Kugeln in einem alten Flipper. Nach uns kam eine Frau herein, zierlich, aber durchaus erwachsen, schätzungsweise Anfang vierzig, mit schwarzer Mähne und klugen dunklen Augen. Unter anderen Umständen hätte ich vielleicht versucht, sie zum Lunch einzuladen. So ignorierte sie mich, als sie ankündigte, ohne dabei einen von uns anzusehen: »Untere Ermittlungsakten sind jetzt vollständig digitalisiert. Wenn Sie links anfangen und sich nach rechts vorarbeiten, wissen Sie alles, was wir wissen.«

Also drängten Bennett, Chenkin und ich uns vor dem ersten Notebook zusammen. Der Russe tippte mit einem manikürten Fingernagel auf das Touchpad, woraufhin der Bildschirmschoner verschwand und durch einen Film ersetzt wurde. Die Fernsehübertragung, vermutete ich, von der abendlichen Rede des Präsidenten. Der Mann stand vor der hell angestrahlten Fassade irgendeines historischen Gebäudes, hinter sich ein Meer aus französischen Flaggen. Die Panzerglasscheiben auf beiden Seiten des Rednerpults konnte man kaum erkennen. Seine Mikrofone waren kleine schwarze Knollen an langen Stielen, die aus dem Pult ragten. Dem Ton nach waren sie mit starker Richtwirkung auf Brust, Kehle und Mund des Redners gerichtet. Aber die Fernsehleute hatten Umgebungsgeräusche dazugemischt, sodass das Gemurmel der Menge und etwas Straßenlärm zu hören waren.

Der Mann schwafelte lang und breit darüber, dass weiterer Fortschritt möglich sei und das 21. Jahrhundert noch immer das Jahrhundert Frankreichs werden könne, wenn nur die richtige Politik – natürlich zufällig seine – gemacht werde. An einer Stelle stolperte er über ein Wort und sah fast nachdenklich nach links oben, bevor er sich erneut konzentrierte und weitersprach. Drei Sekunden später schaute er wieder nach links, jedoch auf etwas viel Näheres, stolperte nochmals und wurde im nächsten Augenblick von einer Horde von Männern in dunklen Anzügen und mit Ohrhörern zu Boden gerissen, rasch fortgeschleppt und in Sicherheit gebracht.

Chenkin benutzte seinen manikürten Fingernagel nochmals, um das erste Stocken des Präsidenten und seinen Blick nach links auf den Bildschirm zu holen. Er sagte: »Das war das Mündungsfeuer. Garantiert.« Drei Sekunden später dann der zweite Blick: »Und hier schlägt das Geschoss ein.«

Den Mündungsknall konnten wir nicht identifizieren. Irgendein großer Experte hätte ihn vielleicht als Spitze auf dem Soundtrack finden können, aber das hätte uns nichts genützt. Dass ein Schuss gefallen war, wussten wir längst.

»Genug gesehen?«, fragte Chenkin.

Bennett nickte, und ich schwieg, also rief Chenkin als Nächstes einen Stadtplan von Paris auf, auf dem ein roter Pfeil mit dem Buchstaben A die Stufen vor dem Hôtel des Invalides bezeichnete, während ein weiterer Pfeil mit dem Buchstaben B in ein Labyrinth aus kleinen Straßen am Boulevard Saint Germain zielte. Verbunden waren diese beiden Pfeilspitzen durch eine dünne rote Linie mit der Angabe *1273 Meter*, rund dreizehnhundert Meter.

Bennett sagte: »Les Invalides hat Ludwig XIV. für invalide Soldaten erbauen lassen.«

»Ich weiß«, entgegnete Chenkin. »Heute stehen sie unter Denkmalschutz. Ziemlich großartig.«

Und eine logische Kulisse für eine große politische Rede. Ein emotional bedeutsamer Ort mit vorgelagerter Freifläche, auf der sich eine ansehnliche Menge versammeln konnte, während sie andererseits klein genug war, dass nicht weiter auffiel, wenn der Zustrom geringer war, und groß genug für Übertragungswagen und Satellitenschüsseln. Der Punkt am Boulevard Saint Germain musste das Apartmentgebäude bezeichnen. Ein langer, langer Schuss, ziemlich genau nach Westen, über niedrige Häuser und viele freie Flächen hinweg, fast parallel zur Seine und keine tausend Meter von der Stelle entfernt, an der wir jetzt standen.

Chenkin klickte weiter, und wir sahen nach dem Attentat aufgenommene Fotos des Präsidentenpodiums und der schützenden Panzerglaswände. Das Podium war stabil gebaut und offenbar dafür konstruiert, rasch auf- und abgebaut und zwischengelagert werden zu können. Die Glasschilde waren halb unsichtbare Paneele, ungefähr zweieinhalb Meter hoch, eineinviertel Meter breit und zehn bis zwölf Zentimeter dick, die das Podium wie die Wände einer geräumigen Telefonzelle in diskretem Abstand umrahmten.

»Okay?«, fragte Chenkin.

Bennett nickte, ich sagte nichts, und Chenkin klickte zu einer Nahaufnahme der Stelle weiter, wo das Geschoss das Panzerglas getroffen hatte. Zu erkennen war nur ein kleiner Krater, von dem nach allen Seiten zwei bis drei Zentimeter lange Haarrisse wegführten. Chenkin klickte eine Serie stärker werdender Vergrößerungen an, bis der Krater in einer Aufnahme durch ein Elektronenmikroskop wie der Grand Canyon wirkte, obwohl er in Wirklichkeit keine zwei Millimeter tief war. Die letzte Aufnahme präsentierte ihn wieder in natürlicher Größe, aber diesmal gab es eine Computeranimation, die ihn drehte und wendete und aus allen möglichen Blickwinkeln betrachtete. Das Foto rotierte langsam, bis wir den Glasschild mehr oder weniger direkt von der Seite betrachten konnten, bevor die nächste Ansicht ihn mit leichter Überhöhung zeigte. So musste der Schütze das Glas durch sein Zielfernrohr gesehen haben, vermutete ich – vom Balkon eines dreizehnhundert Meter entfernten Apartmentgebäudes aus.

In natürlicher Größe war der winzige weiße Krater kaum zu erkennen, aber nun wurde er mit einem roten Punkt markiert, von dem aus rote Linien mit Entfernungsangaben zu den Rändern der Paneele führten. Bis zum linken Rand des Paneels waren es 50,3 Zentimeter, bis zum oberen Rand 69,8.

Chenkin schienen diese Angaben zu beunruhigen.

Er beugte sich nach vorn, starrte den Bildschirm an und fragte: »Seht ihr auch, was ich sehe?«

Bennett gab keine Antwort, und ich sagte: «Ich weiß nicht, was Sie sehen.«

Chenkin wandte sich ab, blickte sich um, bis er die zierliche Schwarzhaarige entdeckte, und fragte: »Können wir jetzt das Apartment besichtigen?«

Die Frau hob die Augenbrauen. »Wollen Sie nicht das Ende der Präsentation abwarten?«

»Was enthält sie?«

»Zeugenaussagen, die Ergebnisse der Spurensicherung, das ballistische Gutachten, metallurgische Analysen und so weiter.«

»Sagt sie uns, wer der Schütze war?«

»Nicht direkt, nein.«

»Dann nicht«, meinte Chenkin. »Auf diesen Scheiß können wir verzichten. Wir wollen das Apartment sehen.«

16

Zu dem Apartment fuhren wir mit demselben Kleinbus, der von demselben missmutigen Polizeibeamten gelenkt wurde. Begleitet wurden wir von der Schwarzhaarigen, die zwei ihrer Notebooks mitnahm, und einem hohen Beamten der Police Nationale, einem grauhaarigen Veteran in einem blauen Kampfanzug. Die Fahrt dauerte nicht lange: aus dem 7. Arrondissement ins 6. Arrondissement hinüber, den Boulevard Saint Germain entlang, dann in das Straßengewirr jenseits der Rue Bonaparte zu einem schönen alten Wohnhaus, das still und unauffällig in einer Reihe ähnlicher Gebäude stand. Es war ein solider Gründerzeitbau, der zur Straße hin ein Tor für Kutschen aufwies, hinter dem die Loge der Concierge und ein Innenhof liegen würden, in dem es in jeder Ecke eine Treppe und einen ruckelnden alten Fahrstuhl gab. Ich kannte solche Gebäude. Hier würde es nach Staub, Kochdunst und Bohnerwachs riechen, vielleicht würde irgendwo gedämpft ein Klavier erklingen oder plötzlich Kinderlachen zu hören sein – aus großzügigen, aber leicht heruntergekommenen Apartments mit Vergoldungen, Kirschholz, fadenscheinigen Tapisserien aus Aubusson und liebevoll polierten Empiremöbeln.

Unser Gendarm ging zur Concierge, die das zweiflüglige Tor öffnete. Dann fuhren wir hindurch und parkten im Innenhof. Wir benutzten die Treppe in der hinteren linken Ecke und stiegen in den fünften Stock zu einer Tür hinauf, die geschlossen und abgesperrt, aber nicht irgendwie gekennzeichnet war. Hier gab es kein polizeiliches Absperrband, keine versiegelte Wohnungstür, kein Zugangsverbot.

Ich fragte: »Wem gehört dieses Apartment?«

Der alte Kerl von der Police Nationale sagte: »Sie ist vor zwei Jahren gestorben.«

»Irgendjemandem muss die Wohnung gehören.«

»Natürlich. Aber sie ist ohne Erben gestorben. Deshalb liegt der Fall kompliziert.«

»Wie ist der Schütze reingekommen?«

»Vermutlich sind einige Schlüssel im Umlauf.«

»Die Concierge hat nichts gesehen?«

Der Uniformierte schüttelte den Kopf. »Auch die Nachbarn nicht.«

»Gibt es auf der Straße Überwachungskameras?«

»Nicht verwertbar.«

»Und niemand hat gesehen, wie der Attentäter das Haus verlassen hat?«

»Alle haben die Aufregung im Fernsehen verfolgt, fürchte ich.« Der Grauhaarige holte einen glänzend neuen Schlüssel aus der Tasche und ruckelte damit im Schloss hin und her, bis die Tür aufging. Wir betraten einen geräumigen Vorraum, an den sich eine große Diele anschloss. Der Fußboden bestand aus schwarzen und weißen Marmorfliesen, die durch Tausende von Schuhsohlen matt geworden waren. Die Luft war kühl. Hohe zweiflüglige Türen, alle zweieinhalb bis drei Meter hoch, gaben den Blick in halbdunkle Räume mit Parkettböden und hohen Decken frei. Der Mann von der Police Nationale führte uns durch den Salon in ein gut zwölf Meter langes Speisezimmer. Hier gab es einen riesigen Mahagonitisch, der teilweise unter einer alten Decke verschwand, mit zwanzig Stühlen – zehn auf jeder Seite –, einen offenen Kamin wie in einem Schloss, fleckige alte Spiegel, Marmorbüsten und düstere Landschaftsbilder in schweren Goldrahmen. Der große Esstisch stand vor dem als Fenstertür gestalteten mittleren Fenster, und vor den beiden anderen Fenstern befanden sich Anrichtetische mit Marmorplatten. Alles im klassischen alten Stil, gediegen, symmetrisch, fürs Auge gefällig.

Vor den Fenstern lag ein Balkon.

Er verlief über die gesamte Breite des Raums, war ungefähr zweieinhalb Meter tief und hatte einen Natursteinboden und eine niedrige Steinbalustrade. Die innen davorstehenden Pflanztröge aus Terrakotta enthielten staubfeine Erde und die

Überreste vertrockneter Geranien. Die Möblierung bestand aus zwei gusseisernen Bistrotischen, die zwischen den Fenstern an die Hauswand gerückt waren.

Jenseits der Balustrade war in weiter Ferne die von der Seite gesehene Treppe vor dem Hôtel des Invalides zu erkennen. Über eineinviertel Kilometer entfernt. Im Dunst kaum auszumachen.

Bennett fragte: »Wie sind Sie auf diesen Balkon hier gekommen?«

Der Uniformierte antwortete: »Der Präsident hat das Mündungsfeuer gesehen, womit die allgemeine Richtung feststand. Danach sind wir durch eine einfache ballistische Rechnung auf vier potenzielle Möglichkeiten gekommen – hier und in Nachbarhäusern. In dreien wohnen ahnungslose Familien. Diese vierte Wohnung war leer. Und wir konnten hier frische Spuren im Staub sichern. Wir sind davon überzeugt, dass der Täter von hier aus geschossen hat.«

Die Schwarzhaarige sagte: »Das alles wird in unserer Präsentation erläutert. Die hätten Sie sich ansehen sollen.«

Chenkin nickte halb ungeduldig, halb um Entschuldigung bittend. Er fragte: »Von wo aus hat er Ihren Ermittlungen nach geschossen?«

Die Frau erklärte: »Das haben wir durch die Untersuchung mit dem Elektronenmikroskop festgestellt. Wie Sie wissen, hat panzerbrechende Munition speziell gehärtete Spitzen, sodass wir den Eintrittswinkel bis zur Molekularebene hinunter genau bestimmen konnten. Wir haben die Geschwindigkeit berechnet, die uns die Entfernung geliefert hat, und das Absinken der Flugbahn, das zu diesem Balkon führte. Wir gehen davon aus, dass er hier sitzend geschossen hat – mit dem Zweibein seines Gewehrs in dem mittleren Pflanzenkasten. Das beweisen Abdrücke in der Erde und Kratzspuren auf den Steinplatten.«

Chenkin nickte erneut.

»Sehen wir uns draußen mal um«, schlug er vor.

Also traten wir auf den Balkon hinaus und schauten uns um. Wir befanden uns im fünften Stock, und die Luft war frisch, die Sicht ausgezeichnet. Der mittlere Terrakottatrog war massiv und unbeweglich, nicht sehr hoch, aber relativ breit und tief, außen glatt und stellenweise bemoost. Ideale Voraussetzungen für einen Scharfschützen. Weil das Ziel tiefer lag, hätte ein durchschnittlich großer Schütze hier bequem sitzen und durch eine Lücke zwischen zwei der bemoosten dicken Säulen der Steinbalustrade zielen können.

Ich fragte: »Wie groß ist Dazow?«

Chenkin antwortete: »Eins siebzig, eins fünfundsiebzig.«

Also durchschnittlich groß.

Ich wandte mich an Bennett und fragte: »Und Carson?«

»Fünf Fuß, neun Zoll«, sagte Bennett.

Ebenfalls durchschnittlich groß. Genau wie Kott, der etwa einen Meter fünfundsiebzig groß gewesen war, als ich ihn vor sechzehn Jahren zuletzt gesehen hatte.

Ohne auf seine teure Kleidung zu achten, ließ Chenkin sich im Schneidersitz hinter dem Pflanztrog nieder, schloss ein Auge und kniff das andere zusammen. Er fragte: »Haben Sie von hier aus aufgenommene Fotos? Mit dem Podium und dem Glas noch an Ort und Stelle?«

Die Schwarzhaarige antwortete: »Natürlich haben wir welche. Sie sind Teil unserer Präsentation. Die hätten Sie sich ansehen sollen.«

»Sorry«, sagte Chenkin. »Sie haben die Fotos nicht zufällig dabei?«

»Doch, das habe ich«, sagte die Frau und schaltete eines ihrer Notebooks ein. Sie klickte und scrollte, dann stellte sie den Computer vor dem Russen auf den Pflanztrog. Sie sagte:

»Wir glauben, dass dies den Blick durchs Zielfernrohr simuliert.«

Und das tat die Aufnahme mehr oder weniger. Ich beugte mich hinunter, um das Foto besser sehen zu können. Auf dem Bildschirm stand das mit einem Teleobjektiv herangeholte Podium; die uns zugewandte schützende Glaswand war kaum auszumachen, aber eindeutig im Weg. Das Podium erhob sich einsam und verlassen inmitten einer Umgebung, die nach dem Schuss eilig geräumt und abgesperrt worden war.

Chenkin sagte: »Ich kann die kleine Absplitterung nicht erkennen.«

Die Frau zwängte sich zwischen uns. Ich registrierte, dass sie nach Chanel roch. Nach einem Mausklick erschien auf dem Bildschirm ein roter Punkt – 50,3 Zentimeter vom linken und 69,8 Zentimeter vom oberen Rand des Paneels entfernt.

Chenkin fragte: »Wie groß ist Ihr Präsident genau?«

Als die Schwarzhaarige nochmals klickte, erschien auf dem Podium eine Gestalt, nicht der französische Präsident, sondern jemand, der gleich groß und gleich schwer war. Vielleicht ein Cop oder Sicherheitsbeamter.

Der rote Punkt lag fünfzehn Zentimeter links neben seiner Kehle.

»Seht ihr?«, meinte Chenkin. »Ich hab's gewusst! Er hätte ihn verfehlt. Links und etwas zu tief.«

Dann stemmte er sich wieder hoch, klopfte etwas Schmutz von seinem Burberry und trat an die Balustrade. Er starrte über die grauen Pariser Hausdächer zum Hôtel des Invalides hinüber. Bennett gesellte sich zu ihm, stand Schulter an Schulter rechts neben ihm, während ich Schulter an Schulter links neben ihm stand. Ich sah den Boulevard Raspail, breite Straßen, Autos und Menschen, ordentliche Reihen gestutzter Bäume und Grünflächen, honigfarbene Gebäude mit Schieferdächern und schmiedeeisernen Balkonen sowie schlaff herabhängenden Fahnen, reich verzierte Straßenlaternen, die vage weiße Masse von Les Invalides und weit dahinter die Spitze des Eiffelturms.

Dann passierten drei Dinge in einem straffen, tödlichen, vorherbestimmten Rhythmus, der mir trotzdem langsam wie das Ticken einer alten Standuhr vorkam, *eins und zwei und drei.* Erst war in weiter Ferne ein stecknadelkopfgroßer Lichtblitz zu sehen, worauf plötzlich alle Fahnen in der näheren Umgebung knatternd flatterten, weil eine stürmische Bö durch die Häuserschluchten fegte, und dann zerplatzte Chenkins Kopf dicht neben meiner rechten Schulter.

17

Ich lag schon in Deckung, bevor Chenkins lebloser Körper zusammensackte. Im Fallen streifte mich sein zerschmetterter Kopf und hinterließ an der Schulter meiner Jacke eine glitschige grau-rote Spur. Ich weiß noch, dass ich dachte: Verdammt, die war brandneu, und dann landete Bennett neben mir – und war im nächsten Augenblick wie durch einen Zaubertrick verschwunden. Eben noch hatte er auf den Steinplatten gelegen; in der nächsten Sekunde war er weg, wie es sich für einen guten Geheimagenten gehörte. Natürlich wollte er vermeiden, von den französischen Behörden umständlich als Augenzeuge befragt zu werden.

Die Frau mit den Notebooks lag auf den Knien, wimmerte vor sich hin, statt zu kreischen, und kroch mit gesenktem Kopf ins Speisezimmer zurück. Der alte Cop im Kampfanzug verharrte stocksteif dort, wo er die ganze Zeit gestanden hatte, und wäre von der Taille aufwärts ein gutes Ziel gewesen. Aber das war vermutlich in Ordnung, denn ich war mir sicher, dass der Schütze sich nicht lange in seinem Versteck aufhalten würde. Nicht mitten in Paris. Ich richtete mich kniend auf, spähte über die Balustrade und versuchte, den genauen Punkt zu finden, an dem ich den Lichtblitz entdeckt hatte. Als ich kurz die Augen schloss, sah ich ihn wieder vor mir: links neben Les Invalides, also noch weiter entfernt, in einem Dachfenster, anscheinend im sechsten Stock.

Ich machte die Augen auf und orientierte mich. Am Boulevard de la Tour oder in einer der kleineren Straßen dahinter, ein schiefergraues Mansardendach, bestimmt ein ovales Fenster in handwerklich gediegener Steinfassung. Geschätzte Entfernung: fünfzehnhundert Meter. Anderthalb Kilometer. Bei flottem Gehtempo eine Viertelstunde entfernt. Ich drehte mich um, sprang über die weiter auf den Knien liegende Computerfrau und rannte durchs Speisezimmer, den Salon, die Diele und den Vorraum, die Treppe zum Hof hinunter und auf die Straße hinaus.

Ich wollte nicht zum Hôtel des Invalides. Das wäre zwecklos gewesen. Ich rechnete mir aus, dass der Schütze bereits geflüchtet war, sodass er jede Minute, die ich dorthin unterwegs war, dazu nutzen konnte, sich noch weiter abzusetzen. In der Ferne hörte ich Sirenen, viele Sirenen mit dem altmodischen klagenden Zweitonklang, den die Franzosen noch benutzten. Wohin war der Kerl also unterwegs? Nicht nach Norden, vermutete ich. Und nicht mit dem Auto. Wegen der Sirenen. Die Seinebrücken stellten Engstellen dar, die sich leicht abriegeln ließen. Also würde er zu Fuß nach Süden oder Südwesten unterwegs sein. Nicht nach Südosten, denn dort lag der Bahnhof Montparnasse, und die Polizei würde sich gleich nach den Brücken auf öffentliche Verkehrsmittel konzentrieren. Aus demselben

Grund würde der Kerl die Métro meiden. Er flüchtete zu Fuß und würde inzwischen schon einige hundert Meter weiter sein, vielleicht auf Höhe der École Militaire, von der aus er zur Avenue de la Motte-Picquet oder zur Avenue Lowendal gelangen könnte.

Ich nahm die Rue de Sevres, rannte aber nicht, weil alle Cops, denen ich vielleicht begegnete, nervös sein würden, sondern schritt rasch und selbstbewusst aus. So kam ich bestimmt viel schneller voran als der Schütze. Er würde dahinschlendern, als hätte er's nicht eilig, als hätte er kein bestimmtes Ziel, ein Bild der Unschuld. Aber was würde er tragen? Kein bewährtes Scharfschützengewehr Kaliber .50 ließ sich zerlegen. Nicht ohne Metallsäge und Schweißbrenner. Die meisten waren gut anderthalb Meter lang und wogen über fünfzehn Kilogramm. In einen Teppich eingewickelt? In eine Rolle Stoff? Oder hatte er die Waffe irgendwo versteckt?

Als ich auf den Boulevard Garibaldi abbog, rechnete ich mir aus, dass der Mann etwa dreihundert Meter vor mir meinen Weg queren musste. Also ging ich drei Minuten lang noch etwas schneller, bis ich die Rue de la Croix-Nivert erreichte, die eine Fortsetzung der Avenue Lowendal war, was bedeutete, dass nach einem langen Straßenblock die Rue du Commerce kam, die ihrerseits eine Fortsetzung der Avenue de la Motte-Picquet war. Der Kerl musste auf einer dieser beiden Straßen nach Südwesten unterwegs sein – ins Herz des 15. Arrondissements, in dem er sich sicher fühlen konnte.

Ich wählte die erste Abzweigung, weil ich glaubte, Lowendal müsse sich besser angefühlt haben als Motte-Picquet, weil so die École Militaire zwischen dem Kerl und den lauten Sirenen der Schnellen Eingreiftruppe stand, die aus Richtung Eiffelturm heranheulten. Ich bog also ab, ging noch schneller und starrte in die Ferne, als ich mit einem kleinen Mann zusammenprallte, der im Laufschritt in Gegenrichtung unterwegs war. Ich sah ihn nur kurz, bevor wir zusammenstießen, und hatte den Eindruck, er komme aus Asien, vielleicht aus Vietnam. Er war viel älter, als ich bei seiner flotten Fortbewegungsweise vermutet hätte, und fühlte sich beim Aufprall drahtig, kompakt und überraschend schwer an.

Ich verlangsamte mein Tempo, um ihn von mir abprallen zu lassen, und hoffte, dass er auf den Beinen bleiben würde, worauf ich mich entschuldigen und mit möglichst wenig Zeitverlust weiterhasten würde. Aber er prallte nicht von mir ab. Stattdessen klammerte er sich an mich, krallte seine Hände in meine Jacke und machte sich absichtlich schwer, als gäben seine Knie nach. Während ich leicht gebeugt einen Schritt nach vorn stolperte und mich bemühte, ihm nicht auf die Füße zu treten, zog er mich in einem Halbkreis nach links, lehnte sich zugleich gegen mich und fing an, mich in Richtung Randstein zu drängen.

Dann schlug er zu.

Er löste die rechte Hand von meiner Jacke, zog sie zurück, ballte sie zur Faust und wollte einen Schlag tief unter der Gürtellinie anbringen. Der hätte problematisch sein können, wenn ich mich nicht rasch genug zur Seite gedreht hätte, sodass er nur die Vorderseite meines Hüftknochens traf. Aber dort schien er einen Nerv getroffen zu haben, der mein Bein sekundenlang taub werden ließ, was der Kerl offenbar spürte, weil er wieder anfing, mich mit überraschender Kraft zum Randstein zu drängen. Eine schmale Pariser Straße, Durchschnittstempo über sechzig, neunzig Prozent der Autofahrer mit ihren Handys telefonierend.

Genug!

Ich bekam den Kerl mit einer Hand an der Kehle zu fassen und schob ihn auf Armeslänge von mir weg, um außer Reichweite seiner Fäuste zu sein. Er hätte versuchen können, mich zu treten, aber dann hätte ich noch fester zugedrückt, und das schien er zu verstehen. Ich begann, ihn vor mir her über den Gehsteig zu schieben.

Dann tauchten die Cops auf.

18

Sie waren zu zweit, beide jung, gewöhnliche Streifenpolizisten mit einem Kleinwagen und in billigen Uniformen, die sich nicht wesentlich von denen unterschieden, die Müllmänner und Straßenkehrer trugen. Aber ihre Plaketten waren echt, ihre Pistolen auch. Und das Szenario, das sich vor ihnen entfaltete, war eindeutig. Ein riesiger Weißer würgte einen alten Asiaten und stieß ihn vor sich her über den Gehsteig. So gab ich ein schlechtes Bild ab. Also machte ich halt und ließ den Mann los.

Der Kerl rannte weg.

Er schlug einen Haken nach links und einen nach rechts und verschwand. Die Cops dachten nicht daran, ihn zu verfolgen. Was nur logisch war. Er war das Opfer, nicht der Täter. Der Täter stand hier vor ihnen. Die Aussage des Opfers brauchten sie nicht, weil sie alles selbst gesehen hatten. Weitere Fragen stellten sich nicht. Mir blieb etwa eine Fünftelsekunde für meine Entscheidung. Sollte ich bleiben oder weglaufen? Letztlich rechnete ich mir aus, dass O'Days Macht mich in beiden Fällen beschützen würde. Und der Attentäter war längst über alle Berge. Und wenn ich nicht flüchtete, brauchte ich mich nicht anzustrengen, bis ich außer Atem war. Also blieb ich.

Sie nahmen mich auf dem Gehsteig vor einem Tabakgeschäft an Ort und Stelle fest – wegen einer Vielzahl von Straftaten, von denen ich nur Freiheitsberaubung, Körperverletzung und Rassismus verstand. Sie verfrachteten mich hinten in ihren Kleinwagen und brachten mich aufs Polizeirevier in der Rue Lecourbe. Die dortigen Beamten nahmen eine Leibesvisitation vor, bei der ich Scarangellos Smartphone, meinen neuen Pass, meine Zahnbürste, meine Bankkarte, mein amerikanisches Geld und Casey Nice' leeres Tablettenfläschchen abgeben musste. Dann steckten sie mich zu zwei Kerlen in eine Art Ausnüchterungszelle. Einer der beiden war betrunken, der andere high. Ich sorgte dafür, dass der Betrunkene mir seinen Platz auf der Bank abtrat. Es war immer gut, die Hackordnung frühzeitig zu etablieren. Das erspart den Betroffenen später unangenehme Erfahrungen. Ich setzte mich auf seinen Platz, lehnte mich an die Wand und wartete. Ich rechnete mir aus, dass es zwanzig Minuten dauern würde, bis mein Name in den Polizeicomputern auftauchte, und war mir sicher, dass Scarangello längst nach mir fahnden würde.

Sie benötigte eine Stunde, um mich zu finden, und brachte den silberhaarigen Mann im Maßanzug mit, der ein hohes Tier zu sein schien. Als er hereinkam, sprangen alle Cops auf und nahmen Haltung an. Zwei Minuten später hatte ich meine Sachen zurück, und wieder eine Minute später waren wir draußen auf dem Gehsteig. Über solche Macht verfügte O'Day. Scarangello stieg in den schwarzen Citroën, der sie in Le Bourget abgeholt hatte. Ich stieg nach ihr ein, und der Silberhaarige blieb auf dem Gehsteig stehen, schloss die Tür hinter mir und wies den Fahrer an: »Bringen Sie sie geradewegs zum Flughafen.« Als die Limousine anfuhr, schaute ich mich um und beobachtete, wie der Mann ins Polizeirevier zurückging, nachdem er uns kurz nachgesehen hatte.

Scarangello fragte: »Warum sind Sie gerannt?«

Ich sagte: »Ich bin nicht gerannt. Ich renne nicht gern. Ich bin nur schnell gegangen.«

»Warum?«

»Ich bin als Ihr Cop hier. Ich habe den Kerl gesucht. Das tun Cops.«

»Sie waren überhaupt nicht in seiner Nähe. Sie haben sich im ganz falschen Quartier aufgehalten.«

»Ich hatte mir ausgerechnet, dass er flüchten würde.«

»Falsch!«

»Was ist also passiert?«

»Sie haben ihn. Mitsamt seinem Gewehr.«

»Sie *haben* ihn?«

»Er hat dort gewartet.«

»Welcher der drei war's also?«

»Keiner der drei. Ein junger Vietnamese, kaum zwanzig Jahre alt.«

»Und sein Gewehr?«

»Ein AK-47.«

»Bullshit«, sagte ich nur.

Sie sagte: »Ihrer Ansicht nach.«

Ich wollte etwas entgegnen, doch sie hob abwehrend eine Hand. »Erzählen Sie mir nichts«, sagte sie. »Ich will keine Rohdaten. Schon morgen könnte es Vorladungen hageln. Da ist's für mich sicherer, nichts zu wissen. Ich werde den offiziellen Bericht abwarten.«

Ich sagte: »Ich wollte fragen, ob es Sie stört, wenn wir einen kleinen Umweg machen.«

»Unser Flugzeug wartet.«

»Ohne uns kann es nicht abfliegen.«

»Wohin wollen Sie?«

Ich beugte mich nach vorn und wies unseren Fahrer auf Französisch an: »Zum Place de la Bastille und dort rechts abbiegen.«

Der Mann überlegte kurz, dann fragte er: »Auf die Rue de la Roquette?«

»Ganz bis zum Ende«, sagte ich. »Dort warten Sie am Tor.«

»Oui, Monsieur«, sagte er.

Scarangello wollte mich weiter ausfragen, aber dann fiel ihr Blick auf meine rechte Schulter. Auf die rotgraue Spur, die jetzt dunkelbraun und purpurrot und bei näherer Betrachtung mit winzigen weißen Knochensplittern durchsetzt war. Sie fragte: »Was ist das?«

Ich sagte: »Nur ein Kerl, den ich mal gekannt habe.«

»Widerlich!«

»Das sind Rohdaten.«

»Sie brauchen eine neue Jacke.«

»Dies *ist* eine neue Jacke.«

»So können Sie nicht herumlaufen. Wir besorgen Ihnen eine neue. Jetzt sofort.«

»Unser Flugzeug wartet.«

»Wie lange kann das schon dauern?«

»Wir sind in Frankreich«, erwiderte ich. »Die Geschäfte haben bestimmt nichts, was mir passt.«

Sie fragte: »Wohin fahren wir?«

»Ich möchte noch etwas tun, bevor wir zurückfliegen.«

»Was?«

»Ich möchte einen Spaziergang machen.«

»Wo?«

»Warten Sie's ab.«

Wir überquerten die Seine auf dem Pont d'Austerlitz, bogen links auf den Boulevard de la Bastille ab und hielten auf den Kreisel mit dem Denkmal zu – so schnell und flüssig durch den Verkehr, als benutzte der Fahrer Blinklicht und Sirene, was er gar nicht tat. Das Denkmal bildete den Mittelpunkt eines verrückten Kreisels, der Place de la Bastille hieß, und die nächste seiner neun Ausfahrten war die Rue de la Roquette, die im Prinzip nach Nordosten führte, genau aufs Friedhofstor zu.

»Père Lachaise«, sagte Scarangello. »Chopin liegt hier begraben. Und Molière.«

»Und Edith Piaf und Jim Morrison«, ergänzte ich. »Von The Doors.«

»Für Tourismus haben wir keine Zeit.«

»Dauert nicht lange«, sagte ich.

Der Fahrer hielt am Tor, und ich stieg aus. Scarangello kam mit. Am Tor gab es einen Kiosk, der Pläne mit allen berühmten Gräbern verkaufte. Wie in Hollywood, wo es Führer zu den Häusern der Stars gab. Wir folgten breiten Kieswegen zwischen prachtvollen Mausoleen und Grabsteinen aus weißem Marmor. Ich navigierte aus dem Gedächtnis, indem ich an jenen trüben Wintermorgen vor vielen Jahren zurückdachte. Ich ging langsam, blieb mehrmals stehen, um mich wieder zu orientieren, und fand zuletzt die richtige Stelle: eine frühlingsgrüne Rasenfläche mit niedrigen breiten Grabsteinen. Der Stein, den ich suchte, war blass, kaum verwittert, mit noch immer deutlich lesbarer zweizeiliger Inschrift: *Josephine Moutier Reacher, 1930–1990*. Ein sechs Jahrzehnte langes Leben. Ich war genau zur Halbzeit auf die Welt gekommen. Jetzt stand ich mit Blut und Gehirnmasse eines anderen Mannes an meiner Jacke hier.

»Angehörige?«, fragte Scarangello.

»Meine Mutter«, antwortete ich.

»Warum ist sie hier begraben?«

»In Paris geboren, in Paris gestorben.«

»Kennen Sie die Stadt deshalb so gut?«

Ich nickte. »Wir waren manchmal in den Ferien hier. Und sie ist nach dem Tod meines Vaters nach Paris zurückgegangen. Hat in der Avenue Rapp jenseits der Invalides gelebt. Ich habe sie so oft wie möglich besucht.«

Scarangello nickte, dann schwieg sie eine Weile, vielleicht aus Respekt. Wir standen Schulter an Schulter nebeneinander. Zuletzt fragte sie: »Wie war sie?«

Ich sagte: »Zierlich, schwarzes Haar, aber blaue Augen, sehr weiblich, sehr eigensinnig. Aber im Allgemeinen fröhlich. Sie hat aus allem das Beste gemacht. Wenn sie irgendwo auf der Welt eine schäbige Dienstwohnung des Marinekorps betreten hat, lachte sie und sagte: ›*'Ome sweet 'ome!*‹. Wegen ihres Akzents konnte sie kein *h* aussprechen.«

Scarangello sagte: »Sechzig ist nicht sehr alt. Das tut mir leid.«

»Es ist, wie es ist«, sagte ich. »Sie hat sich nicht beklagt.«

»Was war's?«

»Lungenkrebs. Sie hat viel geraucht. Sie war Französin.«

»Dies ist der Friedhof Père Lachaise.«

»Ich weiß.«

»Ich meine, hier wird nicht jeder begraben.«

»Offenbar nicht«, sagte ich. »Er wäre bald überfüllt.«

»Ich meine, das ist eine große Ehre.«

»Kriegsdienst.«

Scarangello betrachtete nochmals den Grabstein. »In welchem Krieg?«

»Im Zweiten Weltkrieg.«

»Sie war fünfzehn, als er geendet hat.«

»Damals herrschten schlimme Zeiten.«

»Was hat sie gemacht?«

»Sie war in der Résistance. Alliierte Flieger, die man über Holland oder Belgien abgeschossen hatte, wurden über Paris in den Süden gebracht. Dafür gab es ein eigenes Netzwerk. Ihre Aufgabe war es, sie von einem Bahnhof zum anderen zu begleiten, sie in den richtigen Zug zu setzen.«

»Wann?«

»Hauptsächlich 1943. Die Rede war von vierzig Trips.«

»Sie war damals dreizehn.«

»Schlimme Zeiten«, wiederholte ich. »Ein Schulmädchen war eine gute Tarnung. Wären sie angehalten worden, hätte sie gesagt, die Flieger seien ihre Onkel oder Brüder, auf Besuch in Paris. Meistens waren sie als Bauern oder kleine Angestellte verkleidet.«

»Sie hat ihr Leben riskiert. Und das ihrer Familie.«

»Tag für Tag. Aber sie hat ihre Pflicht getan.«

Scarangello sagte: »Davon steht nichts in Ihrer Akte.«

»Das wusste niemand. Sie hat nie darüber gesprochen. Ich weiß nicht mal, ob mein Vater eine Ahnung davon hatte. Erst nach ihrem Tod haben wir das Offizierskreuz der Ehrenlegion gefunden. Zu ihrer Beerdigung ist dann ein alter Mann gekommen, der uns ihre Geschichte erzählt hat. Er war ihr Führungsoffizier. Bestimmt ist er längst tot. Ich bin seither nicht mehr in Paris gewesen. Dies ist das erste Mal, dass ich den Grabstein sehe. Ich denke, dass mein Bruder ihn ausgesucht hat.«

»Er hat eine gute Wahl getroffen.«

Ich nickte. Ein bescheidenes Grabmal für eine bescheidene Frau. Ich schloss die Augen und erinnerte mich an unser letztes Beisammensein. Frühstück mit ihren beiden erwachsenen Söhnen in ihrer Wohnung an der Avenue Rapp. An dem Tag, an dem die Berliner Mauer fiel. Unsere Mutter war damals schon sehr krank, aber sie hatte sich dazu aufgerafft, sich gut zu kleiden und heiter zu wirken. Wir tranken Kaffee und aßen Croissants. Das taten zumindest mein Bruder und ich, während sie ihren Mangel an Appetit durch viel Reden kaschierte. Sie plauderte über alles Mögliche, über Leute, die wir gekannt hatten, Orte, an denen wir gewesen waren, und Dinge, die sich dort ereignet hatten. Dann war sie für kurze Zeit verstummt, und zuletzt hatte sie uns Ermahnungen mitgegeben, die wir schon immer von ihr gehört hatten. Das war ein hundertfach wiederholtes mütterliches Ritual. Sie stand mühsam von ihrem Stuhl auf, trat hinter meinen Bruder Joe, legte ihm beide Hände auf die Schultern, was alles zur Choreografie gehörte, beugte sich nach vorn, küsste ihn auf die Wange, wie sie's immer tat, und fragte ihn: »Was brauchst du nicht zu tun, Joe?«

Joe gab keine Antwort, denn auch unser Schweigen gehörte zu dem Ritual. »Du brauchst nicht *alle* Probleme der Welt zu lösen. Nur einige davon. Es sind genug für alle da.«

Sie küsste ihn erneut, dann stellte sie sich hinter mich, maß die Breite meiner Schultern mit ihren kleinen Händen ab, betastete wie jedes Mal die harten Muskeln und schien wieder davon fasziniert zu sein, was aus ihrem winzigen Neugeborenen geworden war. Und obwohl ich damals schon fast dreißig war, sagte sie: »Du hast so viel Kraft wie zwei gewöhnliche Jungen. Was wirst du damit anfangen?«

Ich schwieg ebenfalls, denn unser Schweigen war Bestandteil des Rituals. Sie antwortete für mich. Sie sagte: »Du wirst das Richtige tun.«

Und das hatte ich meist versucht, was mir oft Schwierigkeiten, manchmal aber auch Orden einbrachte. Ihr zu Ehren hatte ich meinen Silver Star mit ihr begraben. Jetzt lag er hier unter meinen Füßen in der Pariser Erde. Ich stellte mir vor, dass das Band längst verrottet war, aber das Metall sicher noch glänzen würde.

Ich öffnete die Augen, trat einen Schritt zurück, sah Scarangello an und sagte: »Okay, jetzt können wir gehen.«

19

In der Kabine des Flugzeugs war es warm, deshalb zog ich aus Rücksicht auf Scarangellos Empfindsamkeit meine ruinierte Jacke aus, faltete sie mit der Innenseite nach außen zusammen und legte sie auf einen freien Sitz. Vierzig Minuten nach dem Start verließen wir den französischen Luftraum und überquerten dann Großbritannien in elftausend Meter Höhe diagonal, bevor wir die lange Strecke über den Nordatlantik in Angriff nahmen. Auf einer Großkreisroute. Wir aßen Zeug, das die Besatzung in Le Bourget besorgt hatte, und machten es uns anschließend in Liegesesseln auf beiden Seiten des Mittelgangs bequem. Nahe, aber nicht zu nahe.

Ich fragte: »Wer war eigentlich der Typ im Maßanzug?«

Sie sagte: »Der Chef der Spionageabwehr in der DGSE.«

»War der junge Vietnamese seiner? Der mit dem AK-47?«

»Seiner?«

»War er ein weiterer Sündenbock? Für die Medien?«

»Nein, er war echt. Er hat noch an einem Dachbodenfenster gestanden.«

Ich schwieg.

Scarangello fragte: »Was?«

»Sie wollen nicht, dass ich Ihnen etwas erzähle.«

»Ist's etwas, das O'Day sich ausrechnen wird?«

»Das hat er bestimmt längst getan.«

»Dann können Sie mir Hintergrundinformationen geben.«

»Was wissen Sie noch von den Sowjets?«

»Oh, alles Mögliche.«

Ich sagte: »In erster Linie waren sie Realisten, vor allem in Bezug auf die menschliche Natur und die Qualität ihrer eigenen Leute. Sie hatten eine riesige Armee, was bedeutete, dass der durchschnittliche Rotarmist faul, inkompetent und ohne erkennbare Begabung war. Das war ihnen klar, und sie wussten auch, dass sich nicht viel dagegen tun ließ. Statt zu versuchen, ihr Militär so auszubilden, wie es modernste Waffen verlangt hätten, haben sie modernste Waffentechnik vereinfacht und den Fähigkeiten ihrer Leute angepasst. Was wirklich eine radikal neue Methode war.«

»Okay.«

»Daher das AK-47 von Kalaschnikow. Nur ein Beispiel: Was tut ein Soldat, der unter feindlichem Feuer in Panik gerät? Er schnappt sich sein Gewehr, betätigt den Stellschieber und drückt ab. Bei unseren Sturmgewehren folgt auf ›gesichert‹ erst Einzelfeuer, dann Dauerfeuer, was nett und linear und logisch ist, aber sie wussten, dass ihre Jungs den Selektor in neunundneunzig von hundert Fällen bis zum Anschlag drücken und fast ohne zu zielen ein ganzes Magazin hinausjagen würden. Dann hätten sie gleich zu Beginn eines Feuergefechts eine leer geschossene Waffe. Was immer von Nachteil ist. Deshalb lautet die Reihenfolge beim AK-47 ›gesichert‹, ›Dauerfeuer‹, ›Einzelfeuer‹. Nicht linear, nicht logisch, aber sehr praktisch. Einzelfeuer ist im Grunde die normale Einstellung; Dauerfeuer muss eigens gewählt werden.«

»Okay.«

»Und weil sie wussten, dass das Sturmgewehr im Einsatz weder Pflege noch Wartung bekommen würde, haben sie dafür gesorgt, dass es unter nahezu allen Umständen zuverlässig ist. Wenn der Abzug betätigt wird, schießt die Waffe. Wir haben AK-47 gesehen, die jahrelang vergraben gewesen waren, sodass ihre Holzteile weggefault sind – aber sie haben trotzdem noch einwandfrei funktioniert.«

»Okay.«

»Und sie wussten auch, dass der durchschnittliche Rotarmist

nichts treffen würde, was weiter als ein paar hundert Meter entfernt war. Wozu also Geld für Treffsicherheit ausgeben? Das AK-47 ist erstens, zweitens und drittens zuverlässig, aber wenig treffsicher. Es ist eine Nahkampfwaffe, praktisch eine Maschinenpistole. Über eine Straße hinweg, einen Straßenblock entlang, über einen Fluss.«

»Sie sagen also, dass er nicht geschossen haben kann?«

»Niemals! Würden Sie Kott, Carson oder Dazow das beste jemals hergestellte AK-47 geben, könnten sie damit bei Entfernungen über vierhundert Meter nichts mehr ausrichten. Aber Chenkin ist aus etwa fünfzehnhundert Metern erschossen worden – aus fast viermal größerer Entfernung. Der Schütze hätte Glück haben müssen, um auch nur das richtige Gebäude zu treffen. Außerdem ist die Treibladung der Patrone fast zu schwach, um das Geschoss so weit fliegen zu lassen. Der Schütze hätte in einem Winkel von dreißig Grad nach oben zielen müssen, was ein unmöglicher Schuss wäre. Und selbst dann wäre das Geschoss mit so wenig Energie angekommen, dass man es mit einem Tischtennisschläger hätte abwehren können. Es wäre von Chenkins Haargel abgeprallt. Aber das hat es nicht getan. Es hat ihm glatt den Kopf abgerissen.«

»Also?«

»Also war der Schütze kein zwanzigjähriger Vietnamese mit einem AK-47.«

»Wozu war er dann dort?«

»Ich vermute, dass er Bestandteil eines Gesamtpakets war. Kott, Carson, Dazow oder sonst jemand hat einheimische Helfer engagiert. Die in Paris leicht Vietnamesen sein können. Bestimmt sind die meisten der hier lebenden Vietnamesen anständige, ehrliche Leute, die Taxis fahren oder sonst einer Arbeit nachgehen, aber einige sind bestimmt auch Gangster. Sie hatten zehn oder zwölf Männer auf der Straße, die eine Art beweglichen Kordon um den Kerl gebildet haben, um seine Flucht zu sichern. Der Alte, der mich aufgehalten hat, war zweifellos einer von ihnen. Und sie haben den Jungen zur Täuschung auf den Dachboden gestellt. Er sollte sich verhaften lassen, nicht viel sagen und durchhalten – dann ist er ein gemachter Mann. Ich wette, dass in seinem AK-47 kein Schlagbolzen war, damit ein Anwalt mit dieser Begründung die Haftentlassung beantragen kann.«

Scarangello schwieg einige Zeit lang, dann sagte sie: »Also muss es Dazow gewesen sein, richtig? Was hätten Kott oder Carson gegen Chenkin haben sollen?«

Ich sagte: »Dazu hat O'Day bestimmt schon alle möglichen Theorien.«

Wie sich jedoch zeigte, hatte auch die sokratische Methode ihre Grenzen. O'Day, Shoemaker und Nice hatten sich die Köpfe heißgeredet, ohne zu eindeutigen Schlussfolgerungen zu gelangen. Sie hatten detaillierte Berichte aus Paris, London und Moskau erhalten, Zeugenaussagen, Diagramme, Fotos und Videos ausgewertet und die Ergebnisse mehrmals besprochen. Aber sie waren sich nicht darüber einig, welche Schlüsse daraus zu ziehen waren, und warteten nun darauf, was ich sagen würde.

Wir landeten am Spätnachmittag auf Pope Field – weniger als einen Tag nach unserem Abflug –, weil wir die sechs Stunden zurückbekamen, die wir auf dem Hinflug eingebüßt hatten. Scarangello wollte duschen, bevor wir uns zusammensetzten, also gab O'Day uns eine halbe Stunde Zeit, die ich ebenfalls unter der Dusche verbrachte. Zuerst spülte ich Chenkin von meiner Jacke, was nicht viel Mühe erforderte, weil das Gewebe wasserabweisend war und die Glibberspur sich einfach beseitigen ließ. Anschließend tupfte ich die Stelle mit einem Handtuch trocken. Dann duschte ich ausgiebig, wusch mir die Haare und zog mich rasch an, damit ich noch im Büfettraum vorbeischauen konnte, bevor die Besprechung begann. Auf den Tischen stand nicht viel, aber zumindest gab es Kaffee, von dem ich einen Becher nach oben mitnahm.

O'Day saß an seinem gewohnten Platz, neben ihm Shoemaker. Casey Nice lächelte mir zur Begrüßung zu, als ich mich setzte. Scarangello kam nach mir herein: mit vom Duschen rosigem Teint, die Haare noch feucht, in einem anderen Nadelstreifenkostüm.

O'Day begann: »Als Erstes wollen wir die Vietnamesen aus der Welt schaffen.«

Ich sagte: »Für alles gibt's ein erstes Mal.«

Er lächelte nicht. Wahrscheinlich hatte er in jenem lange zurückliegenden Krieg erst wie achtzig ausgesehen, war bestimmt an der Ausarbeitung der US-Strategie beteiligt gewesen und reagierte deshalb noch heute etwas empfindlich. Casey Nice beendete das verlegene Schweigen, indem sie sagte: »Wir nehmen an, dass der Schütze oder seine Geldgeber örtliche Kriminelle als Helfer angeworben haben. Oder um in deren Revier operieren zu dürfen. Oder beides.«

»Richtig«, bestätigte ich. »Außer die *Vietnamesen* sind die Geldgeber. Vielleicht steht ihr Staat dahinter. Vielleicht will er Russland überfallen.«

»Ist das dein Ernst?«

»Eigentlich nicht«, sagte ich. »Ich bin deiner Meinung. Die Vietnamesen waren einheimische Helfer.«

»Dann werden sie aus Stolz und Disziplin dichthalten. Folglich haben wir nichts in der Hand als unsere eigene Interpretation eines sehr verwirrenden und unvollständigen Szenarios.«

»Von unvollständig kann kaum die Rede sein. Jedenfalls nicht aus Chenkins Sicht.«

»Wir glauben, dass er nach Paris gekommen ist, um zu versuchen, die Briten und uns davon zu überzeugen, Dazow komme nicht als Täter infrage. Denkst du das auch?«

Ich nickte. »Er hat gesagt, Dazow würde sich nie an einem Wettbewerb beteiligen.«

»Und von der DGSE erfahren wir, dass Chenkin unbedingt beweisen wollte, dass der Schuss sein Ziel verfehlen würde. Was offenbar stimmte. Links und etwas zu tief. Moskau sagt, dass Dazow nie danebenschießt. Und links tief ist zufällig Kotts Signatur, die wir aus Arkansas kennen – von den Papierscheiben in seinem Haus.«

Ich sagte: »Der Schütze auf dem Balkon war nicht Kott.«

O'Day sah überrascht auf. »Woher wissen Sie das?«

»Die Lady vom DGSE hat gesagt, er habe hinter einem Pflanztrog gesessen. Aber Kott hat ein Jahr lang mit liegendem Anschlag trainiert. Jeder Schütze hat eine natürliche Position, die er bevorzugt. Und Kott ist keiner, der sitzend schießt.«

O'Day nickte.

Er sagte: »Gut zu wissen.«

Casey Nice sagte: »Aber das konnte Chenkin nicht wissen und lediglich behaupten, Dazow hätte unbedingt getroffen. Also konnte er ganz zufrieden sein, bis er erschossen wurde. Ab da wird der Fall verwirrend. Erst scheidet Dazow aus, dann kommt er plötzlich doch wieder in Betracht. Weil Dazow und Chenkin eine gemeinsame Vorgeschichte hatten, während es zwischen Kott oder Carson und Chenkin wahrscheinlich keine gibt.«

Ich sagte: »Steh bitte auf.«

Sie fragte: »Was?«

»Steh auf und zieh einen Schuh aus.«

»Wozu?«

»Mach's einfach.«

Sie stand auf und fragte: »Welchen Schuh?«

»Egal«, antwortete ich und stand ebenfalls auf. Sie bückte

sich, streifte ihren linken Schuh ab. Ich durchquerte den Raum und blieb vor der Tür stehen. Wie alle Türen in diesem Gebäude war sie ein gut zwei Meter hohes und fast einen Meter breites lackiertes Holzrechteck. Ich sagte: »Stell dir vor, dies sei eine Glasscheibe, von der du weißt, dass sie hochstabil ist. Nehmen wir mal an, du bekämst eine Chance, sie mit dem Schuhabsatz zu zertrümmern. Mit einem einzigen kräftigen Schlag. Zeig mir, wohin du zielen würdest.«

Sie zögerte kurz, kam dann hinkend zu mir, blieb vor der Tür stehen, nahm den Schuh andersherum in die Hand und hielt ihn wie eine Waffe. Sie zögerte jedoch und sagte: »Davon verstehe ich nicht genug. Dies ist eine spezielle Technologie. Hier geht's um hochfeste Materialien.«

»Dazow, Kott und Carson sind auch keine Wissenschaftler. Mach's einfach instinktiv.«

Ich verfolgte, wie sie eine Stelle nach der anderen begutachtete. Sie hob zögernd den Schuh und fasste ihn etwas anders an, während sie verschiedene Möglichkeiten durchspielte. Ich sagte: »Erzähl mir, was du dabei denkst.«

Sie sagte: »Nicht irgendwo am Rand. Da würde nur ein Stück herausbrechen, glaube ich – wie ein Bissen aus einem großen Keks.«

»Okay.«

»Auch nicht genau in der Mitte. Ich glaube, dann würde die Wucht meines Schlags sich gleichmäßig nach allen Seiten verteilen, vielleicht von den Rändern zurückgeworfen werden und sich gewissermaßen selbst egalisieren. Das wäre nicht viel anders, als schlüge man auf eine Trommel.«

»Wo also sonst?«

»Irgendwo außerhalb der Mitte, aber nicht allzu weit von ihr entfernt. Damit der Schock irgendwie asymmetrisch aufträte. Damit die inneren Spannungen mithelfen würden.«

»Zeig's mir.«

Sie zögerte kurz, dann hob sie den Schuh, tat so, als holte sie weit aus, und berührte mit ihrem Absatz das obere linke Viertel der Tür. Hätte man das Türblatt auf die Größe der Pariser Glaspaneele gebracht, wäre dieser Punkt gut fünfzig Zentimeter vom linken Rand und knapp siebzig Zentimeter vom oberen Rand entfernt gewesen.

Ich sagte: »Der zweite Schuss sollte tödlich sein. Nicht schon der erste. Der erste Schuss sollte das Glas zersplittern lassen. Das war alles. Also war er kein Fehltreffer, sondern hat genau gesessen.«

Casey Nice hüpfte an der Tür auf einem Bein herum, bis sie ihren Schuh wieder angezogen hatte. Dann setzten wir uns, und ich sagte: »Chenkin war das alles von Anfang an klar, glaube ich. Was die DGSE festgestellt hatte, hat Dazow mehr belastet als entlastet. Er ist in der Hoffnung nach Paris gekommen, sein Mann sei's nicht gewesen, aber alles, was er dort gesehen hat, hat gegen ihn gesprochen.«

Shoemaker sagte: »Jeder der drei hätte diesen Schuss abgeben können.«

»Aber wie steht's mit dem nächsten Schuss? Ich glaube, dass diese Frage Chenkin beschäftigt hat. Denn der Schütze musste seinen Zielpunkt nach rechts und ungefähr fünfzehn Zentimeter höher verlegen, um den Kerl zu treffen. Noch dazu in höchster Eile. Was verdammt schwierig ist, wenn aus dreizehnhundert Metern Entfernung geschossen werden soll. Praktisch heißt das, dass die Gewehrmündung um null Komma drei fünf *Millimeter* bewegt werden musste. Nicht mehr, nicht weniger, flüssig und sehr präzise, aber auch ganz ruhig. Es war keine Zeit durchzuatmen, sich zu entspannen. Wäre die Scheibe zersprungen, hätte der Präsident sofort im Wind gestanden. Vielleicht hätte er daran gedacht, sich auf den Boden zu werfen. Tatsächlich haben seine Leibwächter ihn binnen zwei Sekunden unter sich begraben. Stellen Sie sich das vor! Man schießt, man bewegt die Gewehrmündung um null Komma drei fünf Millimeter und schießt noch mal – alles viel schneller, als ich das sagen kann. Das hätte übernatürliche Fähigkeiten erfordert. Und Dazow war nach Chenkins Aussage übernatürlich begabt.«

O'Day sagte: »Gut, das bringt uns einen Schritt weiter. Der Schütze war Dazow.«

Ich sagte: »Das war jedenfalls Chenkins Überzeugung. Ich habe ihn genau beobachtet. Er war ein harter Bursche, hatte aber auch eine weiche Seite. Morgens wirkte er brummig, weil er sehr früh hatte aufstehen müssen. Aber er war auch fröhlich, weil ein schöner Tag in Paris vor ihm lag. Das Problem hatte ein anderer – vermutlich ich. Er hat sogar mein Frühstück bezahlt. Dann sind Späne gefallen, und damit war ihm der Tag verdorben, denn plötzlich war dies sein Problem. Er würde heimfliegen und die Hiobsbotschaft überbringen müssen. Das wollte er nicht. Er hatte etwas von einem Bürokraten in sich.«

»Aber Dazow hat ihn erschossen und ihm diese Mühe erspart.«

»Nein«, sagte ich. »Dazow hat ihn nicht erschossen.«

20

Ich sagte: »Sie sollten jetzt über diesen zweiten Schuss nachdenken. Und Sie brauchen nicht zu glauben, was ich behaupte. Hängen Sie sich ans Telefon, rufen Sie unsere fünf besten Scharfschützen an. Recon Marines, SEALs, Delta Force, wo auch immer. Das könnten Sie bestimmt. Ich wette, dass Sie ihre Telefonnummern gespeichert haben. Und ich wette, dass sie alle für Sie arbeiten, wie Dazow für den KGB gearbeitet hat.«

Shoemaker sagte: »Der KGB ist längst Geschichte.«

»Alter Wein in neuen Schläuchen.«

»Worauf wollen Sie hinaus?«

»Fragen Sie Ihre besten Leute nach dem zweiten Schuss. Fragen Sie sie nach zwei Schüssen unmittelbar nacheinander mit einem Zielwechsel um fünfzehn Zentimeter auf dreizehnhundert Meter. Alles mit einem Gewehr, das gut anderthalb Meter lang und schwerer ist als eine gleich lange Eisenstange.«

»Was würden sie antworten?«

»Sie würden antworten: ›Teufel ja, Sir, das könnte ich mit verbundenen Augen.‹«

»Wo ist also das Problem?«

»Das entsteht erst, wenn Sie sagen: ›Schluss mit dem Hurra-Bullshit, Soldat, ich will die Wahrheit hören‹ – weil dann jeder schwört, dass dieser Schuss unmöglich ist.«

»Chenkin war offenbar anderer Meinung.«

»Er hat der eigenen Propaganda geglaubt. Dazow ist menschlich, genau wie Sie und ich. Na ja, zumindest wie ich. Er hätte diese Schüsse nicht abgeben können. Das hätte niemand gekonnt.«

»Was wollen Sie damit sagen?«

»Es waren zwei Schützen.«

Daraufhin herrschte erst einmal betroffenes Schweigen, und ich nutzte die Pause, um meinen Kaffee auszutrinken. Dann sagte ich: »Einer der beiden war Dazow oder Carson und der andere John Kott.«

O'Day hob langsam den Kopf wie eine alte Schildkröte, die sich aus dem Sand herausarbeitet, und erwiderte: »Vorhin haben Sie uns noch ausdrücklich erklärt, Kott sei nicht dort gewesen.«

»Ich habe gesagt, er sei nicht auf dem Balkon gewesen. Er war im Speisezimmer – auf dem Esstisch liegend, der ungefähr die gleiche Größe wie seine Übungsplattform aus Sperrholz aufweist. Er hat über den Kopf seines Partners hinweg gezielt. Stellen Sie sich die Situation vor: zwei Scharfschützen. Einer sitzt mit untergeschlagenen Beinen hinter dem Pflanztrog. Der andere liegt ausgestreckt auf dem Tisch. Sie sind seit einer halben Stunde dort. Ihr Puls hat sich beruhigt. Sie atmen langsam und gleichmäßig. Die zweiflüglige Balkontür steht offen. Der Sitzende ist für das Panzerglas zuständig. Sein Gewehr ist mit einem panzerbrechenden Geschoss geladen, und er hat denselben Zielpunkt gewählt wie vorhin Miss Nice. Rein instinktiv. Die Waffe des über und hinter ihm Liegenden ist mit Wettkampfmunition geladen. Er hat den Präsidenten im Visier. Vermutlich zielt er auf seine Schläfe, denn vielleicht trägt der Mann eine schusssichere Weste unter dem Anzug. Wahrscheinlich kein großes Hindernis, aber wozu einen unbekannten Faktor riskieren? Der Kopf ist besser. Also hat er ihn im Zielfernrohr und wartet nur noch darauf, dass die Glasscheibe zerspringt.«

»Aber sie hat gehalten.«

»Also raffen sie ihr Zeug zusammen und verschwinden eiligst aus Dodge. Aber Kott bleibt in Paris, um zu versuchen, die Ermittlungen gleich dort zu stoppen. Er quartiert sich irgendwo ein und beobachtet Tag für Tag den Balkon. Oder vielleicht kriegt er einen Tipp von den Franzosen. Das sollten Sie nachprüfen. Jedenfalls bekommt er endlich seine Chance. Als er mich im Zielfernrohr sieht, muss er sich vorgekommen sein, als hätte er das große Los gezogen. Dann hat er sich wieder beruhigt und abgedrückt.«

»Und versehentlich Chenkin getroffen?«

»Nicht versehentlich. Er hat auf meine Brust gezielt, voll ins Schwarze, ein garantierter Treffer, eine sichere Goldmedaille.

Als er abdrückte, war ich so gut wie tot. Aber das Geschoss befand sich fast vier Sekunden lang in der Luft. Und in dieser Zeit hat's plötzlich eine starke Bö gegeben. Ich erinnere mich an den Mündungsblitz, dann haben Fahnen laut geknattert, und anschließend ist Chenkin getroffen worden. Weil der Wind das Geschoss versetzt hat. Nicht ganz einen halben Meter auf fünfzehnhundert Meter. Er hat es nur ein bisschen angestoßen, sodass es statt meiner Brust seinen Kopf getroffen hat.«

»Das können Sie nicht beweisen.«

»Doch, das kann ich«, entgegnete ich. »Hätte Dazow auf Chenkin gezielt, hätte es Bennett erwischt, weil der neben ihm gestanden hat. Die Sache mit dem Wind ist unwiderlegbar. Ich war schließlich selbst dort. Die Fahnen haben wie verrückt geknattert, dann war der Spuk genauso schnell wieder vorbei. Der Wind wehte den ganzen Vormittag stark böig. Das lässt sich nachprüfen.«

O'Day schwieg eine Zeit lang. Dann sagte er: »Zwei Schützen. Jesus.« Und fügte hinzu: »Diese Theorie müssen wir London und Moskau mitteilen. Aber natürlich nur, wenn wir alle hinter ihr stehen. Rick?«

Shoemaker überlegte kurz, dann nickte er.

»Einverstanden«, sagte er.

»Joan?«

Scarangello sagte: »Lieber an zwei denken, wenn's nur einer ist, statt umgekehrt. Vorsicht schadet nie.«

Casey Nice wurde nicht gefragt.

Ich sagte: »Ich fliege nach London.«

O'Day fragte: »Jetzt?«

»Das Bild in Kotts Schlafzimmer stört mich nicht. Ich nehme dem kleinen Scheißer nicht mal übel, dass er auf mich geschossen hat. Für einen Cop ist das ein Berufsrisiko. Aber er war unvorsichtig und hat mich verfehlt. An einem so windigen Tag hätte er nicht schießen dürfen. Er hat einen Unbeteiligten getötet. Das ist etwas anderes. Das war ein großer Fehler. Und wie Sie ganz richtig gesagt haben, kann ich ihn auch ein zweites Mal erwischen.«

»Und was dann?«

»Ich reiße ihm den rechten Arm ab und erschlage ihn mit der eigenen Hand.«

»Kommt nicht infrage«, meinte O'Day. »Sie fliegen nach London, wenn ich es Ihnen sage. Dieser Fall liegt kompliziert. Das erfordert Vorbereitungen.«

»Sie können mir nichts befehlen. Ich bin Zivilist.«

»Der seinem Land hilft. Und dabei wollen wir keinen Fehler machen.«

Ich schwieg.

O'Day sagte: »Chenkin war kein Unschuldslamm. Er war beim KGB. Er hat schlimme Dinge getan.«

Ich schwieg.

Er sagte: »Ich habe Sie gewarnt.«

»Wovor?«

»Ein Scharfschütze, der irgendwo lauern kann, verändert alles.«

Scarangello fragte: »Glauben Sie, dass die beiden auch in London zusammenarbeiten?«

»Vermutlich«, antwortete ich. »Dort gibt's reichlich Ziele. Und damit würden sie ihre Feuerkraft verdoppeln.«

»Auf wen tippen Sie als den zweiten Mann? Carson oder Dazow?«

»Ich bin kein Spieler.«

»Und wenn Sie einer wären?«

»Dann Carson. Chenkin hat gesagt, Dazow würde sich an keinem Wettbewerb beteiligen. Das ist mir nicht wie Angeberei vorgekommen. Für mich hat es authentisch geklungen.«

»Warten Sie, bis wir so weit sind«, sagte O'Day. »Dann können Sie nach London fliegen.«

21

Nach der Besprechung ging ich die Treppe hinunter und durch die rote Tür ins Freie, um zu meiner Blechschachtel zu gelangen. Aber schon nach wenigen Schritten holte Casey Nice mich ein. »Gehen wir irgendwohin zum Abendessen?«, fragte sie. Das hielt ich für eine sehr gute Idee. Meine letzte warme Mahlzeit war das *Croque Madame* gewesen, zu dem Jewgeni Chenkin mich eingeladen hatte.

Ich fragte: »Wohin?«

»Außerhalb von Fort Bragg«, sagte sie. »Vielleicht in ein Grillrestaurant.«

»Du hast ein Auto?«

»Mehr oder weniger.«

»Was heißt das?«

»Du wirst schon sehen.«

»Abgemacht«, sagte ich.

»Ich muss mich nur umziehen«, erklärte sie. Heute trug sie ein dunkelblaues Kostüm, schwarze Nylons, gute Schuhe. Perfekt für Washington oder Alexandria, Virginia, vielleicht weniger für eine Grillbude außerhalb von Fayetteville.

Ich sagte: »Ich warte gern.«

»Fünf Minuten«, meinte sie.

In Wirklichkeit wurden es fast zehn. Aber das Warten lohnte sich. Als ich die Tür öffnete, weil sie angeklopft hatte, stand sie mit Pferdeschwanz und einer anderen Version der Kleidung, in der sie mich nach Arkansas begleitet hatte, vor mir. Dieselbe braune Lederjacke über einem weißen T-Shirt – diesmal mit einem anderen Schriftzug. Dazu wieder stone washed Jeans, die aber knapper geschnitten waren, und teuer aussehende Sneakers.

An ihrem Zeigefinger baumelten Autoschlüssel, die sie jetzt hochhielt, während sie sagte: »Ich entschuldige mich schon mal im Voraus.«

»Wofür?«

»Du wirst schon sehen.«

Das tat ich zweihundert Meter weiter auf einem eingezäunten Parkplatz an der um Pope Field herumführenden Ringstraße. Wie erwartet stand der Platz voller Fahrzeuge: bis zu zwanzig Jahre alte Pick-ups und einheimische Muscle Cars, verbeulte Mercedes und BMW, die Soldaten aus Deutschland mitgebracht hatten. Ich achtete auf Anomalien und entdeckte einen fliederfarbenen Mini und etwas weiter entfernt einen gelben VW Beetle, der halb von einem hässlichen alten Truck verdeckt wurde. Ich tippte auf den Beetle. Vielleicht hatte sie ihn zum Abschluss ihres Studiums geschenkt bekommen. Vielleicht prangte in der Vase am Instrumentenbrett passend zur Wagenfarbe ein Gänseblümchen.

Aber es war nicht der Beetle, sondern der hässliche alte Pickup, der ihn halb verdeckte. Ich fragte: »Was, zum Teufel, ist diese Kiste?«

Sie sagte: »Ursprünglich ein Ford Bronco. Der Rest besteht aus Blechen, die hingeschweißt wurden, wenn Originalteile abfielen. Die braune Farbe ist halb Rost, halb Schmutz. Mir ist geraten worden, den Dreck nicht abzuwaschen. Er dient als Rostschutz und Verstärkung.«

»Wo hast du ihn her?«

»Ich habe ihn von einem Typen in Fort Benning gekauft.«

»Für wie viel?«

»Zweiundzwanzig Dollar.«

»Klasse!«

»Steig ein. Die Türen sind offen. Ich sperre sie nie ab. Wozu auch?«

Die Scharniere der Beifahrertür waren beinahe festgerostet, sodass ich einige Kraft aufwenden musste. Sie ließ sich knarrend und kreischend nur so weit öffnen, dass ich mich seitlich hindurchquetschen konnte. Gleichzeitig stieg Casey Nice auf ähnliche Weise links ein, sodass wir Limbotänzern glichen, die aufeinander zutanzten. Sicherheitsgurte gab es keine. Auch keine richtigen Sitze, sondern nur ein mit zerfranstem Gurtzeug bespanntes Metallgestell.

Aber der Motor sprang nach einigen Fehlzündungen irgendwann an und lief stotternd im Leerlauf. Das Automatikgetriebe war langsamer als die Post. Als Casey Nice den Wählhebel auf R stellte, dauerte es gefühlte drei Sekunden, bis der Pick-up sich rückwärts in Bewegung setzte. Sie schlug die Räder ein, was Schwerarbeit zu sein schien, stellte den Wählhebel auf D und gab Gas. Wieder verstrichen einige Sekunden, bevor der Truck ruckelnd anfuhr, allmählich schneller wurde und unaufhaltsam in Richtung Tor rollte.

Ich sagte: »Du hättest John Kotts alten blauen Truck stehlen sollen. Das wäre ein erhebliches Upgrade gewesen.«

»Dieses Ding bringt mich von A nach B«, meinte sie.

»Was passiert, wenn du nach C oder D willst?«

»Heute ist ein herrlicher Abend. Und Gehen ist gesund.«

Wir fuhren durch eines der vielen Nebentore von Fort Bragg in die reale Welt hinaus: auf einer zweispurigen Straße in North Carolina, die beidseitig von Unternehmen gesäumt war, die ausschließlich auf den Geschmack und die finanziellen Möglichkeiten von Soldaten und Soldatinnen abzielten. Ich sah Pfandhäuser und Imbissbuden, Gebrauchtwagenhändler und Läden für Prepaidhandys, Dollar Stores und Videoverleihe, Bars und Salonbars jeglicher Couleur. Eine langsame Meile weiter wurden solche Unternehmen seltener; hier gab es mehr unbebaute Grundstücke, Kiefernwäldchen und ein Gefühl endloser vor einem liegender Weiten.

Der Bronco rumpelte unbeirrbar weiter. Nicht schnell und mit deutlichem Geruch nach verbranntem Öl, aber doch stetig. Wir bogen rechts ab, fuhren tiefer in die Leere hinein und waren allem Anschein nach zu einem Ziel unterwegs, das Casey Nice kannte, als sie fragte: »Stört es dich, dass Kott deine Misserfolge bejubelt?«

»Nicht besonders«, antwortete ich. »Schließlich sind sie öffentlich bekannt.«

»Mich würd's stören.«

»Persönlich führe ich eins zu null gegen ihn. Das bejubelt er sicher nicht.«

»Dank eines Windstoßes.«

»Ich bin ein geborener Glückspilz.«

»Und du hast im Luv der anderen gestanden.«

»Das auch.«

»Absichtlich?«

»Instinktiv. Was auch eine Art Absicht ist, denke ich.« Vor uns sah ich Lichterketten unter Bäumen, dann erreichten wir eine Lichtung mit einer fast baufälligen Hütte, um die herum Tische und Stühle auf Kies und blankem Erdboden standen. Die Hütte hatte einen Schornstein, aus dem Hitzewellen und Rauch aufstiegen. Ich konnte langsam gebratenes Fleisch riechen.

Casey Nice fragte: »Okay?«

»Genau meine Art Lokal«, sagte ich.

Sie leitete den Bremsvorgang ein, der darin bestand, dass

sie das Bremspedal durchtrat und dann wie verrückt pumpte. So rumpelten wir auf den Parkplatz und kamen glücklich zum Stehen. Sie stellte den Motor ab, zog den Zündschlüssel heraus. Der Motor lief fast eine halbe Minute weiter, bevor er rüttelnd abstarb. Wir quetschten uns wieder durch unsere Türen und fanden einen freien Tisch. Das Lokal hatte keinen Namen. Und eigentlich auch keine Speisekarte. Es gab Lamm, Rind und Schwein in verschiedenen Varianten mit Wonder Bread oder gebackenen Bohnen als Beilage und drei Sorten Dosenlimonade als Getränke. Resopaltische, Plastikbestecke, Papierservietten, keine Kreditkarten und eine Bedienung, die ungefähr elf zu sein schien. Alles gut.

Wir bestellten Spareribs mit Brot für sie, Schwein mit Bohnen für mich, dazu zwei Cokes. Der Himmel war klar und voller Sterne, die Nacht frisch, aber nicht kalt. Ich griff in meine Tasche, holte das Tablettenfläschchen heraus und stellte es mit dem Etikett zu ihr auf den Tisch. »Die solltest du wieder benützen«, sagte ich. »Flusen aus Hosentaschen zu essen, kann nicht gesund sein.«

Sie ließ das Fläschchen einen Augenblick stehen. Dann wühlte sie in ihrer Tasche herum und brachte die Tabletten zum Vorschein. In ihrer Handfläche lagen sieben Stück. Weniger als zuvor. Sie blies den Staub von ihnen ab, ließ den Deckel des Fläschchens mit dem Daumen aufschnappen und sah zu, wie die Tabletten wieder hineinglitten.

Ich fragte: »Wer ist Antonio Luna?«

»Ein Freund«, sagte sie. »Ich nenne ihn Tony Moon.«

»Ein Kollege?«

»Nur jemand, den ich kenne.«

»Der zufällig ein leeres Fläschchen hatte, als du gerade eines brauchtest?«

Sie gab keine Antwort.

»Oder der Symptome vortäuscht und die verschriebenen Tabletten dir gibt, weil du deswegen nicht zu deinem CIA-Arzt gehen kannst?«

Sie fragte: »Geht dich das irgendwas an?«

»Absolut nichts«, sagte ich.

Sie steckte das Fläschchen ein.

Sie sagte: »Mir fehlt nichts.«

Ich sagte: »Gut zu wissen.«

Dann wurde unser Essen serviert, und ich dachte nicht mehr an Tabletten, legitime oder sonst welche. Die Bohnen waren Bohnen, das Coke war Coke, aber das Fleisch war sensationell gut. In diesem Augenblick wäre ich nirgends lieber als auf dieser namenlosen Lichtung in den Wäldern North Carolinas gewesen. Casey Nice schien meine Auffassung zu teilen. Sie nagte das Fleisch von ihren Spareribs, lächelte zufrieden und fuhr sich mit der Zungenspitze über die Lippen. Alles war gut, bis ihr Smartphone klingelte.

Sie wischte sich die Finger ab, meldete sich, hörte zu, legte auf und sagte: »Wir müssen zurückfahren. In London ist gerade was passiert.«

22

In London hatte sich Folgendes ereignet: Jemand war gestorben. Was an sich kaum erwähnenswert gewesen wäre. London hat ungefähr acht Millionen Einwohner, und weil die britische Sterblichkeit bei etwas über neun von tausend pro Jahr liegt, tun an jedem beliebigen Tag einige hundert Londoner ihren letzten Atemzug. Altersschwäche, Überdosen, degenerative Krankheiten, Krebs in jeglicher Form, Verkehrsunfälle, Brände, Unfälle, Selbstmorde, Herzschläge, Thrombosen und Schlaganfälle. Alles ganz normal.

Ein Kopfschuss aus großer Entfernung mit einem Hochleistungsgewehr eher nicht.

Wir tuckerten mit dem klapprigen alten Bronco auf den Stützpunkt zurück, wo O'Day, Shoemaker und Scarangello uns im Besprechungsraum erwarteten. Shoemaker referierte über die Tatsachen. In London gab es einen großen Gangsterboss, einen Albaner namens Karel Libor, sehr reich, sehr brutal, sehr erfolgreich, der mit Drogen, Frauen und Waffen handelte. Wie die meisten sehr reichen und sehr erfolgreichen Gangsterbosse war er auch sehr paranoid. Er hatte ein halbes Dutzend Leibwächter und ging nirgends hin, bevor sein Zielort kontrolliert und gesichert war. Selbst auf der kurzen Strecke von der Haustür zu seinem Wagen wurde er bewacht. Aber nicht gegen ein aus neunhundert Meter Entfernung abgefeuertes Geschoss Kaliber .50. Mr. Libors Kopf war zerplatzt, als er in seinen gepanzerten Range Rover steigen wollte.

»Schlussfolgerungen?«, fragte O'Day.

Shoemaker lehnte sich zurück, als gälte diese Frage nicht ihm, und Scarangello schaute zu Casey Nice hinüber, die mit den Schultern zuckte und schwieg. Ich sagte: »Kott und Carson sind bereits in London. Sie engagieren einheimische Helfer. Aber nicht mit Geld. Diesmal haben die Einheimischen eine Sachleistung verlangt. Ein Konkurrent sollte liquidiert werden.«

O'Day nickte. »Ein Konkurrent, an den auf der Straße schwer heranzukommen war. Aber die heutige Londoner Skyline bietet reichlich Möglichkeiten für einen Schuss aus neunhundert Metern, denke ich. Und für Kott sind neunhundert Meter nichts. Praktisch Kernschussweite.«

»Oder Carson«, schlug ich vor.

»Oder Dazow«, sagte er. »Carson ist nur Ihr Favorit. Wir müssen für alles offen bleiben.«

»Ist in Paris auch etwas Ähnliches passiert?«

O'Day nickte erneut. »Ich denke schon. Allerdings sind wir nicht gleich darauf gekommen, weil die Tatwaffe kein Gewehr war. Ungefähr eine Woche vor dem Attentat auf den Präsidenten ist im Stadtteil Montmartre ein algerischer Bandenchef erstochen worden. Ein im Milieu bedeutender Mann. Und in der Rückschau zeigt sich, dass die Vietnamesen davon profitiert haben könnten.«

Casey Nice fragte: »Wer profitiert in London?«

»Auf den endgültigen Bericht warte ich noch«, sagte O'Day. »Aber über den Daumen gepeilt gibt es zwei Verdächtige: eine serbische Bande im Westen von London und eine altmodische englische Bande im Osten. Nach Auskunft vom MI5 war Karel Libor mit beiden verfeindet.«

Ich fragte: »Wo in London soll das G8-Treffen stattfinden?«

»In East London.«

»Wenn einheimisch wirklich einheimisch bedeutet, dann tun sie sich mit den Briten zusammen.«

»Wozu genau?«, fragte Scarangello.

Shoemaker sagte: »Ein Teil der Sachleistungen würde ganz altmodisch als Tribut betrachtet – für die Erlaubnis, dort überhaupt operieren zu dürfen. Fast wie eine Gebühr oder Steuer. Der Rest geht für Logistik drauf: für Unterkünfte, Verstecke und am Tag selbst für Wachposten, Personenschützer und einen Kordon in gewisser Entfernung. Im Prinzip ähnlich wie in Paris.«

»Das macht die Sache für uns schwieriger.«

Ich schüttelte den Kopf.

»Nein, einfacher«, wandte ich ein. »Wir fahnden nicht mehr nach nur zwei Kerlen, sondern nach ungefähr zweiundfünfzig.

Sie sprechen von einheimischen Helfern; ich spreche von einer Fährte aus Brotkrumen, der wir folgen können.«

O'Day sagte: »Sie hatten übrigens recht in Bezug auf Kotts Nachbarn. Das FBI hat bei ihm fast zehntausend Dollar sichergestellt. Aber nicht in seinem Haus.«

»Sondern?«

»In der alten Waschmaschine vor dem Haus.«

»Clever«, sagte ich. »Die hätte ich durchsuchen sollen. Wer hat ihm das Geld gegeben?«

»Das will er nicht sagen. Und Waterboarding ist im Augenblick außer Mode.«

»Er hat zu viel Angst, um etwas zu sagen. Das könnte bedeutsam sein.«

»Und die Franzosen haben das Geschoss untersucht, das Chenkin getroffen hat. Von der Hauswand hinter ihm stark deformiert, aber chemisch mit den Proben identisch, die Sie aus Arkansas mitgebracht haben. Vielleicht sogar aus derselben Serie.«

Ich nickte. »Was die Frage aufwirft, wie er gereist ist. Nicht als gewöhnlicher Tourist mit dem Flugzeug, weil er da eine Spur aus Papier hinterlassen hätte. Und ein Gewehr Kaliber fünfzig sowie eine Schachtel Munition hätte er niemals unbemerkt aufgeben können.«

»Zwei Möglichkeiten««, erklärte Shoemaker. »Ein Frachter von Mobile oder Galveston aus oder ein Charterflug von praktisch jedem größeren Flugplatz. Auf bestimmten kleinen Plätzen in Europa gibt es so gut wie keine Zollkontrollen.«

»Bestimmt eine Chartermaschine«, sagte O'Day. »Diese Leute werfen mit Geld um sich. Ich meine, zehntausend Dollar für einen zahnlosen Hillbilly in Arkansas? Das ist bei Weitem übertrieben. Der Kerl wäre vermutlich mit ein paar Hundertern zufrieden gewesen. Diese Leute suchen keine preiswerten

Lösungen, sondern einfache, und haben das nötige Kleingeld dafür.«

Casey Nice fragte: »Wie sind sie heute nach London gekommen?«

Scarangello antwortete: »Vermutlich mit dem Zug. Durch den Kanaltunnel. In Paris werden die Pässe kontrolliert, aber ansonsten ist das ein schneller, sicherer Weg von Stadtzentrum zu Stadtzentrum.«

»Wie haben sie ihre Gewehre transportiert?«

»Vielleicht in Golftaschen. Oder in Skihüllen. Viele Leute haben komische Gepäckstücke dabei.«

»Woher wussten sie, an wen sie sich in London wenden mussten, um Unterstützung zu bekommen.«

»Durch frühere Recherchen oder sogar durch frühere Verhandlungen.«

»Morgen früh wissen wir mehr«, sagte O'Day. »Nehmt den Rest des Abends frei und findet euch nach dem Frühstück wieder hier ein.«

Ich ging die Treppe hinunter und durch die rote Tür hinaus, als ich wieder das Klicken guter Schuhe und das Rascheln dunkler Nylons hörte. Als ich mich umdrehte, sah ich Joan Scarangello hinter mir. Ich glaubte, nüchterne Besorgnis in ihrem Blick zu erkennen, als sie sagte: »Wir müssen miteinander reden.«

Ich fragte: »Worüber?«

»Sie.«

»Was ist mit mir?«

»Ich möchte nicht hier draußen reden.«

»Wo sonst?«

»In Ihrer Unterkunft. Die wirkt unbewohnt. Sozusagen neutraler Boden.«

Also gingen wir zu meinem Container. Ich schloss auf, und

wir nahmen wieder wie zuvor Platz: ich auf dem Sofa und sie in einem Sessel, einander leicht zugewandt, damit wir uns ansehen konnten. Sie fragte: »Haben Sie gut zu Abend gegessen?«

»Nicht schlecht«, sagte ich. »Sie?«

»Ich habe beim Essen mit den Generalen O'Day und Shoemaker diskutiert.«

»Über die Qualität des Essens?«

»Nein, über Ihre Rolle in London.«

»Was ist mit der?«

»London wird nicht wie Paris sein. Die Briten sind anders. Sie bestehen auf ihrer eigenen Show. Sie nehmen Ratschläge und Informationen entgegen, aber sie lassen uns nichts tun. Nicht in ihrem Revier. Und wir müssen das respektieren. Sie sind auf vielerlei Weise für uns wichtig.«

»Und?«

»Meine Position ist, dass Sie als angemeldeter Ermittler auftreten sollten.«

»Aber O'Day war mit der Begründung dagegen, dass ich dann nichts tun könnte.«

Scarangello nickte. »Er will, dass Sie als Privatperson, als ganz gewöhnlicher Tourist einreisen. Ohne irgendwie von uns autorisiert zu sein. Das bedeutet, dass wir absolut nichts für Sie tun können, wenn Sie wieder dabei erwischt werden, wie Sie einen Senior auf dem Gehsteig würgen.«

»Ich passe schon auf.«

»Das ist mein Ernst«, sagte sie. »General O'Day spricht von Dingen, die eindeutig illegal sind. Allein dass Sie dort sind, ist illegal. Unautorisierte Ermittler auf dem Gebiet eines Verbündeten werden sehr kritisch gesehen. Bauen Sie Scheiße, sind Sie ein gewöhnlicher Straftäter und sogar noch schlechter dran. Unsere Botschaft nimmt sich gewöhnlicher Straftäter an, aber um Sie wird sich niemand kümmern. Alle werden versuchen, sich möglichst weit von Ihnen zu distanzieren. Auf unsere Anweisung hin.«

»Ich passe schon auf«, wiederholte ich.

Sie sagte: »Ich habe die Akte John Kott gelesen.«

»Und?«, fragte ich.

»Sie haben ihn sehr geschickt verhört.«

»Oh, danke.«

»Sie haben ihn an der langen Leine geführt, und er hat sich daran aufgehängt. Er war arrogant, konnte es nicht ertragen, herausgefordert zu werden.«

Ich nickte. »So könnte man's zusammenfassen.«

Sie sagte: »Ich glaube, dass Sie genauso schlimm sind wie er.«

Ich schwieg.

Sie sagte: »Dies ist die Stelle, an der Sie mir versichern, noch niemandem die Kehle durchschnitten zu haben.«

»Das täte ich, wenn ich's könnte.«

»Ich halte es für zu gefährlich, Sie in irgendeiner Funktion nach London zu schicken.«

»Dann tun Sie's eben nicht.«

»Soll das heißen, dass Sie auf eigene Faust hinfliegen würden?«

»Freies Land.«

»Ich könnte Ihren Pass einziehen.«

»Er steckt in meiner Tasche. Nehmen Sie ihn sich doch.«

»Ich könnte ihn am Computer ungültig machen. Dann würden Sie bei der Ausreise verhaftet.«

»Das müssen Sie entscheiden«, sagte ich. »Mich kümmert das nicht. Früher oder später kommt Kott wieder zurück. Dann schnappe ich ihn mir. Inmitten der allgemeinen Lähmung, der zusammenbrechenden Märkte, der weltweiten Rezession, der großen Hungersnöte, der beginnenden Kriege und der zerfallenden Welt. Lauter Dinge, die mich nicht im Geringsten stören.

Ich komme unter allen Umständen zurecht. Und ich habe nicht viel zu verlieren.«

Sie schwieg.

Ich sagte: »Sie brauchen die beste Unterstützung, die Sie kriegen können. Alles andere wäre fahrlässig. Irgendwo habe ich das neulich mal gehört.«

»Und Sie sind die beste Unterstützung?«

»Das bleibt abzuwarten. Jemand wird den Job erledigen oder auch nicht. Dieser Jemand könnte ich sein – oder auch nicht. Keiner von uns kann in die Zukunft sehen. Aber meine bisherigen Leistungen sind nicht so schlecht, und ich wüsste nicht, wie ich schaden könnte.«

»Das könnten Sie, indem Sie fünf Minuten nach der Einreise verhaftet werden. Dann hätten wir außer der angespannten Sicherheitslage einen diplomatischen Zwischenfall am Hals. Ich bin nicht sicher, ob ich Ihnen trauen kann.«

»Dann kommen Sie mit«, sagte ich. »Sie könnten jeden meiner Schritte begleiten. Wir könnten uns Schulter an Schulter beraten. Nicht mit zwei Meter Abstand.«

Sie nickte. »Das ist der Kompromiss, auf den ich mich mit O'Day geeinigt habe.«

»Tatsächlich?«

»Nicht ich«, entgegnete sie. »Casey Nice kommt mit. Unangemeldet. Die Briten haben sie nicht auf dem Radar. Sie hat einen viel zu niedrigen Rang. Und im Augenblick gehört sie ohnehin nicht zur CIA. Sie ist im Außenministerium.«

»Einsatzregeln?«

»Sie machen genau das, was sie Ihnen sagt.«

Danach verließ Scarangello den Container und hinterließ den Duft von parfümierter Seife und warmer Haut. Ich wartete eine Minute, dann ging ich ebenfalls, und zwar zurück zur roten Tür.

Ich stieg die Treppe zu Shoemakers Dienstzimmer hinauf und traf ihn an seinem Schreibtisch sitzend an. Ich sagte: »Scarangello hat mir von Ihrer Unterhaltung beim Abendessen erzählt.«

Er fragte: »Zufrieden?«

»Yeah, ich schlage Purzelbäume.«

»Sie müssen auch die Vorteile sehen. Sie werden Updates und Informationen brauchen. Wir schicken sie Nice, und die gibt sie Ihnen. Ohne sie würden Sie im Dunkeln tappen.«

»War sie schon mal im Ausland im Einsatz?«

»Nein.«

»War sie überhaupt schon mal im Einsatz?«

»Nicht direkt.«

»Halten Sie das für eine gute Idee?«

»Dies ist ein notwendiger Kompromiss. Durch den kommen Sie nach England. Sie brauchen nicht darauf zu hören, was sie sagt.«

»Aber ich muss mich um sie kümmern.«

»Sie weiß, wofür sie unterschrieben hat. Und sie ist zäher, als sie aussieht.«

»Das haben Sie schon mal gesagt.«

»Hatte ich unrecht?«

Ich dachte an ihren Kumpel Tony Moon und gab keine Antwort.

Shoemaker sagte: »Hauen Sie ab, wenn Sie wollen, Reacher. Sie sind mir einen Dreck schuldig. Die Verjährungsfrist ist längst abgelaufen. Es war O'Days Idee, es damit zu versuchen. Eine psychologische Einsicht, so hat er's genannt. Er war der Meinung, nur damit sei Ihnen beizukommen.«

»Hatte er unrecht?«

»Hauen Sie ab, wenn Sie wollen«, sagte er noch mal. »An dieser Sache arbeiten Hunderte von Leuten. Und die Briten nehmen sie sehr ernst. Ich meine, das haben sie schon vorher getan. Wir reden hier von einem G8-Treffen. Für jeden in der Sicherheitsbranche ist das der Superbowl. Folglich arbeiten sie mit Hochdruck daran. Niemand wird Sie vermissen. Sie sind nur *ein* Kerl. Welchen Unterschied könnten Sie schon machen?«

»Ist das eine weitere psychologische Einsicht?«

»Mir wär's lieber, wenn Sie dort wären, klar. Ich will *alle* dort haben. Zur Not einen Menschenwall. Macht ein amerikanischer Scharfschütze aus den G8 ein G4, wird's für uns als Land verdammt unangenehm.«

»Ist *das* eine psychologische Einsicht? Ich soll wohl den Patrioten in mir entdecken? Wo sind wir hier, im Grundkurs Manipulation?«

»Gehen Sie rüber und reden Sie mit O'Day«, sagte er.

Was ich sofort tat, indem ich am Besprechungsraum vorbeiging und O'Days Dienstzimmer betrat. Der General saß in seinem schwarzen Blazer und seinem schwarzen Pullunder an seinem Schreibtisch. Er ließ den Kopf etwas hängen, und als er zu mir aufsah, bewegte er nur die Augen, als schmerzte sein Genick bei jeder Bewegung.

Ich sagte: »Unter den schlechtesten Ideen aller Zeiten verdient Ihr Plan einen Ehrenplatz.«

Er sagte: »Aber er ist trotzdem Ihre beste Chance, John Kott zu erledigen. Ich halte Miss Nice ständig auf dem Laufenden. Sie haben die Macht der gesamten US-Regierung hinter sich. Und Sie müssen diese Sache jetzt zu Ende bringen. Sie können keine Nacht mehr ruhig schlafen, bevor er tot ist.«

»Ich schlafe sehr gut.«

»Dann versuchen Sie, sich zu überwinden. Natürlich haben wir alle Ihre Akte gelesen. Die Fotokopien, mit denen Kott sein Schlafzimmer tapeziert hat? Wir wissen, was auf denen steht.

Unsere Miss Nice ist genauso alt wie eine gewisse Dominique Kohl, die grausam ermordet wurde, weil Sie sie mit dem Auftrag losgeschickt haben, einen Verrückten zu verhaften.«

»Ja«, sagte ich. »Das steht da drauf.«

»Sind Sie etwa abergläubisch? Jeder Mensch ist irgendwann achtundzwanzig. Zwischen den beiden existiert keine Verbindung. Und Sie werden sie nicht losschicken, um jemanden verhaften zu lassen. Weil es keine Verhaftungen geben wird. Ich will Sie vor Ort haben – und nur Sie –, ganz nah dran und persönlich, und ich will, dass Sie mir als Beweis ihre Ohren bringen.«

»Wieso ich? An diesem Fall arbeiten doch Hunderte von Ermittlern.«

»Und wenn die Sache einfach ist, wird Kott bestimmt von einem von ihnen geschnappt. Aber sie ist nicht einfach. Das ist die schlichte Wahrheit. Irgendetwas könnte all diesen Leuten entgehen. Das fürchte ich am meisten. Ich brauche eine Rückversicherung. Ich brauche jemanden, dem ich vertrauen kann.«

Was vermutlich eine weitere psychologische Einsicht war.

23

Am folgenden Morgen traf ich mit Casey Nice zusammen, die man inzwischen informiert hatte. Sie war begeistert. Sie platzte fast vor Tatendrang, als sie mir die technischen Voraussetzungen erklärte. Sie sagte: »Unsere Smartphones sind mit GPS ausgestattet, damit unser Standort jederzeit übermittelt wird. Ich erhalte per Telefon, MMS und E-Mail Informationen in Echtzeit. Unsere jeweiligen Nummern – und für Notfälle die der Generale O'Day und Shoemaker – sind in den Handys gespeichert. Alle Gespräche werden abhörsicher verschlüsselt.«

Ich fragte: »Haben sie dir die Einsatzregeln erklärt?«

»Ja, das haben sie.«

»Wer hat sie dir erklärt?«

»Alle drei.«

»Einzeln oder gemeinsam?«

»Einzeln.«

»Haben alle das Gleiche gesagt?«

»Nein.«

»Auf wen hörst du also?«

Sie sagte: »General O'Day.«

Von Shoemaker bekamen wir die praktischen Dinge, die wir brauchten: Ladegeräte für unsere Smartphones, Kreditkarten, ein Bündel Pfundnoten, Hotelreservierungen und Tickets von Delta für den Flug von Atlanta nach London Heathrow. Die CIA-Gulfstream würde uns nach Georgia bringen, aber danach würden wir wie gewöhnliche Bürger nur noch öffentliche Verkehrsmittel benutzen.

Dann kamen wir alle im Besprechungsraum zusammen, weil O'Day zwei letzte Informationen für uns hatte. Die erste war ein Foto: ein Standfoto aus einem Video des Überwachungssystems auf dem Pariser Gare du Nord. Die eingeblendete Zeit bewies, dass es fünfzig Minuten nach dem tödlichen Schuss auf Chenkin gemacht worden war. Die Aufnahme sah körnig und nicht ganz scharf, aber trotzdem deutlich genug aus. Sie zeigte einen Mann, durchschnittlich groß, drahtig, mit Muskeln und Sehnen. Er war halb von der Kamera abgewandt, aber seine hohen Wangenknochen verrieten ihn. Dies war John Kott. Sein Blick wirkte niedergeschlagen, seine Lippen hatte er zu einer schmalen Linie zusammengekniffen. Was nur verständlich war. Fünfzehn Jahre in Leavenworth, danach ein weiteres einsames Jahr im Hinterland von Arkansas. Der Gare du Nord war mit seinem hektischen Treiben einer der belebtesten Bahnhöfe der Welt.

O'Day sagte: »Das ist der Bereich unmittelbar vor den Eurostargleisen. Der Zug nach London ist zehn Minuten später abgefahren. Wir sollten davon ausgehen, dass Kott an Bord war.«

Casey Nice fragte: »Wieso ist Carson nicht dabei?«

»Wir sollten davon ausgehen, dass sie einzeln gereist sind«, erklärte O'Day. »Das ist viel sicherer. Es verhindert, dass durch einen aus ihrer Sicht unglücklichen Zufall beide auf einmal geschnappt werden.«

Der General schlug einen Ordner auf und nahm mehrere Blatt Papier heraus: die Analyse von Knotts Hilfstruppen durch den Inlandsgeheimdienst in London. »Die Kollegen vom MI5 sind davon überzeugt, dass die englische Bande ihn unterstützt. Die Straßen um den Tagungsort des G8-Treffens gehören zu ihrem Revier, und sie hat Karel Libors Geschäfte erstaunlich schnell übernommen. Schon bevor die Nachricht von Mr. Libors plötzlichem Ableben sie auf normalen Wegen hätte erreichen können. Sie wusste bereits vorher, was geschehen würde. Weil sie das Attentat auf ihn in Auftrag gegeben hatte.«

O'Day las vier Namen vor, den des Gangsterbosses und seiner engsten Mitarbeiter: White, Miller, Thompson und Green, wie eine Anwaltsfirma, und beschrieb dann einen harten Kern von ungefähr dreißig Männern, die notfalls von Aushilfen verstärkt wurden, die ihren Wert beweisen wollten, um vielleicht in die »Bande« aufgenommen zu werden. Er sagte, kollektiv seien sie schon immer als die Romford Boys bekannt, weil sie von Romford aus agierten, das nördlich der Themse am Ostrand der Stadt knapp innerhalb der Ringautobahn liege. Er sagte auch, sie seien überwiegend Weiße und in London geborene Personen. Er schilderte ihre geschäftlichen Aktivitäten: Handel mit Drogen, Frauen und Waffen – genau wie Libor –, dazu Schutzgelderpressung und Darlehen zu Wucherzinsen als lukrative Nebentätigkeit. O'Day hatte keine blutrünstigen Geschichten von grausigen Morden, grausamen Bestrafungen und sadistischen Folterungen für uns, sondern berichtete nur, dass sich im Lauf der Jahre ihre zahlreichen Opfer scheinbar in Luft aufgelöst hätten und nie mehr gesehen worden seien.

Casey Nice ging, um zu packen. Ich duschte noch einmal, zog mich wieder an und packte meine Zahnbürste ein. Wir trafen uns in der Kabine der Gulfstream. Sie trug erneut ihr Outfit, mit dem sie in Arkansas gewesen war, und erklärte: »General O'Day hat mir gesagt, dass dir dies alles zweifelhaft vorkommt.«

Ich schwieg.

Sie sagte: »Die Zusammenarbeit mit mir, meine ich.«

Ich schwieg.

Sie sagte: »Was Dominique Kohl zugestoßen ist, war nicht deine Schuld.«

»O'Day hat dir die Akte gezeigt?«

»Ich hatte alles schon an der Wand von Kotts Schlafzimmer gelesen. Das war nicht deine Schuld. Du konntest nicht ahnen, dass der Kerl durchgeknallt war.«

Ich schwieg.

Sie sagte: »Ich habe nicht vor, jemanden zu verhaften. Ich werde ganz im Hintergrund bleiben. So etwas passiert nicht wieder.«

»Richtig«, entgegnete ich. »Im Allgemeinen sind solche Dinge die Ausnahme, nicht die Regel.«

»Vielleicht ist schon alles vorbei, wenn wir ankommen. Die Briten geben sich bestimmt große Mühe.«

»Das tun sie mit Sicherheit.«

»Wir kriegen alle ihre Informationen, sobald sie bei O'Day eingehen.

»Jetzt klingst du zweifelnd.«

»Ich weiß nur nicht recht, was mich erwartet.«

Ich sagte: »Ich auch nicht. Das weiß niemand. Auf beiden Seiten. Was gut ist, weil so der schnellste Denker siegt. Mehr brauchst du nicht zu sein.«

»Wir können nicht beide die Schnellsten sein.«

»Richtig«, sagte ich wieder. »Vielleicht rutsche ich auf den zweiten Platz ab. Dann kann's passieren, dass jemand mit einem Gewehr auf mich schießt. Ich rate dir also zu zwei Meter Abstand.«

»Was ist, wenn *ich* den zweiten Platz belege und jemand anfängt, auf *mich* zu schießen?«

»Dann gilt das Gleiche. Zwei Meter Abstand. Damit ich wenigstens eine faire Chance habe.«

Der Flughafen Atlanta war so riesig, dass wir ein Taxi nehmen mussten, um vom Empfangsgebäude für die allgemeine Luftfahrt zu den Terminals zu kommen. Casey Nice checkte an einem Gerät ein, das wie ein Bankautomat aussah. Ich jedoch ging stattdessen an den Schalter, wo ein Blick in meinen neuen Reisepass mir eine auf starkem Papier ausgedruckte Bordkarte einbrachte. Wir flogen Premium Economy, was ich für einen Widerspruch in sich hielt. Nice sagte, es bedeute mehr Beinfreiheit. Sie erklärte mir den langen, komplexen Algorithmus, mit dem der Staat Steuergelder sparte. Jeder fing mit Economy an, außer er konnte zwingende Gründe für ein Upgrade angeben. Wir hatten nur das Kästchen angekreuzt, dass wir unsere Arbeit sofort nach der Ankunft beginnen würden. Das brachte uns die Beinfreiheit.

Die sich als nicht allzu üppig erwies. Wir passierten die

Sicherheitskontrolle – ohne Schuhe, ohne Jacken und mit leeren Taschen – und wanderten durch die Duty-free-Geschäfte zum Gate, wobei wir zwischendurch haltmachten, damit Nice einen Saft und ich einen Kaffee trinken konnte. Sie hatte einen kleinen Rollkoffer, der als Kabinengepäck durchging, und passte damit besser zu den anderen Reisenden als ich. Wir saßen auf dünn gepolsterten Sitzen, bis unser Flug aufgerufen wurde, und durften erst an Bord gehen, als die Sitzreihen mit normalem Abstand gefüllt waren. Wir bekamen ganz gewöhnliche Sitze, und von der zusätzlichen Beinfreiheit würde lediglich Nice profitieren. Wenn ich aufrecht sitzend ganz nach hinten rutschte, konnte ich die Knie etwas mehr als rechtwinklig abbiegen, aber das war's auch schon.

Der Pilot sagte, die Flugzeit werde sechs Stunden vierzig Minuten betragen.

Zwei Stunden später hatten wir gegessen und getrunken, und das Kabinenpersonal stellte die Heizung höher, damit wir alle schliefen und es in Ruhe ließen. »Ruhigstellen« hieß das, wie ich zufällig mitbekam. Aber mir war das nur recht. Ich hatte schon unter schlimmeren Umständen geschlafen. Meine Kopfstütze verfügte über bewegliche Seitenteile, die ich wie bei einem medizinischen Gerät an den Kopf legte, bevor ich die Augen schloss.

Casey Nice sagte: »Die Tabletten nehme ich wegen meiner Angstzustände.«

Ich öffnete die Augen.

Ich fragte: »Wirken sie?«

»Ja, das tun sie.«

»Wie viele hast du noch?«

»Fünf.«

»Gestern beim Abendessen waren es noch sieben.«

»Du hast sie gezählt?«

»Eigentlich nicht. Mehr aus Zufall. Diese Tabletten sind rezeptpflichtig. Sie waren weiß, sie waren klein, sie waren in deiner Tasche, es waren sieben Stück.«

»Ich habe gestern Abend und heute Morgen je eine genommen.«

»Weil du Angst hattest?«

»Ja.«

»Wovor?«

»Ob ich bei der Einsatzbesprechung alles mitbekomme und im Einsatz keine Fehler mache.«

»Hast du jetzt Angst?«

»Nein.«

»Wegen der Morgentablette?«

»Deren Wirkung ist schon abgeklungen. Aber ich fühle mich okay.«

»Das ist gut«, sagte ich, »denn dies ist der einfache Teil.«

»Ja, ich weiß.«

»Macht Tony Moons Arzt sich keine Sorgen, weil es ihm nie besser zu gehen scheint?«

»Die meisten Leute nehmen dieses Zeug ständig. Einige ihr Leben lang.«

»Hast du das auch vor?«

»Weiß ich nicht.«

»Was macht dir sonst noch Angst?«

Sie antwortete nicht gleich. Dann sagte sie: »Was hier auf dem Spiel steht, denke ich. Allein der Einsatz. Er ist so hoch. Wir dürfen nicht zulassen, dass so was noch mal passiert.«

»Was dürfen wir nicht zulassen?«

»Den elften September.«

»Wie alt warst du da überhaupt?«

»Prägende Jahre.«

»Hast du damals beschlossen, zur CIA zu gehen?«

»Ich wusste, dass ich irgendwas tun wollte. Aber letztlich ist mir die Entscheidung abgenommen worden. Die CIA hat mich an der Uni angeworben.«

»Wo hast du studiert?«

»Yale.«

Ich nickte in meiner medizinischen Kopfstütze. Yale war praktisch ein CIA-Kindergarten. Wie in England Cambridge für den MI6. Ein Terrorist brauchte nur das Verzeichnis der Ehemaligen abzuarbeiten. Oder einen Bombenanschlag auf ein Ehemaligentreffen zu verüben. »Du musst hochintelligent sein, wenn Yale dich genommen hat«, sagte ich.

Sie gab keine Antwort.

Ich fragte: »Bist du fleißig?«

Sie sagte: »Ich gebe mein Bestes.«

»Passt du gut auf?«

»Immer.«

»Und du hast zweiundzwanzig Bucks für dein Auto bezahlt.«

»Was hat das mit irgendwas zu tun?«

»Es bedeutet, dass du ein kleines bisschen unkonventionell zu sein scheinst. Das ist die vierte Eigenschaft, die man haben sollte. Du besitzt sie alle. Mehr braucht keiner von uns. Intelligente Leute, die fleißig sind, aufmerksam zuhören und lateral denken.«

»Die hatten wir am zehnten September auch.«

»Nein, wir hatten sie nicht«, widersprach ich. »Wirklich nicht. Genau wie wir 1941 über keine besonders gute Army verfügten. Weil wir lange keine mehr gebraucht hatten und in ihr überalterte Leute, die veraltete Dinge taten, dienten. Aber wir sind verdammt schnell besser geworden. Genau wie du und deine Generation. Deshalb passiert so was nicht wieder.«

»Das kannst du nicht sagen.«

»Ich hab's gerade getan.«

»Das kannst du nicht wissen.«

»Aber es lohnt sich nicht, deswegen Tabletten zu nehmen. Sei weiter fleißig, pass gut auf und denk mit. Mehr kannst du nicht tun. Und du bist ohnehin nicht allein. Es gibt Tausende wie dich, die genauso clever und fleißig sind, die ebenso gut aufpassen.«

»Wir könnten trotzdem scheitern.«

»Entspann dich«, sagte ich. »Wenigstens für ein paar Wochen. Diese Sache ist nicht der elfte September. Ich weiß, dass Scarangello alles in düsteren Farben malt, aber was ist, wenn sie unrecht hat? Erwischt es irgendeinen prominenten Politiker, feiert genau die Hälfte seines Landes Straßenfeste. Die Leute kaufen Bier und Flaggen. Könnte einen kleinen Boom auslösen.«

»Bestimmt ist diese Möglichkeit auch in Erwägung gezogen worden. Aber ich glaube, dass Deputy Scarangellos Position die Mehrheitsmeinung wiedergibt.«

»Nennt ihr sie so?«

»Das ist sie.«

Ich fragte: »Liegt deine Pistole im Hotel bereit?«

Sie antwortete: »In welchem Hotel?«

»In dem wir bleiben. Oder holst du dir die Waffe irgendwo ab?«

»Es gibt keine. Ich bin unangemeldet in England. Der Staat kann mich nicht bewaffnen. Dich auch nicht.«

»Was sollen wir also tun?«

Sie sagte: »Standardmäßig würden wir uns vor Ort bewaffnen, indem wir Beute machen.«

Ich drückte die Seitenteile meiner Kopfstütze mit dem Kopf auseinander und sagte: »Das ist vielleicht gar nicht so schwierig. Vermutlich sind die Romford Boys wegen Kott und Carson wachsam, und so werden wir früher oder später auf ihren äußeren Sicherungsring stoßen. Der Kordon dürfte bewaffnet sein, was bedeutet, dass wir's auch bald sind, weil wir den Typen die Waffen wegnehmen.«

»Ich denke, dass von uns erwartet wird, diese Möglichkeit in Betracht zu ziehen. Außerdem hält General Shoemaker es für eine gute Taktik, Fühlung mit dem äußeren Sicherungsring aufzunehmen. Überwinden wir diesen ersten Ring, können wir uns ausrechnen, wo der zweite liegt – und sogar das Zentrum. Mit anderen Worten, wo Kott und Carson sind.«

»Bekomme ich eine ehrliche Antwort, wenn ich dir eine Frage stelle?«

»Kommt darauf an.«

»Wie viele unangemeldete Agenten entsenden die Vereinigten Staaten?«

»Sieben.«

»Wie viele Briten sind verdeckt im Einsatz?«

»Meines Wissens dreizehn.«

»Und was ist mit den übrigen sechs Staaten?«

»Die schicken jeweils zwei Leute. Außer Russland, das wie wir sieben entsendet.«

»Wann treffen sie in England ein?«

»Vermutlich vor uns. Vielleicht kommen wir zur Party zu spät.«

»Und wie beschäftigt sind die Romford Boys?«

»Womit beschäftigt?«

»Geschäfte zu machen. Mit Lieferanten, Großhändlern und wichtigen Kunden.«

»Keine Ahnung.«

»Wenigstens einigermaßen beschäftigt, richtig? Beim Handel mit Drogen, Frauen und Waffen geht's um Kaufen und Verkaufen. Und hier wie dort tauchen immer wieder neue Leute mit einem besseren Preis auf. Also müssen sie von Zeit zu Zeit mit Unbekannten verhandeln. Das sind sie einigermaßen gewohnt.

Kreuzt also irgendein tougher Kerl mit einem angeblich lukrativen Deal auf, denken sie sich nichts dabei. Vielleicht auch bei einem zweiten nicht. Aber du hast gerade neununddreißig Personen aufgezählt, die alle dieselbe Idee wie Rick Shoemaker haben werden. Nach dem dritten oder vierten Kerl schießen die Wachposten, sobald jemand gesichtet wird. Deshalb versuchen wir's nicht mit dieser Masche, sondern machen etwas ganz anderes.«

»Und was?«

»Das erkläre ich dir später«, sagte ich, weil ich noch keinen Plan und sie nur mehr fünf Tabletten hatte.

24

Steif aufrecht sitzend und mit eingeklemmtem Kopf schlief ich ungefähr drei Stunden. Anderthalb Stunden vor unserer Ankunft ging die Kabinenbeleuchtung wieder an, und aus den Bordküchen drang ein lautes Klappern und Scheppern. Casey Nice sah wie jemand aus, der eine schlaflose Nacht hinter sich hatte. Sie war blass, hatte winzige Schweißperlen auf der Oberlippe und wirkte leicht fiebrig. Die Freuden von Nachtflügen. Sie fragte: »Warst du schon mal in London?«

»Mehrfach«, sagte ich.

»Was muss ich dort wissen?«

»Du warst noch nie dort?«

»Nicht dienstlich.«

»Du bist nicht im Dienst. Wir sind nicht angemeldet, hast du das vergessen?«

»Genau«, sagte sie. »Ich bin kurz davor, ein fremdes Land zu betreten und Dutzende von Gesetzen und Verträgen zu brechen. So was sehen die Briten nicht gern.«

»Das hat Scarangello mir auch erklärt.«

»Sie hatte recht.«

»Dann ist der Flughafen unser größtes Problem. Wir sollten davon ausgehen, dass die Sicherheitskräfte in Alarmbereitschaft sind. Und die Briten sind ohnehin paranoid. Sie haben überall Kameras und Einwegglas. Sie beobachten uns ab der Minute, in der wir von Bord gehen. Buchstäblich ab der Fluggastbrücke. Uns und alle anderen. Sie halten Ausschau nach nervös oder verschlagen wirkenden Ankömmlingen. Weil dies ihre erste und beste Chance ist, solche Leute auszusondern. Und uns ist nicht damit geholfen, wenn wir zurückgewiesen, eingesperrt und vernommen werden. Versuch also, nicht nervös oder verschlagen zu wirken. Denk nicht an Dutzende von Gesetzen und Verträgen. Denk an etwas ganz anderes.«

»Zum Beispiel?«

»Was möchtest du in London am liebsten tun? Wenn du einen geheimen Wunsch erfüllt bekämst? Und sei er noch so dämlich.«

»Willst du das wirklich wissen?«

»Ich möchte, dass du dir vorstellst, du tätest es. Oder du wärst dorthin unterwegs. Das ist der wahre Grund deiner Reise. Du willst dich ins nächste Taxi setzen und direkt hinfahren.«

»Okay.«

»Liegt der Flughafen erst mal hinter uns, geht alles leichter. Allerdings wird jeder öffentlich zugängliche Quadratmeter von Kameras überwacht. Übrigens auch alle privaten Flächen. In London ist ein Viertel aller weltweit existierenden Überwachungskameras installiert – in einer einzigen Großstadt! Denen kann man nicht entgehen. Das müssen wir akzeptieren und weitermachen. Wir spielen in einem Film mit, ob wir wollen oder nicht, und können dann nur schleunigst abhauen, bevor die Briten anfangen, die Aufnahmen auszuwerten.«

»Spüren wir Kott und Carson auf, brauchen wir nicht abzuhauen. Dann werden wir in den Buckingham-Palast eingeladen und kriegen einen Orden.«

»Kommt darauf an, was wir mit ihnen machen, wenn wir sie finden. Und wie gut wir's machen. Die Briten wissen einen netten, sauberen Job bestimmt ebenso zu schätzen wie wir, aber wenn er nicht sauber ist, verraten sie uns sofort, weil sie Anfragen im Parlament und die gehässige Berichterstattung der Medien fürchten. Sie würden behaupten, sie hätten immer eine legale Verhaftung, eine Belehrung über die Rechte von Festgenommenen und ein faires Verfahren angestrebt. Sie würden uns als ausländische Söldner bezeichnen. Sogar als Mörder. Wir würden geschmäht ... und notfalls geopfert. Deshalb gefällt mir ein schneller Abgang insgesamt besser. Außerdem habe ich nicht den Wunsch, den Buckingham-Palast von innen zu sehen.«

»Möchtest du nicht die Queen kennenlernen?«

»Eigentlich nicht. Sie ist nur eine alte Lady. Wir sind alle gleich. Hat sie mal den Wunsch geäußert, *mich* kennenzulernen?«

»So darfst du am Flughafen nicht denken. Sonst wirst du todsicher verhaftet. Die Leute würden glauben, du wärst gekommen, um sie in die Luft zu jagen.«

Wie jeden Morgen war der Luftraum über dem Flughafen Heathrow überfüllt, sodass wir fast eine Dreiviertelstunde in weiten, langsamen Schleifen über London kreisten. Manche Passagiere wirkten nervös, weil ihr Ziel so nahe war und doch unerreichbar fern erschien. Andere hingegen genossen den Blick auf die sich durch die Stadt schlängelnde Themse, das riesige Häusermeer und die berühmten Gebäude: aus unserer Flughöhe winzig, aber unglaublich detailliert. Dann reihten wir uns in die Schlange der anfliegenden Maschinen ein, fuhren das Fahrwerk aus, setzten weich auf und verließen die Landebahn auf dem nächsten Rollweg.

Das Aussteigen dauerte ziemlich lange. Überall standen Leute auf den Gängen, streckten sich, telefonierten, holten ihre Sachen aus den Gepäckfächern und suchten unter ihren Sitzen nach verlorenen Gegenständen. So betraten wir das Terminal als Teil einer linearen Menge: einzeln, paarweise und in Dreiergruppen, alle getrennt, aber klar zusammengehörig, ungefähr gleich schnell – in einem Tempo, das zwischen ungeduldig und übermüdet lag – und in dieselbe Richtung unterwegs. Keiner der Passagiere vor mir wirkte nervös oder verdächtig. Vorsichtshalber sah ich mich nicht um, weil ich nicht selbst verdächtig wirken wollte.

An der Passkontrolle gab es keine Schwierigkeiten, nachdem wir lange in einer nicht enden wollenden Schlange gewartet hatten. Casey Nice, die ihren Fragebogen für Einreisende sauber ausgefüllt hatte, passierte sie als Erste. Ich las der Uniformierten eine Frage nach dem Zweck ihrer Reise von den Lippen ab. »Ferien«, antwortete Nice und fügte hinzu: »Ich meine Urlaub.« Ich kam als Nächster und wurde nichts gefragt. Mein neuer Reisepass erhielt seinen ersten Stempel, und ich ging mit Nice zu den Gepäckbändern und anschließend durch den Zoll. Auch bei Her Majesty's Customs gab es keine Probleme. Er setzte anscheinend ganz auf verdeckte Überwachung. Wir liefen an Tausenden von Quadratmetern Einwegspiegeln vorbei, ohne einen einzigen Menschen zu sehen.

Dann kamen Massen von Leuten, die auf andere Leute als uns warteten. Durch die Automatiktüren blies ein kalter Wind. Schilder wiesen darauf hin, welche Transportmöglichkeiten es hier gab, nämlich Eisenbahn, U-Bahn, Bus oder Taxi. Heathrow lag weit westlich von London, unser Hotel weit in East London, was eine bemerkenswert lange Fahrt gewesen wäre, an die ein Taxifahrer sich wegen des hohen Preises bestimmt erinnern hätte können. Außerdem hatte Shoemaker uns zwar reichlich britische Pfunde mitgegeben, aber auch dieser Vorrat war endlich.

Also entschieden wir uns für die U-Bahn, weil ich fand, die Stimmung einer Stadt teile sich am besten in Tunnels mit. Das metallisch hallende Klirren und Scheppern der U-Bahnen verstärkte Angstgefühle und Nervosität oder zeigte ihr Nichtvorhandensein an.

Es war eine lange Fahrt – mit zweimal Umsteigen – auf harten Bänken in ratternden, schlingernden Wagen durch Tunnels, deren Lichtraumprofil kaum größer als die Züge war. Um mich herum nahm ich keine ungewöhnliche Spannung wahr. Reichlich Alltagsängste und -sorgen, aber nichts Außergewöhnliches. Auf dem U-Bahnhof Barking stiegen wir aus und fuhren hinauf in die helle Morgensonne. Casey Nice erinnerte mich an ein verlassenes Waisenkind, als sie müde und ein bisschen zerzaust mit ihrem kleinen Rollkoffer auf dem Gehsteig vor dem Stationsgebäude stand. Bis zu unserem Hotel war es noch ziemlich weit. Geschätzt eine Viertelstunde zu Fuß. Taxis gab es hier draußen in den Außenbezirken keine. Sie sagte: »Jetzt bräuchten wir ein Towncar.«

Ich sagte: »Ich glaube nicht, dass es die hier gibt.«

Aber es schien etwas Ähnliches zu existieren. Vor einer weiß gestrichenen Ladenfront, über der *Barking Minicars* stand, sah ich ein halbes Dutzend älterer Limousinen parken. Wir überquerten die Straße, und ich ging allein hinein. Drinnen stand ein Mann hinter einer hohen Sperrholztheke. Ich verlangte einen Wagen. Er erklärte, auf der Straße dürften keine Fahrgäste aufgenommen werden. Buchungen seien nur telefonisch möglich.

Ich sagte: »Ich will nicht auf der Straße mitgenommen werden. Ich stehe hier vor Ihnen.«

Er sagte: »Nur telefonische Buchungen. Das könnte uns die Lizenz kosten.«

»Sehe ich wie ein staatlicher Kontrolleur aus? Sehe ich wie ein Cop aus?«

Der Kerl wiederholte: »Sie müssen telefonisch buchen.« Er zeigte auf ein großes Schild an der Wand, auf dem *Nur telefonische Buchungen* stand – mit einer Telefonnummer darunter.

Ich fragte: »Echt?«

Er sagte: »Das könnte uns die Lizenz kosten.«

Ich wollte schon über Alternativen nachdenken, als mir einfiel, dass ich über ein Smartphone verfügte. Scarangello hatte es mir in Paris gegeben, und O'Day hatte es für diesen Einsatz mit einem GPS-Chip ausstatten lassen. Ich zog es aus der Tasche und tippte die Nummer auf dem Schild ein. Nach anfänglicher Stille zeigte ein Klicken und Klacken, dass mein Handy ein hiesiges Netz suchte. Dann klingelte einen Meter von mir entfernt ein gewöhnliches Telefon. Der Kerl hinter der Theke nahm den Hörer ab.

»Ich brauche einen Wagen«, sagte ich.

»Sehr gern, Sir. Wann möchten Sie ihn?«

»In dreißig Sekunden.«

»Wo soll er Sie abholen?«

»Gleich hier.«

»Fahrziel?«

Ich gab den Namen des Hotels an.

»Zahl der Fahrgäste?«

»Zwei.«

»Ihr Fahrer ist in einer Minute da«, sagte der Kerl.

Damit war die von mir gesetzte Frist doppelt überschritten, aber ich meckerte trotzdem nicht. Ich unterbrach nur die Verbindung und ging zu Casey Nice auf den Gehsteig hinaus. Als ich ihr erzählte, was sich ereignet hatte, sagte sie: »Du hättest nicht so hartnäckig sein sollen. Jetzt erinnert der Mann sich erst recht an dich. Und ich wette, dass seine Firma Schutzgeld an die Romford Boys zahlt. Dabei wird bestimmt auch Klatsch ausgetauscht.«

Der Wagen war klapprig und schmuddelig und nicht sehr geräumig, aber er brachte uns ans Ziel: zu einem Billighotel mit Parkplatz in einem Gewerbegebiet, das einst ein abgelegenes, einsames Dorf gewesen war. Manche versteckten Winkel erinnerten noch heute an diese Zeit. Es gab altes Sichtmauerwerk und ein unpassend elegantes ehemaliges Landhaus, das jetzt zwischen viel kleineren Siedlungshäusern eingeklemmt stand. Vermutlich ein Herrensitz, vor zweihundert Jahren großzügig und behaglich, die City eine ganze Tagesreise entfernt. Aber dann kam die Eisenbahn, und der Herrensitz verlor für deren Trasse vier, fünf Hektar Land und später noch mehr; dann folgten Autos und Busse, und der Herrensitz büßte seinen Obstgarten, den Park und alles übrige Land bis auf die gepflasterte Fläche vor dem Eingang ein, auf der zwei Autos knapp Platz fanden.

Unser Billighotel war ein auf Wirtschaftlichkeit ausgerichteter Zweckbau. Hätte ein Autokran Wohncontainer von Pope Field auf vier Ebenen gestapelt, wäre das Ergebnis ähnlich gewesen. Wir checkten ein und bekamen unsere Schlüssel; Nice wollte ihr Gepäck loswerden, deshalb machte ich mich auf die Suche nach meinem eigenen Zimmer, das sparsam eingerichtet war, aber alles enthielt, was ich brauchte – und nichts, was ich nicht wollte. Ich duschte, fuhr mir mit allen zehn Fingern durchs Haar und ging wieder hinunter, wo Nice in der Hotelhalle auf mich wartete.

Sie fragte: »Okay, wie sieht der Plan aus?«
Ich sagte: »Wir sehen uns mal um.«
»Wo?«
»Am Ort des G8-Treffens.«

25

Der Mann an der Rezeption rief uns ein Minitaxi, das, vorschriftsmäßig telefonisch angefordert, überraschend schnell vor Ort war. Nice nannte dem Fahrer die Adresse, und wir fuhren nach Nordosten durch Straßen, die vorstädtisch, aber zugleich komprimiert wirkten, als wären sie alle etwas enger und belebter, als sie tatsächlich sein wollten. Wir kamen an einem Ortsschild vorbei, auf dem Romford stand. Aber wir blieben westlich des Ortszentrums, umfuhren es im Norden und gelangten auf einer kleinen Straße zu unserer Überraschung in eine parkartige Landschaft, die vor uns wie ein Tortenstück immer breiter wurde, bis sie auf der Ringautobahn endete. Oder an der Autobahn M25, wie auf den Wegweisern stand.

Mitten in diesem grünen Keil erhob sich ein imposanter Backsteinbau mit Giebeln, Erkern und Kaminen, steilen Schieferdächern und Fenstern mit Hunderten von bleigefassten Scheiben, die in der Sonne funkelten. Auf den ersten Blick ein elisabethanischer Herrensitz oder eine aufwendige viktorianische Imitation. Umgeben war das Landhaus von sauber gerechten Kiesflächen, an die sich sattgrüner Rasen anschloss, der sehr schlicht und zurückhaltend wirkte, aber letztlich konformistischer als Zen war.

Begrenzt wurden die Rasenflächen durch eine hohe Ziegelmauer, die ein riesiges Rechteck bildete. Sie schloss das Haus von allen vier Seiten ein – allerdings in sehr großzügigem Abstand. Die Rasenflächen waren breit und tief. Die Wirkung des Ensembles war genau berechnet: Die Mauer gehörte unbestritten zum Haus, war Bestandteil seiner Architektur, doch aus dem Hausinneren gesehen musste der Garten sehr großzügig dimensioniert wirken. Jenseits der Ziegelmauer lag noch ein schmaler Streifen des grünen Tortenstücks, bevor London wieder von beiden Seiten herandrängte, als wollte es die Mauer eindrücken.

Ich fragte: »Ist das der Veranstaltungsort?«

Casey Nice sagte: »Ja, das ist Wallace Court. Über Jahrhunderte hinweg das Heim der Familie Darby. Das Haus stammt aus dem fünfzehnten Jahrhundert, die Mauer ist viktorianisch. Heutzutage wird es als Konferenzzentrum genutzt.«

Ich nickte. Ein weiteres altes Herrenhaus, vor zweihundert Jahren ebenfalls großzügig und behaglich. Sein viktorianischer Besitzer musste die kommende Entwicklung geahnt haben. Vielleicht hatte er in den Bau der Eisenbahn investiert. Deshalb ließ er einen Wall errichten, der die Welt hoffentlich fernhalten würde. Was weitere hundert Jahre oder noch länger wohl ziemlich gut geklappt hatte – bis die Autobahn gebaut wurde, deren Lärm das alte Haus unbewohnbar machte. Irgendwann hatte die Familie aufgegeben und war ausgezogen, und ihr Heim wurde zu einem Konferenzzentrum für Menschen, die solchen Lärm als anregend und belebend empfanden.

Ich sagte: »Das kann kein typischer Ort für ein G8-Treffen sein.«

Casey Nice entgegnete: »Nein, dieser Vorschlag ist lebhaft diskutiert worden. Normalerweise wollen die Teilnehmer einen ländlicheren Ort, der viel abgelegener ist. Aber die Briten haben darauf bestanden. Vielleicht weil er in der Nähe der olympischen Sportstätten liegt. Ich glaube nicht, dass irgendjemand den wahren Grund kennt.«

Wir blieben noch einen Augenblick in unserem Minicab sitzen. Ein Scharfschütze dort draußen verändert alles. Dann holten wir tief Luft und stiegen aus, um uns Wallace Court näher anzusehen. Die fast drei Meter hohe Mauer war ziemlich dick, reich verziert und von Zinnen gekrönt. Sie musste Millionen Ziegel enthalten und ein Vermögen gekostet haben. Davon hätte man ganze Kleinstädte errichten können. Ich dachte wieder an Mr. Darby, einen Zeitgenossen von Königin Viktoria. Bestimmt hatte er einen gepflegten Bart oder Backenbart getragen. Er musste ungeheuer stur gewesen sein. Besser wär's gewesen umzuziehen und sich eine Insel zu kaufen.

In die Mauer war ein einziges Tor eingelassen: ein Kunstwerk aus Schmiedeeisen, schwarz mit einzelnen goldenen Akzenten. Es verlief genau symmetrisch mit dem Portal des Herrenhauses am anderen Ende der schnurgeraden langen Zufahrt. Alles zusammen machte das alte Herrenhaus zu einem keineswegs idealen Tagungsort. Vielleicht untypisch und umstritten, aber nicht selbstmörderisch. Setzte man die britische Armee ein, die außerhalb der Mauer alle zehn Schritt einen Soldaten im Kampfanzug postierte, und sorgte dafür, dass das einzige Tor streng bewacht wurde, hatte man neunundneunzig Prozent der konventionellen Risiken abgedeckt. Ein zusätzlich gepanzerter Humvee hätte die Mauer vielleicht durchbrechen können – oder auch nicht –, aber kleinere Fahrzeuge waren dazu bestimmt nicht in der Lage. So war es verständlich, dass die acht Geheimdienste die Wahl des Veranstaltungsorts abgenickt hatten. Sie hielten das Herrenhaus für geeignet.

Bis …

Obwohl das G8-Treffen erst in drei Wochen stattfinden sollte, wurden längst Vorbereitungen getroffen. Das war nicht zu übersehen. Vor dem Portal des Herrenhauses wurden Lieferwagen entladen, und am Tor stand ein Polizeibeamter, der uns genau beobachtete. Kein höflicher Bobby mit Helm, sondern ein stämmiger, tougher Kerl mit Kevlarweste und einer MP5 von Heckler & Koch.

Casey Nice flüsterte: »Er hat uns gesehen.«

Ich sagte: »Das ist sein Job.«

»Wir können nicht einfach wieder weggehen. Damit machen wir uns verdächtig.«

»Komm, wir reden mit ihm.«

Ich schlenderte zu dem Beamten hinüber, blieb mit reichlich Abstand vor ihm stehen und projizierte die Körpersprache, die wir alle beherrschen gelernt hatten: *Gib dem Mann mit der Waffe keinen Grund, sich deinetwegen Sorgen zu machen.* Ich sagte: »Wir hatten gehofft, das Haus besichtigen zu können.«

Der Mann mit der Waffe fragte: »Tatsächlich, Sir?«

Seinem Akzent nach stammte er von hier, sein Tonfall war ausdruckslos, und er sprach *Sir* absichtlich sachlich aus, als wollte er sagen: *Ich muss dich so ansprechen, aber ich mein's nicht wirklich.*

Ich sagte: »Vielleicht bin ich falsch informiert. Mein Führer ist schon sehr alt.«

Er fragte: »Welcher Führer?«

»Mein Vater hat ihn mir vererbt. Ich vermute, dass er ihn von *seinem* Vater geerbt hat. Darin steht, dass man Haus und Park an bestimmten Tagen im Jahr für Sixpence besichtigen kann.«

»Mit diesem Buch sollten Sie zu einem Antiquar gehen.«

»Ich hab mir schon gedacht, dass der Eintritt inflationsbedingt höher sein dürfte.«

»Dieses Haus ist seit dreißig Jahren nicht mehr in Privatbesitz. Und im Augenblick ist's ohnehin geschlossen. Gehen Sie also bitte weiter.«

»Okay«, sagte ich, und wir setzten uns langsam in Bewegung, betrachteten links und rechts, oben und unten, vorn und hinten alles, was es zu sehen gab: Bäume, Reihenhäuser, Doppelhäuser, quaderförmige Apartmentgebäude, Tankstellen und Lebensmittelmärkte, den Verkehr und den Himmel. Unser Minitaxi war längst fort, also schlenderten wir immer weiter. Casey Nice fragte: »Was nun?«

Sie wirkte müde, deshalb sagte ich: »Wir gehen ins Hotel zurück und machen ein Nickerchen.«

Für das wir keine Zeit hatten, weil ein Anruf von O'Day kam, der mich wieder einmal wünschen ließ, ich wäre ein Spieler. Scarangello hatte gefragt, wen ich verdächtigte, der zweite Mann zu sein. Ich hatte auf Carson getippt, was sich als zutreffend erwies, weil man Dazow aufgespürt hatte. Tatsächlich war er sogar verhaftet worden. Diese Meldung ging soeben aus Moskau ein. Vor über drei Wochen hatte er sich in einer Tiefgarage unter einem Moskauer Nachtklub im Kofferraum eines Autos versteckt, war zu einem Privatflugplatz gefahren und über sechseinhalbtausend Kilometer weit nach Osten geflogen worden, wo er eine Stellung bezogen und geduldig gewartet hatte, wie es Scharfschützen so taten. Im richtigen Augenblick hatte er dem Besitzer eines Bauxitkonglomerats eine Kugel durch den Kopf gejagt. Aus zwölfhundert Metern, sagte O'Day. Durch einen einzigen Schuss war Dazows Auftraggeber zum zweitgrößten Aluminiumproduzenten Russlands aufgestiegen.

Was er leider nicht lange blieb. Der größte Produzent fühlte sich bedroht und sah natürlich eine Chance zu weiterer Konsolidierung. Weil er über einflussreiche Freunde verfügte, die er regelmäßig schmierte, unternahmen die Sicherheitsbehörden außergewöhnliche Anstrengungen, den Täter zu fassen. Unterstützt wurden sie dabei durch Wetterkapriolen wie starken Frost und späten Schnee. Das Geschäftsreiseflugzeug des nunmehr zweitgrößten Produzenten stand wetterbedingt auf einem kleinen Flugplatz; der Mann und sein Gefolge hatten sich in einem Hotel in der Nähe verkrochen. Dort wurde Dazow mit ihnen geschnappt.

Ein Verhör im bewährten KGB-Stil hatte die Wahrheit ziemlich rasch zutage gefördert, und Dazow saß jetzt hinter Gittern. O'Day rechnete damit, dass er vor die Wahl gestellt werden würde, wieder für die SWR zu arbeiten, ohne zu motzen oder sich zu beschweren oder eingelocht zu bleiben. Für jemanden, der die Zustände in russischen Gefängnissen kannte, erklärte er, sei das gar keine richtige Wahl. Auf der Akte Dazow hatte O'Day den Vermerk *freiberuflich tätig* bereits wieder in *fest angestellt* geändert. Was die Zukunft bringen würde, war ungewiss, aber eines stand fest: Dazow hatte sich an keinem der beiden Tage in Paris aufgehalten – und befand sich gegenwärtig nicht in London.

Wir standen noch in der Hotelhalle, als wir das Gespräch beendeten. Casey Nice sagte: »Eben ist alles schwieriger geworden. Weil Carson von hier ist und Kott ebenfalls Englisch spricht.«

»Möchtest du Kaffee?«, fragte ich.

»Nein«, entgegnete sie.

»Tee?«

»Vielleicht teeinfrei.«

Also verließen wir das Hotel wieder, um in das spärlich eingerichtete Café schräg gegenüber zu gehen. Keine Filiale einer internationalen Kette. Nicht wie der Coffeeshop in Seattle. Nur ein traditionelles Londoner Lokal mit kalter Neonbeleuchtung und feuchten Resopaltischen. Ich bestellte Kaffee, sie Tee ohne Teein, und ich sagte: »Mach die Augen zu.«

Sie fragte lächelnd: »Kann ich die Schuhe anbehalten?«

»Denk daran, was dir als Erstes aufgefallen ist, als wir von Wallace Court weggegangen sind. Stell's dir vor. Sag mir, was dir als Erstes einfällt.«

Sie schloss die Augen und sagte: »Himmel.«

»Genau«, sagte ich. »Die Bebauung war relativ niedrig. Ein paar zweistöckige Reihenhäuser, einige Apartmentgebäude mit drei bis vier Stockwerken, aber hauptsächlich einstöckige Doppelhäuser, viele mit ausgebautem Dach.«

»Das sind dann ungefähr zehntausend höherliegende Fenster im Umkreis von einer Dreiviertelmeile.«

»Keine zehntausend. Wir sind hier nicht in Manhattan oder Hongkong. Aber einige tausend, klar. Von denen ein paar hundert wirklich gute Möglichkeiten bieten. Was tätest du, wenn du der zuständige Sicherheitschef wärst?«

Sie sagte: »Ich würde auf den Secret Service hören müssen.«

»Und wenn du der Chef des Secret Service wärst?«

»Ich würde bestimmt nichts ändern. Ich würde ›Weitermachen!‹ befehlen.«

»Und das wäre? Hast du schon mal gesehen, wie der Präsident irgendwo eintrifft?«

»Natürlich habe ich das. Eine gepanzerte Limousine fährt eine gesperrte Straße entlang und in ein großes weißes Zelt vor dem Eingang des betreffenden Gebäudes. Die Zeltklappe wird hinter ihr geschlossen, sodass man den Präsidenten nie sieht. Er ist in seiner Limousine sicher und im Zelt – zumindest vor einem Scharfschützen. Der weiß nicht, wo oder wann der Präsident aussteigt. Sehen kann er ihn wegen des Zelts nicht. Klar, er könnte auf gut Glück schießen, aber wie hoch wären die Chancen? Er könnte gleich um fünf Meter und zwei Sekunden danebenliegen.«

Ich sagte: »Und der Secret Service bringt dieses System mit, stimmt's? Das tut er immer. Seine eigene gepanzerte Limousine und sein eigenes Zelt in einem Frachtflugzeug der Air Force. Dass die Briten ihre eigene Show organisieren wollen, spielt dabei keine Rolle. Wer den Präsidenten der Vereinigten Staaten auf seiner Party haben will, muss nach den Secret-Service-Regeln spielen. Man bekommt ein Zelt vor den Haupteingang gestellt, ob einem das passt oder nicht. Und der Präsident wird nicht sagen, dass die anderen Teilnehmer es nicht benutzen dürfen. Er wird nicht verkünden: ›Sorry, Jungs, ihr müsst den Lieferanteneingang benutzen.‹«

»Nicht alle haben eine gepanzerte Limousine.«

»Das macht nichts. Ein paar Mercedes-Limousinen mit getönten Scheiben würden auch genügen. In welcher sitzt der Ministerpräsident. In welchen nur seine Mitarbeiter? Fast so effektiv wie ein Zelt.«

»Was willst du damit sagen?«

»Wenn ich John Knott bin, gefällt mir das nicht. Oder William Carson. Alles ist gegen mich: erprobte und bewährte Sicherheitsmaßnahmen, die garantiert angewendet werden, eine niedrig bebaute Umgebung, die eine sehr flache Schussbahn erzwingt, und nur wenige hundert erstklassige Positionen. Ich meine, wenn die Briten ordentlich Geld für Überstunden in die Hand nähmen, könnten sie in jedes Schlafzimmer einen Cop stellen.«

»Hältst du einen Anschlag für ausgeschlossen?«

»Wo sollte er stattfinden? Die Limousine fährt ins Zelt.«

Sie sagte: »Du vergisst das Gruppenfoto.«

26

Ich fragte Casey Nice nach dem Foto und bekam eine ausführliche Erklärung. Wie bei allem, was mit Politik oder Diplomatie zusammenhing, war es wichtiger, als man auf den ersten Blick vermutet hätte. Es war mehr als nur eine rituelle Formalität, nämlich mit unterschwelligen Erwartungen befrachtet. Dabei ging es um das Image der Teilnehmer, um Kollegialität und die Chance für die kleinen Männer, einmal gleichberechtigt neben den großen Akteuren der Weltpolitik zu stehen. Es verlieh Status und Selbstwertgefühl, wenn die heimatliche Presse darüber berichtete. Mit anderen Worten, es steigerte den Bekanntheitsgrad. Dass das Foto im Freien aufgenommen wurde, war wichtig. Es kam darauf an, von der Welt als Gleicher unter Gleichen gesehen zu werden; mit denen man redete und scherzte, die man schulterklopfend aufzog, während man Vereinbarungen mit ihnen traf, weil man genauso wichtig war wie alle anderen.

Und Nice sagte, sie alle würden nicht nur für dieses eine Foto ins Freie kommen, sondern gelegentlich auch paarweise oder zu dritt über den Rasen schlendern. Hatte der Italiener ein Problem mit der Staatsverschuldung oder dem Euro, musste er dabei beobachtet werden, wie er bei einem Spaziergang konzentriert mit dem Deutschen sprach. Vielleicht redeten die beiden nur über Fußball oder ihre Enkel, aber in Rom würde das Foto zählen. Auf ähnliche Weise würde unser Präsident sich mit dem Russen unterhalten, der Brite und der Franzose würden miteinander reden, der Japaner würde mit dem Kanadier sprechen. Die Zahl der möglichen Kombinationen und Neukombinationen war endlos. Außerdem gingen sie sich gegenseitig auf die Nerven, deshalb gab es immer wieder Pausen – auch für die wenigen Teilnehmer, die noch heimlich rauchten.

Nice sagte: »Glaub mir, Kott und Carson werden reichlich Ziele haben.«

Ich fragte: »Gibt's eine Möglichkeit, die Konferenz abzusagen?«

Sie sagte: »Nein.«

Durchs angelaufene Fenster des Cafés sah ich einen schwarzen Lieferwagen vor unserem Hotel halten.

Ich fragte: »Kann das Foto nicht drinnen gemacht werden?«

Sie antwortete: »Theoretisch schon, aber nicht unter den jetzigen Umständen.«

»Vernünftige Vorsicht ist nicht akzeptabel?«

»Nicht, wenn sie wie Feigheit aussehen könnte.«

»Das ist verrückt.«

»Das ist Politik. Die Welt muss sehen, dass sie weiter handlungsfähig sind. Und manche von ihnen haben Wahlen zu bestehen. Da sind solche Fotos wichtig.«

Auf der anderen Straßenseite stand der schwarze Kastenwagen am Randstein. Niemand stieg aus oder ein.

Ich fragte: »Was ist, wenn's regnet?«

Sie sagte: »Dann warten sie, bis es aufhört.«

»Vielleicht hört der Regen nie auf. Wir sind hier in England.«

»Im Augenblick regnet es nicht. Soll ich den Wetterbericht aufrufen?«

Ich schüttelte den Kopf, dann sagte ich: »Aufs Beste hoffen, fürs Schlimmste planen. Wird der Ort für das Gruppenfoto im Voraus festgelegt?«

»Auf der rückwärtigen Terrasse. Zu ihr führen flache Stufen hinauf. Kleine Männer benutzen sie gern.«

»Die Rückseite des Hauses ist der Autobahn zugewandt. Besser als der Stadt.«

»Die Bebauung ist auf beiden Seiten dicht.«

»Wird wieder schussfestes Glas eingesetzt?«

»Zwecklos«, sagte sie. »Diese Paneele können eine Person am Mikrofon schützen, sind aber wertlos, wenn acht Leute durcheinanderlaufen.«

Ich nickte, indem ich mir acht Leute vorstellte, die durcheinanderliefen. Vermutlich würden sie aus irgendeiner Art Terrassentür kommen und alle so tun, als wären sie leicht verwirrt von diesem raschen Wechsel zwischen hochpolitischem Ernst und den banalen Wünschen der Medien. Oh Gott, wirklich? Müssen wir das jetzt machen? Schön, bringen wir's hinter uns, damit wir weiterarbeiten können. Viele würden scheinbar verlegen grinsen, während die acht sich für das Gruppenfoto aufstellten. Alles in einer kleinen Gruppe, vermutete ich, weil Kollegialität und Gleichberechtigung und ein Abglanz von Ruhm das erforderten. Jedenfalls würde keiner von den anderen getrennt werden wollen, weil sich das auf dem Foto nicht gut machte, denn dann hätten die Schlagzeilen in der Heimat sich praktisch selbst geschrieben: *Ausgegrenzt, ignoriert, gemieden, eigenbrötlerisch, kein Teamplayer.*

Also würden sie dicht zusammenbleiben, und wenn sie glaubten, die Medienvertreter hätten genügend herumalbernde Politiker im Kasten, würden sie sich auf der Treppe aufstellen, die Brust recken und stillstehen.

Ohne verbundene Augen.

Auf der gegenüberliegenden Straßenseite befand sich weiter der schwarze Kastenwagen.

Ich fragte: »Wie kommst du mit den Pillen aus?«

Sie sagte: »Ich habe noch immer fünf.«

»Dir geht's also gut?«

Sie nickte. »Ziemlich gut.«

»Weil du bei der Einsatzbesprechung alles verstanden hast – oder weil wir gut voranzukommen scheinen?«

»Weil ich mir vorstellen kann, wie die Sache ablaufen wird. Ich habe das Gefühl, dass alles sich aufs Wesentliche konzentriert. Kott und Carson werden die rückwärtige Terrasse und den Rasen davor sehen wollen. Damit sind ungefähr sechzig Prozent des Gebäudes aus dem Spiel. Wir wissen, wo sie zu finden sind. Wenigstens ungefähr.«

Auf der anderen Straßenseite stand noch immer der schwarze Kastenwagen.

Ich fragte: »Was ist, wenn wir zwischendurch auf ein Hindernis stoßen, das unsere Straße blockiert?«

Sie sagte: »Welcher Art?«

»Irgendwas Unerwartetes. Kommst du damit zurecht?«

»Vielleicht, vielleicht auch nicht.«

»Wie meinst du das?«

Sie schwieg lange, dachte ernsthaft über meine Frage nach. Dann sagte sie: »Ich käme damit klar, wenn wir nicht aus dem Tritt geraten.«

»Du meinst, dass wir ein eventuell auftretendes Problem rasch und entschlossen lösen sollten?«

»Ja«, sagte sie. »Ist die Straße vor uns gesperrt, müssen wir das Hindernis beseitigen und in Bewegung bleiben. Wir können es uns nicht leisten, abgelenkt zu werden. Ich sehe den Weg jetzt deutlich vor mir und möchte nicht, dass er unpassierbar wird.«

Der schwarze Kastenwagen stand noch immer dort.

»Okay«, sagte ich. »Gehen wir ins Hotel zurück.«

27

Der geparkte Kastenwagen kehrte uns das Heck zu, als wir zum Hotel zurückgingen. In Form und Größe glich er einem Van, aber seine Hecktür hatte kein Fenster. Frontscheibe, rechtes Seitenfenster, linkes Seitenfenster – das war alles. Der Wagen war schwarz lackiert, trug keine Beschriftung. Und er war auffällig sauber: frisch gewaschen und auf Hochglanz poliert. Wie die SEAL-Limousine in Seattle. Woraus sich sofort eine gute Frage ergab: Wer besitzt große schwarze Fahrzeuge und hält sie makellos sauber? Nur zwei mögliche Antworten: Autoverleihe mit Chauffeuren und die Polizei. Und Autoverleihe dieser Art hatten keine Kastenwagen, höchstens Kleinbusse, weil Fahrgäste Fenster wollen.

Andererseits befanden wir uns in London, und was verstand ich schon von hiesigen Gewohnheiten? Vielleicht war hier eine neuerliche Kulturrevolution im Gange, zu der eine plötzliche Begeisterung für saubere Autos gehörte. Vielleicht würde sie in einem halben Jahr auch Amerika erfassen – wie damals die Beatlemania. Bisher hatte ich hier allerdings nur schmutzige Autos gesehen.

Casey Nice fragte: »Sind das Cops?«

Ich sagte: »Das erfahren wir bestimmt gleich.«

Als wir die Fahrbahn überquerten und weiter auf den Van zuhielten, öffneten sich rasch beide vorderen Türen: entriegelt, als wir näher kamen, und aufgestoßen, als wir sie fast schon erreicht hatten. Zwei Männer stiegen aus. Der auf dem Gehsteig drehte sich langsam um, während sein Partner um die Motorhaube hastete. Sauber synchronisierte Bewegungen, bestimmt durch langjährige Praxis perfektioniert.

Beide trugen dunkle Anzüge unter schwarzen Trenchcoats. Beide waren weiß oder rosig, um genau zu sen. Mit geröteter Haut, als hätten sie einen strengen Winter hinter sich. Beide waren kleiner als ich, aber nicht wesentlich leichter. Beide hatten gewaltige Pranken und stark hervortretende Halssehnen.

Sie versperrten uns den Weg.

»Für Sie tun?«, fragte ich wie der Nachbar in Arkansas.

Der Beifahrer sagte: »Ich greife jetzt ganz langsam in meine Tasche und zeige Ihnen dann ein staatliches Ausweisdokument. Haben Sie verstanden?«

Potenziell war das ein cleverer Trick, weil wir gespannt verfolgen würden, wie seine Hand langsam, ganz langsam in die Tasche glitt, sekundenlang darin verweilte und ebenso langsam wieder zum Vorschein kam. In dieser Zeit konnte der zweite

Kerl tun, was ihm beliebte. Zum Beispiel hätte er aus einem Bausatz eine fabrikneue Heckler & Koch zusammensetzen können.

Hätten sie geglaubt, Waffen zu benötigen, wären sie allerdings schon mit schussbereiten Pistolen ausgestiegen.

Ich sagte: »Verstanden.«

Der Mann sah zu Casey Nice hinüber und fragte: »Miss?«

Sie sagte: »Machen Sie nur.«

Aus der Innentasche seines Trenchcoats zog er ein abgegriffenes schwarzes Lederetui, klappte es mit Daumen und Zeigefinger auf. Es hatte zwei nebeneinander angeordnete kleine Kunststofffenster. Hinter einem steckte das gedruckte Wappen der Metropolitan Police. Als glänzend poliertes Helmemblem sehr eindrucksvoll; auf Papier gedruckt viel weniger. Hinter dem anderen Fenster steckte ein Dienstausweis.

Der Mann hielt uns das Etui hin.

Sein Daumen lag auf dem Passbild.

Ich sagte: »Ihr Daumen verdeckt das Bild.«

»Sorry«, sagte er.

Er nahm den Daumen weg.

Das Foto zeigte ihn.

Er sagte: »Wir müssen Ihnen ein paar Fragen stellen.«

Ich sagte: »Was für Fragen?«

»Ich muss Sie bitten, in unseren Wagen zu steigen.«

»Wo sitzen Sie dann?«

Der Mann zögerte kurz, dann antwortete er: »Sie müssen hinten einsteigen.«

Ich sagte: »Ich sitze nicht gern im Dunkeln.«

»Die Vorderwand besteht aus einem Drahtgitter. Sie bekommen genug Licht.«

»Okay«, sagte ich.

Das schien ihn etwas zu überraschen, ließ ihn erneut zögern.

Dann nickte er und trat einen Schritt auf uns zu. Sein Partner folgte seinem Beispiel. Wir machten einen Schritt rückwärts, drehten uns zur Seite, traten auf die Fahrbahn und warteten höflich darauf, dass einer der beiden die Türen öffnete.

Das tat der Fahrer, indem er mit beiden Hände die Griffe drehte und erst die rechte, dann die linke Türhälfte so weit aufzog, dass sie bei einem Öffnungswinkel von etwas über neunzig Grad eine Art Trichter bildeten. Der Laderaum dahinter war völlig leer, nirgends abgewetzt oder verschrammt und ebenso frisch gewaschen wie das Äußere des Wagens. Überall nackter Stahl, schwarz lackiert und auf Hochglanz poliert. Die Innenwände hatten zur Versteifung aufgeschweißte Verstärkungsrippen. Der Wagenboden war gewellt. Und die Vorderwand des Laderaums bestand tatsächlich auf ganzer Höhe und Breite aus einem starken Drahtgitter.

Die Türen hatten innen keine Griffe.

Als der Mann sich von der linken Türhälfte abwandte und sich dabei etwas aufrichtete, weil er den Griff in leicht gebückter Haltung gedreht hatte, stieß ich mich mit einem Fuß ab, warf den Oberkörper nach vorn und traf seinen Nasenrücken mit einem wuchtigen Ellbogenstoß. Seine Knie gaben nach, und sein nach hinten fliegender Kopf knallte an die dumpf metallisch dröhnende Tür. Was weiter mit ihm passierte, sah ich nicht mehr, denn ich hatte mich bereits herumgeworfen, Casey Nice aus dem Weg gestoßen und mit demselben Ellbogen den anderen Kerl getroffen, der zwar groß und stark, aber offensichtlich kein besonderer Kämpfer war. Vielleicht verließ er sich schon zu lange darauf, allein mit seinem Ruf und seinem Aussehen durchzukommen. Vielleicht lag die letzte Schlägerei, an der er beteiligt gewesen war, schon etliche Jahre zurück.

Gegen einen überraschenden Ellbogenstoß hilft nur, den Oberkörper zu verdrehen und den Stoß mit dem Oberarm abzufangen, was immer schmerzhaft und manchmal lähmend ist – aber man bleibt wenigstens auf den Beinen. Dieser Kerl entschied sich für eine andere, die falsche Methode. Er wich steif aufgerichtet und mit hochgerecktem Kinn zurück, weil er hoffte, dem Stoß ausweichen zu können, was aber nicht klappte. Mein Ellbogen traf seine Kehle wie eine fast fünfzig Stundenkilometer schnelle Eisenstange. Wie beim Baseball oder bei aufzubrechenden Türen ist in solchen Fällen Geschwindigkeit wichtig. Und die menschliche Kehle ist verwundbar, weil sie aus viel Knorpel und kleinen Knochen besteht. Ich spürte, dass mein Ellbogen einige davon zerschmetterte, warf mich wieder zu dem ersten Typen herum und stellte fest, dass von ihm keine Gefahr ausging. Er saß an die offene Hecktür gelehnt auf dem Asphalt, hatte starkes Nasenbluten und war eindeutig angezählt. Also drehte ich mich wieder herum und sah den zweiten Kerl auf dem Rücken im Rinnstein liegen. Er ächzte und keuchte und befühlte seine Luftröhre.

Ich kniete bei ihm nieder und tastete ihn ab. Keine Pistole. Kein Messer. Ich ging zu dem Sitzenden. Keine Pistole. Kein Messer. Nicht am helllichten Tag, vermutete ich. Nicht in London.

Casey Nice erschien in meinem Blickfeld. Sie war kreidebleich und fragte: »Was, zum Teufel, machst du?«

Ich sagte: »Darüber reden wir später. Hier ist's zu öffentlich. Wir müssen sie erst einladen.«

Der Typ im Rinnstein atmete kaum mehr. Ich packte seinen Trenchcoat mit beiden Händen an der Knopfleiste, hob ihn hoch, drehte mich mit ihm um, schob ihn mit Kopf und Schultern in den Laderaum und half nach, bis er ganz drin war. Dann hievte ich auch den anderen Kerl hinein, den ich aber hinten an Gürtel und Kragen seines Trenchcoats packte, weil er weiter starkes Nasenbluten hatte und ich kein Blut an meine Kleidung bekommen wollte. Dann knallte ich die beiden Türhälften zu und rüttelte noch einmal an den Griffen.

Verriegelt.

Casey Nice fragte: »Warum hast du das gemacht?«

Ich sagte: »Du wolltest unter keinen Umständen abgelenkt werden.«

»Die beiden sind *Cops,* verdammt noch mal!«

»Steig vorn ein. Wir müssen diese Karre irgendwo abstellen.«

»Du bist verrückt.«

Ein Blick in die Runde zeigte mir ein paar Autos und einzelne Personen, von denen keine auf uns achtete. Wir waren nicht von Gaffern umringt. Niemand stand mit der flachen Hand vor dem Mund da oder fummelte sein Smartphone aus der Tasche. Wir wurden ignoriert. Von einigen wohl absichtlich. So ist's überall auf der Welt. Die Leute sehen weg.

Ich sagte: »Du hast mir erklärt, dass wir ein etwa auftretendes Problem rasch und entschlossen lösen müssen.«

Ich trat wieder auf den Gehsteig, ging nach vorn zur Fahrertür, stieg ein und schob den Sitz möglichst weit nach hinten, was wegen des Drahtgitters nicht sehr weit war. Ich würde mit hochgezogenen Knien auf der linken Straßenseite mit Handschaltung und einem Dieselmotor fahren müssen – alles Dinge, die ich nicht gewohnt war.

Casey Nice stieg neben mir ein. Sie war noch immer auffällig blass. Zum Glück steckte der Zündschlüssel. Ich ließ den Motor an, trat die Kupplung und bewegte versuchsweise den Schaltknüppel. Der Wagen schien einen Haufen Gänge zu haben. Zählte man den Rückwärtsgang mit, waren es mindestens sieben. Ich beschloss, links oben anzufangen, und suchte den Blinkerhebel.

Casey Nice sagte: »Ich habe andere Problem als Cops gemeint.«

Ich erwiderte: »Cops sind so problematisch wie jeder andere. Sogar noch problematischer. Weil sie einen in Handschellen zum Flughafen zurückbringen. Das kann außer ihnen niemand.«

»Und genau das werden sie jetzt tun. Garantiert! Sie werden mit einem Großaufgebot nach uns fahnden. Du hast eben zwei Polizeibeamte zusammengeschlagen. Von dieser Minute an sind wir auf der Flucht. Du hast gerade alles tausendmal schwieriger gemacht. Millionenfach schwieriger. Nein, ganz unmöglich!«

Ich setzte den Blinker, sah in den Außenspiegel. Dann fuhr ich ruckelnd an, weil ich noch kein Gefühl für die Kupplung hatte.

Ich sagte: »Nur waren sie keine Polizeibeamten.«

Ich schaltete einmal, zweimal, dreimal, nun schon flüssiger, und blieb in der Mitte der linken Fahrbahnhälfte.

Sie sagte: »Wir haben seinen Ausweis gesehen.«

»Ich wette, dass der in Heimarbeit auf einem PC entstanden ist.«

»Du *wettest?* Was soll das wieder heißen? Willst du hundert Cops angehen, nur weil einer von ihnen vielleicht nicht echt ist?«

Ich schaltete noch mal und gab etwas mehr Gas, um im Verkehr mitzuschwimmen.

Ich sagte: »Kein Cop der Welt würde seinen Dienstausweis als staatliches Ausweisdokument bezeichnen. Cops arbeiten nicht beim Staat. Nicht in ihrer eigenen Vorstellung. Sie arbeiten für ihr Department. Füreinander. Für die gesamte weltweite Bruderschaft. Bestenfalls vielleicht für ihre Stadt. Aber nicht beim Staat. Sie hassen die Regierung, die auf allen Ebenen ihr schlimmster Feind ist. Auf nationaler, staatlicher und lokaler Ebene versteht niemand die Cops, sondern versucht, ihnen unaufhörlich mit einer Menge Bullshit das Leben schwerzumachen. Kein Cop fühlt sich jemals als Staatsdiener.«

»Dies ist ein anderes Land.«

»Cops sind überall gleich. Das weiß ich, weil ich selbst einer war und mit vielen Kollegen zusammengekommen bin. Auch hier in England. Glaub mir, die hiesigen Cops sind nicht anders als unsere.«

»Vielleicht heißt ihr Dienstausweis hier so.«

»Ich glaube, er heißt Warrant Card.«

»Er hat gewusst, dass wir das nicht verstehen würden. Deshalb hat er einen anderen Ausdruck benutzt.«

»Er hätte gesagt: Ich bin Polizeibeamter und stecke jetzt meine Hand langsam in die Tasche, um Ihnen meinen Ausweis zu zeigen. Oder meine Legitimation. Oder irgendwas. Aber das Wort *Polizei* wäre darin vorgekommen, das ist verdammt sicher, und das Wort *staatlich* nicht, das ist ebenso verdammt sicher.«

Casey Nice schwieg eine Minute, dann lockerte sie ihren Sicherheitsgurt mit einer Hand, drehte sich nach rechts und kniete sich auf den Sitz, um durchs Gitter in den Laderaum sehen zu können.

Sie sagte: »Reacher, einer von ihnen atmet nicht mehr.«

28

Ich wandte mich um, konnte aber nicht lange genug nach hinten sehen, um mir meiner Sache sicher zu sein. Vielleicht atmete er nur sehr langsam. Casey Nice drängte: »Reacher, du musst irgendwas tun!«

Ich fragte: »Was bin ich, ein Arzt?«

»Wir müssen ein Krankenhaus finden.«

»Krankenhäuser haben die Nummer des nächsten Polizeireviers gespeichert.«

»Wir könnten den Wagen vor dem Eingang zurücklassen und abhauen.«

Ich fuhr weiter, ohne recht zu wissen, wohin, wählte an jeder Kreuzung die einfachste Lösung, schwamm im Verkehr mit und blieb auf Straßen, die endlos lang, aber niemals gerade zu sein schienen. Im Prinzip fuhren wir nach Norden, vermutete ich, entfernten uns von der Themse. Dann musste Romford irgendwo rechts von uns liegen. Wir kamen an allen möglichen kleinen Geschäften vorbei, zu denen namenlose Schnellimbisse, Dönerbuden, Pizzerien, Hühnergrills und Hamburgershops, aber auch Versicherungsbüros, Handyläden und Teppichgeschäfte gehörten. Nirgends ein Krankenhaus. Wenn der Kerl wirklich nicht mehr atmete, musste er seit ungefähr fünf Minuten tot sein.

Ich bog auf ein uneben asphaltiertes Rechteck zwischen zwei Reihen von Fertiggaragen ab. Die Fläche zwischen ihnen war bis auf ein defektes, verrostendes Fahrrad leer. Nirgends Leute. Keine Aktivität. Ich hielt an, stellte den Motor ab und drehte mich wieder um.

Und beobachtete.

Und wartete.

Der Kerl atmete nicht mehr.

Der andere Kerl starrte mich an. Seine untere Gesichtshälfte glich einer blutroten Maske. Die obere Hälfte war auffällig blass, beinahe weiß. Seine gebrochene Nase stand schief. Er starrte mich mit weit aufgerissenen Augen an. Ich sagte zu ihm: »Ich komme jetzt nach hinten und sperre auf. Bloß keine Dummheiten, sonst ergeht es Ihnen wie ihm.«

Er gab keine Antwort.

Ich fragte: »Haben Sie verstanden?«

Er sagte: »Ja.«

In seinen Mundwinkeln standen Blutbläschen.

Ich öffnete die Fahrertür, stieg aus und ging nach hinten. Casey Nice tat das Gleiche auf ihrer Seite. Ich entriegelte die geteilte Hecktür mit beiden Griffen und zog die Hälften auf. Der Typ, der noch atmete, lag links, der andere, der tot zu sein schien, lag rechts. Versuchsweise steckte ich einen Arm in den Laderaum. Keine Reaktion. Also griff ich rechts nach einem Handgelenk und versuchte, einen Puls zu ertasten.

Nichts zu finden.

Ich beugte mich weit in den Laderaum, kniete mich hin und tastete nach dem Hals. Der Kerl war noch warm. Ich zog seinen Kragen etwas herunter, schob zwei Finger unter das Kiefergelenk und ließ sie für alle Fälle länger dort. Während ich wartete, sah ich mal hierhin, mal dorthin. Das Ohr des Kerls war doppelt gepierct. Und er hatte eine kleine Tätowierung, die unter seinem Kragen zum Vorschein kam. Sie sah wie ein welkes Blatt aus.

Er war tot.

Ich sagte: »Wir sollten seine Taschen durchsuchen. Wir sollten die Taschen beider Männer durchsuchen.«

Ich trat nach links, um mit dem Lebenden anzufangen.

Casey Nice sagte: »Das kann ich nicht.«

Ich fragte: »Was kannst du nicht?«

»Einen Toten durchsuchen.«

»Warum nicht?«

»Zu gruselig.«

»Möchtest du tauschen?«

»Könntest du beide übernehmen?«

»Klar«, sagte ich und machte mich an die Arbeit. Der Lebende hatte auffällig wenig in den Taschen. Und das, was drin war, sah ein wenig verdächtig aus. Als ich mit seinen Hosentaschen fertig war, wusste ich bestimmt, dass es sich um keinen Cop handelte. Vor allem hatte er zu viel Geld bei sich: viele hundert, wenn nicht gar tausend Pfund in einer dicken schmuddeligen Rolle. Cops gehören zum öffentlichen Dienst, was bedeutet, dass sie zwar keine Almosenempfänger sind, aber doch sparsam wirtschaften, manches auf Raten kaufen und mit ihren Kreditkarten jonglieren müssen. Dazu kam, dass der Kerl weder Funksprechgerät noch Smartphone bei sich trug. Nichts, gar nichts. Was für einen Cop zur normalen Arbeitszeit unvorstellbar war. Ich behielt sein Geld, gab das Lederetui mit der Plakette Casey Nice und sagte: »Sieh dir das Zeug genauer an.«

Dann begann ich, die Taschen des Toten zu durchsuchen, die ähnliche Beute lieferten. Bargeld und ein ledernes Ausweisetui. Das Geld behielt ich, das Lederetui gab ich Nice. Sie hatte inzwischen das erste zerlegt und sagte: »Du hattest recht. Eine einzige Fälschung. Das Sichtfenster wurde absichtlich zerkratzt, und ich glaube, dass der gelbliche Farbton von einem Marker stammt. Der Dienstausweis ist ein Word-Dokument, und die mit niedriger Auflösung gedruckte angebliche Plakette stammt von einer Webseite, denke ich.«

Ich betrachtete nochmals die Tätowierung am Hals des Toten. Vielleicht war dies doch kein welkes Blatt. Denn was täte ein großer tougher Kerl mit einem welken Blatt? Oder überhaupt mit irgendeinem Blatt? Wenn er kein Naturschützer war, was ich ihm bestimmt nicht zutraute.

Vielleicht steckte dahinter etwas anderes.

Ich beugte mich hinein, löste die Krawatte des Kerls, zog sie herunter, riss die obersten vier Hemdknöpfe mit einem Ruck ab und schlug das Hemd weit auseinander.

Die Tätowierung hatte nichts mit Blättern zu tun. Was ich gesehen hatte, war ein kleiner Schnörkel, der die linke obere Ecke eines Buchstabens schmückte. Gemeinsam mit neun weiteren bildete er zwei Wörter in Zierschrift, die ziemlich hoch dort eintätowiert waren, wo eine Frau eine Halskette getragen hätte.

Romford Boys.

»Für den Fall, dass sie mal eingelocht werden«, sagte ich. »Damit die anderen sie in Ruhe lassen.«

Ich schloss die Hecktür wieder und kontrollierte die beiden Griffe.

Gesichert.

Casey Nice sagte nichts.

»Was?«, fragte ich.

»Das Risiko war zu hoch. Was wäre, wenn du dich geirrt hättest? Du hast dich auf bloße Vermutungen verlassen.«

»Nein, mir ist aufgefallen, dass die Leute auf der Straße bewusst weggesehen haben. Weil sie wissen, was gut für sie ist. Vielleicht sind sie daran gewöhnt. Vielleicht kennen sie die Bedeutung dieser schwarzen Kastenwagen. Vielleicht verschwinden mit ihnen Menschen, um nie wieder aufzutauchen.«

Sie schwieg.

»Und sie waren nur zu zweit. Sollten wir als nicht akkreditierte ausländische Agenten festgenommen werden, hätte den Auftrag die Special Branch bekommen, um ihr ungeheures Budget zu rechtfertigen. Und weil sie dramatische Auftritte liebt, hätte sie ein halbes Dutzend SWAT-Teams eingesetzt – mit Tränengas. Wir hätten es mit einer fünfzigfachen Übermacht zu tun bekommen. Vor dem Hotel hätte es wie auf einem Gefechtsfeld ausgesehen. Solche Dinge passieren nicht mehr wie in alten Filmen. Kein Mensch läuft mehr in einem schwarzen Trenchcoat herum.«

»Woran hast du gemerkt, dass sie nicht echt waren?«

»Sie hätten mit einer Limousine vorfahren und behaupten sollen, beim MI5 zu sein. Von dem erwartet man allen möglichen Scheiß.«

Wir stiegen wieder vorn ein. Ich beugte mich nach links hinüber, um den Inhalt des Ablagefachs zu kontrollieren. Dort lagen zwei Prepaidhandys, beide noch in der Originalverpackung und nicht nachzuverfolgen, wenn sie cash bezahlt wurden, wovon auszugehen war. Eine zweckmäßige Sicherheitsmaßnahme. Die Romford Boys wurden offenbar straff geführt. Jedes Unternehmen konnte potenziell schiefgehen. Selbst wenn es sich nur darum handelte, zwei ahnungslose Ausländer vor einem billigen Hotel aufzugreifen. Dabei hätte alles Mögliche passieren können. Wir hätten Widerstand leisten können, und ein nicht bestochener Cop hätte genau im falschen Augenblick auftauchen können. Daher keine Pistolen, keine Messer, keine gebrauchten Smartphones. Weniger Verdachtsmomente für die Strafverfolger, weniger Daten für die Ermittlungsakten.

Ich bewegte den Schaltknüppel nach links vorn und holperte über den Asphalt auf die Straße zurück.

Wir fuhren eine Meile nach Süden, dann bog ich in Richtung Romford nach Osten ab. Ich wollte, dass der Kastenwagen nach einem Tag voller Sorgen aufgefunden wurde, ich wollte sehen, wer ihn entdeckte, und ich wollte die Auffindung aus sicherer Entfernung beobachten. Also bemühten wir uns, diese drei Punkte miteinander zu verknüpfen, und fuhren herum, bis wir eine Stelle fanden, die alle Voraussetzungen erfüllte. Der ideale Ort war ein von Rissen durchzogener Parkplatz hinter einem kleinen Supermarkt. Der Platz grenzte an die Rückseite einer Pension, die aus zwei umgebauten Stadthäusern entstanden war und viele Fenster nach hinten hinaus aufwies. Casey Nice zog ihr Handy heraus, rief einen Stadtplan auf und überzeugte sich davon, dass die Pension günstig lag. Sie stand an einer breiten Nord-Süd-Verbindung, die mehrfach von Seitenstraßen gequert wurde.

Sie sagte: »Aber die Romford Boys haben bestimmt auch dort einen Spitzel. Wie in der Minivan-Vermittlung. Wahrscheinlich gibt's dafür einen Rabatt auf das zu zahlende Schutzgeld. Vielleicht einen beachtlichen Nachlass. Der Kerl, der uns nach Wallace Court gefahren hat, muss sofort angerufen haben.«

»Weil sie Wallace Court auf dem Radar hatten«, erklärte ich. »Diese Pension bestimmt nicht. Außerdem glauben sie, uns zu haben, und suchen erst wieder nach uns, wenn der Wagen aufgefunden wird. Also sind wir hier vorläufig sicher.«

Wir fuhren noch einmal um den Block und hielten hundert Meter vor der Parkplatzeinfahrt. Ich erklärte Casey Nice, wir würden uns an der Straßenecke treffen. Sie sagte: »Auf dem Parkplatz gibt's bestimmt eine Kamera.«

Ich sagte: »Ich halte den Kopf gesenkt.«

»Das reicht nicht. Du bist sehr auffällig.«

»Wir sind außer Landes, bevor sie dazu kommen, sich die Aufnahmen anzusehen.«

Sie äußerte sich nicht dazu. Stieg nur aus und ging davon. Ich wusste genau, was wir angefasst hatten, und wischte alles mit der Krawatte des Toten ab: Türgriffe, Lenkrad, Schalter, Sitzverstellung, Gürtelschloss, Ablagefach mit Schloss. Dann ließ ich die Krawatte in den Rinnstein fallen, zog meine Jackenärmel über die Hände, fuhr so die letzten Meter und parkte auf einem willkürlich gewählten Platz neben der Ladebucht des Supermarkts. Ich stellte den Motor ab, nahm den Zündschlüssel, stieg aus und verriegelte die Türen mit der Fernbedienung. Dann marschierte ich mit gesenktem Kopf, den Beton vor meinen Füßen anstarrend, davon.

Nice wartete an der Ecke auf mich. Wir gingen einen Block weiter, bogen erneut ab und folgten einer vierspurigen Straße, die breiter und mit Bussen, Autos und Lastwagen belebter als die anderen war. Den Eingang der Pension fanden wir genau dort, wo wir ihn erwartet hatten. Wir betraten das Gebäude und fanden uns in einem Eingangsbereich wieder, der vor dreißig Jahren neu und sauber gewesen sein mochte – nun jedoch nicht mehr. Wir gaben an, lärmempfindlich zu sein, und verlangten ein Zimmer nach hinten hinaus. Wir behaupteten, eine Fluggesellschaft habe unser Gepäck verschlampt und werde es herbringen. Ich zahlte mit Cash von der dicken Geldrolle des Toten. Wir bekamen einen großen Messingschlüssel, mit dem wir nach oben gingen.

Das Zimmer war kalt und etwas feucht, aber sein großes Fenster führte auf den Parkplatz hinaus, der direkt unter uns lag. Von hier aus war der schwarze Van, der uns die Hecktür zukehrte, deutlich zu erkennen. Casey Nice setzte sich aufs Bett und ich mich auf den Stuhl des Toilettentischs, den ich weit vom Fenster wegrückte. Ich wollte nicht, dass jemand zufällig aufsah und zwei an die Fensterscheibe gedrückte Gesichter entdeckte. Es war immer besser, weiter hinten im Halbdunkel zu bleiben – wie John Kott in Paris auf dem Esstisch.

Wir warteten, wie ich schon viele Male gewartet hatte. Warten gehört zum Alltag jedes Polizeibeamten, erst recht jedes Militärpolizisten. *Lange ruhige Perioden, in denen nicht viel passiert, wechseln sich gelegentlich mit jäher Betriebsamkeit ab.* Darin war ich gut, und wie sich zeigte, verstand auch Nice sich darauf. Sie blieb wach, was entscheidend wichtig war. Sie starrte nicht angestrengt nach draußen, sondern sorgte nur dafür, dass sie den Wagen nicht aus dem Blick verlor. Als sie einmal auf die Toilette ging, fragte ich mich, ob sie eine Tablette einnehmen wollte, aber sie erwähnte nichts davon.

Dann stellte sie die unvermeidliche Frage: »Fühlst du dich wegen des Kerls schlecht?«

Ich sagte: »Welchen Kerl meinst du?«

»Den, der gestorben ist.«

»Du meinst den Kerl, den ich eiskalt umgebracht habe?«

»Ja.«

»Sehr tough war er nicht gerade.«

»Fühlst du dich schlecht?«

»Nein«, sagte ich.

»Wirklich nicht?«

»Nein. Und du?«

»Ein bisschen.«

»Du hast ihm nichts getan.«

»Trotzdem.«

»Er hatte die Wahl«, sagte ich. »Er hätte seine Tage damit verbringen können, alten Damen über die Straße zu helfen. Er hätte ehrenamtlich in der Stadtbücherei arbeiten können, falls es hier eine gibt. Er hätte Spenden für die Sahelzone oder andere Katastrophengebiete irgendwo auf der Welt sammeln können. Aber das hat er nicht getan. Er hat sich dagegen entschieden. Er hat sich dafür entschieden, Geld zu erpressen und Menschen zu verletzen. Heute hat er die falsche Tür geöffnet, und was herausgekommen ist, war sein Problem, nicht meines. Außerdem war er wertlos. Ein nutzloser Esser. Zu dumm, um überleben zu können.«

»Dummheit ist kein Schwerverbrechen. Und hierzulande gibt es keine Todesstrafe.«

»Jetzt schon.«

Nice äußerte sich nicht dazu, und wir verfielen wieder in Schweigen. Als der Nachmittag in den Abend überging, flammte auf dem Parkplatz unter uns eine gelbe Natriumdampflampe auf. Sie war auf einem hohen Lichtmasten montiert und beleuchtete auch das schwarze Fahrzeug. Andere Autos kamen, parkten einige Zeit und fuhren wieder weg. Ihre Fahrer sahen zu dem Kastenwagen hinüber, aber ebenso rasch wieder weg. Anfangs vermutete ich, sie wüssten alle, wem dieser Wagen gehörte, und seien deswegen beunruhigt. Aber dann wurde mir klar, dass es einen anderen Grund geben musste.

Ich sagte: »Bestimmt ruft der andere Kerl um Hilfe und trommelt an die Wände.«

Was ein Fehler meinerseits war. Ich hätte es ihm verbieten sollen oder dafür sorgen, dass er das nicht konnte. Damit geriet mein Terminplan ins Wanken. Die Romford Boys würden keinen ganzen Tag lang im Ungewissen bleiben. Bestenfalls ein paar Stunden. Allerdings schien keiner der hier parkenden Romforder große Lust zu verspüren, den barmherzigen Samariter zu spielen. Kein Mensch tat etwas für den Eingesperrten. Alle schauten weg und fuhren eilig davon. Mir bewies das wieder einmal, dass Tyrannen weder zu Liebe noch zu Loyalität anregen.

Casey Nice sagte: »Ich habe Hunger.«

Ich sagte: »Die ganze Straße ist voller Imbissbuden. Kebab, Brathähnchen, Pizza, Hamburger, was immer du willst. Romford scheint die Fast-Food-Hauptstadt der Welt zu sein.«

»Sollen wir uns etwas holen?«

»Iss, wann du kannst. Das ist die goldene Regel.«

»Bist du hungrig?«

»Ein bisschen.«

»Was soll ich dir mitbringen?«

»Pizza«, sagte ich. »Nur mit Käse. Weniger Gefahr, dass dafür Ratten und Tauben verarbeitet werden. Oder Katzen und Hunde.«

»Auch ein Getränk?«

»Irgendetwas aus einer Fabrik in einem versiegelten Behältnis.«

»Bin ich in Gefahr?«

»Kommt darauf an, was du bestellst.«

»Wenn ich draußen herumlaufe, meine ich.«

»Fürchtest du, überfallen zu werden?«

»Mir macht Sorgen, dass ein Romford Boy mich erkennen könnte.«

»Die suchen uns nicht. Sie glauben, dass sie uns haben.«

»Es gibt einen Unterschied zwischen aktiver Suche und zufälligem Erkennen.«

»Was würdest du sagen, wenn du dich mit sechs Worten selbst beschreiben solltest?«

»Meinst du physisch oder psychologisch?«

»Stell dir vor, du wärst der Minicarfahrer, der uns verpfiffen hat.«

»Schwer zu beschreiben ...«

»Weiblich, mittelgroß, blond, Pferdeschwanz, braune Lederjacke. Das hat er gesagt. Deine Größe und dein Geschlecht kannst du nicht ändern, aber du kannst das Haar offen tragen und die Lederjacke hierlassen. Dann bist du nur eine Frau Ende zwanzig in Jeans und einem T-Shirt. Von denen es hier hunderttausend gibt. Völlig ungefährdet.«

Also griff sie mit beiden Händen hinter ihren Kopf, löste das Gummiband, das den Pferdeschwanz zusammenhielt, und schüttelte ihr Haar aus, das ihr fast bis auf die Schultern fiel. Dann schlüpfte sie aus der Lederjacke, warf sie aufs Bett und drehte sich wieder zu mir um.

Sah sie wie Dominique Kohl aus? Ja und nein. Nicht auf den ersten Blick, weil ihre skandinavischen Gene unverkennbar waren, während Kohl eher dem mediterranen Typ entsprach. Kohls Teint war dunkler gewesen, ihr Haar und ihre Augen ebenfalls. Der Sommer, in dem ich sie gekannt hatte, war selbst für Washington ungewöhnlich heiß gewesen, und sie war von Tag zu Tag brauner und dunkler geworden. Meistens hatte sie Shorts und ein T-Shirt getragen. Und die T-Shirts stellten die Verbindung zu Nice her. Kohl hatte olivgrüne getragen, und Nice' war weiß, aber in diesen dünnen Baumwollhemden steckten durchtrainierte junge Frauen: sehnig, glatt, irgendwie flexibel und elastisch, irgendwie identisch. Zumindest äußerlich. Innerlich gab es Unterschiede. Wo Nice sich zurückhaltend verhielt, war Kohl mutiger, von ihren Fähigkeiten völlig überzeugt, auffällig selbstbewusst und absolut bereit gewesen, es mit der Welt aufzunehmen.

Auch das hatte sie nicht gerettet.

Ich sagte: »Pass gut auf dich auf.«

Nice sagte: »Bin in zehn Minuten wieder da.«

Sie ging hinaus, und ich hörte ihre Schritte auf dem Flur verhallen. Ich verließ kurz meinen Beobachtungsplatz am Fenster und griff in ihre Lederjacke. Ich zog das orangerote Tablettenfläschchen heraus.

Sie hatte nur noch drei Tabletten.

29

Ich saß allein am Fenster, beobachtete den Parkplatz des kleinen Supermarkts und sah in ständiger Wiederholung die ewig gleichen Dinge. Kunden parkten ihre Autos, stiegen aus, schauten zu dem schwarzen Kastenwagen, wirkten jäh überrascht und unsicher, wandten sich dann ab und hasteten in das Geschäft. Wenige Minuten später kamen sie zurück und rasten davon, als wäre der Teufel hinter ihnen her.

Zehn Minuten waren verstrichen, aber Casey Nice tauchte nicht auf.

Der Himmel über der gelben Lampe auf dem Lichtmasten wurde ganz dunkel; dann zog leichter Nebel auf und setzte sich in Wassertröpfchen auf dem schwarzen Kastenwagen ab, der von Zeit zu Zeit sichtbar schwankte. Der lebendige Kerl im

Laderaum war offenbar verzweifelt. Vielleicht musste er auf die Toilette.

Eine Viertelstunde war verstrichen, aber Casey Nice kam nicht zurück.

Dann stellte ein Mann sein Auto ab, stieg aus, begutachtete den Kastenwagen und ging nicht hastig weiter. Er war ein junger Kerl, knapp zwanzig, mit modischer Gelfrisur. Er trat vorsichtig auf den schwarzen Wagen zu, hielt den Kopf schief und horchte. Dann trat er einen Schritt näher und blickte seitlich durchs Fahrerfenster, bevor er einen langen Hals machte und durch die Frontscheibe zu spähen versuchte.

Der Typ zog sein Handy aus der Tasche. Vermutlich befand er sich noch in der Probezeit und war eifrig bemüht, seinen Wert zu beweisen. Er horchte wieder, als diktierte der Gefangene ihm eine Telefonnummer, dann wählte er.

Hinter mir wurde die Zimmertür aufgesperrt, und Casey Nice trat ein. Sie brachte zwei Pizzakartons und eine durchsichtige Plastiktüte mit zwei von Kondenswasser feuchten Getränkedosen mit.

»Okay?«, fragte ich.

Sie sagte: »So weit, so gut.«

Ich nickte zum Fenster hinüber. »Ein junger Kerl telefoniert gerade.«

Sie stellte unser Abendessen auf die Kommode und ging ans Fenster, um einen Blick auf den Parkplatz zu werfen. Der junge Kerl telefonierte noch immer. Jetzt bückte er sich etwas, um das Kennzeichen des Wagens ablesen zu können. Dann nahm er das Smartphone vom Ohr, rief eine Frage durch den Spalt zwischen Fahrertür und B-Säule und legte dann dort sein Ohr ans Blech, um die Antwort besser zu verstehen. Vermutlich nannte der Überlebende seinen Namen, den der junge Kerl am Telefon wiederholte.

Casey Nice fragte: »Warum schlägt er nicht das Fenster ein oder bricht die Tür auf?«

Ich sagte: »Glaubst du, dass er's könnte?«

»Bestimmt. Seinem Aussehen nach, meine ich. Er ist kein Schwächling.«

»Ich vermute, dass der Typ, mit dem er telefoniert, davon nichts wissen will. Das Gangsterleben ist hart. Diese Kerle sind keine siegreichen Helden. Sie haben Scheiße gebaut. Sie sind's nicht wert, dass man ihretwegen ein Auto aufbricht. Irgendjemand kommt mit einem Zweitschlüssel.«

»Wann?«

»In fünf Minuten«, sagte ich. »Vielleicht zehn. Auf jeden Fall ziemlich bald. Sie machen sich nichts aus ihren Leuten, aber sie werden die Story hören wollen.«

Ich stand auf und öffnete meine Pizzaschachtel. Nur Käse, weißer Teig, an einigen Stellen leicht gewellt und angebrannt, und kleiner als die radkappengroßen Pizzen in Amerika. »Danke fürs Abendessen«, sagte ich, wie meine Mutter es mich gelehrt hatte.

Nice sagte: »Oh, nichts zu danken.« Sie öffnete ihre Schachtel, und wir aßen beide ein keilförmiges Stück Pizza. Als Getränk gab es eine eiskalte Cola. Unten auf dem Parkplatz hatte der junge Kerl sein Handy wieder eingesteckt und marschierte auf und ab, während er wartete. Bestimmt auf Glückwünsche. Man sah ihm förmlich an, wie er die Bonuspunkte zusammenzählte.

Casey Nice' Smartphone bimmelte wie ein winziges Silberglöckchen.

»Eingehende MMS«, erklärte sie und rief sie auf. »Von General O'Day. Er will wissen, warum wir uns nicht bewegen.«

Ich sagte: »Schreib ihm, dass wir uns ausruhen.«

»Er weiß, dass wir nicht in unserem Hotel sind. Das zeigt ihm das GPS.«

»Schreib ihm, dass wir im Kino sind. Oder im Theater. Oder in einem Museum. Schreib ihm, dass wir etwas für unsere Bildung tun. Oder uns die Nägel maniküren lassen. Schreib ihm, dass wir uns in einem Wellnessbad aufhalten.«

»Er weiß, dass das nicht stimmt. Ich wette, dass er auf Google Maps nachgesehen hat. Vielleicht sogar mit Street View. Er weiß, wo wir sind.«

»Wozu fragt er dann?«

»Er will hören, warum wir nicht in Bewegung sind.«

»Schreib ihm, dass er sich beruhigen soll. Mikromanagement aus fünftausend Kilometern Entfernung ist unsinnig.«

»Das kann ich nicht. Er hält uns auf dem Laufenden, und ich muss ihn auf dem Laufenden halten. Nur so kann die Sache klappen.«

Ich beobachtete wieder die Szene auf dem Parkplatz. Keine Veränderung. Der schwarze Wagen unbeweglich. Der junge Kerl wartend. »Okay, schreib ihm, dass wir tun, was Shoemaker uns geraten hat. Wir versuchen, Verbindung zum äußeren Kordon aufzunehmen.«

»Ich muss ihm mitteilen, was passiert ist, fürchte ich. Ausflüchte lässt er nicht gelten.«

»Nur zu! Ihn stört das bestimmt nicht.«

»Vielleicht doch. Alle machen sich Sorgen um dich.«

»Am ehesten noch Scarangello. Shoemaker schon viel weniger. Und O'Day ist's scheißegal, was aus mir wird.«

»Meinst du?«

»Versuch's mal«, sagte ich. »Berichte genau, was passiert ist.«

Also wischte und tippte sie mit beiden Daumen wie verrückt auf ihrem Display herum, während ich beobachtete, was sich inzwischen auf dem Parkplatz tat. Was nicht allzu viel war. Die Lampe, der Nebel, der Kastenwagen, der junge Kerl. Als ich mich wieder umwandte, war sie eben fertig, legte ihr Handy aufs

Bett und nahm sich einen zweiten Keil Pizza. Ich kaute Käse, trank kleine Schlucke Cola und wartete. Unter uns beobachtete der junge Typ weiter die Straße und trat alle paar Minuten wieder an den Kastenwagen, um durch den Hecktürspalt zu sprechen, vermutlich beruhigende Worte. *Ja, ich hab angerufen, sie wollten sofort kommen, bestimmt sind sie gleich da.*

Nice' Smartphone bimmelte erneut. O'Days Antwort war da. Sie las den Text zweimal durch, dann teilte sie mir mit: »Er beglückwünscht uns aufrichtig und verlangt: Weiter so!«

Ich nickte. »Ein Menschenleben bedeutet ihm nichts. Für ihn zählt nur das Ergebnis.«

Sie äußerte sich nicht dazu.

Ich sagte: »Frag ihn nach den Informationen, die er von MI5 über die Romford Boys bekommen hat. Fotos, Lebensläufe, Vorstrafen, einfach alles. Wir sollten genau wissen, mit wem wir's hier zu tun haben.«

Sie begann wieder zu schreiben. Unter uns redete der junge Kerl wieder durch den Türspalt. Seine Körpersprache wirkte beschwichtigend. Er trat von einem Fuß auf den anderen, sah immer wieder hoffnungsvoll zur Straße. *Sie kommen, ich versprech's dir.*

Und dann kamen sie.

Zwei Wagen bogen auf den Parkplatz ein, beide schwarz, beide mit getönten Scheiben, voraus ein viertüriger Jaguar, dahinter ein wuchtiges zweitüriges Coupé, lang und niedrig und imposant. Ich tippte auf einen Bentley. Sie fuhren rasch vor, bremsten ruckartig und kamen mitten auf der Betonfläche zum Stehen. Die vier Türen des Jaguars wurden aufgestoßen, dann stiegen vier Männer – alles Weiße – in dunklen Anzügen aus. Sie bildeten mit erhobenen Köpfen einen Halbkreis um den Bentley und den schwarzen Kastenwagen, behielten die Umgebung im Blick und ließen die Hände lose an den Seiten hängen. Der junge Kerl mit der Gelfrisur hielt sich im Hintergrund. Der Fahrer des Bentleys stieg aus. Wie die ersten vier Männer war er nur ein weiterer Kerl in einem dunklen Anzug. Nachdem er sich in alle Richtungen umgesehen hatte, ging er in einem weiten Bogen um das Coupé herum und öffnete als guter Chauffeur die linke Tür.

Aus dem Wagen stieg ein Riese.

Als Erstes tauchte sein eingezogener Kopf auf, dann folgten ein krummer Rücken, eine abgeknickte Taille und angewinkelte Knie, die er wie einen komplexen Mechanismus nacheinander entfaltete – wie ein Kinderspielzeug, das als kompakter Muldenkipper beginnt und sich in mehreren Etappen in eine Actionfigur verwandelt. Er war gigantisch. Seine Arme waren länger als die Beine der meisten Leute, seine Pranken groß wie Schaufeln, und sein Rumpf von der Größe eines Ölfasses steckte in einem einreihigen Sakko mit drei Knöpfen, das bei gewöhnlichen Menschen knöchellang gewesen wäre. Seine Füße waren Flusskähne, sein Hals hatte dreißig Zentimeter Durchmesser, seine Schultern mussten einen Meter breit sein, und sein Kopf schien größer als ein Basketball. Er hatte große abstehende Ohren, wulstige Augenbrauen, stark ausgeprägte Wangenknochen, tief in ihren Höhlen liegende kleine Augen und ein fliehendes Kinn wie ein Affe. So sah er wie ein aus Wachs nachgebildeter Neandertaler in einem Naturkundemuseum aus. Aber er war blass und aschblond, nicht dunkel, und mindestens doppelt so schwer wie jeder Urmensch. Ich schätzte ihn auf zwei Meter zwanzig und hundertdreißig Kilo. Vielleicht auch mehr. Er bewegte sich locker schlaksig und legte bei jedem Schritt anderthalb Meter zurück, wobei die mächtigen Schultern rollten und die gewaltigen Pranken frei an seinen Seiten schwangen.

Casey Nice staunte: »Jesus!«

»Eher nicht«, sagte ich. »Kein Bart. Keine Sandalen.«

Der Kerl trat näher an den schwarzen Kastenwagen heran – mit zwei Schritten, wo jeder andere vier benötigt hätte – und deutete auf das Schloss der Hecktür. Sein Chauffeur angelte einen Schlüssel aus der Tasche, sperrte damit die Tür auf und öffnete erst die rechte, dann die linke Hälfte. Die vier Männer aus dem Jaguar verengten den Halbkreis ein wenig, drehten sich nach innen und wirkten so wie Gaffer, die eine Schlägerei auf offener Straße beobachten.

Nun warteten alle.

Der Überlebende kam auf dem Bauch liegend rückwärts herausgekrochen: langsam und steif und unter Schmerzen. Er blieb einen Augenblick an die Türschwelle gelehnt stehen, richtete sich dann auf und drehte sich langsam zu seinem Boss um. Im gelben Licht der Natriumdampflampe wirkte seine blutige untere Gesichtshälfte schwarz. Der Riese trat einen Schritt vor und spähte ins Wageninnere. Ich konnte sein Gesicht nicht sehen, aber er schien eine kurze Frage zu stellen. Vermutlich: *Was, zum Teufel, ist passiert?*

Der Angesprochene antwortete nicht richtig. Er schüttelte nur den Kopf, hob abwehrend die Hände und zuckte hilflos mit den Schultern. Die Frage wurde wiederholt. Diesmal gab der Kerl eine kurze Antwort, bei der er die Lippen kaum bewegte. Vielleicht: *Er hat uns überrumpelt.* Oder: *Sie haben uns überfallen.* Oder: *Sie sind geflüchtet.* Oder: *Wir haben sie nicht erwischt.*

Der Riese verarbeitete diese Informationen, ließ dabei den Kopf hängen und hob ihn wieder, als schluckte er die schlechten Nachrichten geradezu körperlich. Dann redete er weiter – jetzt mit übertrieben freundlicher Körpersprache, die bedeutete, dass er den Kerl aufzog, weil er keine brauchbaren Informationen mehr von ihm erwartete. *Ihr wart zu zweit, richtig? Und die anderen auch? Ein Mann und eine Frau? Hat sie dich nie-*

dergeschlagen? Und so weiter und so fort, sarkastisch und demütigend. Von meinem Fenster aus konnte ich den Überlebenden beobachten, der immer elender aussah. Und besorgter. Und ängstlicher. Als wüsste er, was kommen würde.

Und dann kam es.

Für einen Mann seiner Statur bewegte der Riese sich erstaunlich flink. Er ballte die rechte Hand zu einer Faust von der Größe einer Bowlingkugel, knickte in der Taille leicht ein und traf das blutige Gesicht des Verletzten mit einer wuchtigen Geraden. Der Kerl wurde gegen die linke Türhälfte zurückgeworfen, prallte von ihr ab, sackte zusammen und blieb mit dem Gesicht auf dem Beton liegen.

»Reizend«, sagte ich. »Nicht gerade der Führungsstil, den sie in West Point lehren.«

Der zu Boden Gegangene lag still. Der Kerl mit der Gelfrisur starrte ihn mit weit offenem Mund an. Auch Nice' Mund stand offen, während sie diese Szene verfolgte. Dann bimmelte ihr Handy wieder. Eine weitere MMS. Nach einem Blick aufs Display sagte sie: »General O'Day mailt uns die Informationen vom MI5. Sie müssten gleich eingehen.« Sie öffnete ein neues Fenster und wartete.

Unten blieb der Riese noch eine Sekunde stehen, dann nickte er mit seinem gewaltigen Schädel zu dem Bentley hinüber, und sein Chauffeur beeilte sich, ihm die Tür aufzureißen. Der große Kerl ging hinüber, blieb davor stehen und fing an, sich zusammenzufalten, damit er hineinpasste. So wurde aus der Aktionsfigur wieder ein Muldenkipper. Er beugte die Knie, knickte den Körper an der Taille ab, legte die Ellbogen an, zog die Schultern hoch, senkte den Kopf und glitt mit dem Hintern voraus auf den Sitz. Sein Chauffeur schloss die Tür, hastete vorn um die Motorhaube herum und setzte sich ans Steuer. Das Coupé stieß zurück, wendete und fuhr davon.

Während zwei Kerle in den Jaguar stiegen und dem Bentley folgten, wälzten die beiden anderen den Bewusstlosen auf den Rücken, griffen unter seine Achseln und Knie, hoben ihn vom Beton auf und hievten ihn wieder in den Laderaum. Sie knallten die Hecktür zu, sperrten sie ab und zogen den Schlüssel ab. Einer von ihnen kramte einen größeren altrosa Geldschein – fünfzig Pfund, dachte ich – aus der Tasche und drückte ihn dem jungen Kerl mit der Gelfrisur in die Hand. Dann stiegen die beiden vorn in den Kastenwagen ein, ließen den Motor an, wendeten und folgten dem Jaguar. Der junge Kerl blieb mit dem Geldschein in der Hand im gelben Licht der Straßenlampe zurück und schien sich mehr erhofft zu haben – vielleicht ein Nicken, ein Schulterklopfen oder die Zusage, bei Neuaufnahmen berücksichtigt zu werden. Er wirkte enttäuscht, als sagte er sich: *Für fünfzig lausige Pfund hätte ich auch eine alte Lady überfallen können.*

Diesmal gab Casey Nice' Smartphone ein gedämpftes Klingeln von sich. Sie sagte: »Die E-Mail von General O'Day.«

Seine Mail bestand nur aus einer Grußformel und dem Anhang. Als sie ihn öffnete, wurde ein engzeilig getipptes Dokument sichtbar. Wir setzten uns nebeneinander aufs Bett, und sie hielt ihr Handy so, dass wir beide den Text lesen konnten. Die Überschrift bestand aus einem trockenen, gelehrten, langatmigen Satz über organisierte Kriminalität in Romford, Essex, der vermutlich typisch für den Stil der britischen Geheimdienste war. Sehr von der University of Cambridge beeinflusst. Wie Yale, nur anders. Überhaupt nicht wie West Point. Auch nicht wie das richtige Leben.

Der erste Absatz begann mit einem Haftungsausschluss und einer Versicherung. Bisher hatte sich nichts beweisen lassen, und es gab keine einschlägigen Verurteilungen; trotzdem galten diese Informationen als zuverlässig. Weiterhin hieß es, zu

Verurteilungen sei es nicht gekommen, weil vermutlich Zeugen eingeschüchtert worden seien – sowie wegen anderer Faktoren, die nicht exakt benannt wurden, obwohl sich erraten ließ, dass damit die Bestechung von Amtspersonen gemeint war.

Der zweite Absatz begann mit der nüchternen Feststellung, die organisierte Kriminalität in Romford, Essex, werde ausschließlich von einer einheimischen Gruppierung beherrscht, die schon immer als Romford Boys bekannt gewesen sei. Das klang leicht entschuldigend, als genierten Cambridge-Absolventen sich, einen Namen zu verwenden, der nicht aus dem Hörsaal, sondern eindeutig von der Straße stammte. Dann wurden die Aktivitäten der Boys aufgezählt, die sich mit O'Days Mitteilungen deckten: Drogen- und Waffenschmuggel, Zwangsprostitution inklusive Menschenhandel, Schutzgelderpressung von fast allen Unternehmen ihres Reviers und Darlehen zu absoluten Wucherzinsen. Damit erzielten die Boys einen geschätzten Jahresumsatz von sechzig bis fünfundsechzig Millionen Pfund.

Die Biografien begannen mit dem dritten Absatz.

Der Boss war ein gewisser Charles Albert White, allgemein als Charlie bekannt. Er war siebenundsiebzig Jahre alt, stammte aus Romford und hatte die Schule mit fünfzehn ohne Abschluss verlassen. Er war nie versicherungspflichtiger Arbeit nachgegangen, besaß ein großes schuldenfreies Haus und hatte vier erwachsene Kinder, die längst außer Haus lebten und anscheinend nicht in die kriminellen Machenschaften ihres Vaters verwickelt waren.

Eine in das Dokument eingebettete Überwachungsaufnahme zeigte, dass Charlie White ein stämmiger alter Mann mit runden Schultern, spärlichem Haar und einem Allerweltsgesicht war, das von einer Knollennase dominiert wurde.

In der Hackordnung unter Charlie stand eine Art Exekutivrat aus drei Männern: Thomas Miller, fünfundsechzig, Tommy genannt, William Thompson, vierundsechzig, Billy genannt, und Joseph Green, achtunddreißig, Little Joey genannt.

Little Joey war der Riese. Das stand außer Zweifel. In seiner Personenbeschreibung stand, er sei zwei Meter zwanzig groß und wiege hundertvierzig Kilo. Er war ihr Mann fürs Grobe. Der MI5 unterstrich nochmals den Mangel an Beweisen oder Verurteilungen, aber Little Joeys rascher Aufstieg zur Gleichberechtigung mit Männern, die seine Väter hätten sein können, ließ sich nur durch höchste Effizienz erklären. Der MI5 kannte ihn als elffachen Mörder, und die ihm angelasteten Fälle von Körperverletzung gingen in die Dutzende. Der juristische Tatbestand *schwere Körperverletzung* traf sicher genau zu.

Casey Nice fragte: »Warum heißt er Little Joey?«

»Weil sie Briten sind«, sagte ich. »Sie haben eine Vorliebe für Ironie. Hieße er Big Joey, wäre er ein Zwerg.«

Sie scrollte weiter, aber das Dokument endete mit Little Joey. Ich sagte: »Wir brauchen mehr als nur das hier. Wir brauchen die Namen der Speerträger, wir brauchen Orte und Adressen. Die musst du von O'Day anfordern.«

»Jetzt?«

»Je früher, desto besser. Informationen sind entscheidend. Und lass dir auch schicken, was er über die Serben im Westen weiß.«

»Wozu?«

»Wir brauchen Waffen. Am liebsten Elefantenbüchsen, seit ich Little Joey in Aktion gesehen habe. Und ich bezweifle, dass die Romford Boys uns welche verkaufen werden. Also müssen wir uns anderswo umsehen.«

»Dafür haben wir jetzt keine Zeit. Auch dieses Hotel zahlt bestimmt Schutzgeld. Und die Romford Boys dürften schon angefangen haben, herumzutelefonieren und Auskünfte einzuholen.«

Ich nickte, dann sagte ich: »Okay, iss deine Pizza auf, damit wir gehen können.«

»Mir ist der Appetit vergangen. Wir sollten schleunigst verschwinden.«

Sie speicherte das Dokument und schloss das Fenster, als wollte sie ihre Forderung unterstreichen.

Ich fragte: »Wo willst du hin?«

Sie sagte: »In unser eigenes Hotel können wir nicht zurück. Dort waren sie schon mal. Und dort suchen sie uns als Erstes wieder.«

»Deine Sachen sind noch da.«

Sie äußerte sich nicht dazu.

Ich sagte: »Fünf Minuten könnten wir riskieren. Blitzschnell rein und raus, um deine Sachen zu holen.«

»Nein«, sagte sie.

»Kommst du ohne sie zurecht?«

»Du hast schließlich auch kein Gepäck.«

»Ich bin dieses Leben gewohnt.«

»Vielleicht kann ich mich auch an die Sherlock-Homeless-Methode gewöhnen. Ich meine, wie schlimm kann die sein? Wir könnten irgendwo haltmachen, damit ich mir eine Zahnbürste kaufen kann.«

Ich sagte: »Man kann morgens nie frische Sachen anziehen. Das ist ungefähr das Schlimmste.«

»Im Augenblick klingt es besser als die Alternative.«

»Und man hat keinen Schlafanzug.«

»Damit kann ich leben.«

»Okay«, sagte ich, »wir fahren in die Stadt. Mitten nach London hinein. Vielleicht ins Ritz. Oder ins Savoy. Geld haben wir reichlich erbeutet. Und in so guten Häusern haben sie bestimmt keine Spitzel.«

»Wie kommen wir dorthin? Ein Taxi können wir nicht rufen.«

»Wir nehmen den Bus«, sagte ich. »Ich glaube nicht, dass die Londoner Verkehrsbetriebe Schutzgeld zahlen.«

Also verließen wir das Zimmer mit leeren Händen, legten den Schlüssel auf die Empfangstheke und traten in den Abend hinaus.

30

Draußen auf der breiten Straße verkehrten Busse in beide Richtungen, und wir beschlossen, nach Süden zu fahren, um bei erster Gelegenheit in eine Linie nach Westen umzusteigen. Weil wir nur große Scheine besaßen, die im Bus nicht gut ankommen würden, kauften wir an einem Kiosk Auster-Cards – Prepaidtickets, die nach Schalenweichtieren benannt waren. Dann machten wir die Bushaltestelle ausfindig und blieben im Schatten, bis wir unseren Bus heranrumpeln sahen. Es war nach neunzehn Uhr, und ich war ziemlich müde. Nice wirkte völlig erledigt. Sie hatte ungefähr anderthalb Tage lang nicht mehr geschlafen.

Die Londoner Außenbezirke waren weitläufig, und unser Bus kam nur langsam voran. So stiegen wir in Barking aus, weil wir wussten, dass wir dort die U-Bahn nehmen konnten, die schneller sein würde. Nach einem Blick auf den Netzplan nahmen wir die District Line mit der Station St. James's Park, die sich nach einer besseren Gegend anhörte. So war es auch. Oben an der Rolltreppe ging es in einer Richtung zur Westminster Abbey und in der anderen zum Buckingham-Palast. Und genau gegenüber gab es ein großes Fünfsternehotel. Nicht das Ritz, nicht das Savoy, sondern ein gleichwertiges Haus einer internationalen Hotelkette.

Wir betraten es, und der Mann an der Rezeption nützte unsere Übermüdung aus, indem er behauptete, nur noch die teuersten Zimmer seien frei. Für dieses Geld hätte man in der Umgebung von Fort Bragg einen Monat lang ein Haus mit Pool mieten können, aber weil die Romford Boys zahlten, war mir das ziemlich egal. Ich zählte den Riesenbetrag von einer der schmierigen Geldrollen ab, und wir bekamen dafür zwei Schlüsselkarten und alle möglichen Informationen über Zimmerservice und Restaurants, Nachtklubs, Businesscentres und Wifi-Passwörter. Casey Nice besorgte sich in einem der Shops in der Hotelhalle eine Zahnbürste, dann fuhren wir mit dem Aufzug nach oben. Ich wartete, bis ihre Zimmertür hinter ihr ins Schloss gefallen war, bevor ich in mein eigenes Zimmer weiterging, das seinen Anspruch, zur Luxuskategorie zu gehören, nicht seiner besonderen Größe, sondern anscheinend der Tatsache verdankte, dass fast das gesamte Bett unter Satinkissen verschwand. Ich fegte sie alle zu Boden, streifte meine Sachen ab, schlüpfte unter die Decke und schlief augenblicklich ein.

Elf Stunden später wurde ich durch Casey Nice am Zimmertelefon geweckt. Ihre Stimme klang hellwach und fröhlich. Ob das von elf Stunden Schlaf oder besser leben durch Chemie kam, wusste ich nicht. Sie fragte: »Fahren wir zum Frühstück runter?«

Die Uhr in meinem Kopf zeigte kurz nach acht an, und draußen war es längst heller Tag. Ich sagte: »Klar, klopf bei mir an, wenn du fertig bist.«

Das tat sie etwa zehn Minuten nachdem ich geduscht hatte und angezogen war. Sie trug dieselben Sachen wie am Vortag, aber das schien sie nicht weiter zu stören. Wir nahmen den Lift hinunter ins Restaurant und fanden einen Zweiertisch in der hintersten Ecke. Im Raum befanden sich lauter smarte Typen, die eifrig verhandelten und Geschäfte machten, manche von

Person zu Person, manche an Mobiltelefonen. Ich bestellte ein fett- und zuckerhaltiges englisches Frühstück – aber mit Kaffee statt Tee. Casey Nice orderte leichtere Kost und legte ihr Smartphone neben ihre Serviette, um es gleich zur Hand zu haben.

Sie sagte: »Nach Mitteilung von General O'Day wissen weder MI5 noch Metropolitan Police bisher von einem Todesfall bei den Romford Boys. Anscheinend will Charlie White die Sache nicht an die große Glocke hängen.«

Ich nickte. Dieses Standardverfahren war zu erwarten gewesen. Der tote Typ konnte ungefähr zu der Zeit, als ich eingeschlafen war, in einer Schrottpresse auf einem Hinterhof gelandet oder auf einer Farm in Essex verbuddelt worden sein.

Casey Nice fuhr fort: »Und laut General O'Day haben bisher sechs der acht Dienste versucht, Verbindung mit dem äußeren Kordon aufzunehmen – alle vergeblich.«

Ich nickte wieder. Das war nur logisch. Die Romford Boys mussten verdammt vorsichtig sein. Um ihren Auftrag nicht zu gefährden, würden sie das kleine Risiko eingehen, einen echten Deal zu verpassen.

Sie sagte: »Eine vollständige Namensliste bekommen wir im Lauf des Tages. Und ein paar Adressen, aber die sind mit Vorsicht zu genießen. Es gibt eine Menge potenzieller Orte, die teilweise auf dem Land liegen. Außerdem ist anzunehmen, dass sie bereits Karel Libors Infrastruktur nutzen. Dann stünden ihnen noch mehr Optionen zur Wahl.«

Ich nickte zum dritten Mal. Kott und Carson waren Nadeln in einem von ungefähr hundert unbekannten Heuhaufen – und das würden sie vorerst bleiben.

Nice sagte: »Und an die Serben kommt man am besten über ein Leihhaus in Ealing heran. Das ist ein westlicher Vorort ungefähr auf halber Strecke zum Flughafen. Ich hab ihn mir auf der Karte angesehen.«

»Du warst fleißig. Hoffentlich hast du auch geschlafen.«

»Natürlich«, sagte sie. »Ich fühle mich großartig.«

Ich fragte lieber nicht nach den Tabletten.

Sie sagte: »Du wusstest, dass die Minicab-Vermittlung korrupt war, stimmt's? Gleich von Anfang an.«

Ich sagte: »Das war gut geraten.«

»Du hast sie dazu benutzt, Aufmerksamkeit auf uns zu lenken. Durch die Abholung vom Hotel und unsere Fahrt zum Wallace Court. Das war der Plan, den du im Flugzeug ausgearbeitet hast. Du hast beschlossen, den Kordon anzulocken.«

Das war mehr Lob, als ich verdiente. Vor allem wegen des Gebrauchs des Wortes *Plan*. Ich sagte: »Ich wusste nicht, was zu erwarten war. Das weiß man nie. Es geht immer darum, wie man reagiert.«

Sie machte eine kurze Pause. »Soll das heißen, dass du keinen Plan hast?«

»Ich habe ein übergeordnetes strategisches Ziel.«

»Und das wäre?«

»Dieses Land zu verlassen, bevor die Überwachungsvideos gesichtet werden.«

Sie sagte: »Komm, wir fahren nach Ealing.«

Auf dem U-Bahnhof St. James's Park zeigte uns ein Netzplan, dass die District Line, mit der wir gekommen waren, nach Westen bis zur Station Ealing Broadway fuhr. Das war sehr praktisch, denn dorthin mussten wir. Also warteten wir auf die nächste U-Bahn, stiegen zu und richteten uns auf eine lange Fahrt ein. Ich sagte: »Erzähl mir was.«

Sie fragte: »Was soll ich dir erzählen?«

»Erzähl mir, wo du geboren bist. Wo du aufgewachsen bist. Wie dein Pony geheißen hat.«

»Ich hatte kein Pony.«

»Hattest du einen Hund?«

»Meistens. Manchmal sogar mehrere.«

»Mit Namen?«

»Wozu willst du das alles wissen?«

»Ich möchte dich reden hören.«

Sie begann: »Geboren und aufgewachsen bin ich im Süden von Illinois. Auf einer Farm. Unsere Hunde waren fast alle nach Präsidenten aus der Demokratischen Partei benannt.«

Ich fragte: »Wo bin ich geboren?«

»In Westberlin. Das hast du dem Typen in Arkansas erzählt.«

»Wo bin ich aufgewachsen?«

»Überall auf der Welt. Das steht in deiner Akte.«

»Merkt man mir das an der Stimme an?«

»Du könntest von überall und nirgendwo stammen.«

»Daher musst du das Reden übernehmen, wenn wir im Leihhaus sind. Dein Akzent ist besser als meiner. Bestimmt fürchten diese Serben, sie könnten reingelegt werden, sodass ein britischer Akzent ein Alarmsignal wäre. Wer so spricht, könnte ein verdeckter Ermittler sein. Ausländer sind vertrauenswürdiger. Und du sprichst reines Amerikanisch. Immer unter der Voraussetzung, dass ein serbisches Ohr den Unterschied heraushören kann.«

»Okay«, sagte sie bereitwillig. Mit oder ohne Tabletten hielt sie sich bisher recht gut.

Wir ratterten leicht schwankend weiter, weil wir die Bewegungen des Wagens mitmachten. Dann kam unsere U-Bahn unter der Erde hervor und fuhr bei Tageslicht langsam und bedächtig weiter wie jedes andere öffentliche Verkehrsmittel. Wir stiegen an der Station Ealing Broadway aus, die irgendein gewöhnlicher Bahnhof hätte sein können, und traten auf die Straße hinaus. Ealing glich den entfernten Vororten, die wir im Osten Londons gesehen hatten: ein von der Großstadt verschlucktes ehemaliges Landstädtchen, das noch nicht recht integriert war. Hier gab es eine lange Geschäftsstraße, einige große Bürogebäude und dazwischen zahlreiche kleine Geschäfte. Eines der Schaufenster war weiß gestrichen, und darüber prangte das Firmenschild *Ealing Minicabs*. Gleich daneben befand sich ein Unternehmen, das für kleine und wertvolle Pfänder Darlehen gab; sein Schaufenster unter dem Firmenschild *Ealing Cash Loans* war massiv vergittert. Ich hatte erwartet, ein Arrangement aus drei goldenen Kugeln an einem schwarzen Galgen zu sehen, das traditionell britische Leihhäuser zierte, musste mich aber mit einer stilisierten Nachbildung aus Neonröhren bescheiden. Ansonsten war die Auslage voller nicht eingelöster Pfänder, die teils klein, teils wertvoll und teils beides waren.

»Kann's losgehen?«, fragte ich.

»Jederzeit«, antwortete sie.

Ich hielt ihr die Tür auf und folgte ihr in ein Geschäftslokal, das keinerlei Ähnlichkeit mit einem Pfandhaus aus irgendeinem Film hatte. Vor uns lag ein mattweiß gestrichener rechteckiger Raum mit Laminatboden, Resopalmöbeln und Leuchtstoffröhren. Hüfthohe Theken bildeten ein zum Eingang hin geschlossenes Hufeisen; in ihre Oberseiten waren Schaukästen eingelassen, in denen lieblos angehäuft weitere abgelaufene Pfänder lagen.

In Elfuhrposition hinter der Theke stand ein mittelgroßer, unrasierter Mann zwischen vierzig und fünfzig Jahren mit sehr dunklem Teint. Er trug einen weitmaschigen rostroten Pullover, der mit ungewöhnlich dicken Nadeln gestrickt worden sein musste, und war vornübergebeugt damit beschäftigt, mit einem Silberputztuch irgendein kleines Schmuckstück zu polieren. Als wir hereinkamen, drehte er den Kopf wie ein Schwimmer zur Seite und musterte uns weder feindselig noch interessiert. Nach einer Minute wurde uns klar, dass wir außer diesem Blick keine weitere Begrüßung zu erwarten hatten, also blieb ich zurück, während Casey Nice an die Theke trat und fragte: »Kann ich mich mal umsehen?«

Das konzentrierte die Aufmerksamkeit des Kerls auf sie, weil sie *ich,* nicht *wir* gesagt hatte. Ich war niemand. Vielleicht ihr Chauffeur. Der Mann hinter der Theke nickte knapp, was zu dem Raum mit niedriger Decke zu passen schien. Dieses Nicken war teils aufmunternd, als wollte er sagen: *Nur zu!,* teils entmutigend, als wollte er sagen: *Mehr als das ausgestellte Zeug haben wir nicht.*

Ich blieb in der Nähe des Eingangs stehen, während Nice das Hufeisen abschritt, alle Schaukästen einzeln begutachtete und sichtbar unzufrieden weiterging. Sie schlenderte von links nach rechts und dann wieder zurück, bevor sie sich aufrichtete und sagte: »Was ich suche, sehe ich leider nicht.«

Der Kerl im Pullover äußerte sich nicht dazu.

Sie sagte: »Meine Freundin in Chicago hat mir erzählt, dass sie hier etwas gekauft hat.«

Der Kerl im Pullover fragte: »Was hat sie gekauft?«

Er war kein Engländer, das stand fest. Auch kein Franzose, Holländer oder Deutscher. Oder Russe, Ukrainer oder Pole. Ich konnte ihn mir gut als Serben vorstellen.

Casey Nice sagte: »Meine Freundin war besorgt wegen ihrer persönlichen Sicherheit. Sie wissen schon … erstmals allein in einer ausländischen Stadt. Ohne die Vorkehrungen, die sie daheim völlig legal hätte treffen können.«

Der Kerl im Pullover fragte: »Sind Sie aus Amerika?«

»Ja, aus Chicago.«

»Dies ist kein Fitness-Studio, Lady. Wir geben keine Selbstverteidigungskurse.«

»Meine Freundin hat gesagt, Sie hätten bestimmte Artikel zu verkaufen.«

»Wollen Sie eine goldene Armbanduhr? Nehmen Sie zwei oder drei. Vielleicht können Sie damit Ihr Leben retten.«

»Meine Freundin hat keine Uhr gekauft.«

»Was denn sonst?«

Nice streckte eine Hand hinter dem Rücken aus und schnippte mit den Fingern. Das war mein Stichwort, vermutete ich. Der Chauffeur. Oder der Handlanger. Oder der Leibwächter. Ich trat vor, zog die Geldrolle des toten Typs aus der Tasche, hielt sie leicht zwischen Daumen und Zeigefinger, stellte sie auf die Theke und hielt sie dort fest: einen dicken, leicht fettigen Zylinder aus Geldscheinen mit dem Umfang eines Whiskyglases. Der Kerl begutachtete ihn, dann musterte er mich, bevor er sich wieder an Nice wandte.

Er fragte: »Wer ist er?«

»Mein Leibwächter«, erklärte sie. »Aber er konnte keine Pistole durch die Sicherheitskontrolle schmuggeln.«

»Hier gibt es Gesetze.«

»Gesetze gibt es überall. Aber alle lassen sich mit demselben Mittel überwinden.« Der Kerl starrte wieder die Geldrolle an.

Er sagte: »Warten Sie in der Minicab-Vermittlung. Gleich nebenan. Jemand fährt Sie hin.«

»Fährt mich wohin?«

»Wir haben diese Dinger nicht im Haus. Zu viel Polizei. Sie durchsucht uns ständig. Hier gibt es Gesetze.«

»Wo sind sie gelagert?«

Der Kerl gab keine Antwort. Er zog sein Smartphone heraus und wählte. Dann sagte er einen einzigen Satz – halblaut, sehr schnell, in einer Fremdsprache. Nicht Französisch oder Holländisch oder Deutsch. Oder Russisch oder Ukrainisch oder Polnisch. Serbisch stand in der Liste weiter ganz oben. Der Mann beendete das Gespräch, scheuchte uns hinaus und sagte dabei: »Gehen Sie! Jemand fährt Sie hin.«

31

Wir gingen hinüber, und jemand fuhr uns hin. In der Minicab-Vermittlung kam bereits ein Mann hinter der Theke hervor, als wir eintraten. Er war eine Version des Kerls im Leihhaus nebenan: etwas jünger, etwas größer und etwas schwerer, aber ebenso dunkelhäutig und unrasiert. Vielleicht ein Cousin oder nur ein Kumpel aus demselben kleinen Dorf in der alten Heimat. Er führte uns zu einem am Bordstein stehenden Taxi, einem viertürigen Škoda. Wir stiegen hinten ein. Er setzte sich ans Steuer, ließ den Motor an, gab Gas und fuhr an. Wir hörten das Klicken, mit dem die Türschlösser ab einer bestimmten Geschwindigkeit verriegelt wurden.

Es hatte keinen Zweck, den Fahrer zu fragen, wohin er uns brachte. Wir würden keine Antwort erhalten. Der stumme Fahrer gehörte zur Inszenierung. Außerdem war unser genaues Ziel nicht wichtig. Wir wussten im Allgemeinen Bescheid, wenn auch nicht im Speziellen. Dass wir nach Norden fuhren, war klar. Wir brauchten nicht zu wissen, wie die übernächste eingemeindete Kleinstadt hieß, die dort lag, solange wir's uns vorstellen konnten. Zumindest einen Teil davon, den wichtigsten: vermutlich eine unauffällige Lagerhalle in irgendeinem anonymen Gewerbegebiet oder ein scheunenartiges Gebäude am Ende einer Sackgasse oder eine richtige Scheune weit draußen auf dem Land. Vielleicht lag eine lange Fahrt vor uns. Dem Klang nach hatte der Škoda einen sparsamen Dieselmotor. Ich beugte mich nach vorn und sah auf die Tankanzeige. Der Tank war voll.

Der Verkehr, in dem wir mitschwammen, kam nur langsam voran, und wir fuhren längere Zeit durch Vorstädte, bis ich vor uns ein großes Fußballstadion aufragen sah, das ich als das Wembley-Stadion erkannte. Also bewegten wir uns weiter

Richtung Norden. Aber wir verließen die Stadt nicht, sondern bogen ziemlich bald ab und fuhren sogar ein Stück zurück, bis ich einen Wegweiser nach Wormwood Shrubs sah. Ich erkannte den Namen dieses berühmten Londoner Gefängnisses, der mir eine Vorstellung davon gab, wohin wir unterwegs waren.

Wir fuhren jedoch nicht bis zum Gefängnis. Die Straßen wirkten dunkler und trister, doch bevor sie ganz hässlich wurden, verließen wir die Hauptstraße. Wir bogen zweimal scharf links ab, passierten ein Tor in einer Klinkermauer und rollten in ein großes Klinkergebäude, das vor hundert Jahren ein Straßenbahndepot gewesen sein konnte. Oder eine Fabrik aus der Zeit, als die Menschen in Großstädten noch andere Dinge als Lärm und Geld gemacht hatten. Jetzt diente das Gebäude als Autowerkstatt, die offenbar auf Billigreparaturen an Minicabs spezialisiert war. Überall türmten sich abgefahrene Reifen, und alle Fahrzeuge waren Škodas wie unser Wagen. Einer stand auf einer Hebebühne, und mehrere warteten darauf, neue Kotflügel zu bekommen, die noch lackiert werden mussten, um wieder den Anforderungen an Minicabs zu entsprechen. *Das könnte uns die Lizenz kosten*, hatte der Kerl in Barking gesagt, und ich vermutete, dass man die nicht nur durch Falschbuchungen verlor.

Wir hielten in einer leeren Box, als wollten wir einen Ölwechsel oder eine Spurvermessung. Das Geräusch unseres Motors hallte laut von den Wänden wider. Hinter uns kam ein Mann aus dem Schatten, durchquerte die Werkstatt und betätigte den großen grünen Torschalter. Ein Sektionaltor mit Kettenantrieb ratterte herunter und verschloss die Öffnung, durch die wir soeben gefahren waren. Das Tageslicht nahm mehr und mehr ab, bis es ganz verschwand und durch den trüben Lichtschein nackter Glühbirnen unter dem hohen Dach ersetzt wurde.

Unser Fahrer stellte den Motor ab, stieg aus und öffnete

Casey Nice die Tür – aus altmodischer Höflichkeit, die sich auf dem Balkan erhalten haben mochte, oder weil er ungeduldig war. Nice stieg aus. Ich verließ auf meiner Seite das Auto, achtete darauf, nicht auf Werkzeug oder Druckluftleitungen zu treten, und ging nach hinten zum Wagenheck. Der Mann, der das Tor geschlossen hatte, kam zurück, und gleichzeitig betraten zwei weitere Männer die Box, sodass wir eine lockere Kleingruppe bildeten, in der wir zwei zu vier unterlegen waren. Die Kerle sahen alle gleich aus: nicht jung, nicht alt, alle dunkel und unrasiert, alle kräftig gebaut, alle stumm und wachsam. Automechaniker waren nirgends zu sehen. Keine Männer, die in ölfleckigen Overalls mit Schraubenschlüsseln hantierten. Vorläufig weggeschickt, vermutete ich, bis das Geheimgeschäft abgewickelt war.

Einer der beiden Neuankömmlinge schien der Hauptmacker zu sein. Er musterte uns von Kopf bis Fuß, dann sagte er: »Wir müssen wissen, wer Sie sind.«

Casey Nice sagte: »Wir sind Amerikaner mit Geld, die Ihnen etwas abkaufen wollen.«

»Wie viel Geld haben Sie?«

»Bestimmt genug.«

»Sie sind sehr vertrauensselig«, sagte der Kerl. »Weil Sie hergekommen sind, meine ich. Wir könnten Ihnen das Geld ohne Gegenleistung abnehmen.«

»Sie könnten's versuchen.«

»Sind Sie verkabelt?«

»Nein.«

»Können Sie das beweisen?«

»Sie wollen, dass ich die Bluse ausziehe? Kommt nicht infrage!«

Der Kerl äußerte sich nicht dazu, schmatzte lediglich leise und mit feuchten Lippen, als fände er die Vorstellung reizvoll, sie dazu zu zwingen, ihre Bluse auszuziehen. »Sie können sich unsere Pässe ansehen und sich überlegen, wie wahrscheinlich es ist, dass britische Behörden Ausländer als verdeckte Ermittler einsetzen, und dann einen Blick auf unser Geld werfen. Danach sehen wir uns die Ware an. So und nicht anders läuft die Sache ab.«

»Ach tatsächlich?«, fragte der Kerl.

»So ziemlich«, antwortete ich.

Er starrte mich durchdringend an. Ich erwiderte seinen Blick, ohne zu blinzeln. Dieses Blickduell würde er verlieren. Durch langes Üben hatte ich's dahin gebracht, minuten- oder sogar stundenlang starren zu können, ohne zu blinzeln. Das war manchmal schmerzhaft, aber immer nützlich. Der Trick besteht darin, nicht sein Gegenüber zu fixieren, sondern an dem anderen Kerl vorbei ins Leere zu starren. So entsteht ein eigenartig glasiger Blick, der den anderen beunruhigt, weil er nicht beurteilen kann, was hinter diesen ausdruckslosen Augen vorgeht.

Der Kerl sagte: »Okay, zeigen Sie mir Ihre Pässe.«

Ich kam mit meinem steifen kleinen Heft, das auffällig neu, aber unbezweifelbar echt war, als Erster dran. Der Typ blätterte, befühlte das Papier und verglich das Passfoto mit meinem Gesicht. Und er las offenbar alle Eintragungen, denn er sah zu mir auf und sagte: »Sie sind nicht in Amerika geboren.«

Ich sagte: »Nur auf dem Papier. Kinder aktiver Soldaten gelten für alle juristischen und verfassungsmäßigen Zwecke als in Amerika geboren.«

»Aktiver Soldaten?«

»Ihr erinnert euch bestimmt an uns. Wir sind rübergekommen und haben euch im Kosovo in den Arsch getreten.«

Der Kerl machte eine kurze Pause, dann sagte er: »Und jetzt sind Sie ihr Leibwächter?«

Ich nickte.

Ich sagte: »Worauf Sie sich verlassen können.«

Er gab mir meinen Reisepass zurück. Nice' Pass wollte er nicht sehen. Einer genügte ihm. Er sagte: »Kommen Sie mit nach nebenan, damit wir reden können.«

Der Raum nebenan war ein vor Jahrzehnten von der Werkstatt abgetrenntes, etwas beengtes vier mal vier Meter großes Büro in seltsamer Lage, die vielleicht mit dem Verlauf von Stromleitungen zusammenhing. Die gemauerten Wände waren glatt verputzt und in einem matten Grün gestrichen, das an Erbsensuppe erinnerte. Unter einem Fenster mit Metallrahmen standen ein Schreibtisch mit Stuhl und drei Sessel. Keine Waffenschränke. Überhaupt keine Schränke. Nur ein Besprechungsraum wie das Verkaufsbüro hinter einem Standplatz voller zehn Jahre alter Gebrauchtwagen.

Der Kerl sagte: »Bitte nehmen Sie Platz.« Und als wir das nicht taten, setzte er sich als Erster, als wollte er uns ein Beispiel geben.

Wir nahmen Platz.

Der Kerl fragte: »Was wollen Sie?«

Ich sagte: »Was haben Sie?«

»Pistole?«

»Zwei. Wir wollen beide eine Waffe. Damit rechnet niemand.«

»Welche Waffe bevorzugen Sie?«

»Irgendeine, die funktioniert. Und für die Sie auch Munition haben.«

»Wir verfügen hauptsächlich über Neun-Millimeter-Pistolen. Die sind in Europa leicht zu bekommen.«

»Einverstanden.«

»Wollen Sie eine Glock?«

»Haben Sie welche?«

»Ja, etliche. Glock 17, fabrikneu, wenn Sie zwei gleiche Waffen wollen.«

»Und jeweils hundert Schuss.«

Der Kerl zögerte kurz, dann nickte er und sagte: »Okay, ich gehe und hole Ihnen ein Angebot.«

Er stand auf und verließ den Raum.

Er schloss die Tür hinter sich.

Und sperrte sie ab.

32

Eine Sekunde lang hielt ich das Klicken des Schlosses für normal, für irgendwie stimmig mit dem ganzen Mantel-und-Degen-Scheiß, den man uns vorgespielt hatte, seit wir mit dem Mann hinter der Theke des Pfandhauses gesprochen hatten. Übertriebene Sicherheitsvorkehrungen im Lagerhaus der Bande konnten auf manche Käufer authentisch wirken, vielleicht sogar aufregend, weil sie irgendwie suggerierten, hier gebe es weitere Schlösser und Schlüssel, womöglich zu ganzen Lagerräumen voller Holzkisten, in denen Unmengen von leicht eingefetteten Handfeuerwaffen lagen.

In der nächsten Sekunde verwarf ich diese Theorie, weil sie ein Schloss zu viel enthielt. Zu diesem Zeitpunkt waren wir noch gleichberechtigte Verhandlungspartner, die einen möglichst guten Eindruck machen wollten, natürlich angemessen skeptisch und misstrauisch, als handelte es sich um einen Gebrauchtwagenkauf, aber zumindest höflich.

Niemand sperrt Kunden in einem Besprechungsraum ein. Nicht in einem so frühen Stadium.

Deshalb verbrachte ich die dritte Sekunde damit zu begreifen, dass hier etwas ganz und gar nicht stimmte. Ein vertrauter eisiger Schauder lief mir über Gesicht, Brust und Nacken, und als ich zu Casey Nice hinübersah, wurde alles noch schlimmer, weil sie meinen Blick hilflos erwiderte. Und dann zählte ich mir in Gedanken – automatisch, praktisch im Unterbewusstsein – die Fakten auf, mit denen wir's zu tun hatten: *Wände, eine Tür, ein Fenster, draußen vier Kerle.* Und in der vierten Sekunde wurden mir das *Wer* und *Warum* klar, was alles nur noch schlimmer machte.

Für die Serben waren wir Kunden, sonst nichts. Vielleicht Teilnehmer irgendeines verrückten Austauschprogramms, in dessen Rahmen FBI-Agenten in London Dienst taten, während hiesige Cops in New York, L.A. oder Chicago eingesetzt wurden. Aber wohl eher nicht. Also waren wir Kunden – nicht anders als Junkies, die mit einem ihrer Dealer sprachen, oder Freier, die mit einem Zuhälter verhandelten. Und Kunden bekamen Service, nicht abgesperrte Türen. Sonst gingen ihre Geschäftspartner verdammt schnell pleite.

Warum also? Da gab es nur zwei Möglichkeiten. Die erste davon verwarf ich in der fünften Sekunde. Vielleicht waren die Romford Boys so aufgebracht, dass sie eine Großfahndung ausgelöst, unsere Personenbeschreibung verbreitet und ein Kopfgeld auf uns ausgesetzt hatten. Vielleicht hatte Charlie White wie im Oval Office ein rotes Telefon auf dem Schreibtisch stehen, um sich notfalls mit den anderen Bossen kurzschließen zu können. Vielleicht war er unter diesen Umständen bereit, für jede Hilfe zu bezahlen, die er kriegen konnte.

In der sechsten Sekunde fiel mir dann eine zweite Möglichkeit ein, die O'Day bei der Besprechung nach dem abgebrochenen Dinner mit Casey Nice selbst erwähnt hatte. *Eine serbische Bande im Westen von London und eine altmodische englische*

Bande im Osten. Nach Auskunft von MI5 war Karel Libor mit beiden verfeindet.

Mit *beiden* verfeindet. Das konnte aus dieser ganzen Sache eine Koproduktion machen. Ein Gemeinschaftsunternehmen. Ein zeitlich begrenztes Zweckbündnis. Ein Waffenstillstand für diesen einen Zweck. Gemeinsame Ziele, gemeinsame Vorteile, gemeinsame Pflichten, geteilte Informationen. Kott und Carson vergleichsweise sicher, ganz London von Ost bis West unter Überwachung. Das würde etwas kosten. Natürlich wurden ein gutes Auge, eine ruhige Hand und Geschoss Kaliber .50 gebraucht – aber eben auch Geld. Viel Geld. Auch davon hatte O'Day gesprochen: *Diese Leute werfen mit Geld um sich. Sie suchen keine preiswerten Lösungen. Sie suchen einfache Lösungen und haben das nötige Kleingeld dafür.*

Unabhängig davon, ob die Serben gleichberechtigte Partner oder nur bezahlte Helfer waren, hatten sie uns zu einem bestimmten Zweck eingesperrt. Sie wollten uns hier festhalten, bis ein bestimmtes Ereignis eintrat – fast sicher das Eintreffen des Auftraggebers, der die Gefangenen persönlich abholte. Das würde Little Joey sein, der mit einer ganzen Bande seiner Leute anrückte. Er würde in seinem Bentley vorfahren und vielleicht mehrere Jaguars mitbringen – und ganz bestimmt einen schwarzen Kastenwagen.

Für uns.

Nicht gut.

Nice fragte: »Wir sind geradewegs in die Falle getappt, was?«

Ich antwortete: »Uns bleibt noch etwas Zeit.«

»Wie viel?«

»Schwer zu sagen. Aber London ist groß, der Verkehr ist zäh, und sie sind am anderen Ende der Stadt. Außerdem müssen sie erst einen kleinen Konvoi zusammenstellen. Allein das dauert zehn Minuten, selbst wenn alle in Alarmbereitschaft sind. Dann müssen sie weit nach Norden ausholen, wenn sie nicht mitten durch die Stadt fahren wollen. East End, Westminster, Paddington. Vermutlich bleibt uns noch eine Stunde. Unter Umständen auch mehr. Wer weiß, vielleicht haben wir sogar anderthalb Stunden.«

»Um was zu tun?«

»Was auch immer getan werden muss.«

»Kannst du die Tür aufbrechen?«

Die Tür war eine massive alte Holztür, die dicht schließend in ihrem Rahmen saß.

»Von außen könnte ich's«, sagte ich. »Wahrscheinlich. Aber nicht von innen.«

»Können wir die Scheibe einschlagen?«

Das Fenster war kein viktorianisches Original. Es stammte vermutlich aus den fünfziger Jahren und repräsentierte den damaligen Stand der Technik. Wartungsarm, weil es aus eloxiertem Aluminium bestand. Und stabil genug für eine große Scheibe, die mehr Tageslicht einfallen ließ. Das Fenster war groß genug, um einen Menschen hindurchklettern zu lassen. Das Glas schien normal dick zu sein. Ich sagte: »Ich denke, wir werden das Fenster einschlagen müssen, ja.«

»Wohin führt es?« Sie beantwortete ihre Frage selbst, indem sie mit der Nase dicht an der Scheibe nach links und rechts sah. Gegenüber war nur unverputztes Mauerwerk zu erkennen. Sie sagte: »Ich sehe einen Durchgang zwischen zwei Gebäuden. Ziemlich lang und schmal. An beiden Enden durch ein Tor abgeschlossen, denke ich. Dort säßen wir fest – außer wir kommen durch ein Fenster ins benachbarte Gebäude und verlassen es durch seine Haustür.«

Ich sagte: »Mach dir darüber nicht schon jetzt Sorgen.«

»Wann sollte ich anfangen, mir Sorgen zu machen?«

»Als Erstes warten wir. Fünf Minuten. Vielleicht haben wir

uns geirrt. Wer weiß, vielleicht hat er vor Begeisterung nur übertrieben. Vielleicht kommt er mit einem Angebot zurück.«

Wir warteten. Fünf Minuten. Der Kerl kam nicht mit einem Angebot zurück. In der Werkstatt vor der Tür blieb es ruhig. Dort wurden heute keine Autos repariert. Diese Situation hatte ich völlig falsch eingeschätzt. Ich war davon ausgegangen, die Schrauber seien fortgeschickt worden, um den Waffenkauf geheim zu halten. Aber in Wirklichkeit sollte unsere Gefangennahme geheim bleiben.

Übersehene Hinweise, nicht erkannte Zusammenhänge, falsch eingeschätzte Risiken.

Mein Versagen.

Dominique Kohl.

Ich sagte: »Wir müssen eine vollständige Inventur dieses Zimmers machen.«

Casey Nice fragte: »Was suchen wir?«

»Alles. Wenn wir wissen, was wir haben, entscheiden wir, wie wir's benutzen wollen.«

Wir hatten nicht viel. Was sichtbare große Gegenstände betraf, konnten wir über drei Sessel, einen Schreibtisch und einen Stuhl verfügen. Die Sessel waren ein Modell, das man vor dreißig Jahren im Empfangsbereich großer Firmen hätte sehen können. Vermutlich dänisches oder schwedisches Design. Massive Holzbeine unter einer einfachen gepolsterten Schale, deren Noppenbezug abgewetzt und speckig wirkte. Der Schreibtisch aus Eiche in herkömmlicher Ausführung war noch älter. Außer einer Mittelschublade hatte er in beiden Seitenteilen je drei weitere Schubladen, von denen die untersten hoch genug waren, um Aktenordner aufzunehmen. Der Stuhl sah wie ein Esszimmerstuhl aus. Oder wie ein Küchenstuhl. Keine Rollen, keine Armlehnen, keine Höhenverstellung. Keine Rückenstütze, keine ergonomische Sitzfläche. Nur vier kantige Beine, eine vage muldenförmige Sitzfläche aus Pressholz und ein gerader Rücken.

Kein Telefon, keine Schreibtischlampe, nichts an den Wänden, keine Messer und Gabeln, die von einem hastigen Arbeitsessen zurückgeblieben waren. Keine Elektrokabel, keine Handyladegeräte, keine Brieföffner, keine Briefbeschwerer. Die Mittelschublade des Schreibtischs enthielt drei leicht oxydierte Büroklammern, Holzspäne von einem gespitzten Bleistift, etwas Staub in den Ecken und sonst nichts. Fünf der sechs anderen Schubladen waren ebenfalls leer, aber in der hohen Schublade im linken Seitenteil lag ein Pullover, ein übel riechendes altes Teil, das vermutlich an einem warmen Tag ausgezogen, in die Schublade gestopft und dort vergessen worden war. Der Pullover in Größe M war beige mit dünnen Applikationen aus Jeansstoff an Schultern und Ellbogen. Auf dem Etikett stand der Name einer Firma, von der ich noch nie gehört hatte.

Wir richteten uns auf.

Casey Nice fragte: »Was haben wir zu finden gehofft?«

Ich sagte: »Eine Panzerdivision wäre nett gewesen. Ersatzweise ein paar MP5 von Heckler & Koch mit einem Dutzend Reservemagazinen. Sogar ein Streichholzbriefchen wäre nützlich gewesen.«

»Wir haben nichts.«

»Wir haben, was wir haben.«

»Was machen wir jetzt?«

Also sagte ich's ihr, und wir übten alles sorgfältig ein, wieder und wieder, und dann machten wir uns daran, es umzusetzen.

33

Ich hob einen Sessel hoch, krallte meine Finger fest in die weiche Polsterung, hielt ihn in einem Winkel von fünfundvierzig Grad so vor mein Gesicht, dass die Beine nach vorn zeigten, machte zwei große Schritte und warf ihn gegen das Fenster. Die Sesselbeine ließen das Glas laut klirrend zersplittern, dann prallte das Möbel von der Mittelstrebe des Fensterrahmens ab, krachte auf den Schreibtisch und polterte zu Boden. Lärm, Lärm, Lärm.

Casey Nice trat ans Fenster. Ich hob den Sessel auf und stellte mich neben die Tür, um dort zu warten.

Aus dem Fenster zu klettern wäre sinnlos, hatte ich gesagt. *Der Durchgang ist eine Sackgasse. Wir müssen die vier Kerle zu uns hereinlocken.*

Und sie kamen. Das lag in der menschlichen Natur. Ein plötzlicher lauter Knall, das Klirren zersplitternden Glases … was hätten sie sonst tun sollen? Sie würden hereinstürmen, sich kaum umsehen, zu dem eingeschlagenen Fenster laufen, ihre Köpfe durch das Loch in der Scheibe stecken und nach links und rechts schauen.

Das Schloss klickte, die Tür flog auf, und der erste Kerl erschien auf der Schwelle. Er war der Boss, der als Einziger mit uns geredet hatte. Ich legte ihm die rechte Hand in den Nacken und schob ihn kräftig weiter, sodass er auf Nice am Fenster zuschlitterte. *Mit den Nummern zwei, drei und vier werde ich fertig,* hatte ich gesagt. *Aber die Nummer eins gehört dir. Du suchst dir den längsten Glassplitter, den du finden kannst, wickelst dir den alten Pullover um die Hand und stößt ihm den Splitter ins Auge.*

Dass sie das tat, konnte ich nur hoffen, denn ich beobachtete sie nicht, weil ich in diesem Augenblick den Stuhl gegen den

Kopf des zweiten Kerls rammte. Ich zog ihm den Stuhl nicht über den Schädel wie bei einer Schlägerei in einem alten Westernfilm, sondern machte es wie ein Löwenbändiger. Zustoßen ist besser als ein Schlag, weil sich die gesamte Angriffswucht auf die kleine Fläche am Ende eines Stuhlbeins konzentriert. Masse mal Geschwindigkeit, genau wie beim Baseball. Ich wollte mindestens einen Schädelbruch und schlimmstenfalls einen plötzlichen Gehirntod verursachen. Ob der Kerl tot oder nur bewusstlos war, konnte ich nicht sofort beurteilen – das würde vielleicht erst eine Autopsie zeigen. Jedenfalls sackte er lautlos zusammen. Er war der Kerl, der uns mit dem Škoda hergefahren hatte. Ich ließ den Stuhl fallen und sprang über den Mann hinweg, um an die beiden anderen heranzukommen.

Zwei gegen einen ist nie ein Problem, hatte ich gesagt. Mach dir um mich keine Sorgen. Kümmere dich nur um den ersten Typen. Reicht der Glassplitter nicht aus, um ihn zu erledigen, schlägst du mit einer Schublade zu, mit einer Kante auf den Nasensattel, wieder und wieder, bis er sich nicht mehr rührt.

Der dritte Typ war abrupt langsamer geworden, als er aus nächster Nähe sah, was den beiden ersten Männern zustieß, und der vierte lief von hinten auf ihn auf, doch damit war die Slapstickvorstellung bereits zu Ende. Die Überraschung war vorbei, und diese beiden waren keine Idioten. Sie kehrten sofort um und wichen klugerweise zurück, um sich neu aufzustellen. Zum Glück hielt keiner der beiden eine Schusswaffe in der Hand. London war eben anders. Schusswaffen wurden nicht routinemäßig, sondern nur zu besonderen Anlässen getragen. Ich machte mir mehr Sorgen wegen Messern, die ich – im Gegensatz zu Londonern – nicht mochte, aber keiner hatte eines gezogen. Zumindest bisher nicht. Was sie sonst noch in den Taschen hatten, konnte ich nicht beurteilen.

Die weiterhin nur schwach beleuchtete Autowerkstatt war

größer als ein Basketballfeld und stand voller meist aufgebockter Fahrzeuge. Ihr rissiger Betonboden war mit Werkzeug und Schläuchen bedeckt, das Sektionaltor war noch immer geschlossen. Die beiden Kerle vor mir ließen fünf bis sechs Meter Abstand zwischen sich, dann machten sie halt, drehten sich um und hielten Ausschau nach Waffen. Der dritte Mann wich nach links aus und hob ein Montiereisen auf, während sein Kumpel einen rechten Haken schlug und nach einem großen Schraubenschlüssel griff. Der dritte Mann war einer der Kerle, die erst nachträglich aufgekreuzt waren, und der vierte war aus dem Schatten aufgetaucht, um das Tor zu schließen. Jetzt traten sie wie auf ein Stichwort hin einen Schritt auf mich zu: auf den Zehenspitzen federnd, die Arme halb ausgestreckt, ihre ausdruckslosen Augen starr auf mich gerichtet. Nicht die schlimmsten Gegner, mit denen ich je zu tun gehabt hatte. Ihr Erbgut war bestimmt von dem harten Leben und den ständigen Konflikten ihrer Vorfahren geprägt; dazu kamen vermutlich ihr Militärdienst, vielleicht ein paar Jahre als Söldner und der Mut, es mit Leuten wie Karel Libor und Charlie White aufzunehmen, um sich in einer ausländischen Hauptstadt durchzuschlagen. Diese beiden würden garantiert nicht tot umfallen, wenn ich nur laut genug *Buh!* rief.

Vor meinem inneren Auge sah ich Little Joeys Bentley, der sich durch den Londoner Verkehr schlängelte, aber ich rechnete mir aus, dass mir noch reichlich Zeit blieb. Und es hatte keinen Zweck, etwas zu überstürzen. Es war immer besser, die anderen auf sich zukommen zu lassen. Sie sollten sich engagieren, ihre Taktik erkennen lassen, weil sich dabei auch ihre Schwächen offenbarten.

Fast eine Minute lang, die mir viel länger erschien, standen wir stumm in einem gleichseitigen Dreieck da, alle nervös angespannt, alle ein wenig auf den Zehen wippend, alle bemüht, locker zu bleiben, während wir uns nur aus den Augenwinkeln heraus beobachteten, weil wir damit beschäftigt waren, die Werkstatt zu erkunden, Winkel und Entfernungen abzuschätzen und mögliche Angriffsrouten zu erkunden. Der Škoda, der uns hergebracht hatte, stand links von mir, dahinter war ein Wagen mit schwarz veröltem Unterboden auf einer Hebebühne aufgebockt, dann kam ein freier Arbeitsplatz, und in der Ecke stand ein staubiger Viertürer mit fast platten Reifen und einem fehlenden Kotflügel. Auf der anderen Seite der Werkstatt stapelten sich in Regalen schmuddelige Kartons mit Ersatzteilen, von denen viele nicht einmal beschriftet waren. Dort standen auch eine Reifenwuchtmaschine, mehrere Fässer mit Motorenöl und eine Kiste mit Putzwolle neben einem traurigen Stapel ausgebauter Auspuffe, die auf ihre Verschrottung warteten. Hinter mir sah es ähnlich aus, aber dort lag auch der Raum, in dem sie uns eingesperrt hatten und aus dem ich jetzt ein leises Wimmern hörte. Mann oder Frau, das war nicht zu unterscheiden, und ich durfte nicht riskieren, mich umzudrehen.

Der vierte Kerl bewegte sich als Erster. Seine Waffe war imponierend groß: ein über vierzig Zentimeter langer Ringschlüssel aus Chrom-Vanadium-Stahl mit gewaltiger Schlüsselweite. Eine Spezialanfertigung für irgendein großes Teil, vermutete ich. Vielleicht für die Montage von Federbeinen. Der Kerl hielt den Schraubenschlüssel wie einen Hammer und hob ihn über den Kopf, als er jetzt einen Schritt vortrat. Woraufhin sein Kumpel sich auf mich hätte stürzen müssen, solange ich abgelenkt war. Aber das tat er nicht. Vielleicht hatten sie keine Erfahrung mit Teamwork. Jeder Mann für sich selbst. Was mir nur recht sein konnte. Zwei gegen einen ist nie ein Problem, aber niemand mag sich mehr anstrengen als unbedingt nötig.

Der Kerl machte einen weiteren Schritt. Der Schraubenschlüssel blieb wie ein Hammer erhoben. Auch ich machte einen Schritt vorwärts, weil mein Unterbewusstsein die Gewissheit haben sollte, dass sich niemand hinter mir befand, was sich auf diese Weise sicherstellen ließ. Und weil ein Schritt vorwärts immer besser als ein Zurückweichen ist, da er den anderen leicht verunsichert. Er hatte einen Schraubenschlüssel, den er wie einen Hammer hielt, als er auf mich zukam – weshalb wich ich also nicht zurück?

Komm näher, dann erfährst du's, Kumpel, dachte ich.

Er kam mit gewisser Unsicherheit im Blick näher, während sein Partner sich ebenfalls bewegte, allerdings nur einen Schritt weit. Showtime. Ich beobachtete den Kerl mit dem Schraubenschlüssel, achtete auf seine Hüften und seine Taille, wartete auf erste Anzeichen eines unmittelbar bevorstehenden Angriffs und sah ihn glasklar kommen, als er einen Fuß vor den anderen stellte und den Arm noch einige Zentimeter mehr in die Höhe reckte. Er würde sich mit hoch erhobenem Schraubenschlüssel auf mich stürzen und damit wie mit einem Tomahawk zuschlagen. Im Idealfall würde er meinen Kopf treffen, aber selbst wenn er ihn verfehlte, blieb ihm ein achtzig Zentimeter breites Ziel: meine linke Schulter, mein Kopf, meine rechte Schulter. Ein gebrochenes Schlüsselbein hätte mich ebenso wirkungsvoll außer Gefecht gesetzt.

Also griff ich als Erster an, machte einen langen gleitenden Schritt auf ihn zu wie ein Boxer, der einen angezählten Gegner erledigen will. Seine bisherige Selbstsicherheit verflüchtigte sich in Bruchteilen einer Sekunde, als sein Offensivmodus defensiver Panik wich. Er machte ein leichtes Hohlkreuz und hob den Schraubenschlüssel noch höher, als hätte er das Gefühl, einen noch effizienteren Schlag anbringen zu müssen. Das war ein Fehler, denn bei diesem Ausholen bewegte seine Waffe sich im entscheidenden Augenblick in genau die falsche Richtung.

Ich brachte meine linke Handfläche unter seinen Ellbogen,

drückte ihn seiner Bewegung folgend kräftig nach oben und hinten, bis sein Oberarm die Waagrechte verließ und der Schraubenschlüssel durch sein Gewicht über seinen Rücken streifte und ihn fast am Hintern traf. Im nächsten Augenblick griff ich mit der rechten Hand um ihn herum, bekam den Schraubenschlüssel zu fassen, verdrehte ihn und riss ihn dem Kerl aus der Hand. Das war keine vergeudete Bewegung, denn auf diese Weise holte ich zugleich aus, schlug dann sofort kräftig und flach zu und traf den Kerl unterhalb des Wangenknochens. Dieser Schlag musste ihm die Backenzähne – falls er noch welche hatte – und das Kiefergelenk zertrümmert und eine Gehirnerschütterung hervorgerufen haben.

Er fiel wie ein gefällter Baum zur Seite, krachte auf die rechte Schulter, und ich hörte, wie seine Lunge sich stoßweise entleerte, bevor er mit der rechten Schläfe auf dem Betonboden aufschlug. Inzwischen war ich bereits zu seinem Partner unterwegs, weil ich ziemlich sicher annahm, dass er das Einzige, was ihn hätte retten können, nicht tun würde. Und er tat es wirklich nicht.

Er warf mir das Montiereisen nicht an den Kopf. Stattdessen hielt er es umklammert, weil er wie sein Kumpel plötzlich in defensive Panik geraten war, machte ein Hohlkreuz und wich einen Schritt zurück.

Damit war das Spiel aus. Nur noch einer gegen einen, ich gegen ihn. Ich ließ den Schraubenschlüssel durch meine Hand gleiten, bis ich ein Ende fest in den Fingern hielt, und stieß dann wie mit einem Schwert zu, wobei mein Arm ungefähr anderthalb Meter lang war. Hätte man die Regenwälder der Welt nach dem größten Orang-Utan abgesucht, hätte man keinen mit vergleichbar großer Reichweite gefunden. Der Kerl konnte mit seinem Montiereisen herumfuchteln, so viel er wollte, aber er würde niemals gefährlich dicht an mich herankommen.

Ich fragte ihn: »Wo sind Kott und Carson?«

Keine Antwort.

»Die beiden Kerle, die von den Romford Boys versteckt werden«, sagte ich. »Wo sind sie?«

Keine Antwort.

Ich führte mit dem Schraubenschlüssel einen blitzschnellen Stoß gegen seine Brust. Die Enden der Gabel waren offenbar spitz. Er stieß einen Schrei aus und wich zwei Schritte zurück. Ich folgte ihm zwei Schritte und fragte noch mal: »Wo sind sie?«

Er hatte keine Ahnung, von wem ich sprach. Das konnte man sehen. Sein Blick war ehrlich verständnislos. Er versuchte nicht, etwas vor mir zu verbergen. Selbst wenn die beiden Banden vielleicht in beschränktem Umfang zusammenarbeiteten, behielten sie die wirklich wichtigen Informationen für sich.

Ich fragte: »Wo lagern die Waffen?«

Er gab keine Antwort. Aber in seinem Blick lag etwas Ausweichendes. Und neue Entschlossenheit. Er wusste es, aber er würde es mir nicht sagen.

Hinter mir hörte ich noch mal das leise Wimmern, dann rief Casey Nice: »Reacher, beeil dich!«

Also beeilte ich mich. Ich stieß nochmals nach dem Kerl, und er schwang sein Montiereisen, um den Schraubenschlüssel mit lautem Klirren abzuwehren. Diesen Scheinangriff wiederholte ich, um zu erreichen, dass seine Aufmerksamkeit sich ganz auf unsere Aktivitäten oberhalb der Taille konzentrierte. Das würde mir die Möglichkeit geben, einen weiteren Schritt nach vorn zu machen und ihn völlig ungehindert zwischen die Beine zu treten.

Und es war ein gewaltiger Tritt. Masse mal Geschwindigkeit, genau wie beim Baseball, genau wie bei allem. Der Kerl ließ das Montiereisen fallen, klappte wie ein Taschenmesser zusammen, sank hustend und würgend auf die Knie und blieb mit hängendem Kopf vor mir knien. So hatte ich genug Platz und Zeit, mir eine geeignete Stelle auszusuchen. Ich schlug ihm den Schraubenschlüssel seitlich an den Kopf: nachdrücklich, aber nicht tödlich, eher wie ein Tennisspieler, der sich erst aufwärmt. Er fiel zur Seite und blieb still liegen.

Ich machte kehrt und hastete ins Büro zurück, um zu sehen, wie es Casey Nice ergangen war.

34

Der erste Kerl lag mit einem über zwanzig Zentimeter langen Glassplitter im Auge halb auf dem Rücken. Ganz sicher tot. Das sah ich an seinem schlaffen Körper. Unverkennbar. Der Tod war erst vor Kurzem eingetreten. Viel Blut war nicht zu sehen. Nur ein spärliches Tröpfeln, inzwischen versiegt, das wie ein dicker roter Wurm an seiner Backe hing. Dazu eine dickflüssige klare Masse, die offenbar aus dem Auge ausgetreten war.

Das Wimmern kam von dem zweiten Mann, den ich mit dem Stuhl niedergeschlagen hatte. Er lag in der Nähe der Tür auf dem Fußboden. Sein Haar war voller Blut, das auch eine kleine Lache unter seinem Kopf bildete. Seine Augen waren geschlossen. Ich bezweifelte, dass er bald wieder aufstehen und uns Ärger machen würde.

Casey Nice stand an den Schreibtisch gepresst da und wirkte sowohl durcheinander als auch entschlossen. Ich hatte Shoemaker gefragt: *War sie schon mal im Ausland im Einsatz? War sie überhaupt schon mal im Einsatz?*

Nun hatte sie ihre Feuerprobe bestanden.

Ich fragte: »Alles in Ordnung?«

Sie antwortete: »Ich denke schon.«

»Das hast du gut gemacht.«

Sie gab keine Antwort.

Ich sagte: »Wir müssen das Gebäude durchsuchen.«

Sie sagte: »Wir müssen den Notarzt rufen.«

»Das tun wir. Nach der Suche. Wir brauchen Waffen. Dazu sind wir hergekommen.«

»Die haben sie nicht hier. Wir sind reingelegt worden.«

»Wie viele sichere Lager gibt es deiner Ansicht nach? Ich glaube, dass die Waffen hier sind. Als ich den letzten Kerl danach fragte, war er plötzlich beunruhigt.«

»Dafür reicht die Zeit nicht.«

Ich dachte an Little Joey in seinem Bentley. Wie er sich durch den Verkehr schob. Staus und rote Ampeln. Oder vielleicht auch nicht. Ich sagte: »Wir beeilen uns.«

Sie sagte: »Hoffentlich!«

Wir begannen damit, dass wir die Taschen des Bosses durchsuchten. Falls er einen Schlüssel besaß, würden wir vielleicht erkennen, zu welcher Art Schloss er passte, das dann leichter zu finden sein durfte. Ein Tresorschlüssel sieht anders aus als ein Türschlüssel, der sich wiederum von einem Schrankschlüssel unterschied. Und so weiter und so fort. Aber er hatte nur einen Autoschlüssel in einem abgegriffenen Lederetui, auf dem einmal in Goldbuchstaben *Ealing Taxis* gestanden hatte. Vielleicht passte er zu einem der klapprigen Škodas, die hier in der Werkstatt standen. Es steckte auch viel Geld in der Tasche, das ich als Kriegsbeute für uns behielt. Und ein Smartphone, das ich ebenfalls einsteckte. Aber sonst war nichts Brauchbares in den Taschen zu finden.

Da wir das Büro schon durchsucht hatten, nahmen wir uns als Nächstes die Werkstatt vor. In der hintersten Ecke gab es eine Toilette, die nichts enthielt außer zwei WC-Kabinen, einem Waschbecken und vielen Milliarden Bakterien. Sie glich einer überdimensionierten Petrischale, in der sich außer ansteckenden Krankheiten nichts verbarg. Keine herausnehmbaren Deckenplatten, keine Geheimfächer in den Wänden, keine Falltür im Fußboden.

Die restliche Werkstatt war ein einziger großer Raum voller Fahrzeuge in unterschiedlichen Reparaturstadien. Visuell ein völliges Chaos, aber mit auffällig wenigen Möglichkeiten, irgendetwas zu verstecken. Hier gab es keine Türen zu anderen Räumen, keine Schränke, keine großen Kisten, erst recht keine abschließbaren Regalfächer. Auch in den Reifenstapeln war nichts versteckt.

»Hier gibt's keine Waffen«, sagte Nice. »Dies ist eine Autowerkstatt. Was man sieht, kriegt man.«

Ich gab keine Antwort.

Sie sagte: »Wir müssen los.«

Ich dachte an Little Joey in seinem Bentley. Inzwischen hatte er die Innenstadt vermutlich schon hinter sich gelassen. War auf der anderen Seite auf einer breiten Ausfallstraße nach Westen unterwegs.

»Wir müssen los«, wiederholte sie.

In seinem Bentley.

»Warte«, sagte ich.

»Worauf?«

Keine großen Kisten, keine absperrbaren Regalfächer.

Bullshit.

Ich sagte: »Der Boss hätte keine alte Karre gefahren. Wozu auch? Karel Libor hatte einen Range Rover. Die Romford Boys fahren Luxuswagen. Täten die Serben das nicht auch? Sie würden nicht wie arme Verwandte aussehen wollen.«

»Also?«

»Wieso hatte der Kerl den Schlüssel einer Schrottkiste in der Tasche?«

»Weil sie hier Schrottkisten reparieren. Das ist ihr Job. Oder ihre Tarnung.«

»Der Boss ist nicht für die Aufbewahrung von Schlüsseln zuständig.« Ich ging ins Büro zurück, um den Autoschlüssel aus seiner Tasche zu holen. Er bestand aus Metall und war oben mit Kunststoff beschichtet, aber er wirkte nicht so klobig wie moderne Autoschlüssel. Keine Batterie, kein IR-Sender, kein Sicherheitscode. Nur ein Schlüssel.

Ich sah mich um und begann mit der staubigen Limousine, die mit fast platten Reifen und einem fehlenden Kotflügel in einer Ecke der Werkstatt abgestellt war. Wozu sollte ein Wagen so lange herumstehen, bis die Reifen Luft verloren? Das war kein vernünftiges Geschäftsgebaren. Ein Taxi gehörte auf die Straße, damit es Geld verdiente. Lohnte eine Reparatur sich nicht mehr, musste es abgeschleppt und verschrottet werden. Auch die Werkstatt musste rentabel sein, und dazu wurde jeder Quadratmeter gebraucht.

Ich begutachtete den Kofferraum des Wagens. Natürlich! Er war ein abschließbarer Stahlbehälter, den man leicht übersehen konnte.

Ich versuchte den Schlüssel.

Er passte nicht.

Nice sagte: »Reacher, wir müssen dringend los.«

Ich versuchte es bei dem nächsten Wagen und dem übernächsten. Der Schlüssel passte nicht. Ich versuchte es sogar bei dem Škoda, mit dem wir gekommen waren, obwohl ich wusste, dass das aussichtslos war. Zuletzt ging ich von einem Wagen zum anderen. Der Schlüssel passte nirgends.

Nice sagte: »Es wird höchste Zeit.«

Ich sah mich um, dann gab ich auf.

»Okay«, sagte ich.

Ich ging zur Tür des Büros zurück und kniete neben dem dort

liegenden Kerl nieder. Er wimmerte nicht mehr, aber er lebte noch. Er musste einen Schädel aus Stahlbeton haben. In einer seiner Taschen fand ich den Škodaschlüssel. Ich warf ihn Nice zu und sagte: »Lass schon mal den Motor an. Ich mache das Tor auf.«

Das Sektionaltor wurde durch zwei Knöpfe auf einem Schaltkasten gesteuert, der über einen biegsamen Schwanenhals mit dem Antriebsmechanismus in Verbindung stand. Als ich den Knopf mit dem nach oben zeigenden Pfeil drückte, sprang der Elektromotor an, straffte die Kette und zog das Tor ratternd in Abschnitten nach oben. Das Tageslicht kam Zentimeter für Zentimeter zurück. Es breitete sich über den Werkstattboden aus und kroch an der gegenüberliegenden Wand hinauf. Ich sah Casey Nice am Steuer des Škodas sitzen. Ich sah, wie sie den Zündschlüssel drehte und eine kleine Rauchwolke aufstieg, als der Motor ansprang.

Ich sah zwei weitere Knöpfe an einem Schaltkasten. Und noch zwei. Und noch zwei. An den hydraulisch betätigten Hebebühnen. Alle waren leer bis auf die eine mit dem Wagen, dessen Unterboden schwarz verölt war. Auf der Hebebühne befand sich sein Kofferraum über Kopfhöhe. Aus den Augen, aus dem Sinn. Darauf hätte ich früher kommen müssen.

Ich hastete darauf zu und machte Nice ein Zeichen, noch zu warten. Als ich den unteren Knopf drückte, senkte die Hebebühne sich langsam, ganz langsam, bis ich erst über die Motorhaube und dann übers Dach des Wagens sehen konnte. Das Fahrzeug auf der Hebebühne war ein kantiger alter Octavia. Ziemlich staubig und mit fast platten Reifen. Als die Hebebühne leicht ruckend aufsetzte, schwankte er kurz und stand dann still. Im selben Augenblick verstummte das Rattern, weil das Sektionaltor seine Endstellung erreicht hatte, sodass nur noch das Nageln des Škoda-Dieselmotors zu hören war.

Ich trat ans Fahrzeugheck. Der Kofferraumdeckel war weniger staubig als der Rest des Wagens. Rings um den Deckelgriff mit Schloss waren Finger- und Handabdrücke zu erkennen. Seit die Autotüren zuletzt geöffnet worden waren, hatte man den Kofferraumdeckel vermutlich hundertmal geöffnet und geschlossen.

Der Schlüssel passte.

Der Deckel sprang mit knarrenden Federn auf.

Der ziemlich geräumige Kofferraum hätte Platz für mehrere Gepäckstücke oder zwei bis drei Golftaschen oder andere Dinge geboten, die jemand transportieren wollte. Und er war voll.

Aber nicht voller Koffer oder Golftaschen.

Er war voller Pistolen und Munitionsschachteln.

Auf den ersten Blick schien es sich um lauter Glocks zu handeln, alle fabrikneu, alle in Klarsichtfolie verpackt und sauber gestapelt: hauptsächlich Glock 17, das klassische Original, aber auch ein paar 17L mit längerem und 19 mit kürzerem Lauf. Lauter Neun-Millimeter-Pistolen mit der dazugehörigen Parabellummunition in Hunderterschachteln.

Casey Nice stieg aus. Sie sah in den Kofferraum, schüttelte verblüfft den Kopf und sagte: »Sherlock Homeless.«

Ich sagte: »Die 19 passt besser in deine Hand. Kommst du mit dem kürzeren Lauf zurecht?«

Sie machte eine Pause, dann nickte sie. »Klar.«

Also packte ich eine Glock 19 und eine normale 17 für mich aus, lud sie mit Munition aus einer Schachtel und stellte zwei ungeöffnete Schachteln in den Škoda. Wir ließen die Hebebühne unten und den Kofferraum offen, als wir mit Nice am Steuer anfuhren. Sie stieß zurück, wendete und rollte in Richtung Tor.

»Kurz anhalten«, verlangte ich.

Sie bremste, und wir kamen so zum Stehen, dass die Motorhaube eine Handbreit ins Freie ragte. Ich fragte: »Wo sind wir hier?«

Sie sagte: »Wormwood Scrubs.«

»Womit ließe dieses Viertel sich vergleichen?«

»Mit der South Bronx, denke ich.«

»Aber die britische Version. In der nicht alle Tage Schüsse zu hören sind.«

»Vermutlich nicht.«

»Wenn hier geschossen wird, rufen die Leute noch die Polizei. Die mit SWAT-Teams und gepanzerten Fahrzeugen und einer Hundertschaft von Kriminalbeamten anrückt.«

»Vermutlich.«

»Und ich vertraue keiner Waffe, von der ich nicht weiß, dass sie funktioniert.«

»Was?«

»Wir müssen die Glocks ausprobieren.«

»Wo?«

»Nun, wenn wir's hier täten, würden die Cops kommen, und sie würden Krankenwagen für alle anfordern, die einen brauchen, und genug Beweismaterial sicherstellen, um den Serben, die sich hier eingenistet haben, ernsthaft zu schaden. Was man sogar als Dienst an der Allgemeinheit interpretieren könnte.«

»Spinnst du jetzt?«

»Ziel auf Autos. Das wollte ich immer schon mal tun. Jeder hat zwei Schuss, dann gibst du Gas, okay?«

Genauso machten wir's. Wir fuhren unsere Fenster herunter, beugten uns aus dem Wagen, zielten nach hinten und gaben rasch nacheinander vier Schüsse ab. Noch bevor die Ziegelwände das letzte Echo zurückgeworfen hatten, rollte der Škoda unauffällig an: ganz gemächlich, nur ein vorschriftsmäßig übers Telefon gebuchtes hiesiges Minicab.

Wir fanden die Hauptstraße nach Westen und folgten ihr in

Richtung Innenstadt. Nach weniger als einer Meile kam uns ein schneller kleiner Konvoi mit einem schwarzen Bentley-Coupé an der Spitze entgegen, dahinter vier schwarze Jaguars, und den Schluss bildete ein kleiner schwarzer Kastenwagen.

35

Wir stellten den Wagen im Parkverbot in einer Seitenstraße unweit des Bahnhofs Paddington ab und hatten vor, den Škoda abgesperrt stehen zu lassen und einfach wegzugehen. Die Umgebung des Bahnhofs war sehr belebt. Öffentliche Verkehrsmittel gab es zur Genüge: Busse und schwarze Taxis, zwei U-Bahn-Linien und reguläre Züge. Zu Fuß konnten wir nach Süden durch den Hyde Park oder nach Norden durch Maida Vale zum St. John's Wood laufen. Unterwegs würden wir bestimmt viele Male von Überwachungskameras erfasst werden, aber die Polizei würde Hunderte von Stunden aufwenden müssen, um die Aufnahmen zu sichten und so vielleicht herauszufinden, wer wir waren, woher wir kamen und wohin wir verschwunden waren – und weshalb.

Ich kontrollierte mein Aussehen, um sicherzustellen, dass ich mich in der Öffentlichkeit zeigen konnte. Meine Jacke bestand aus einem dünnen Stretchgewebe, das auf dem Golfplatz bestimmt die nötige Bewegungsfreiheit ermöglichte, aber leider alles erkennen ließ, was in den Taschen steckte. Bei Golfbällen spielte das vielleicht keine Rolle, aber für die Glock war das schlecht. Ich wollte sie in der rechten Innentasche tragen, aber da passte sie kaum hinein. Vor allem deshalb nicht, weil sich in dieser Tasche schon etwas befand.

Das Smartphone des Bosses. Ein Prepaidhandy aus dem

Drugstore, ganz ähnlich wie die beiden, die wir im Ablagefach des Kastenwagens der Romford Boys gefunden hatten. Ich gab es Casey Nice und sagte: »Sieh zu, ob du die Rufliste finden kannst.«

Sie rief das Menü auf, arbeitete mit Pfeilen und scrollte nach oben und unten, bevor sie sagte: »Er hat gut dreißig Sekunden lang mit einer hiesigen Handynummer telefoniert, und drei Minuten später hat diese Nummer ihn zurückgerufen. Das waren die letzten Gespräche.«

Ich nickte. »Die Fahndung nach uns ist bestimmt schon nachts angelaufen, und alle Londoner Gangster sind heute Morgen als Erstes informiert worden. Deshalb hat der Serbe die Romford Boys angerufen und gesagt: Hey, die beiden Leute, die ihr sucht? Die hab ich bei uns eingesperrt. Aber vielleicht hat er zuerst lediglich mit einem Stellvertreter gesprochen, der ihm einen Rückruf zugesichert hat. Dieser Kerl hat dann Charlie White benachrichtigt, und Little Joey hat selbst zurückgerufen und die Modalitäten für die Übergabe vereinbart.«

»Reicht eine Minute für solche Vereinbarungen?«

»Das Kopfgeld auf uns war längst ausgesetzt. Also brauchten sie nur noch die Adresse. Der Bentley hat natürlich ein Navi. Sogar unser Truck in Arizona hatte eines.«

»Okay.«

»Allerdings habe ich das Handy nicht klingeln hören.«

Nice sah noch mal im Menü nach.

Sie sagte: »Es ist stumm geschaltet.«

Ich nickte erneut. »Das erklärt alles.«

»Ich sollte diese Nummer der Romford Boys an General O'Day weitergeben. Findest du nicht auch? Der MI5 könnte feststellen, wem sie gehört.«

»Die Spur würde sich dort verlieren, wo das Handy bei Booth dem Drogisten bar bezahlt worden ist. Sinnlos.«

»Wer ist Booth der Drogist?«

»Ihre Drogeriekette. Ähnlich wie CVS. John Booth hat sie Mitte des neunzehnten Jahrhunderts gegründet. Bestimmt sah er wie der Kerl aus, der Wallace Court mit der Mauer umgeben hat. Angefangen hat er mit einem Laden für Heilkräuter in Nottingham – weit nördlich von hier.«

»Der MI5 könnte das Handy an seinem Aufbewahrungsort aufspüren.«

»Aber nur, wenn es eingeschaltet ist. Was es nicht mehr lange sein wird. Sie entsorgen es, sobald die Nachricht aus Wormwood Scrubs eintrifft. Sie werden wissen, dass ihre Nummer verraten ist.«

»Das haben sie vermutlich schon gehört.«

Ich ließ mir das Handy wieder geben.

Ich sagte: »Probieren wir's aus.«

Als ich die Tasten absuchte, fand ich eine, auf der *Wahlwiederholung* stand. Ich drückte sie, beobachtete, wie eine Nummer übers Display lief, drückte die grüne Anruftaste und hob das Gerät ans Ohr.

Ich hörte einen Klingelton. Das klassische britische Zweitonsignal. Drängender als das unaufgeregte US-Klingelzeichen. Ich wartete. Am anderen Ende klingelte es dreimal, viermal, fünfmal, sechsmal.

Dann meldete sich jemand. Ein Mann, der die Zeit dazu benutzt hatte, auf sein Smartphone zu sehen und die Nummer des Anrufers zu identifizieren, denn er hatte seine erste Frage gleich parat. Eine tiefe Londoner Stimme fragte: »Was, zum Teufel, geht dort vor? An uns sind schon mindestens hundert Bullen vorbeigekommen.«

Ich fragte: »Wo?

Die Stimme sagte: »Wir parken drei Straßen weit weg.«

Ich sagte: »Little Joey?«

Er fragte: »Wer bist du?«

»Der Kerl, der deinen Kerl liquidiert hat. Gestern Abend in dem Kastenwagen. Ich hab deinen kleinen Wutanfall beobachtet.«

»Wo bist du?«

»Direkt hinter dir.«

Ich hörte, wie er sich bewegte.

»War bloß 'n Scherz«, sagte ich.

»Wer bist du?«

»Ich könnte mich als Herausforderer bezeichnen, Joey; aber damit würde ich mich unter Wert verkaufen.«

»Nein, du bist ein toter Mann.«

»Bisher nicht. Du verwechselst mich mit deinen Jungs. Oder mit den Serben. Die haben einige Verluste erlitten. Das steht verdammt fest.«

»Sie haben gesagt, sie hätten dich eingesperrt.«

»Nichts ist für immer.«

»Was willst du?

»John Kott«, sagte ich. »Und William Carson. Und ich finde die beiden. Sieh also zu, dass du mir nicht in die Quere kommst. Sonst trample ich über dich hinweg.«

»Du hast keine Ahnung …«

»Wovon?«

»Wie tief du in der Scheiße steckst.«

»Wirklich? An sich fühle ich mich im Augenblick ziemlich gut. Ich bin nicht derjenige, der links und rechts Männer verliert. Der bist du, Joey. Also wird's jetzt Zeit für gesunden Menschenverstand und nüchterne Abwägungen, findest du nicht auch? Hör auf, Kott und Carson zu beschützen, dann lass ich dich in Ruhe. Sie haben dir Libor schon vom Hals geschafft, und ich vermute, dass du dein Geld längst hast. Wozu willst du sie weiter unterstützen?«

»Niemand darf sich mit mir anlegen.«

»Das stimmt so nicht ganz, oder? Ich hab mich bereits mit dir angelegt. Und ich werd's weiter tun, bis du Kott und Carson wegschickst. Du hast die Wahl, Kumpel.«

»Du bist ein toter Mann.«

»Das hast du schon mal gesagt. Aber das Wünschen allein hilft nichts.«

Keine Antwort. Die Verbindung riss ab. Aus meinem Handy kam kein Ton mehr. Ich stellte mir vor, was Little Joey jetzt tat. Ein Handlanger würde losgeschickt werden, den Akku in einen Abfallbehälter werfen, das Handy in einen zweiten, die zerknickte SIM-Karte in einen dritten. Ein weggeworfenes Wegwerfhandy.

Ich dagegen rieb das Smartphone nur an meinem Hemd ab und warf es dann achtlos auf den Rücksitz. Casey Nice fragte: »Glaubst du, dass er auf dich hört? Stellt er die Unterstützung für sie ein?«

Ich sagte: »Das bezweifle ich. Er ist's offenbar gewohnt, seinen Willen durchzusetzen. Zurückweichen würde seinen Kopf explodieren lassen.«

Ich schob die Glock 17 tief in meine Tasche. Ohne das störende Handy passte sie ziemlich gut hinein. Nice folgte meinem Beispiel. Ihre Tasche war kleiner, aber die Glock 19 ebenfalls. Ich hörte, wie ihr kurzer Lauf gegen das Tablettenfläschchen stieß.

Ich sagte: »Steck die Tabletten in die andere Tasche. In der mit der Pistole stören sie nur.«

Nice zögerte. Sie wollte das Fläschchen nicht herausholen. Sie wollte es mir nicht zeigen.

Ich fragte: »Wie viele hast du noch?«

Sie sagte: »Zwei.«

»Du hast heute Morgen eine genommen?«

Sie nickte schweigend.

»Und jetzt möchtest du noch eine nehmen?«

Sie nickte wortlos.

»Tu's nicht«, riet ich ihr.

»Warum nicht?«

»Das sind die falschen Tabletten. Du hast keinen Grund, besorgt oder ängstlich zu sein. Du leistest wirklich gute Arbeit. Heute Morgen warst du hervorragend. Vom Pfandhaus bis zu der Sache mit dem Glassplitter.«

Das war anscheinend ein Satz zu viel gewesen. Ich sah, wie ihre Hand unwillkürlich zuckte, als umfasste sie, durch den alten Pullover geschützt, den gezackten langen Glassplitter. Sie durchlebte die Szene noch einmal. Und litt darunter. Sie schloss die Augen, begann schwer zu atmen und brach plötzlich in Tränen aus. Anspannung, Schock, Entsetzen – alles floss aus ihr heraus. Sie zitterte und heulte. Als ich mich ihr zuwandte, warf sie sich an meine Brust, und ich hielt sie fest – in seltsam keuscher Umarmung, weil wir beide auf unseren Einzelsitzen blieben. Sie vergrub ihren Kopf an meiner Schulter, und ihre Tränen durchweichten mein Sakko an genau der Stelle, an der Jewgeni Chenkins Blut und Gehirnmasse geklebt hatten.

Nach einiger Zeit ging ihr Atem ruhiger. »Tut mir leid«, murmelte sie undeutlich an meiner Schulter.

Ich sagte: »Dir braucht nichts leidzutun.«

»Ich habe einen Mann umgebracht.«

»Das ist die falsche Sichtweise«, erklärte ich. »Du hast dich gerettet. Und mich. So musst du die Sache sehen.«

»Trotzdem war er ein Mensch.«

»Eigentlich nicht«, sagte ich. »Mein Pariser Großvater hat mir mal eine Geschichte erzählt. Bei einem Urlaub in Südfrankreich hat er am Rand eines Weinbergs gepicknickt und war gerade dabei, mit dem Taschenmesser eine Walnuss zu knacken, als plötzlich eine Schlange auf ihn zuschoss. Aber er hat sie mit dem

Messer erstochen, glatt durch den Kopf, kaum eine Handbreit von seinem linken Knöchel entfernt auf dem Erdboden festgenagelt. Nichts anderes hast du getan. Der Kerl war eine Schlange. Oder sogar noch schlimmer. Eine Schlange tut nur, was in ihrer Natur liegt. Aber dieser Typ wusste, wofür er sich entschieden hat. Genau wie der andere Typ von gestern, der auch nicht alten Ladys über die Straße geholfen, ehrenamtlich in der Bibliothek gearbeitet oder Spenden für Afrika gesammelt hat.«

Ihr Kopf bewegte sich an meiner Schulter. Vielleicht nickte sie zustimmend. Oder auch nicht. Vielleicht wischte sie nur ihre Tränen ab. Sie sagte: »Trotzdem fühle ich mich nicht besser.«

»Shoemaker hat mir versichert, du wüsstest, wofür du unterschrieben hast.«

»Theoretisch stimmt das. Aber in der Praxis fühlt es sich anders an.«

»Das erste Mal ist immer am schlimmsten.«

»Willst du mir jetzt einreden, dass später alles einfacher wird?«

Ich gab darauf keine Antwort und sagte stattdessen: »Heb dir die Tabletten auf. Du brauchst sie nicht. Und selbst wenn du sie bräuchtest, solltest du sie dir aufheben. Später wird alles noch schwieriger.«

»Das baut einen echt auf.«

»Du hast keinen Grund, dir Sorgen zu machen. Du bist gut. Wir sind beide gut. Du wirst sehen, wir bleiben zuletzt Sieger.«

Casey Nice äußerte sich nicht dazu. Sie klammerte sich noch einen Augenblick an mich, dann löste sie sich aus meiner Umarmung, und wir setzten uns wieder gerade hin. Sie hüstelte und schniefte und fuhr sich mit dem Handrücken über die Augen. Dann fragte sie: »Können wir ins Hotel zurückfahren? Ich möchte duschen.«

Ich sagte: »Wir suchen uns ein neues Hotel.«

»Wieso?«

»Regel Nummer eins: Jeden Tag die Unterkunft wechseln.«

»Aber meine neue Zahnbürste liegt noch dort!«

»Regel Nummer zwei: Die Zahnbürste immer in der Tasche haben.«

»Ich muss mir eine neue kaufen.«

»Vielleicht kaufe ich mir auch eine neue.«

»Und ich muss mir etwas zum Anziehen besorgen.«

»Das lässt sich machen.«

»Aber ich habe keinen Koffer mehr.«

»Kein Problem. Ich hatte nie einen. Das gehört mit zu dem neuen Erlebnis. Man zieht sich im Geschäft um.«

»Nein, ich meine, wie wollen wir die Munitionsschachteln transportieren?«

»In unseren Taschen.«

»Da passen sie nicht rein.«

Sie hatte recht. Ich versuchte es, aber die Schachtel ragte halb aus meiner Tasche. Und meine Taschen waren größer als ihre. Ich sagte: »Aber wir sind hier in London. Wer weiß schon, was in diesen Schachteln ist?«

Sie sagte: »Von tausend Passanten vielleicht einer. Aber was ist, wenn diese eine Person ein Cop ist – wie der mit Kevlarweste und Maschinenpistole vor Wallace Court? Wir können nicht mit scharfer Munition in Schachteln durch die Stadt laufen.«

Ich nickte, dann sagte ich: »Okay, wir besorgen uns eine Stofftasche.« Ich schaute nach draußen, blickte nach beiden Seiten die Straße entlang. »Ich sehe allerdings keinen Laden, der welche verkauft.«

Sie deutete nach halblinks vorn. »Siehst du den Minimarkt an der Ecke? Er gehört zu einer hiesigen Kette, glaub ich. Geh hin und kauf irgendwas – Bonbons oder Kaugummi.«

»Ihre Tragetaschen sind dünne Plastiktüten. Die kenne ich. Gestern hast du eine mitgebracht, als du die Cola holtest. Sie war praktisch durchsichtig. So schlecht wie unsere Taschen.«

»Dort gibt's auch große, feste Tragetaschen.«

»Für Bonbons oder Kaugummi bekomme ich keine große, feste Tasche.«

»Umsonst bekommst du gar keine. Du musst jede Tragetasche bezahlen. Das bedeutet, dass du freie Wahl hast.«

»Hier muss man die Ware *und* die Tragetasche einzeln kaufen?«

»Das hab ich in irgendeiner Zeitschrift gelesen.«

»Wozu ist das gut?«

»Umweltschutz. Man soll eine haltbare Tasche kaufen, die man immer wieder verwenden kann.«

Ich sagte nichts, stieg aber aus und ging zur Straßenecke. Das Geschäft war eine sehr abgespeckte Version eines richtigen Supermarkts. Hier gab es Grundnahrungsmittel, eine Lunchtheke, Sechserpacks und Limonaden. Und Tragetaschen, genau wie Nice behauptet hatte. Ein Ständer vor den Kassen war mit ihnen behängt. Ich entschied mich für eine braune Tasche, die am umweltfreundlichsten aussah. Als wäre sie in Guatemala von einäugigen Jungfrauen aus Hanffasern gewebt worden. Sie war mit dem Namen des Supermarkts bedruckt – bestimmt in biologisch abbaubarer Farbe, hauptsächlich aus Karotten. Vermutlich würde der erste Regenschauer sie von der Farbe befreien. Aber als Tragetasche schien sie in Ordnung zu sein: Sie hatte Kordelgriffe, war reißfest und geräumig.

Weil ich weder Bonbons noch Kaugummi wollte, fragte ich die Kassiererin, ob man die Tragetasche auch allein kaufen könne. Sie gab keine direkte Antwort, musterte mich nur, als wäre ich schwachsinnig, zog die Tasche über den piepsenden Scanner und sagte: »Zwei Pfund.«

Was meiner Ansicht nach okay war. In einer Boutique an der Westküste hätte sie fünfzig Bucks gekostet. Die Romford Boys zahlten, und ich steckte ihr Wechselgeld ein und ging zu dem geparkten Škoda zurück.

Er war nicht mehr da.

36

Ich umfasste die Glock in meiner Tasche, und eine innere Stimme sagte mir: *Siebzehn Schuss im Magazin und einer im Lauf minus die zwei Schüsse in der Garage ergeben sechzehn Schuss, die verfügbar sind,* und ließ mich ans Schaufenster eines Immobilienmaklers zurücktreten, sodass meine Verwundbarkeit von dreihundertsechzig auf hundertachtzig Grad verringert wurde, aber die meiste Zeit kreischte sie nur: *Dominique Kohl.*

Ich holte tief Luft und sah nach links und rechts. Nirgends ein uniformierter Cop in Sicht. Was eine logische Erklärung gewesen wäre, denn Nice hätte sofort das Weite gesucht, wenn sie einen entdeckt hätte. In einer Kamera gespeicherte digitale Informationen ließen sich auf Knopfdruck löschen, aber Nice' Gesicht und das Kennzeichen des Škodas, das sich gleichzeitig einem menschlichen Gehirn einprägte, waren weniger leicht zu kontrollieren. Größere Unternehmungen waren schon aus geringeren Ursachen schiefgegangen. Aber ich konnte weit und breit keinen Cop entdecken. Nirgends kam ein Uniformierter mit seinem Notizbuch in der Hand auf dem Gehsteig herangeschlendert.

Und es gab auch keine Passanten, die mit offenem Mund den jetzt freien Parkplatz anstarrten, als hätte sich hier vor Kurzem etwas Aufsehenerregendes ereignet. Und Nice hätte sich nicht kampflos ergeben, nicht den Romford Boys, nicht den Serben, überhaupt niemandem. Sie hatte Türen gehabt, die sich verriegeln ließen, und eine geladene Pistole in der Tasche. Mit sechzehn Schuss, genau wie ich. Die Straße war nicht unbelebt, aber der Verkehr wirkte völlig normal. Hier hatte sich kein sensationeller Vorfall ereignet, das war klar.

Ich glitt das Schaufenster des Maklerbüros entlang und trat in einen Hauseingang, um meine Verwundbarkeit von hundertachtzig auf neunzig Grad zu verringern, als hätte ich nur ein rautenförmiges Baseballfeld vor mir. Der Verkehr auf der Einbahnstraße vor mir floss von rechts nach links. Er bildete einen gleichmäßigen Strom aus Kleinwagen mit Schrägheck, schwarzen Taxis, viertürigen Limousinen und Lieferwagen. Keine Fahrer, die links und rechts die Gehsteige absuchten; keine bewaffneten Beifahrer, die sich auf die Gesichter von Fußgängern konzentrierten. Niemand auf der Suche nach mir. Ich trat einen halben Schritt vor und suchte die Straßenecken ab. Auch dort lauerte niemand.

Sie weiß, wofür sie unterschrieben hat. Und sie ist tougher, als sie aussieht.

Sie ist gefangen genommen, verstümmelt und ermordet worden. Ich hätte selbst losziehen müssen.

Ich bleibe ganz im Hintergrund. So etwas passiert nicht wieder.

Ich verließ den Hauseingang und machte mich entgegen der Fahrtrichtung auf den Weg. Auf beiden Gehsteigen hasteten Leute in beide Richtungen dahin: in billigen Anzügen und dünnen Regenmänteln, mit zusammengerollten Schirmen, die Engländer gern für alle Fälle dabeihaben, Aktenkoffern, Tragetaschen und Rucksäcken, alle zu unbekannten Zielen unterwegs. Nirgends jemand, der sich verdächtig benahm. Keine schwarzen Lieferwagen, die mit laufendem Motor am Randstein warteten, keine Schlägertypen, die sich wachsam umsahen, keine Streifenwagen.

Ich zog das Smartphone, das Scarangello mir gegeben hatte, aus der Tasche, fand Nice' gespeicherte Nummer und rief sie an. Daraufhin folgte eine lange Pause, in der nichts als ein kratziges Rauschen zu hören war, während das Handy sich in ein Netzwerk einwählte oder vielleicht eine Verschlüsselung lief. Dann hörte ich einen Klingelton, das lange, sanfte amerikanische Schnurren mitten in London, und anschließend fünf weitere.

Keine Antwort.

Ich legte auf.

Aufs Beste hoffen, fürs Schlimmste planen. Vielleicht fuhr sie gerade, konnte am Steuer sitzend nicht telefonieren. Vielleicht hatte etwas sie vom Randstein verscheucht, und sie war dabei, um den Block zu fahren. Irgendein harmloser Grund. Links, dann wieder links und noch zweimal links, so viel Zeit, wie ich brauchte, um meine Einkäufe zu erledigen und wieder aus dem Minimarkt zu kommen. Irgendwann würde sie mich auf dem Gehsteig sehen, rasch anhalten und mich einsteigen lassen.

Ich behielt die nächste Straßenecke im Auge.

Casey Nice tauchte nicht auf.

Schlimmstenfalls befand ihr Smartphone sich in der Hand eines anderen Kerls, dessen Augen aufleuchten würden, wenn er meinen Namen auf dem Display sah. Vielleicht würden sie anhalten und versuchen, mich ebenfalls zu kriegen. Jetzt und hier. Zwei zum Preis von einer. Ein improvisierter Plan. Bestimmt eine Art Falle irgendwo in der Nähe. Casey Nice als Köder, die Kerle im Hinterhalt.

Ich behielt das Display meines Smartphones im Auge.

Niemand rief zurück.

Fürs Schlimmste planen. Die einzige weitere gespeicherte

Nummer gehörte General O'Day. *Unsere Smartphones sind mit GPS ausgestattet, damit unser Standort jederzeit übermittelt wird.* Er konnte mich zu ihr führen. Buchstäblich Schritt für Schritt. Zumindest bis die Kerle ihr Smartphone wegwarfen. Ich wählte seine Nummer und hörte zunächst wieder das kratzige Rauschen.

Dann legte ich auf, weil vor mir der Škoda um die Ecke bog.

Casey Nice fuhr, aber sie war nicht allein. Hinter ihr auf dem Rücksitz saß eine weitere Gestalt: massiv, aber im Schatten nicht genau erkennbar, leicht zur Seite geneigt, als schaute sie über Nice' Schulter hinweg. Dann kam der Wagen näher, und ich erkannte den Kerl. Ein Mann zwischen vierzig und fünfundvierzig mit sonnengebräuntem, kantigem Gesicht unter einem blonden Bürstenhaarschnitt. Er trug einen Pullover und eine Carhartt-Jacke, dazu bestimmt Jeans und beige Wildlederstiefel, vielleicht Wüstenstiefel der britischen Armee.

Bennett, der Waliser mit dem unaussprechlichen Vornamen. Zuletzt in Paris gesichtet, als er fluchtartig verschwunden war. Der MI6-Agent. Oder war er bei MI5? Oder doch woanders? *Im Augenblick ist alles ziemlich fließend*, hatte er mit seiner Singsangstimme gesagt.

Der Škoda bremste scharf, fuhr an den Bordstein und hielt vor mir. Nice und Bennett mussten lange Hälse machen, um unter dem Oberrand der Frontscheibe zu mir herausschauen zu können. Beide sahen mich irgendwie bittend an, Nice mehr als Bennett, als wollte sie sagen: *Tu so, als wäre dies ganz normal.*

Ich öffnete die linke Tür, glitt auf den Beifahrersitz, hob meine Füße in den Wagen und knallte die Tür zu. Die umweltfreundliche Tragetasche behielt ich auf den Knien. Nice gab etwas Gas und ordnete sich in den Verkehr ein. Sie sagte: »Dieser Gentleman ist Mr. Bennett.«

»Ich erinnere mich«, sagte ich.

»Wir kennen uns«, erklärte Bennett – zu ihr, nicht zu mir. »Aus Paris, wo ein Windstoß ihm das Leben gerettet hat.«

Ich fragte: »Geben Sie jetzt zu, hier zu sein?«

»Nicht schriftlich.«

»Wozu haben Sie mein Auto entführt? Das hat mir kurzzeitig Sorgen gemacht.«

»Zwei Blocks von hier ist eine Politesse unterwegs. Die machen heutzutage Fotos von falsch geparkten Autos. Auf solche Komplikationen können Sie verzichten, glaub ich.«

»Was wollen Sie?«

»Bitte halten Sie an«, sagte er zu Nice. »Wo immer Sie wollen. Sehen wir jemanden kommen, fahren wir weiter.«

Nice wurde langsamer, suchte einen Platz am Randstein und fand endlich einen, an dem unser Heck in eine Bushaltestelle ragte. Theoretisch sicher verboten, aber Bennett schien das nicht zu stören. Ich fragte ihn noch mal: »Was wollen Sie?«

Er sagte: »Ich möchte Sie ein bis zwei Tage begleiten.«

»Uns?«

»Natürlich.«

»Wozu?«

»Ich bin im Augenblick ohne festen Auftrag unterwegs. Den interpretiere ich so, dass ich die übrigen sechsunddreißig verdeckten Ermittler, die in London arbeiten, im Auge behalten und mich denen anschließen soll, die am weitesten vorangekommen sind.«

»Wir sind nicht vorn.«

»Das ist leider auch sonst niemand. Aber Sie haben wenigstens Spaß dabei.«

»Bisher nicht.«

»Aber Sie machen gewisse Fortschritte.«

»Tun wir das?«

»Seien Sie nicht so bescheiden.«

»Nehmen Sie dieses Gespräch auf?«

»Wollen Sie mich durchsuchen?«

»Das tue ich«, sagte Nice über die linke Schulter hinweg, »wenn's sein muss. Schließlich gibt es Regeln.«

»Das sagt die Agentin, die mit zwei kürzlich verübten Morden in ihrem Kielwasser unangemeldet auf dem Boden eines verbündeten Staats operiert.«

Ich sagte: »Die beiden können Sie mir zuschreiben.«

»Unmöglich«, sagte Bennett knapp. »Wie erklären Sie Wormwood Scrubs? Sie haben einen übernommen – und sie drei? Das glaube ich nicht. Sie hätten die Leichen anders hinlegen müssen. So war der Ablauf ziemlich klar. Ich glaube, dass der Glassplitter allein auf Miss Nice' Konto geht. Und Ihnen billige ich den Romford Boy von gestern zu. Dann steht's also eins zu eins unentschieden.«

»Was wollen Sie?«, fragte ich zum dritten Mal.

»Keine Sorge«, antwortete er. »Uns interessiert das alles nicht besonders. Die andere Seite dagegen sehr. Das ist Ihr Problem. Das ist der Nachteil. Jetzt sind gleich zwei Banden hinter Ihnen her.«

»Wie interessiert ist ›nicht besonders‹?«

»Was uns betrifft? Wir machen uns Notizen, aber die heften wir nur ab.«

»Auf Papier?«

»Unvermeidbar, fürchte ich.«

»Dann waren wir nicht dort.«

Er fragte: »Wo?«

Ich antwortete: »Überall.«

»Die moderne Technik sagt etwas anderes. Wir überwachen Sie auf Schritt und Tritt, wissen Sie. Und das GPS ist eine wunderbare Sache. Wie hätte ich Sie vorhin sonst finden sollen –

meilenweit vom Tatort entfernt in einem gestohlenen Wagen? Und noch dazu in kürzester Zeit?«

Ich sagte: »Unsere Smartphones sind verschlüsselt.«

Er lächelte nur und sagte: »Oh bitte.«

»Bitte was?«

»Denken Sie mal darüber nach, weshalb Ihre Leute uns ertragen. Weshalb sie sich nicht lieber mit den Deutschen zusammentun. Was haben wir denn zu bieten?«

»Das GCHQ«, sagte ich.

Bennett nickte. »Unsere Version der NSA. Unser Horchposten. Aber so viel besser als die NSA, dass es peinlich ist. Ihr Amerikaner braucht uns. Deshalb ertragt ihr uns.«

»Ihr hört weltweit alle ab?«

»Nein, wir moderieren«, erwiderte er. »Wir sammeln Informationen und geben sie weiter. Gelegentlich prüfen wir sie auf Verständlichkeit. Auf rein technischer Ebene.«

»Aber den CIA-Fernmeldeverkehr könnt ihr bestimmt nicht entschlüsseln.«

»Jedenfalls glaubt das die CIA.«

»Ihr habt ihren Schlüssel geknackt?«

»Meines Wissens haben wir ihr ihren Schlüssel verkauft. Natürlich nicht direkt. Das war bestimmt ein raffiniertes Täuschungsmanöver.«

»An sich kein Verhalten, das man von einem Bündnispartner erwartet.«

»Aber bestimmt schon sehr lange her.«

»Haben wir der Öffentlichkeit also einen Dienst erwiesen? Was die Serben betrifft?«

»Sie haben sie geschwächt, aber nicht erledigt. Als hätten Sie einem Kraken einen Fangarm abgehackt. Dafür sind wir Ihnen natürlich dankbar. Gegen sieben Tentakel kämpft man leichter als gegen acht. Auch wenn der Unterschied nicht allzu groß ist.«

»Sie wollen mehr.«

»Jetzt sind beide Banden hinter Ihnen her. Was vielleicht neue Möglichkeiten eröffnet. Mein Eindruck ist, dass gewisse Kreise nichts gegen ein paar weitere Todesfälle hätten.«

»Während Sie uns begleiten?«

»Aber nur als Beobachter. Manche dieser Leute sind britische Untertanen. Und wie Miss Nice schon gesagt hat, gibt es Regeln.«

»Helfen Sie uns auch?«

»Brauchen Sie Hilfe?«

»Wir haben um eine Adressenliste gebeten.«

Bennett nickte. »Ja, ich weiß.«

»Aber wir haben keine Antwort bekommen.«

»Adressen sind schwierig. Jetzt schwieriger als je zuvor, weil wir seit heute Vormittag außer Karel Libors Portfolio auch das der Serben analysieren müssen. Arbeiten sie wirklich mit den Romford Boys zusammen, ist's nur logisch, dass Kott und Carson weit voneinander getrennt versteckt sind. Das ist auf jeden Fall sicherer. Logischerweise würde man sie irgendwo außerhalb der Stadt auf dem Land unterbringen. Und die Umgebung von London ist ziemlich eben, bestenfalls leicht hüglig. Kein Terrain, auf dem man sich einem abgelegenen Farmhaus nähern möchte, in dem vielleicht einer oder zwei der vier besten Scharfschützen der Welt lauern.«

Ich sagte: »Ich hätte die Liste trotzdem gern.«

»Okay, wir geben sie heute frei. Sie bekommen sie, sobald O'Day sie weiterleitet.«

»Aber Sie setzen auf abgelegene Farmhäuser? Weit voneinander entfernt?«

»Nicht unbedingt. Es gibt noch andere Möglichkeiten.«

»Zum Beispiel?«

»Sie besitzen sichere Häuser und vermieten selbst viele Häuser, deren Mieter bereitwillig ein bis zwei Wochen bezahlten Urlaub machen. Und es gibt viele Leute, die ihnen Geld schulden und nur zu gern einen Schuldenerlass bekommen würden, indem sie einen Fremden als Gast bei sich aufnehmen und keinem Menschen davon erzählen.«

»Aber Sie glauben, dass es besser wäre, die beiden vor Neugierigen zu verstecken?«

»Auf den ersten Blick viel besser. Aber letztlich doch problematischer, nicht wahr? Die Kerle müssen annehmen, dass wir einen Plan haben, die Zufahrten zur Innenstadt streng zu kontrollieren. Wie nach dem elften September. Über solche Pläne verfügen bestimmt alle Großstädte. Und sie würden davon nicht überrascht werden wollen, wenn sie ein großes Gewehr durch den Kordon bringen müssten. Deshalb vermute ich, dass sie ziemlich bald in die Stadt zurückkehren werden. Vielleicht sind sie schon wieder hier.«

»Wir haben ein paar hundert Apartments mit Blick auf Wallace Court gesehen.«

»Die wir alle sorgfältig unter die Lupe nehmen. Aber was ist, wenn die beiden sich an geeigneten Orten aufhalten, die wir übersehen haben?«

»*Haben* Sie einen Plan für die Absperrung Londons?«

»Natürlich haben wir einen.«

»Warum setzen Sie ihn dann nicht um?«

»Weil wir Optimisten bleiben.«

»So reden Politiker.«

»Das Ziel ist, diese Gefahr möglichst rasch aus der Welt zu schaffen.«

»Auch so reden Politiker.«

»Politiker stellen unsere Gehaltsschecks aus.«

»Welche Art Hilfe können wir also von Ihnen erwarten?«

»Wir zeigen Ihnen, wo Little Joey lebt. Ohne ihn läuft bei den

Romford Boys nichts. Sie können ihr Kommen und Gehen beobachten und versuchen, daraus schlau zu werden.«

»Soll das heißen, dass Sie's nicht können.«

»Was wir bisher beobachtet haben, ergibt kein schlüssiges Gesamtbild.«

»Dann ist Little Joey vielleicht nicht der Mann, den Sie suchen.«

»Charlie White ist viel zu alt und abgehoben, um im Tagesgeschäft mitzumischen, und Tommy Miller sowie Billy Thompson sind kaum zehn Jahre jünger und in unserer Zeit nur noch Bürokraten. Steuerstrategien, legale Investitionen, mit solchen Dingen sind heutzutage alle Banden ausgelastet. Little Joey ist von allen der Einzige, der wirklich noch etwas tut. Das können Sie mir glauben. Lösen sie die Wachen ab oder schicken Essen und Frauen aufs Land, läuft alles über Little Joeys Einfahrt.«

»Nur haben Sie nichts dergleichen beobachtet.«

»Noch nicht.«

»Wie viel Zeit haben wir noch, bevor die Politiker in Panik geraten?«

»Nicht viel.«

»Haben sie einen Plan B.«

»Es wäre gut, wenn wir's nicht so weit kommen ließen.«

»Dann helfen wir Ihnen also jetzt?«

»Wir helfen uns gegenseitig. So sollte es doch sein, stimmt's?«

»Hören Ihre Leute den heißen Draht zwischen Downing Street und Oval Office ab?«

»Wozu interessiert Sie das?«

»Persönliches Interesse.«

»Der ist nach alter Tradition tabu.«

»Gut zu wissen.«

Er sagte: »Wir sollten ein neues Hotel für Sie suchen. Ich denke, Sie brauchen etwas Erholung. Ich schicke Ihnen eine SMS, wenn wir zu Little Joey rausfahren können.«

Ich fragte: »Unsere Telefonnummern haben Sie?«
Er gab keine Antwort.
»Dumme Frage«, sagte ich.

Bennett tauschte die Plätze mit Nice und fuhr mit uns nach Süden zur Bayswater Road, der Nordgrenze des Hyde Parks, dann nach Osten zum Marble Arch und auf der Park Lane wieder nach Süden, nach Mayfair, das reich genug war, um ein neutrales Gebiet zu sein. Hier gab es keine Gangster, zumindest keine, die ich erkannt hätte. Wir fuhren an den Hotels Grosvenor House und Dorchester vorbei und hielten dann vor dem Hilton. Bennett sagte: »Hier sucht Sie niemand. Wegen des Geldes, das Sie erbeutet haben, wird man Ihnen ein besseres Haus zutrauen. Vielleicht das Brown's oder Claridges, das Ritz oder Savoy.«

Ich fragte: »Woher wissen Sie von dem Geld, das wir erbeutet haben?«

»Das hat in Miss Nice' Bericht an O'Day gestanden.«

»Den Sie zufällig auf Verständlichkeit geprüft haben.«

»Was überprüft werden soll, wird nach dem Zufallsprinzip ausgewählt. Eine reine Lotterie. Computergesteuert. Hat etwas mit der durchschnittlichen Häufigkeit auftretender Fehler zu tun.«

»Wir sollten unsere Smartphones wegwerfen.«

Casey Nice sagte: »Das dürfen wir nicht.«

Bennett warf ein: »Ganz Ihrer Meinung. Das dürfen Sie nicht. Sie müssen sich regelmäßig bei O'Day melden. Das gehört zu dem Deal, den er mit Scarangello abgeschlossen hat. Lassen Sie jetzt Funkstille eintreten, ist der Deal geplatzt, und Sie werden von allen Beteiligten fallen gelassen. Dann kann ich Ihnen nur raten, Großbritannien binnen einer Stunde zu verlassen, sonst werden Sie gejagt wie gewöhnliche Verbrecher.«

»Sie wissen auch von Scarangello?«

»Denken Sie bitte daran, dass alles, was nach Maryland geht, erst einen kleinen Umweg über Gloucestershire macht. Und umgekehrt.«

»Sie hören die ganze Welt ab?«

»So ziemlich.«

»Und wer finanziert das geplante Attentat? Haben Sie das schon rausgekriegt?«

»Nicht hundertprozentig.«

»Und Sie sind die Erste Mannschaft, was? Die Superklugen? So viel besser als die Bauernlümmel in Fort Mead?«

»Normalerweise sind wir ziemlich erfolgreich.«

»Diesmal anscheinend nicht. Deshalb wollen Sie alles uns aufhalsen. Wir sollen Verbindung zu O'Day halten, damit Sie mithören können, während wir alle Risiken auf uns nehmen.«

»Wir sind nicht zur Weltherrschaft aufgestiegen, weil wir nett waren.«

»Die Waliser haben die Welt beherrscht?«

»Die Briten haben sie beherrscht. Und die Waliser sind Briten. Genau wie die Schotten. Sogar nicht weniger als die Engländer.«

Ich sagte nichts. Nice gab mir die Schachteln mit Munition, und ich steckte sie in die Ökotragetasche. Dann stiegen wir aus und betraten die Hotelhalle.

37

Das Hilton bot weit mehr, als wir gebraucht hätten. Es war ein anonymes Haus einer Hotelkette, aber zu Ehren seiner Lage in der Park Lane hatte man den Luxus auf die Spitze getrieben.

Und die Preise. Und die Hochnäsigkeit. An der Rezeption gab es anfangs gewisse Zweifel, weil wir ohne Gepäck waren. Wir hatten nur die Tragetasche mit Munition. Ebenso zurückhaltend wurde unser Wunsch aufgenommen, bar zu zahlen, aber als sie unsere dicke Rolle Scheine sahen, stiegen wir sofort von Billigtouristen zu exzentrischen Oligarchen auf. Keine Russen, das war klar, aber vielleicht Texaner. Jedenfalls waren nun alle extrem höflich. Speziell die Pagen machten enttäuschte Gesichter, weil wir kein großes Gepäck hatten. Sie witterten Fünfzig-Pfund-Trinkgelder.

Unsere Zimmer lagen in unterschiedlichen Stockwerken, aber wir fuhren erst zu Nice' hinauf, um es auf Sicherheit hin zu kontrollieren und weil ich fand, sie solle eine Schachtel Munition haben. Ein einsamer letzter Kampf in einem Hotelzimmer war höchst unwahrscheinlich, aber nicht völlig auszuschließen, und in diesem Fall wäre 116 eine viel interessantere Zahl als eine schlichte 16 gewesen.

Ihr Zimmer war leer und wirkte harmlos. Im Prinzip hatte es die gleiche Einrichtung, die ich aus Tausenden von Motelzimmern kannte, aber der hiesige Standard war weit höher – auch buchstäblich, weil es im zwanzigsten Stock mit Blick auf den Park lag. Ich legte die Schachtel mit hundert Schuss Parabellum in ihren Nachttisch, schaute mich noch einmal um und ging dann zur Tür.

Sie teilte mir mit: »Ich habe noch immer zwei. Ich fühle mich jetzt gut.«

Ich sagte: »Erzähl mir, wie Bennett in unser Auto gekommen ist.«

»Ja, das war verrückt. Er ist einfach zu mir eingestiegen. Ich hab ihn auf der anderen Straßenseite gesehen, als er eine Telefonnummer wählte und dann zuhörte, wie man's halt so macht. Er war bloß irgendein Kerl, aber dann klingelte mein Handy, und als ich mich gemeldet habe, war er dran. Er ist über die Straße gekommen und hinter mir eingestiegen. Er sagte, er habe meine Nummer von General O'Day, und General Shoemaker habe sie bestätigt. Und wir sollten gleich losfahren – einmal um den Block –, weil wir im Parkverbot standen und eine Politesse in unsere Richtung unterwegs war.«

»Also bist du losgefahren?«

»Ich hab ihn für echt, für vertrauenswürdig gehalten und dachte, wer die Namen beider Generale kennt, muss auf unserer Seite stehen.«

»Was hältst du jetzt von ihm?«

»Nicht hundertprozentig echt, aber noch immer auf unserer Seite.«

Ich nickte. »Das denke ich auch. Glaubst du alles, was er gesagt hat?«

»Ich glaube, dass er manchmal übertrieben hat. Es sei denn, er hätte sich selbstmörderisch offen über ein streng geheimes Programm geäußert. Zumindest auf britischer Seite streng geheim. Sein Dienst würde sicher eingreifen, wenn offen über seine Geheimnisse geredet würde.«

»Manche Leute sind selbstmörderisch freimütig. Sie haben gelernt, den offiziellen Scheiß zu hassen. Trotzdem gibt es keine Reaktion, weil ihr Gerede unwichtig ist. Leute wie er sind kein Sicherheitsrisiko. Alles preiszugeben bedeutet nicht mehr, als nichts preiszugeben. Die Briten haben unseren Code geknackt. Die Briten haben unseren Code nicht geknackt. Beide Behauptungen stehen im Raum, aber niemand kann sagen, welche zutrifft.«

»Hören und lesen sie also unsere Nachrichten mit?«

»Denk an die Dinge, die er nicht übertrieben hat.«

»Welche meinst du?«

»Er hat eingeräumt, dass sie aus den Aktivitäten in Little

Joeys Haus nicht schlau werden und mit der Fahndung nach den Geldgebern der Attentäter nicht weiterkommen.«

»Und?«

»Schwache Leistung.«

»Niemand ist hundertprozentig erfolgreich.«

»Aber die Briten sind sonst sehr gut. Sie haben die meisten dieser Fahndungsmethoden entwickelt. Ich nehme ihm nicht ab, dass sie viel besser als die NSA sind, aber sie sind mindestens gleich gut. Das müssen wir zugeben. Vielleicht sogar etwas besser. Die Briten sind im besten Sinn sehr subtil. Im Allgemeinen gute Kartenspieler. Uns sie sind hart, wenn's sein muss. Letzten Endes tun sie immer, was nötig ist. Aber in diesem Fall kommen sie nicht weiter.«

»Er ist eben schwierig.«

»So schwierig, dass weder NSA noch GCHQ einen Fuß in die Tür bekommen können?«

»Das stimmt wohl.«

»Wie wahrscheinlich ist's dann, dass eine noch unerfahrene Analystin und ein pensionierter Militärpolizist den Durchbruch schaffen? Was sollen wir sehen, das alle anderen übersehen haben?«

»Vielleicht doch irgendwas.«

»Es gibt aber nichts. Bennett denkt jetzt, wie O`Day gedacht hat. Nur ein paar Tage später. Bennett war in Paris. Er weiß, dass Kott auf mich gezielt hat. Und er weiß, dass der jetzt in London ist. Er denkt, dass er ihn aus der Reserve locken kann, indem er uns als Ziele ins Scheinwerferlicht schiebt. Das ist ein Versuch auf gut Glück. Und ihm geht's dabei nur um sich selbst. Wir sind ihm egal. Er wartet auf das Mündungsfeuer. Mehr will er nicht. Bevor die Politiker in Panik geraten.«

»Ich möchte wetten, dass du vorhattest, im Scheinwerferlicht zu stehen.«

»Nicht als Zielscheibe.«

»Spielt es eine Rolle, als was andere uns bezeichnen?«

»Natürlich nicht. Wir müssen's trotzdem tun. Uns bleibt keine andere Wahl. Das gilt auch für unsere Smartphones. Wir müssen O'Day auf dem Laufenden halten. So bekommt Bennett wieder mal, was er will.«

»Aber nur, weil auch wir bekommen, was wir brauchen. Sogar als Erste. Also spielt das eigentlich keine Rolle.«

»Damit betrachten zwei Regierungen uns nur als Köder. Das ist eine Regierung zu viel. Wir sind in vielerlei Beziehung auf sie angewiesen. Was wir von ihnen kriegen, hängt davon ab, was sie von uns halten. Unterschwellig, meine ich. Sie könnten Vorurteile entwickeln. Wir müssen darauf gefasst sein, sie zu erkennen.«

»Um was zu tun?«

»Wir müssen vor allem an uns selbst denken. Es kann Befehle geben, die wir ignorieren müssen.«

Sie schwieg und sah zur Seite, aber zuletzt nickte sie doch auf eine Weise, aus der tiefe Nachdenklichkeit oder bedauernde Entschlossenheit sprach. Worum es sich handelte, war schwer zu beurteilen.

Ich fragte: »Fühlst du dich noch immer gut?«

Sie sagte: »Wir müssen's trotzdem tun.«

»Das ist keine Antwort auf meine Frage.«

»Sollte ich mich gut fühlen?«

»Na ja, jedenfalls nicht ängstlich. Zerbrich dir nicht den Kopf darüber, welcher Geheimdienst dich verraten wird und welcher nicht. Irgendwann tun sie's doch alle.«

»Du verstehst es wirklich, mich aufzuheitern.«

»Ich versuche nicht, dich aufzuheitern. Ich versuche sicherzustellen, dass wir auf derselben Wellenlänge sind. Dort sollten wir unbedingt sein.«

»Niemand wird uns verraten.«
»Würdest du darauf dein Leben verwetten?«
»Auf einige Leute, die ich kenne, ja.«
»Aber nicht auf alle?«
»Nein.«
»Da hast du's.«
Sie sagte: »Und das macht dir Sorgen.«
Ich sagte: »Dir aber noch mehr.«
»Sollte es das nicht?«
»Weißt du, was dein größter Fehler war?«
»Das erzählst du mir bestimmt gleich.«
»Du hättest zur Army, nicht zur CIA gehen sollen.«
»Wozu?«
»Weil der ganze Stress, unter dem du stehst, nur von dem Gefühl kommt, die Verantwortung für die nationale Sicherheit liege allein auf deinen Schultern. Was eine unrealistische Last ist. Aber das denkst du, weil du deinen Kollegen nicht traust. Nicht allen. Du glaubst ihnen nicht – und bist dadurch isoliert. Die ganze Verantwortung liegt bei dir. Aber in der Army ist's anders. Sie mag andere Fehler haben, aber seinen Kameraden kann man unbedingt trauen. Und ihnen glauben. Das ist schon alles. In der Army wärst du viel glücklicher.«
Nice schwieg einen Augenblick, dann sagte sie: »Ich war in Yale.«
»Du kannst immer noch wechseln. Ich bringe dich zu einem Rekrutierungsbüro.«
»Vorerst sind wir in London. Und warten auf eine MMS von Mr. Bennett.«
»Wenn wir zurück sind. Du solltest darüber nachdenken.«
Sie sagte: »Vielleicht tu ich's sogar.«

Die MMS von Bennett ging zwei Stunden später ein. Ich war allein in meinem Zimmer, das wie Nice' aussah, sich aber einen Stock höher und nach hinten hinaus befand. Mein Blick ging über Mayfairs reiche Dächer hinweg: überall grauer Schiefer, rote Ziegel und verzierte Kamine. Die US-Botschaft lag ganz in der Nähe, irgendwo nördlich von mir, aber ich konnte sie nicht sehen. Ich lag auf dem Bett, und mein Smartphone stand im Ladegerät auf dem Nachttisch, als es einmal kurz summte, bevor die Nachricht auf dem Display erschien: *Hotelhalle in 10 Minuten*. Ich rief Nice übers Haustelefon an. Als sie sagte, sie habe dieselbe Nachricht bekommen, legte ich mich noch mal fünf Minuten hin. Dann stand ich auf, steckte die nachgeladene Glock in die Jackentasche und ging zu den Aufzügen hinaus.

Nice stand bereits in der Hotelhalle, und Bennett saß schon am Steuer eines vor dem Hotel geparkten Wagens. Sein Vauxhall war ein hiesiges GM-Produkt: neu und frisch gewaschen, dunkelblau und so völlig anonym, dass er nur einer staatlichen Institution gehören konnte. Der Škoda war bestimmt längst gereinigt und irgendwo abgestellt oder gleich angezündet worden. Es war früher Abend, und die Sonne stand sehr tief über den Bäumen des Parks.

Ich stieg hinten ein, und Nice setzte sich vorn zu Bennett, der sofort anfuhr und sich in den Verkehr einfädelte. Ich fragte ihn: »Wohin fahren wir?«

Er antwortete nicht gleich, weil er von der Park Lane nach Süden auf die Park Lane in Richtung Norden wechseln und dazu die Hyde Park Corner umrunden musste, wo ebenso verrückter Betrieb herrschte wie am Pariser Place de la Bastille. Dann sagte er: »Chigwell.«

»Wo liegt das?«

»Nordwestlich von Romford. Dort zieht man hin, wenn man

zu Geld gekommen ist. Ein sehr angenehmer Vorort. Große Villen auf großen Grundstücken. Mauern und Tore und solches Zeug. Überall Bäume und reichlich freie Flächen.«

»Und dort lebt Little Joey?«

»In einem Haus, das er selbst entworfen hat.«

Wir sahen zahlreiche Häuser in unterschiedlichsten Baustilen, bevor wir zu Little Joeys kamen. Es ging nur langsam voran. Der Verkehr war dicht, weil wir im Prinzip stadtauswärts unterwegs waren – gemeinsam mit ungefähr einer Million Menschen, die nach Hause wollten. An jeder Ampel, an jeder Kreuzung gab es Stau. Trotzdem schien Bennett sich keine Sorgen wegen der Zeit zu machen. Ich vermutete, dass er darauf spekulierte, den Sonnenuntergang abzuwarten.

Wir fuhren durch einige historische Bezirke und dann – immer nach Nordnordost unterwegs – weiter nach Suburbia. Wir benutzten sogar eine Autobahn, von einer Einfahrt zur nächsten Ausfahrt, und erreichten zuletzt Chigwell, dessen gepflegte Straßen im goldenen Schein der untergehenden Sonne vor uns lagen. Hier standen prächtige Villen, alle in Klinkerbauweise, manche wie kleine Wallace Courts hinter schmiedeeisernen Zäunen oder Mauern mit Toren, die meisten auf gärtnerisch gestalteten Grundstücken mit Baumbestand, alle mit teuren Luxusautos, deren Chrom in der Abendsonne blitzte, in den Einfahrten.

Ich fragte: »Fahren wir einfach bis vor seine Haustür?«

Bennett antwortete: »Nein, leider ist die Sache etwas komplizierter.«

Und das war sie, zumindest topografisch. Wir stellten den Wagen auf dem Kiesparkplatz hinter einem Pub ab, ohne ihn jedoch zu betreten. Wir gingen an ihm vorbei auf die Straße zurück. Vielleicht gab es eine Vereinbarung mit dem Wirt. Nichts gesagt, nichts verlangt, nichts angeboten, aber trotzdem eine stillschweigende Übereinkunft. *Keinen Abschleppdienst rufen und keine Fragen stellen.* Wir bogen auf baumbestandenen Straßen erst links, dann rechts ab, zweifellos hinter Stores hervor misstrauisch beäugt. Aber wir wussten, dass wir nicht bedrohlich wirkten: nur drei harmlose Personen, die einen Spaziergang machten.

Wir verfolgten, wie die Sonne endlich unterging. Als der Abendhimmel langsam dunkel wurde, hatten wir links neben uns einen langen Bretterzaun, und bevor der nächste Zaun begann, entdeckten wir eine einen Meter breite Lücke, wo ein öffentlicher Fußweg begann – lang, gerade und schmal, mit niedergetrampeltem Unkraut und von einer dünnen Schotterschicht bedeckt, zwischen hohen Bretterzäunen mit exakt einem Meter Abstand verlaufend. Wir gingen hintereinander her: Bennett voraus, dann Nice, anschließend ich, hundertfünfzig Schritte weit, bis wir eine kiesbestreute Lichtung mit einem grünen Gartenhaus erreichten, das sich bei näherer Betrachtung als frisch gestrichen und recht geräumig erwies. Über seiner Tür stand in weißer Schrift *Bowling Club.* Vor dem Holzhaus erstreckte sich ein Grün, ein weites Spielfeld mit üppig grünem Rasen.

»Eine andere Art Bowling«, meinte Nice.

»Sehr beliebter Sport«, sagte Bennett.

»Daher das Riesengebäude«, sagte ich. »Aber vermutlich müssen sie manchmal alle unterbringen. Das wäre eine Erklärung dafür. Bei heiß umkämpften Matches.«

»Es gibt viele weitere Klubs«, sagte Bennett. »Alle anderen sind größer.«

Er bückte sich und zog einen Schlüssel unter einem Stein hervor. Der Schlüssel schien ganz neu zu sein. Als Bennett ihn ins Schloss steckte, musste er etwas daran wackeln, bis er aufsperrte.

Als die Tür aufging, sah ich dahinter einen halbdunklen Raum, aus dem der Modergeruch von Holz, Wolle, Baumwolle und Leder kam, die zu lange feucht gelagert gewesen waren. Er hielt die Tür mit gespreizten Fingern auf und winkte uns mit der anderen Hand durch.

Ich fragte: »Was gibt's hier drinnen?«

Er sagte: »Sehen Sie sich um.«

Tatsächlich lagerte hier die ganze Ausrüstung eines Bowlingklubs, die jedoch achtlos zur Seite geräumt worden war, sodass die Fenster mit Blick auf das makellose Grün frei waren. Den Raum davor nahmen drei einfache Küchenhocker ein, vor denen jeweils ein riesiges Nachtglas auf einem schweren Stativ stand.

Bennett sagte: »Der letzte Winter war recht stürmisch. Besonders ein Sturm hat hier gewütet und ein paar Nachbarn Bäume gekostet. Wodurch Little Joeys Haus plötzlich von hier aus sichtbar wurde. Ein glücklicher Zufall, weil wir nicht näher herankönnen. Wir vermuten, dass seine direkten Nachbarn für ihn arbeiten, ihm treu ergeben sind oder Angst vor ihm haben.«

»Dieser Schuppen ist also die Überwachungszentrale für Little Joey?«

»Man nimmt, was man kriegen kann.«

»Ihr sitzt hier stundenlang mit dem Rücken zur Tür?«

»Beschweren Sie sich darüber bei dem Zimmermann, der dieses Haus vor siebzig Jahren erbaut hat.«

»Mit dem Schlüssel unter einem Stein?«

»Das ist eine Kostenfrage. Solche Vorschläge kommen von den Zuständigen. Warum nicht einen Schlüssel teilen, statt zehn neue anfertigen zu lassen? Damit sie einen neuen Computer anschaffen können.«

»Kein Video?«

»Für solche Dinge geben sie gern Geld aus. Drahtlose Bildübertragung direkt aus den Ferngläsern. Tag und Nacht. HD, aber nicht in Farbe.«

»Weiß der Bowlingklub, dass ihr hier seid?«

»Eigentlich nicht.«

»Gut«, sagte ich. Einen übereifrigen Klubvorsitzenden auf Geheimhaltung einschwören zu wollen, wäre vermutlich aussichtslos gewesen.

Nice fragte: »Was ist, wenn sie herkommen, um eine Partie zu spielen?«

Er sagte: »Wir haben das Schloss ausgewechselt. Dieses Schloss gehört uns, nicht ihnen. Sie werden denken, dass mit ihren Schlüsseln etwas nicht stimmt, und eine Sitzung einberufen, dann darüber diskutieren, ob der Klub Geld für einen Schlüsseldienst ausgeben solle. Sie werden Reden dafür und dagegen halten. Bis dahin wird dieser Schuppen nicht mehr gebraucht, und wir haben das Schloss wieder ausgetauscht und sind befriedigt abgerückt.«

Ich fragte: »Wie gut können wir von hier aus sehen?«

Er sagte: »Probieren Sie's aus.«

Also trat ich ans Fenster und setzte mich auf den mittleren Hocker und schaute durchs Fernrohr.

38

Offenbar enthielt das Fernrohr fantastische Hochtechnologie, denn das Bild war spektakulär. Überhaupt nicht grün und körnig wie gewohnt, sondern klar und silbrig und äußerst präzise. Aus einem Winkel von etwa fünfundvierzig Grad betrachtete ich ein vierhundert Meter weit entferntes Haus. Seine Fassade und die ganze rechte Seite wurden durch die Felder eines Eisenzauns, der auf einer niedrigen Mauer stand und durch gemauerte Stützen gehalten wurde, in große Abschnitte unterteilt. Der Effekt war großartig – und bestimmt preiswerter als die verrückte Mauer um Wallace Court.

Das Haus selbst, ein großer, massiver Backsteinbau im georgianischen, palladianischen oder irgendeinem anderen symmetrischen Stil, der gerade *en vogue* war, wirkte in jeder Beziehung konventionell. Es hatte ein Dach, Fenster und Türen: in richtiger Anzahl, alle am rechten Platz. Als hätte jemand einem Kind Papier und Bleistift gegeben, um es ein Haus zeichnen zu lassen. *Gut, jetzt noch ein paar Zimmer mehr*. Es besaß eine U-förmige Zufahrt mit je einem elektrischen Tor an der Ein- und Ausfahrt. Die Zufahrt war mit Steinen gepflastert, die silbrig schimmerten, aber in Wirklichkeit klinkerrot sein konnten. Vor dem Eingang parkte ein kleiner Sportwagen – leicht schräg, als wäre er dort hastig abgestellt worden.

Ich richtete mich auf und fragte: »Das ist Little Joeys Haus?«

Bennett nickte.

»Großartige Sicht.«

»Wir haben Glück gehabt.«

»Er hat es selbst entworfen?«

»Eines seiner vielen Talente.«

»Es sieht wie jedes andere Haus aus.«

Bennett sagte: »Schauen Sie's sich noch mal an.«

Ich beugte mich nach vorn und tat wie mir geraten. Dachziegel, Klinkersteine, Fenster, Türen, Regenrinnen, alle zu einem quadratischen Bau vereinigt, der den größten Teil des Grundstücks ausfüllte. Ich fragte: »Worauf sollte ich achten?«

Er antwortete: »Fangen Sie mit dem Bentley an.«

»Ich sehe keinen.«

»Er steht direkt vor dem Eingang.«

»Nein, das ist irgendein anderer Wagen. Er ist viel kleiner als der Bentley.«

»Nein, das Haus ist viel größer.«

»Als ein Auto?«

»Als ein gewöhnliches Haus. Little Joey ist zwei Meter zwanzig groß. Zweieinhalb Meter hohe Zimmerdecken sind ihm zu niedrig. Bei normalen Türen muss er den Kopf einziehen. Dieses Haus ist ein gewöhnliches Haus – aber sämtliche Maße sind fünfzig Prozent größer. Alles streng proportional. Als wäre ein gewöhnliches Haus angeschwollen. Das Gegenstück zu einem Puppenhaus. Eine exakte Kopie, nur größer, nicht kleiner. Die Türen sind über drei Meter hoch. Die Deckenhöhe beträgt fast vier Meter.«

Kein Puppenhaus. Ein Riesenhaus.

Ich fragte: »Wie sehen normale Menschen aus, wenn sie dort drüben ein und aus gehen?«

Bennett sagte: »Wie Puppen.«

Casey Nice zwängte sich hinter mir vorbei, sank auf einen Hocker und begutachtete das Haus nun auch.

Ich sagte: »Erzählen Sie mir, was Sie bisher erkundet haben.«

Bennett sagte: »Als Erstes müssen Sie sich darüber im Klaren sein, wo wir uns befinden. Nämlich ganz nahe der Autobahn nach East Anglia und gleich in der Nähe der M25, auf der wir nach Westen oder auch in zehn Minuten in die Gegenrichtung, ins East End, fahren und dort untertauchen könnten. Somit eignet sich das Haus als Kommandozentrale. Deshalb kommen alle zum Rapport hierher. Nicht nur, weil Little Joey ein Kontrollfreak ist, sondern weil er zu ihnen gezogen ist. Ich bin davon überzeugt, dass er sein Haus nur aus diesem Grund hier gebaut hat. Er findet, dass ein guter Boss alle Details kennen und steuern muss.«

»Wen haben Sie bei ihm ein und aus gehen sehen?«

»Jede Menge Leute. Aber für alle gibt es eine Erklärung.«

»Okay, ich höre.«

»Wir wussten, dass etwas bevorstand, weil Little Joey die Zahl seiner Leibwächter plötzlich verdoppelt hat. Dafür hatten wir keine Erklärung, aber jetzt vermuten wir, dass Kott und Carson schon vor dem Pariser Attentat Kontakt mit ihm aufgenommen haben. Und nun sind sie wie vereinbart hier und brauchen eigene Leibwächter und Essen und Unterhaltung – lauter Dinge, die von diesem Haus aus organisiert werden.«

»Auch wenn ihr Versteck weit von hier entfernt ist?«

»Für Joey Green liegt ›weit entfernt‹ jenseits der Autobahn M25. Wir reden hier nicht von den schottischen Highlands. Eine halbe Autostunde von hier befindet sich der einsamste Ort, von dem Little Joey jemals gehört hat.«

»Aber Sie kommen nicht weiter?«

Bennett schüttelte den Kopf, nein. »Man würde eine spürbare Veränderung erwarten, irgendwelche zusätzlichen Aktivitäten, aber bisher war nichts dergleichen zu erkennen. Gelegentlich tauchen unbekannte Fahrzeuge auf, die wir beim Wegfahren so weit wie möglich verfolgen. Wir haben unser Glück sogar mit Computersimulationen versucht, aber dabei ist nie etwas Vernünftiges rausgekommen.«

Neben mir sagte Casey Nice: »Vielleicht sind Kott und Carson wieder in Frankreich, um da zu warten. So wären sie weit weniger gefährdet, finden Sie nicht auch? Weil wir dort nicht nach ihnen fahnden. Vielleicht ist dies ein Just-in-time-Auftrag, zu dem sie in letzter Minute anreisen wollen. Das würde erklären, was Sie sehen – oder eben nicht sehen. Leute, die gegenwärtig nicht anwesend sind, haben auch keine Bedürfnisse.«

Bennett fragte: »Wozu sollten sie Straßensperren riskieren? Das wäre unprofessionell.«

Ich sagte: »Und Carson ist ein Profi, stimmt's?«

»Kott doch wohl auch?«

»Kott würde Straßensperren analysieren, wie er alles andere berechnet. Entfernung, Wind, Überhöhung. Immer auf Grundlage genauer Daten. Er würde sie nicht riskieren, weil er sie nicht berechnen könnte. Straßensperren haben etwas mit Gefühlen zu tun, nichts mit nüchterner Logik. Nein, ich glaube, dass sich Kott seit Tagen in der Stadt aufhält.«

»Das glauben wir auch. Aber hier gibt es keine zusätzlichen Aktivitäten. Nur das normale Kommen und Gehen.«

Ich fragte: »Ist Little Joey im Augenblick zu Hause?«

»Natürlich. Das ist sein Wagen vor dem Eingang.«

Ich beugte mich wieder nach vorn und schaute durchs Fernrohr. Die riesige Haustür, die den Bentley klein aussehen ließ. Die Fenster in der Größe von Billardtischen. Ich sagte: »Vielleicht sind Kott und Carson irgendwo untergebracht, wo sie nicht darauf angewiesen sind, dass die Romford Boys sie verpflegen. Vielleicht lassen sie sich Pizza, Grillhähnchen oder Cheeseburger bringen. Oder Kebab. In London muss bestimmt niemand verhungern. Möglicherweise machen sie gerade eine Diät. Und vielleicht wollen sie gar keine Nutten.«

»Kott war fünfzehn Jahre lang im Bau. Er hat verdammt viel nachzuholen.«

»Vielleicht hat das Meditieren einen besseren Menschen aus ihm gemacht.«

»Trotzdem brauchen sie auf jeden Fall Leibwächter. Damit sie in Ruhe essen und schlafen können – und weil Joey es liebt, eine Show abzuziehen. Jeweils mindestens vier Kerle gleichzeitig, das macht zwölf pro Tag. Und alle würden von hier aus eingesetzt. Anders ist das nicht zu machen. Es muss Einsatz- und Nachbesprechungen geben. Joey legt großen Wert auf Nachbesprechungen. Je mehr er weiß, desto besser fühlt er sich. Nichts geht ihm über Informationen. Er will alle ihre Geheimnisse erfahren. Das kann für die Zukunft nützlich sein. Sein Vorgehen gegen Karel Libor dürfte Schule machen. Künftig werden alle Gangsterbosse einen eigenen Scharfschützen haben wollen.«

Ich fragte: »Wie ernährt Joey sich eigentlich?«

»Er bekommt seine Lebensmittel wie gewöhnlich frei Haus geliefert.«

»Isst er viel?«

»Doppelt so viel wie ich. Allerdings ist er doppelt so groß. Der Lieferwagen fährt nach hinten ums Haus zur Küche. Manchmal zweimal am Tag. Ein Gangster wird schließlich nicht in den Supermarkt gehen.«

»Probiert er seine neuen Pferdchen selbst aus?«

»Manchmal, aber nicht sehr oft. Er steht auf harten Sex, und da ist's nicht gut, wenn seine neuen Stars in den ersten Wochen blaue Flecken haben. Deshalb sieht er sich meist am anderen Ende des Spektrums um – bei den Frauen, die bald ausgesondert werden sollen.«

»In letzter Zeit häufiger?«

»Höhen und Tiefen wechseln sich ab.«

Neben mir fragte Casey Nice: »Warum ist er nicht längst verhaftet worden?«

»Das letzte Mal, dass ein Zeuge gegen die Romford Boys ausgesagt hat, war vor Ihrer Geburt.«

Ich schaute weiter durchs Fernrohr. Drüben bewegte sich nichts. Die Szene war statisch. Ich fragte: »Wie lauten also Ihre Theorien?«

»Manche von uns glauben, dass seine Zusammenarbeit mit den Serben ungefähr einen Monat alt ist. Vielleicht haben Kott und Carson sich selbst an beide Gruppierungen gewandt. In diesem Fall wäre es vernünftiger, sie von den Serben unterbringen zu lassen. Auf jeden Fall sicherer. Aus begreiflichen Gründen sind wir in East London sehr stark präsent – und gleichzeitig wären die beiden in West London versteckt. Ein klassisches Täuschungsmanöver.«

»Joey könnte keine Nachbesprechungen abhalten.«

»Das ist der Schwachpunkt dieser Theorie. Wir glauben, dass er damit leben könnte, ihre Geheimnisse nicht zu erfahren, weil man nichts vermisst, was man nicht kennt. Aber er könnte es nicht ertragen, wenn die Serben sie an seiner Stelle erführen. Welcher Impuls ist letzten Endes stärker? Darüber diskutiert jetzt der Unterausschuss für Verhaltensforschung.«

»Der was?«

»Der Unterausschuss für Verhaltensforschung.«

»Sonst noch was?«

»Intern wird die Ansicht vertreten, dass wir wissen, dass es irgendwo ein sicheres Haus geben muss – und dass das Problem in dem Augenblick gelöst ist, in dem wir es finden. London ist voller Überwachungskameras und Erkennungssoftware, und wir besitzen Unmengen von Echtzeit-Verkehrsdaten und lassen unsere Programmierer Überstunden machen. Und die Analysten erst recht.«

»Die alle clevere Leute sind, richtig?«

»Sehr clevere Leute.«

»Was der Grund dafür ist, dass sie besser als die NSA sind, stimmt's?«

»Und billiger.«

Ich setzte mich wieder auf und sagte: »Ich frage mich, wozu Sie uns hergebracht haben. Dies alles hätten Sie uns auch erzählen können: Little Joey hat ein Haus, aber dort passiert nichts.«

»Wir teilen unsere Erkenntnisse mit Ihnen.«

»Oder Sie verwirren uns durch überflüssige Informationen. Oder werfen Nebelkerzen.«

»Wie das?«

»Um Ihnen das sagen zu können, müsste ich glauben, was Sie erzählen.«

»Warum sollten Sie das nicht tun?«

»Was Sie uns mitteilen, klingt einfach und logisch, aber ich muss nicht alles glauben.«

»Warum sollten Sie das nicht tun?«, fragte er noch mal.

»Wegen der Dinge, die Sie uns bereits berichtet haben. Sie verfügen über alle möglichen automatisch gesammelten und gespeicherten Informationen. Sie hören gegenwärtig unsere Smartphones ab. Sie hören den ganzen Nachrichtenverkehr der CIA ab. Sie könnten das Oval Office abhören, wenn Sie wollten, aber Sie tun's nicht, weil Sie gute Manieren haben. Stimmt das alles, muss es streng geheim sein. Wer darüber redet, fliegt in den Tower. Oder wird geköpft. Oder kriegt wegen Landesverrats lebenslänglich.«

»Ich werde nicht eingesperrt.«

»Warum nicht?«

»Ich habe Ihnen nichts erzählt, was ich im Dienst erfahren habe.

»In welchem Dienst?«

»Oh, in irgendeinem.«

»Was erzählen Sie uns also?«

»Sie wissen, wie so was ist. Es gibt eine Million Storys, eine Million Gerüchte. Die allermeisten sind Bullshit. Aber es gibt immer drei bis vier, die wahr sein könnten. Nur sind sie leider widersprüchlich. Also müssen Sie Ihre auf langer Erfahrung basierende Urteilsfähigkeit benutzen, um zu entscheiden, welche Story Sie glauben wollen.«

»Wieso sollte ich überhaupt eine glauben?«

»Weil eine davon wahr sein muss.«

»Dass Sie unsere Telefone abhören, ist keine Story, kein Gerücht. Das ist eine Tatsache.«

»Eine unbedeutende Tatsache. Und kleine Fakten können auf große Fakten hinweisen, von denen wir nichts wissen. Das gehört alles zu logischem Denken. Und wenn wir untergeordnete US-Agenten abhören, weshalb dann nicht auch ihre Vorgesetzten? Der technische Vorgang bleibt immer gleich. Und wenn wir ihre Vorgesetzten abhören, weshalb dann nicht auch das Oval Office?«

»Deshalb sind Ihre Mitteilungen nur Theorien, die Sie sich zurechtgelegt haben.«

»Beweisen kann ich sie nicht.«

»Aber?«

»Ich weiß, dass sie wahr sind.«

»Weil?«

»Wegen der menschlichen Natur«, sagte er. »Sie wissen, wie das ist. Besitzt man die Fähigkeit, irgendetwas zu tun, tut man's früher oder später. Die Versuchung ist ständig da, und niemand kann ihr ewig widerstehen. Erzählen Sie mir bitte nicht, dass Sie etwas anderes glauben.«

»Wie steht's mit Ihren sonstigen Informationen?«

»Welchen?«

»Sie glauben, dass Kott und Carson in London sind?«

»Hundertprozentig.«

»Aufgrund Ihrer auf langer Erfahrung basierenden Urteilsfähigkeit?«

»Alles, was ich weiß, deutet darauf hin.«

»Und sie werden von den Romford Boys beschützt und verpflegt und unterhalten?«

»Wie's in solchen Kreisen üblich ist. Zuvorkommend und sehr großzügig.«

»Hundertprozentig sicher?«

Er sagte: »Mehr als das.«

»Und die Bewachung und das Essen und die Unterhaltung wurden von Joey persönlich organisiert?«

»Ganz sicher. Hundertprozentig.«

»Aber niemand flitzt zwischen Joeys Haus und einem anderen hin und her?«

»Das glaube ich nicht nur, das ist eine Tatsache.«

Ich sagte: »Miss Nice und ich haben uns über dieses Thema unterhalten. Alle britischen Dienste kommen in dieser Sache nicht weiter. Wie wahrscheinlich ist's dann, dass eine noch unerfahrene Analystin und ein pensionierter Militärpolizist den Durchbruch schaffen?«

Bennett sagte nichts.

»Aber ich vermute, dass Sie's so haben möchten. Einer von uns beiden soll mit der Wahrheit herausrücken. Damit Sie alle überrascht tun könnten. Um Ihr Gewissen ein wenig zu beschwichtigen.«

Er schwieg.

»Eine einfache logische Schlussfolgerung«, sagte ich. »Kott und Carson sind in London, die Romford Boys halten sie versteckt, aber der Autoverkehr von und zu Little Joeys Haus hat nicht zugenommen.«

Bennett sagte: »Alles wahr.«

»Folglich halten Kott und Carson sich in Little Joeys Haus auf.«

Er sagte nichts.

»Joey hat die Zahl seiner Leibwächter aus gutem Grund verdoppelt. Weil er Hausgäste erwartet hat. Ich meine, wo wären die beiden sicherer? Die Cops machen einen weiten Bogen um sein Haus, und kein Zivilist würde auch nur versuchen, dort einzudringen. Und wenn Joey die Kerle an sich binden möchte – vielleicht mit Blick auf die Zukunft –, kann er das nirgends besser tun als im eigenen Heim. Er gestattet ihnen, sich bei ihm zu verkriechen, so lange sie wollen. Sie gehen erst wieder, wenn der richtige Zeitpunkt da ist. Notfalls könnten sie zu Fuß zum

Wallace Court laufen. Angekommen sind sie in einem der zusätzlichen Fahrzeuge, die Sie gesehen haben. Reingekommen sind sie vermutlich durch die Küche. Den Wagen anschließend zu folgen, war zwecklos, denn sie hatten etwas gebracht, statt etwas abzutransportieren. Aber sieht man von diesen Punkten ab, ist hier genau zu beobachten, was Sie sehen sollen. Zwei Teams von Leibwächtern, die sich regelmäßig alle zwölf Stunden ablösen, und häufige Lebensmittellieferungen. Mehr als genug für drei Männer.«

Bennett äußerte sich nicht dazu.

»Jetzt können Sie sagen: *Wow,* Sie müssen recht haben, das haben wir nicht geahnt, sorry, dass ich Sie versehentlich an einen Ort gebracht habe, der genau vierhundert Meter von einem Haus entfernt ist, in dem zwei der besten Scharfschützen der Welt aus dem Fenster schauen.«

»Sorry«, sagte er.

»Aber es gibt einen Silberstreifen am Horizont, richtig? Den gibt's immer. Würden Sie dort drüben im Haus Mündungsfeuer aufblitzen sehen, könnten Sie sofort SWAT-Teams und sogar gepanzerte Fahrzeuge anfordern. Und damit wäre Ihr Auftrag erfüllt. Wenn Sie Mündungsfeuer sähen. Was nicht unbedingt wahrscheinlich ist. Aber es würde wahrscheinlicher, wenn die beiden Männer etwas hätten, worauf sie schießen könnten.«

»Nicht meine Idee«, sagte er.

»Wessen sonst?«

»Sie sind nicht zu Weltherrschern aufgestiegen, weil sie nett waren.«

»Sie?«

»Wir. Aber nicht ich. Nicht persönlich.«

»Sie brauchen sich nicht zu entschuldigen«, sagte ich. »Genau hier wollte ich sein.«

39

Ich harrte noch ungefähr eine halbe Stunde genau dort aus, wo ich sein wollte, während Casey Nice an ihrem eigenen Fernrohr neben mir saß. Wir behielten weiter die statische Szene im Blick und versuchten, daraus Schlüsse zu ziehen. Bennett blieb hinter uns stehen, zählte die bisher beobachteten Aktivitäten auf und beantwortete unsere wenigen Fragen.

Ich fragte ihn: »Mit welcher Begründung kämen Sie dort drüben rein?«

Er sagte: »Außer einem Mündungsblitz?«

»Dazu wird's hoffentlich nicht kommen.«

»Eine positive Identifizierung eines der beiden Männer würde reichen.«

»Die Sie aber nicht haben.«

»Noch nicht.«

Hinter einigen Fenstern in beiden Stockwerken brannte Licht, das durch halb transparente Jalousien fiel. Aber wir machten keine Schatten, keine Gestalten, keine Bewegungen aus. Und keinen bläulichen Widerschein eines Fernsehgeräts. Die bewohnte Mitte des Hauses lag vermutlich nach hinten hinaus oder auf der anderen Seite, die wir nicht einsehen konnten. Vielleicht eine Küche und ein Wohnzimmer mit Schlafzimmern darüber. Oder ein vollständig möbliertes kleines Apartment. Wie eine Einliegerwohnung, nur die Hälfte größer. Für den jetzigen Zweck eingerichtet oder für pflegebedürftige Schwiegereltern in zwanzig oder dreißig Jahren gedacht.

Ich fragte: »Haben Sie schon eine Meinung dazu, wann genau die beiden gegenüber vom Wallace Court in Stellung gehen werden?«

Bennett antwortete: »Das ist die große Frage, nicht wahr?«

»Wie lautet die große Antwort?«

»Ein bis zwei Tage vor dem Gipfeltreffen sollen die Straßensperren eingerichtet werden. Darüber sind sie sich bestimmt im Klaren. Und sie wissen auch, dass ein bis zwei Tage mit einem Mal drei bis vier bedeuten können. Deshalb vermute ich, dass sie fünf Tage vorher umziehen werden.«

»Dann müssen sie lange warten.«

»Scharfschützen lieben es, tagelang auf der Lauer zu liegen. Dieser Scheiß gehört zu ihrem Mythos.«

»Können Sie sie nicht unterwegs stoppen?«

»Das könnten wir, wenn wir wüssten, an welchem Tag und zu welcher Uhrzeit sie abfahren. Dann würden wir einen Unfall inszenieren, um sie aufzuhalten. Aber das wissen wir nicht. Also müssen wir alle ihre Fahrzeuge ungefähr eine Woche lang anhalten und kontrollieren. Nach dem dritten oder vierten Mal dürfte der alte Charlie White ein paar Leute daran erinnern, dass sie ihm noch einen Gefallen schuldig sind. Wir denken, dass er einige Lokalpolitiker und einen Teil der dortigen Polizei in der Tasche hat. Das könnte sogar ziemlichen Unterhaltungswert haben. Stellen Sie sich vor, wie ein halbes Dutzend ehrbarer Bürger schwört, der alte Charlie sei vielleicht ein Zuhälter, Dieb und Waffenhändler, aber niemals ein Terrorist!«

Ich fragte: »Wer ist ›wir‹? Wie in ›wir könnten‹, ›wir müssten‹, ›wir denken‹, ›wir hätten‹?«

Bennett sagte: »Im Augenblick ist das alles ziemlich vage.«

»Wieso?«

»Wir wollen diese Sache rasch zu Ende bringen.«

»Sagt der Politiker.«

»Der aber auch etwas beizutragen hat. Er beseitigt manche Barrieren mit einem Federstrich. Er billigt die Nichtanwendung mancher Vorschriften. Oft schlägt er das sogar vor. Er ist bereit, bis zur Magna Charta zurück alles zu ändern oder zu widerrufen. Ein Anschlag dieser Art auf britischem Boden wäre schlimmer als katastrophal. Er wäre peinlich.«

»Warum wird der Gipfel nicht verschoben?«

»Das wäre noch peinlicher.«

Ich fragte: »Wie viele mögliche Orte haben Sie in der Umgebung von Wallace Court gezählt?«

»Der Pariser Anschlag auf Sie hat uns etwas umdenken lassen. Das waren glatt fünfzehnhundert Meter, und der Schuss hätte Sie getroffen, wenn die Bö nicht gewesen wäre. Also haben wir uns von der rückwärtigen Terrasse ausgehend in diesem Radius umgesehen und rechnen nun mit ungefähr sechshundert Objekten.«

Nice sagte: »Das bedeutet, dass Sie pro Tag hundertzwanzig durchsuchen müssen, um die beiden zu finden. Können Sie das?«

Bennett schüttelte den Kopf. »Ausgeschlossen. Außerdem macht uns die M25 Sorgen. Die könnte eine raffinierte Version einer Just-in-time-Lieferung ermöglichen, nicht wahr? Stellen Sie sich einen Lieferwagen mit Hochdach vor, der auf dem Standstreifen hält – mit einer erhöhten Schießplattform im Innern und einem Schiebefenster an der Seite. Und großen Zielfernrohren an den Gewehren. Damit hätten sie die ganze Terrasse mitsamt dem Rasen im Visier.«

Ich fragte: »Können Sie die Autobahn nicht sperren?«

»Die M25? Ausgeschlossen! Der ganze Südwesten Englands stünde im Stau. Wir überlegen, ob wir den Standstreifen und die benachbarte Fahrspur wegen angeblicher Reparaturen sperren sollen, aber selbst das wäre riskant. Der Verkehrsfluss auf dieser Strecke weist eine eigenartige Dynamik auf. Erklären lässt sie sich nur mit der Chaostheorie. Ein Flügelschlag eines Schmetterlings in Dartford kann bewirken, dass vierzig Meilen weiter in Heathrow zweihundert Menschen ihr Flugzeug verpassen.«

Ich setzte mich wieder auf. »Dann läuft's also darauf hinaus, dass wir sie ausschalten sollten, bevor sie Joeys Haus verlassen.«

»Das wäre sehr zu wünschen, denke ich.«

»Und Ihrer Überzeugung nach, die auf verschiedenen Hinweisen beruht, bleiben sie noch ein paar Tage dort?«

»Das ist nur eine begründete Vermutung. Es ist immer besser, das Eisen zu schmieden, solange es heiß ist.«

Neben mir hörte ich Casey Nice erschrocken Luft holen.

»Nicht heute Nacht«, sagte ich.

Bennett fragte: »Zu bald?«

»Gute Vorbereitung braucht ihre Zeit.«

»Wann also?«

»Wir schicken Ihnen eine SMS. Ihre Nummer haben wir.«

Bennett schloss die Tür des Bowlingklubs ab und legte den Schlüssel wieder unter den Stein, dann gingen wir auf demselben Weg zurück: von der kleinen Lichtung auf dem schmalen Fußpfad zwischen Bretterzäunen zu der stillen Straße, weiter zu dem Pub und um ihn herum zu dem Vauxhall, der geduldig auf dem Parkplatz auf uns wartete – unberührt und nicht mal zugeparkt.

»Wohin?«, fragte Bennett.

»Zu einer Apotheke mit Nachtdienst.«

»Wozu?«

»Wir wollen Zahnbürsten kaufen.«

»Und dann?«

»Ins Hotel.«

»Ich dachte, Amerikaner besäßen Arbeitsmoral.«

»Bei Tagesanbruch««, sagte ich. »Halten Sie sich bereit. Sie müssen uns fahren.«

»Wohin?

»Wallace Court.«

»Warum?
»Ich möchte auf der rückwärtigen Terrasse stehen.«

Bennett sagte: »Wallace Court ist nicht wichtig. Wenn wir sie stoppen, bevor sie das Haus verlassen.«

»Aufs Beste hoffen, fürs Schlimmste planen. Vielleicht entscheidet sich alles erst in den letzten fünf Minuten, bevor sie abdrücken. Wir müssen wissen, wie es dort aussieht. Wir müssen die sechshundert möglichen Orte selbst in Augenschein nehmen. Ich würde gern die Top Ten festlegen. Oder zumindest die Top Fifty.«

»Auf den Straßen sind überall Romford Boys unterwegs.«

»Das hoffe ich sehr. Sie sollen sehen, dass ich weiter hier bin, noch immer überall herumstochere. Ich möchte, dass John Knott das schnellstens erfährt.«

»Wäre das Gegenteil nicht besser? Dann könnten Sie die beiden überraschen.«

Ich nickte. »Überraschung ist gut. Aber manchmal ist's besser, den Gegner zu verunsichern.«

»Diese Leute sind nicht leicht zu verunsichern.«

»Viel braucht's nicht, um aus fünfzehnhundert Metern danebenzuschießen. Vielleicht nur ein paar Pulsschläge mehr. Er hasst mich, weil ich ihn hinter Gitter gebracht habe. Er hasst sich, weil er sich von mir hat brechen lassen. Beides kann seinen Puls dramatisch beschleunigen. Er soll wissen, dass ich komme, denn nur so überlebe ich lange genug, um ihn tatsächlich zu kriegen.«

Er setzte uns vor der Drehtür des Hotels Hilton ab, und wir vereinbarten, uns in zwanzig Minuten in dem berühmten Dachterrassenrestaurant zu treffen. Zu einem späten Dinner für zwei. Ich wusste, dass sie duschen würde, deshalb tat ich's auch, und wir betraten praktisch gleichzeitig das Lokal. Nice sah gut aus, was ich zum Teil auf ihr Selbstbewusstsein zurückführte, das sie ausstrahlte, und zum Teil darauf, dass sie mit achtundzwanzig noch voller Energie und sogar Optimismus war.

Wir bekamen einen quadratischen Tisch an einem Fenster mit herrlichem Blick über die glitzernde Stadt mit dem großen dunklen Fleck des Hyde Park. Das Fenster diente zugleich als Spiegel, in dem wir den Raum hinter uns beobachten konnten. Malerisch und sicher, eine echte Win-win-Situation. Wir bestellten Getränke: Mineralwasser für sie, Kaffee für mich. Um uns herum Kerzenschein, Damast, Porzellan und Kristall, dazu ein im Hintergrund klimperndes Klavier. Sie sagte: »Wirklich sehr elegant. Genau wie im Film.«

Ich sagte: »Das stimmt wohl.«

»Dies ist die Szene, in der du versuchst, mich loszuwerden, nicht wahr?«

»Wieso sollte ich das tun?«

»Weil jetzt der schwierige Teil beginnt.«

»Was dafür sprechen würde, die Truppenstärke zu erhalten, statt sie zu verringern.«

»Aber du machst dir Sorgen um mich. Du siehst mich an und glaubst, Dominique Kohl zu sehen. Das sind zwei Herzschläge pro Minute.«

»Was ist, wenn ich sage, dass ich mir keine Sorgen um dich mache?«

»Dann sage ich, dass du das tun solltest. An die beiden kommen wir nur über Little Joey heran. Was nicht einfach sein wird. Er hat gern harten Sex mit neuen Nutten. Wirst du gefangen, bekommst du eine Kugel in den Kopf. Werde ich gefangen, werde ich um eine betteln.«

»Nehmen wir mal an, keiner von uns würde gefangen genommen. Das halte ich für wahrscheinlicher. Joey ist vielleicht gar nicht so schwer auszuschalten. Er bietet ein großes Ziel. Leicht zu treffen.«

»Von seinem Fahrer und vier Leibwächtern auf Schritt und Tritt bewacht.«

»Bis wir sie alle arbeitslos machen. Dann verschwinden sie. Umsonst will keiner kämpfen.«

»Willst du mich wirklich dabeihaben?«

Ich gab keine Antwort. Dominique Kohl hatte gefragt: *Lässt du mich ihn verhaften?* Heute wünschte ich mir, ich hätte ihre Frage anders beantwortet. Ein Ober kam an unseren Tisch und nahm die Bestellung auf: Entenbrust gegrillt mit Sauce Bordelaise und Steinpilzpüree für Nice, Steak aus der Hochrippe für mich. Als der Ober gegangen war, fragte sie erneut: »Willst du mich wirklich dabeihaben?«

»Nicht meine Entscheidung«, stellte ich fest. »Der Boss bist du. Das hat Joan Scarangello mir eingeschärft.«

»Deine Taktik ist in Ordnung, glaub ich.«

»Das denke ich auch.«

»Aber die Ausführung wird schwierig.«

»Ich bin für jede Hilfe, die ich kriegen kann, dankbar.«

Sie fragte: »Was wäre, wenn du diese Zeitung nicht zufällig gefunden hättest? Wo wärst du dann?«

»Vermutlich in Seattle. Oder eine Stadt weiter.«

»Und dies alles würde ohne dich passieren. Hast du darüber schon mal nachgedacht?«

»Eigentlich nicht. Immerhin habe ich in der Zeitung geblättert.«

»Warum hast du Shoemaker angerufen? Aus Neugier?«

»Eigentlich nicht«, wiederholte ich. »Ich wusste, dass O'Day die Finger im Spiel haben würde. Und über seine Arbeit will ich lieber nicht zu viel wissen.«

»Warum hast du also angerufen?«

»Ich war Shoemaker einen Gefallen schuldig.«

»Seit wann?«

»Seit ungefähr zwanzig Jahren.«

»Was hat er für dich getan?«

»Er hat den Mund gehalten, etwas verschwiegen.«

»Willst du mir davon erzählen?«

Ich sagte: »Persönlich lieber nicht.«

»Aber?«

»Man könnte behaupten, aus dem damaligen Vorfall ließen sich Lehren für unseren Einsatz ziehen. Dann hättest du ein Recht darauf, alles zu erfahren.«

»Nämlich?«

»Um es kurz zu machen: Ich habe einen Kerl auf der Flucht erschossen.«

»Ist das strafbar?«

»Dass er flüchten wollte, ist nachträglich erfunden worden. Das Ganze war eine routinemäßige Hinrichtung. Die nationale Sicherheit ist oft kompliziert, weil es immer um die Wirkung in der Öffentlichkeit geht. Manchmal erfolgt die Bestrafung vor aller Augen, manchmal nicht. Manche Verräter werden verhaftet und vor Gericht gestellt, andere nicht. Manche werden das Opfer tragischer Unfälle, werden zum Beispiel bei einem Raubüberfall in einem üblen Viertel erschossen.«

»Und Shoemaker wusste davon?«

»Er war zufällig Augenzeuge.«

»Hat er Einwände erhoben?«

»Im Prinzip nicht. Er kannte die Hintergründe. Er arbeitete beim Nachrichtendienst. Bei der CIA war's damals auch nicht anders. Das waren sehr pragmatische Zeiten.«

»Wieso warst du ihm dann was schuldig?«

»Ich habe auch den Begleiter des Kerls erschossen.«

»Warum?«

»Er ist mir verdächtig vorgekommen. Was sich als richtig herausstellte, weil er eine Pistole in der Tasche hatte und seine

Wohnung sich als Goldgrube erwies. Er war nämlich der Führungsoffizier meines Kerls. Ein Spionagefall, in dem es dann ein Dutzend Verhaftungen gab. Aber der Untersuchungsausschuss wollte sicherstellen, dass ich die Waffe gesehen hatte, bevor ich abgedrückt habe. Irgendeine juristische Spitzfindigkeit. Tatsächlich hatte ich sie nicht gesehen, aber Shoemaker hat mich gedeckt.«

»Und jetzt kämpfst du seinen Kampf für ihn? Das ist eine verdammt wertvolle Gegenleistung. Irgendwie nicht proportional, finde ich.«

»So läuft das eben. Wie in Gangsterfilmen. Irgendein Kerl sagt: Jetzt bist du mir was schuldig; dafür musst du mir eines Tages einen Dienst erweisen. Den kann man sich nicht aussuchen. Und selbst wenn das anfangs Shoemakers Kampf gewesen sein mag, ist's jetzt meiner. O'Day hat nämlich recht. Die Welt ist groß, aber ich kann mich nicht dauernd ängstlich umsehen. Deshalb bekommt Kott einen Rückkampf.«

»Willst du mich dabeihaben?«

»Nur wenn du das selbst möchtest. Zunächst auf ethischer Ebene. Die Sache mit dem Gefallen ist ein Hinweis. Fast schon ein Auftrag an mich. O'Day will einen Scharfrichter. Er will keine Verhaftungen, keinen Prozess.«

»Willst du mich auf allen Ebenen dabeihaben?«

Ich fragte: »Wo möchtest du sein?«

»Ich will daran beteiligt sein.«

»Du bist daran beteiligt.«

»Vor uns liegt eine Phase, für die meine Fähigkeiten nicht ausreichen.«

»Was ist an deinen Fähigkeiten auszusetzen?«

»Ich schieße durchschnittlich gut und habe keine Erfahrung im Nahkampf.«

»Unwichtig. Wir ergänzen uns ziemlich gut. Du darfst den

körperlichen Aspekt nicht überschätzen. Sieger bleibt, wer am schnellsten denkt. Und das ist etwas, worin du klasse bist. Zumindest sind zwei Köpfe besser als einer.«

Sie äußerte sich nicht dazu.

Ich sagte: »Morgen früh um sieben geht's weiter. Den Rest der Nacht hast du frei.«

Wir fuhren gemeinsam mit dem Aufzug hinunter. Ich stieg zuerst aus, weil mein Zimmer eine Etage höher lag. Ein Zimmermädchen hatte die Vorhänge zugezogen und die Bettdecke zurückgeschlagen. Ich zog die Vorhänge wieder auf und sah über die Dächer hinaus. Was ich gut erkennen konnte, lag höchstens hundert Meter entfernt. In einer eng bebauten Großstadt eine angenehme Entfernung. Ich hob leicht den Kopf und versuchte, auf zweihundertfünfzig Meter zu gehen, dann auf fünfhundert, auf tausend und zuletzt auf fünfzehnhundert Meter.

Nun starrte ich in weite, weite Ferne. Wäre Romford Mayfair gewesen, hätten wir tausend mögliche Orte durchsuchen müssen.

Dominique Kohl hatte gefragt: Lässt du mich die Verhaftung vornehmen?

Ich hatte gesagt: Ich möchte, dass du's tust.«

Eigentlich als Belohnung. Oder als Anerkennung. Oder als Kompliment. Wie ein Orden. Ein verdientes Vorrecht. Sie hatte die ganze Arbeit getan. Und sie hatte die Ideen gehabt, alle Durchbrüche erzielt. Daher die Belohnung. Die in der verschleiernden Sprache des Militärs beachtlich war, weil wir's mit einem großen Feind zu tun hatten. Nicht rein körperlich. Als ich viele Jahre später einen Meißel in sein Gehirn trieb, fiel er mir nicht als besonders groß auf. Aber er war groß, was seine Macht betraf. Und sein Prestige, sein Einfluss. Riskante Ermittlungen, vor allem für eine Frau. Auch das hatte damals eine Rolle gespielt.

Anerkennung war wichtig. Und Kohl hatte sie verdient. Sie hatte die Arbeit getan und die Ideen gehabt und die Durchbrüche erzielt. Sie arbeitete gründlich und war sehr clever.

Hatte ihr nichts genützt.

Ich zog mich aus und schlüpfte unter die Bettdecke, ließ aber die Vorhänge offen. Ich hoffte, dass der Widerschein der Großstadtlichter mich trösten und der anbrechende Tag mir helfen würde aufzuwachen.

Am folgenden Morgen waren wir um sieben Uhr eins in Bennetts Wagen nach Wallace Court unterwegs – diesmal kein anonymer dunkelblauer Vauxhall, sondern ein anonymer silberner Vauxhall. Ansonsten nicht voneinander zu unterscheiden. Genau wie Mietwagen. Wir fuhren fast dieselbe Strecke wie am Vortag, kamen aber schneller voran, weil der Morgenverkehr in Gegenrichtung unterwegs war. Hauptverkehrszeit, aber nicht für uns. Bennett machte einen müden Eindruck. Casey Nice sah okay aus. Wir redeten nicht, hatten uns nichts zu sagen.

Bennett hielt diesen Ausflug bestimmt für Zeitverschwendung. Das war er womöglich. Oder sogar wahrscheinlich. Aber es gab immer eine gewisse Chance. Damit man später nicht sagen musste: *Hätte ich gewusst, was ich jetzt weiß …* Das war ein Spruch meiner Mutter, den sie ernst meinte, der aber unweigerlich wie eine Sprechübung für jemanden klang, der Englisch als Fremdsprache lernt, was in ihrem Fall natürlich zutraf: *'ätte ich gewuss, was ich jez weiß …*

Jetzt weiß ich's, Trommelwirbeln gleich. Unheil verkündend und bedrohlich wie Paukenschläge als Auftakt einer düsteren Symphonie. Vielleicht von Schostakowitsch.

Jetzt weiß ich's.

Zwanzig Minuten nach Besuchsbeginn wusste ich Bescheid.

40

Als wir uns dem Ziel näherten, begann ich einiges zu erkennen, das wir aus dem zweiten, vorschriftsmäßig telefonisch gebuchten Minicab gesehen hatten. Einige dieser Straßen kannte ich: suburban, aber komprimiert, etwas belebter, schmaler und hektischer, als sie eigentlich sein wollten. Ich erinnerte mich sogar an einige der Shops. Teppiche, Handys, Grillhähnchen, Cheeseburger, Kebab. Dann plötzlich eine Grünfläche und das schöne alte Herrenhaus mit der verrückten Mauer, die London nach all diesen Jahren noch immer wirksam aussperrte.

Die Einfahrt wurde von demselben stämmigen, toughen Kerl mit Kevlarweste und Maschinenpistole bewacht. Als Bennett ihm zunickte, machte er einen Schritt in Richtung Tor, aber dann fiel sein Blick auf mich, und er kam zurück und sagte: »Sie sind der Gentleman mit dem Führer. Sixpence für die Besichtigung. Freut mich, Sie wiederzusehen, Sir.« Dann sperrte er auf. Keine Meldung über Funk, kein Ausweis, keine Plakette. Nur ein Nicken und ein Blinzeln. Der Mann trug praktisch einen Kampfanzug, der aber blau und auf der Weste und seitlich am Helm in unauffälligem Schwarz mit *Metropolitan Police* beschriftet war, sodass für mich außer Zweifel stand, dass es sich um einen Polizeibeamten handelte. Genauso war ich mir sicher, dass Bennett keiner war – und trotzdem brauchte er nur zu nicken und zu blinzeln, und der Kerl wusste sofort, was er zu tun hatte.

Im Augenblick ist alles ziemlich vage.

Wir fuhren die Zufahrt entlang, parkten in der Nähe des Eingangs auf Kies und sahen dort einen weiteren bewaffneten Polizeibeamten Wache halten. Das durch Um- und Anbauten veränderte Herrenhaus wies einen unregelmäßigen Grundriss auf, war aber im Prinzip rechteckig, viel breiter als tief und innen sicher nicht eng, sondern recht geräumig. Aber seine Proportionen wurden durch die lange, unterschiedlich gegliederte Fassade bestimmt. Das Gebäude sah aus, als hätte jemand vier Schuhschachteln nebeneinandergestellt. Vielleicht waren zur Zeit von Elisabeth I. lange Eichenstämme für Dachstühle schwer zu bekommen gewesen. Ihr Vater hatte damals gerade die Royal Navy begründet. Mit vielen Schiffen aus Eichenholz, für die ganze Wälder abgeholzt worden waren.

Wir stiegen aus. Bennett nickte dem zweiten Cop zu, der sein Nicken erwiderte. Dann scheuchte Bennett uns ungeduldig hinein, als genierte er sich, mit uns in der Öffentlichkeit gesehen zu werden. Vielleicht machten ihm aber auch die Scharfschützen Sorgen. Vielleicht wollte er im Freien nicht neben mir stehen. Nachdem er Paris überlebt hatte, wollte er nicht in London über den Jordan gehen.

Die massive Eichentür, fast fünfhundert Jahre alt, war mit breiten Eisenbändern und Nägeln in Golfballgröße beschlagen. Drinnen sah ich eine im Lauf der Jahre fast schwarz gewordene polierte Wandtäfelung, einen abgetretenen Natursteinboden und einen riesigen offenen Kamin aus Kalkstein. Außerdem gab es Bänke aus Eichenholz, Gobelinsessel und elektrisch nachgerüstete Kronleuchter. An den Wänden hingen Ölporträts ernster Männer in Kleidung aus der Tudorzeit. Bennett führte uns auf einem Korridor nach rechts, und wir folgten ihm in einen Raum, der mit weiß verputzten Wänden und einer schallschluckenden Decke modernisiert worden war. Dahinter lag ein ähnlicher, aber kleinerer Raum mit einer massiven Tür in der Rückwand.

Bennett erklärte: »Dies ist der Seiteneingang. Hier steht dann das Zelt Ihres Präsidenten. Wir gehen davon aus, dass alle es benutzen werden. Vom Zelt aus können sie hier reinkommen und sich im Innern des Hauses völlig ungefährdet bewegen. Alle

Räume haben natürliches Licht und sind groß, und die Sitzgelegenheiten befinden sich jeweils in der Mitte, sodass niemand in die Nähe der Fenster kommen muss, wo er von außen gesehen werden könnte. Die einzigen Schwachpunkte sind die spontanen Spaziergänge auf dem Rasen und das Gruppenfoto auf der Terrasse.«

Wir gingen auf demselben Weg zurück, bogen aber vorzeitig auf einen nach rechts führenden Gang mit knarrenden Dielen ab, der zu einem schmalen langen Raum führte, dessen Vorderwand – historisch natürlich nicht korrekt – nur aus hohen Fenstertüren bestand, vor denen die Terrasse lag.

Bennett sagte: »Dieses Zimmer dient als Vorbereitungsraum. Sie kommen rein, sie stellen sich auf, sie zählen ab, sie vergewissern sich, dass niemand auf der Toilette eingesperrt ist. Dann treten sie ins Freie.«

Ich blieb einen Augenblick stehen, als wäre ich einer von ihnen, und schaute durchs Glas nach draußen. Was Symmetrie anging, befanden wir uns genau in der Mitte des Gebäudes. Die Terrasse war leicht bogenförmig angelegt, was bedeutete, dass wir seitlich der tiefsten Stelle rauskommen würden. Aber das war okay. So würde die freundschaftliche Versammlung geometrisch authentisch statt politisch verzweifelt wirken. Und das bedeutete, dass die flachen Stufen zum Rasen etwas näher waren und die kleinen Männer sich nicht allzu sehr beeilen mussten. Die Fotografen würden sich vermutlich rechts aufstellen, damit das Herrenhaus den Hintergrund bildete, was besser war, als Köpfe wie auf einem Fahndungsfoto vor einer Backsteinmauer abzulichten.

Ich legte die Hand auf eine Türklinke und fragte mich, ob ich die Gipfelteilnehmer zu Unrecht verdächtigt hatte, als ich mir ihr angebliches Erstaunen und ihre leichte Irritation über den raschen Ortswechsel vorgestellt hatte. Vielleicht war das doch nicht gespielt. Im Zelt vor dem Gebäude, am Nebeneingang und in Räumen, in denen man sich nicht am Fenster zeigen durfte, lebten diese Männer unter so strengen Sicherheitsvorkehrungen, dass es vielleicht tatsächlich irritierend war, plötzlich auf eine Terrasse im Freien treten zu sollen. Ein Schritt über die Schwelle, langsam weitergehen, den Kopf erhoben, niemanden im Blick außer irgendeinen anderen Mann, der ebenfalls Angst hat, dann stillstehen – Kopf hoch, Brust raus –, dabei lächeln und sich nicht mehr bewegen unter einem hohen Himmel und mit weiß der Teufel was in der Ferne.

Mit einem Scharfschützen dort draußen sieht alles anders aus.

Ich öffnete die Tür, trat ins Freie und blieb auf der Terrasse stehen.

Die Morgenluft war kühl und leicht feucht. Die Terrasse bestand aus mittelgrauem Stein, der von unzähligen Füßen abgetreten und durch viel Regen geglättet worden war. Ich ging zu ihrem exakten Mittelpunkt weiter, blieb dort stehen und schaute nach vorn, bevor ich nach links und rechts sah und dann langsam an die Kante der zum Rasen hinunterführenden Stufen trat – wie ein Turmspringer an die Vorderkante des Sprungbretts. Dort blieb ich mit auf den Rücken gelegten Händen stehen: Kopf hoch, Brust raus wie vor einer Horde Pressefotografen oder einem Erschießungskommando.

Vor mir lag eine weite Rasenfläche, dann kamen die rückwärtige Mauer, dahinter ein Streifen Brachland bis zu einem Sicherheitszaun und in der Ferne die Autobahn M25, auf deren acht Spuren der Verkehr in die Stadt und aufs Land brandete. Hier und jetzt kam ich von Bennetts Autobahnidee ab. Keine Just-in-time-Lieferung. Dafür war die M25 nicht geeignet. Der Verkehr war dicht und buchstäblich schwer. Viele der Lastwagen waren riesig, und die größten vorbeirasenden Sattelschlepper benutzten die innere Spur. Dabei zogen sie Wirbelschleppen hinter sich her, die noch weit entfernte Bäume in wild peitschende Bewegung versetzte. Ein parkender Lieferwagen wäre durchgerüttelt worden, und dieses Rütteln hätte auch die Plattform in seinem Innern erfasst. Sie hätte praktisch ständig geschwankt und gezittert, wobei immer wieder unberechenbare Spitzen aufgetreten wären. Bei einer Schussentfernung von ungefähr zwölfhundert Metern konnte jedes kleine Zittern oder Rütteln bedeuten, dass nicht einmal das Haus getroffen wurde. Keine gute Stelle. Gestrichen.

Aber konnte ein stehendes Fahrzeug zwei Männer absetzen, damit sie sich selbst eine Feuerstellung suchten?

Zwecklos. Zwischen der Autobahn und dem Haus gab es keine brauchbaren Feuerstellungen. Man hätte eine Leiter an die Mauer stellen und über sie hinwegschießen müssen. Aber das wäre sicher unterbunden worden – vermutlich von stämmigen, toughen Kerlen mit Kevlarwesten.

Vor mir sah alles sicher aus.

In dieser Beziehung war es vorteilhaft, dass das Grundstück einem riesigen Tortenstück glich. So lag die sichere Zone nicht nur geradeaus vor mir, sondern breitete sich fächerförmig nach links und rechts aus, bis der Bereich zwischen zehn und vierzehn Uhr abgedeckt war.

Die Dreiecksform bedeutete auch, dass die seitlich zu uns verlaufenden Straßen nicht parallel waren. Sie führten von uns weg, eine links und eine rechts, wie die Stäbe eines Fächers. Was auf den ersten Blick vorteilhaft erschien. Je weiter man sich vom Haus entfernte, desto spitzer wurde der Schusswinkel, bis er irgendwann einige Gebäudeteile gar nicht mehr einschloss. Ein Scharfschütze konnte sich nicht einfach aus dem Autofenster lehnen und mehr oder weniger parallel zum Glas schießen.

Auf den zweiten Blick war das jedoch weniger gut, denn der Winkel bedeutete, dass mehr Seitenfenster ins Schussfeld gerieten. So wurde der scheinbare Vorteil wieder aufgehoben, fast ins Gegenteil verkehrt. Ich kontrollierte alles, was ich sehen konnte, erst nördlich, dann südlich auf Entfernungen zwischen achthundert und fünfzehnhundert Metern. Dort gab es Tausende und Abertausende von Fenstern, von denen die meisten in unregelmäßiger linearer Sequenz mit wandernden rosa Punkten in der Morgensonne glitzerten: erst entlang der linken Straße, dann auf die rechte überspringend, als wäre das vor mir liegende Stadtviertel von alten Astronomen für irgendwelche Sonnenfeiern errichtet worden.

Letzten Endes gelangte ich zu dem Schluss, die Südseite sei gefährlicher als die im Norden. Sie war dichter bebaut und wies mehr höhere Gebäude auf. Ich entschied mich willkürlich für eines in ungefähr vierzehnhundert Metern Entfernung: ein hoher, schmaler, eleganter Backsteinbau mit hohem Spitzdach. Darunter konnten alle möglichen Dachkammern liegen. Vielleicht auch richtige Dachböden. Eine zur Seite geschobene Dachplatte erfüllte ebenso ihren Zweck wie ein offenes Fenster. Ich stellte mir John Kott vor, wie er mit einer alten Steppdecke unter sich auf einem Brett zwischen Dachbalken lag und einen hellen Lichtfleck vor sich hatte, wo ein Dachziegel zur Seite geschoben worden war. Von unten aus unmöglich zu sehen: viel zu hoch und nur eine von Tausenden von Dachplatten. *Der letzte Winter war recht stürmisch,* hatte Bennett im singenden Tonfall eines Walisers gesagt.

Ich stellte mir Kotts rechtes Auge vor: geduldig, und ohne zu blinzeln, hinter dem Zielfernrohr, während der drei Zentimeter breite Spalt zwischen den Dachziegeln ihm am anderen Ende der Schussbahn ein zwanzig Meter weites Zielfenster öffnete. Ich stellte mir seinen Zeigefinger am Abzug vor: entspannt, aber jederzeit bereit, Druckpunkt zu nehmen, kurz zu pausieren und dann den Druck zu erhöhen, als würde ein winziger mechanischer Schalter betätigt. Ich glaubte zu hören und zu sehen, wie das Ticken eines Präzisionsbauteils eine ungeheure chemische Reaktion auslöste und der Rückstoß Kotts Schulter traf, während das Geschoss schon seinen langen, langen Flug angetreten hatte. Mehr als drei volle Sekunden lang in der Luft, *ein-und-zwanzig, zwo-und-zwanzig, drei-und-zwanzig,* einen halben Zoll im Durchmesser, daumendick, wie eine ballistische Rakete fliegend, auf unbeirrbar gerader, leicht abfallender Bahn, nur den unveränderlichen Einflüssen von Schwerkraft und Ortshöhe, Lufttemperatur und -feuchtigkeit sowie Wind und Erdkrümmung unterworfen. Mir kam es vor, als müsste ich imstande sein, es kommen zu sehen. Als winzigen Punkt, der rasch größer wurde.

Lichtblitz *ein-und-zwanzig, zwo-und-zwanzig, drei-und-zwanzig, Game over.*

In diesem Augenblick wusste ich Bescheid.

Mehr als drei volle Sekunden lang in der Luft.

41

Ich kehrte weit schneller in den Vorraum zurück, als ich ihn durch eine der Fenstertüren verlassen hatte. Bennett, der mich draußen beobachtet hatte, fragte ich: »Das schussfeste Glas in Paris war neu, richtig?«

»Ja«, sagte er. »Zumindest verbessert.«

»Wissen Sie mehr darüber?«

»Nein«, sagte er. »Außer dass es Glas ist und … nun, schussfest.«

»Ich muss sofort alles darüber erfahren. Wer die Idee dazu gehabt hat, wer es entwickelt hat, wer die Entwicklung finanziert hat, wer es hergestellt, getestet und freigegeben hat.«

»Daran haben wir schon gedacht.«

»Woran gedacht?«

»Ob wir uns die Glaspaneele leihen und aus Paris herfliegen lassen sollten. Sie sind nicht sehr breit, aber wegen der hiesigen Straßenführung würden sie das Schussfeld um ungefähr zehn Prozent verringern. Jedoch sind wir wieder davon abgekommen. Politiker sind Zivilisten. Sie würden sich hinter den Glaswänden zusammendrängen. Vielleicht unbewusst, aber das würde nicht gut aussehen. Und sie könnten nicht ewig dahinter ausharren. Dann hätten die bösen Kerle erst recht Zeit, in aller Ruhe zu zielen. Nein, letztlich waren wir uns alle darüber einig, dass das negative Folgen hätte.«

»Daran habe ich nicht gedacht. Ich brauche nur diese Informationen. Möglichst unauffällig, wenn sich das machen lässt. Stellen Sie sich vor, nur Sie und ich seien damit befasst. Ganz privat, außerhalb des Mainstreams. Wie ein Hobby, aber dringend.«

»Wie schnell?«

»So schnell wie irgend möglich.«

»Was hat schussfestes Glas mit irgendwas zu tun? Wir werden es nicht verwenden, das habe ich Ihnen gesagt.«

»Vielleicht will ich's für mich. Vielleicht will ich anfragen, ob man es direkt ab Fabrik kaufen kann.«

»Ist das Ihr Ernst?«

»Dies ist ein Nebenprojekt, Mr. Bennett. Nur eine kleine Anfrage, die nichts mit irgendwas zu tun hat. Aber schnell, okay? Und bitte nur mündlich. Nichts auf Papier. Nichts auf dem Dienstweg. Verstanden? Als wär's ein Hobby.«

Er nickte, dann schaute er in den Korridor, der vermutlich zu weiteren Korridoren, Treppen und Zimmern führte, und fragte: »Müssen Sie sonst noch etwas sehen?«

»Nein, hier sind wir fertig«, antwortete ich. »Wir gehen, um nie mehr zurückzukehren. Wie die Familie Darby, als schließlich doch die Autobahn gebaut wurde. Wallace Court sieht uns nie wieder.«

»Wieso nicht?«

»Weil es nie so weit kommt.«

»Bestimmt nicht?«

»Hundertprozentig nicht.«

Er äußerte sich nicht dazu.

»Sie haben gesagt, das sei die bevorzugte Lösung. Sie haben gesagt, wir sollten uns gegenseitig unterstützen. Sie haben gesagt, so solle die Sache funktionieren.«

»Stimmt«, meinte er nur.

»Dann entspannen Sie sich. Vertrauen Sie mir. Ringen Sie sich ein Lächeln ab. Bis hierher kommt's nie.«

Er dachte nicht daran zu lächeln.

Wir fuhren ins Hotel zurück, gerieten dabei in zähen Stop-and-go-Verkehr, vielleicht auf dem Höhepunkt der morgendlichen Rushhour, etwa eine Stunde nach Sonnenaufgang oder knapp nach ihrem Höhepunkt, aber noch immer schlimm genug. Die ausufernde Metropole nahm die Hereinströmenden weiter auf, aber nur mit Mühe und sehr langsam. Als wir zwei Stunden nach der Abfahrt wieder in der Park Lane ankamen, hatten wir fast anderthalb Stunden im Auto gesessen. Schlimmer als L.A.

Bennett gab seine Autoschlüssel einem Hotelangestellten, der den Wagen parken würde, und wir fuhren zu dritt in das Dachrestaurant, weil wir annahmen, dort noch frühstücken zu können. Im Restaurant wählten wir eine Sitznische hinter einem Pfeiler. Weniger Aussicht, aber mehr Privatsphäre. Bennett verbrachte viel Zeit damit, SMS zu schreiben, um Unterlagen für uns anzufordern: detaillierte Umgebungspläne, einen Bauplan des Gebäudes, wie er zur Genehmigung eingereicht worden war, und drei Serien Luftbilder von einem Satelliten, einem »versehentlich« vom Kurs abgekommenen Touristenhubschrauber und einer unbekannten Quelle. Dabei müsse es sich um eine amerikanische Drohne handeln, sagte er, aber da es in Großbritannien offiziell keine US-Drohnen gebe, sei dies eben eine unbekannte Quelle. Er versprach, seine Leute würden uns alle benötigten Unterlagen auf einem Tablet gespeichert ins Hotel bringen.

Dann erklärte er: »Wir können uns keine Kollateralschäden leisten. Nicht dort. Einige Leute in dieser Straße sind harmlose Bürger. Nicht viele, aber doch einige. Was schade ist. Sonst hätten wir Little Joey längst liquidieren können. Wir hätten sein Haus in die Luft gejagt und von einer Gasexplosion gesprochen.«

Dann ging er, aber Nice und ich blieben noch etwas länger sitzen – ich bei einer Tasse Kaffee, sie bei einem Toast, den sie mit kleinen Bissen aß –, und sie fragte: »Wieso interessierst du dich plötzlich für Panzerglas?«

»Bloß eine Theorie«, sagte ich.

»Etwas, das ich wissen sollte?«

»Noch nicht. Sie ändert nichts daran, was wir als Nächstes tun müssen.«

»Beschafft Bennett dir diese Informationen?«

»Ich denke schon.«

»Warum? Ist er dir jetzt einen Gefallen schuldig? Habe ich etwas nicht mitbekommen.«

»Hier geht's um Kameradschaft unter Soldaten. Mit der solltest du's auch mal versuchen. Das täte dir gut.«

»Er ist britischer Offizier?«

»Denk daran, dass er von unbestimmten Zuständigkeiten gesprochen hat. Das kann nur bedeuten, dass sie ein spezielles Ermittlerteam zusammengestellt haben. Die Besten der Besten. Wie ein All-Star-Team aus allen Diensten. Wer würde es kommandieren?«

»Das würden alle wollen.«

»Genau. Jeder würde sich vordrängen und den Spitzenjob für sich beanspruchen. Aber wer am energischsten?«

»Keine Ahnung.«

»Der Mann vom SAS. Diese Leute mögen nicht mal ihre eigenen Offiziere. Für andere wollen sie erst recht nicht arbeiten. Am einfachsten stellt man sie an die Spitze. Das haben die Zuständigen offenbar getan. Was ein geschickter Schachzug war. Weil der SAS ohnehin am besten qualifiziert ist. Außerdem hat er's auf den abtrünnigen Carson abgesehen. Bennett macht persönlich Jagd auf ihn wie ich auf Kott.«

»Bennett ist beim SAS?«

»Ohne Zweifel.«

»Was machen wir als Nächstes?«

»Wir verschaffen uns Zugang zu Joeys Haus.«

»Du willst dort rein?«

»Lieber wär's mir, wenn wir sie rauslocken könnten. Aber das dürfte schwierig sein. Tatsächlich ist das eine taktische Frage, die nie zufriedenstellend beantwortet wurde. Wir haben sie in der Ausbildung besprochen. Man kann leicht dafür sorgen, dass sie nie mehr rauskommen, aber darum geht's hier nicht. Wie bringt man sie dazu, freiwillig rauszukommen? Das weiß niemand und ist auch noch keinem gelungen. Ich erinnere mich, wie mein Vater sich mit dieser Frage beschäftigt und sie auch uns Jungen gestellt hat. Mein Bruder Joe hat eine riesige Maschine, eine Art Subwoofer vorgeschlagen, die das Haus mit sehr niedrigen Frequenzen sehr laut beschallen sollte, weil Wissenschaftler nachgewiesen hatten, dass heutige Menschen dagegen sehr empfindlich sind.«

»Und deine Lösung?«

»Du musst berücksichtigen, dass ich jünger war als er.«

»Was hast du gesagt?«

»Ich habe vorgeschlagen, das Haus in Brand zu stecken. Weil ich mir verdammt sicher war, dass heutige Menschen *dagegen* sehr empfindlich sind. Also würden sie früher oder später rauskommen.«

»Du willst Joeys Haus anzünden?«

»Das wäre natürlich eine Option.«

»Welche weiteren Optionen haben wir?«

»Alle setzen voraus, dass wir Little Joey unter einem Vorwand rauslocken und erledigen können. Als Erstes, bevor wir irgendwas anderes tun. Damit entstünde bei den Romford Boys ein Machtvakuum, das wir ausnutzen könnten.«

»Weil wir's mit einem weniger effektiven Feind zu tun hätten.«

»Genau.«

»Trotzdem müssten wir weiterkämpfen.«

»Nichts gewagt, nichts gewonnen.«

»Du hast gesagt, dass sie nicht umsonst kämpfen würden. Weil sie schlagartig arbeitslos wären. Du hast gesagt, sie würden verschwinden.«

»Aufs Beste hoffen, fürs Schlimmste planen.«

»Worauf wird's hinauslaufen?«

»Ich rechne mit dem gleichen Ergebnis wie immer.«

»Nämlich?«

»Irgendwo dazwischen.«

Das Tablet wurde uns eine Stunde später zugestellt. Zwei von Bennetts Leuten brachten es vorbei. Der Computer wirkte sehr modern, und die Leute sahen so aus, wie solche Leute immer aussehen: überraschend normal, aber eben doch nicht ganz. Ein Mann und eine Frau, beide ungefähr Mitte vierzig, beide ruhig, zurückhaltend und kompetent, keiner sichtbar unglücklich darüber, dass sie untergeordnete Botendienste leisten mussten. Offenbar gute Teamspieler. Nur die Besten für die Besten. Sie sagten, normalerweise müssten wir den Empfang solcher streng vertraulicher Unterlagen quittieren, aber Mr. Bennett habe entschieden, diesmal darauf zu verzichten. Sie sagten, der Computer erfordere zwei Passwörter. Sie sagten, die Passwörter seien der Name des Festgenommenen, den Mr. Reacher auf der Flucht erschossen habe, und die Sozialversicherungsnummer von Miss Nice' Mutter. Groß- und Kleinschreibung sei zu beachten, und die Passwörter könnten nur einmal eingegeben werden. Bei britischer Software gab es keine drei Versuche.

Dann gingen sie wieder.

Wir starrten den leeren Bildschirm des vor uns liegenden Tablets an, und Nice fragte: »Du erinnerst dich an seinen Namen, richtig?«

»Ich weiß noch, wie beide hießen«, sagte ich.

»Aber ich vermute, das Passwort bezieht sich auf den ersten Mann. Auf den Hauptakteur.«

»Die Zielperson.«

»Ja, auf den. Oder hat der andere Mann auch zu flüchten versucht?«

»Tatsächlich wollte er nur flüchten. Die Zielperson war schon tot. Sie hat mich nicht kommen sehen.«

»Wegen welcher Sache ist gegen dich ermittelt worden?«

»Wegen des zweiten Falls.«

»Haben Leute darüber geredet?«

»Nicht wenn sie am Leben bleiben wollten. Schließlich hat es sich um die Ermordung eines amerikanischen Staatsbürgers auf amerikanischem Boden gehandelt.«

»Aber welchen Namen hätten sie dem Fall gegeben, wenn sie darüber geredet hätten? Dem Fall insgesamt, meine ich, wie die Sache John Doe oder was auch immer.«

»Eindeutig den des ersten Kerls.«

»Der die Zielperson war. Und als Brite hat Mr. Bennett Sinn für Ironie. Folglich können wir annehmen, dass seine Erwähnung der Flucht ironisch gemeint war. Womit sich wieder alles auf die Zielperson, auf den ersten Kerl konzentriert. Das ist der Name, den wir benutzen sollten.«

»Vor- oder Nachname?«

»Bestimmt der Nachname. Wir reden von der U.S. Army, nicht wahr?«

»Oder sein Deckname?«

»Er hatte einen Decknamen?«

»Er hatte zwei. Einen von uns, einen von den Irakern.«

Sie fragte: »Wachst du manchmal in Schweiß gebadet auf, wenn du daran denkst?«

»Woran?«

»An dieses Unternehmen.«

»Eigentlich nicht«, sagte ich.

»Aber wie würdest du ihn nennen, wenn's so wäre? Zum Beispiel: Diese schlimme Sache hätte ich XY nicht antun sollen.«

»Glaubst du, dass das eine schlimme Sache war?«

»Jedenfalls etwas anderes als alten Ladys über die Straße zur Bücherei zu helfen.«

»Du bist so schlimm wie Scarangello. Wir müssen dich dort rausholen und in die Army stecken, bevor's zu spät ist.«

»Wie hat er geheißen?«

Ich sagte: »Erzähl mir von deiner Mutter.«

»Was ist mit ihr?«

»Du weißt ihre Sozialversicherungsnummer?«

»Ich helfe ihr bei ihrem ganzen Papierkram. Sie ist ziemlich krank.«

»Das tut mir leid.«

»Sie hat einen Gehirntumor. Inoperabel. Sie kann nicht richtig denken. Ich kümmere mich um Versicherungen und Rentenansprüche und solche Sachen. Wahrscheinlich kenne ich ihre Details besser als meine.«

»Das tut mir leid«, sagte ich noch mal. »Sie muss noch jung sein.«

»Zu jung für so was.«

»Hast du Geschwister?«

»Nein«, sagte sie. »Meine Mutter hat nur mich.«

Ich fragte: »Würde jemand normalerweise die Sozialversicherungsnummer seiner Mutter kennen?«

»Keine Ahnung. Was denkst du?«

»Wohl eher nicht. Besuchst du deine Mutter?«

»Sooft ich kann.«

»Im Süden von Illinois. Da musst du viel fliegen.«

»Das lenkt mich ab.«

»Außerdem machst du dir Sorgen, wenn du sie nicht besuchen kannst, denke ich. Wie jetzt.«

»Lässt sich nicht ändern.«

»Wann hat sie die Diagnose bekommen?«

»Vor zwei Jahren.«

»Das tut mir leid«, sagte ich zum dritten Mal.

Sie sagte: »So ist's eben.«

»Wann hat Tony Moon angefangen, zum Arzt zu gehen?«

»Da besteht kein Zusammenhang.«

»Weißt du das bestimmt?«

»Meine Mutter ist jetzt nicht hier.«

»Aber du denkst an sie.«

»Manchmal.«
»Und bist daher besorgt.«
»Nicht ihretwegen. Da gibt's keinen Zusammenhang.«
Ich schwieg.
Sie sagte: »Ich habe noch eine Tablette.«
»Du hast eine genommen?«
»Gestern Abend. Ich musste schlafen.«
Ich fragte: »Wissen deine Bosse von deiner Mutter?«
Sie nickte. »Das ist Vorschrift. Familienprobleme sind zu melden. Sie unterstützen mich sehr. Sie sorgen dafür, dass ich möglichst viele Wochenenden frei habe.«

»In Langley gibt's also eine Personalakte, in der steht, dass deine Mutter krank ist und du dich um ihre Angelegenheiten kümmerst. Was geheim sein muss, weil bei der CIA alles geheim ist. Und im Pentagon gibt's eine Akte mit dem Namen des Kerls, den ich vor zwanzig Jahren mit einem Kopfschuss erledigt habe. Von der weiß ich verdammt genau, dass sie geheim ist. Aber der MI5 in London hat beide Akten eingesehen und ihnen sichere Passwörter entnommen. Einzigartig wie DNA-Spuren oder Fingerabdrücke.«

Sie nickte wieder. »Vielleicht hat Mr. Bennett recht, wenn er behauptet, sie könnten alles mitlesen. Dann wäre dies eine kleine Angeberei.«

»Außer O'Day hat ihm die Akten gezeigt.«
»Warum sollte er das tun?«
»Das ist eine Frage, die wir Bennett stellen werden.«
»Wie hat dein Mann geheißen?«
»Archibald«, sagte ich.
»Das ist ein Name, den man nicht oft hört.«
»Schottisch«, erwiderte ich. »Auf Umwegen aus dem Altfranzösischen und dem Mittelhochdeutschen. Der dritte Earl von Douglas wurde Archibald der Grimmige genannt. So roman-

tisch ist's in meinem Fall nicht zugegangen. Mein Kerl war Archibald das verdammte Schwein.«

Nice schaltete das Tablet ein. Auf dem Bildschirm erschien eine Dialogbox. Als sie mit einer Fingerspitze drauftippte, begann ein Cursor zu blinken, während darunter eine Tastatur hochklappte. Sie schrieb *Archibald*, neun Buchstaben, großes A, dann Kleinbuchstaben. Sie überprüfte das Wort, A-r-c-h-i-b-a-l-d, und sah mich mit hochgezogenen Augenbrauen an. Als ich nickte, tippte sie auf *Eingabe*. Nach kurzer Pause erschien hinter dem Namen ein grünes Häkchen, und die Dialogbox wurde durch eine neue ersetzt, in der schon ein Cursor blinkte. Diesmal gab sie Zahlen ein: drei Ziffern, ein Bindestrich, zwei weitere Ziffern, ein Bindestrich, zuletzt vier weitere Ziffern. Nice prüfte die Nummer, bevor sie erneut auf *Eingabe* tippte. Wieder ein grünes Häkchen, dann verschwand die Dialogbox und wurde durch endlose Reihen von Vorschaubildern ersetzt.

42

Die Umgebungspläne wären großartig gewesen, wenn wir nach einer Wasserleitung hätten graben oder ein Glasfaserkabel verlegen wollen. Sie zeigten reichlich unterirdische Details unter den Gehsteigen und der Fahrbahn selbst. Im Film hätten wir einen Abwasserkanal mit einem Durchmesser in der Breite meiner Schultern entdeckt, der bis unter Joeys Haus führte, und ich wäre zwei Straßen weit entfernt hineingeklettert und hätte mich durch den Kanal geschoben, bis ein plötzliches Gewitter mich zu ertränken drohte, bevor ich mein Ziel erreicht hatte. Das wären spannende Szenen gewesen, aber in Wirklichkeit gab es keinen Abwasserkanal. Gasleitungen, Telefonkabel, Stromkabel,

Wasser- und Abwasserleitungen – nichts dicker als mein Handgelenk. Das Haus selbst war nur als Endstation dieser Versorgungsleitungen eingezeichnet: als großes schwarzes Rechteck ohne irgendwelche Details im Innern.

Der seinerzeit zur Genehmigung eingereichte Bauplan war ergiebiger. Auf den ersten Blick erschien er winzig, aber Nice spreizte Daumen und Zeigefinger auf dem Bildschirm und verschob das so vergrößerte Bild, damit wir alle Einzelheiten erkannten. Auf diese Weise konnten wir kleine Spaziergänge durch das Haus, von Zimmer zu Zimmer, die Treppe hinauf und hinunter machen. Der Plan wies viele handschriftliche Anmerkungen des Architekten auf, dessen Schrift denen aller anderen Architekten glich. Vielleicht gehörte Schönschreiben mit zum Architekturstudium. Aber was der Mann geschrieben hatte, war nützlich, weil er die verwendeten Baustoffe bezeichnete: Holz, Stahl, Ziegel, Gipsputz und Glas. Alle Fenster und Türen waren Sonderanfertigungen, was einleuchtete. Gewöhnliche Türen gab es im Baumarkt, aber überhohe waren Sonderanfertigungen. Die fünfzigprozentige Vergrößerung aller Maße musste die Baukosten um tausend Prozent in die Höhe getrieben haben.

Das Haus wies nur zwei Wohnebenen auf. Kein ausgebautes Dachgeschoss, kein Keller. Im Obergeschoss lagen Schlafzimmer und Bäder sowie eine separate Gästesuite mit zwei Schlafzimmern, Bad und eigenem Wohnraum. Im Erdgeschoss gab es eine Küche, ein Esszimmer mit Frühstücksplatz und verschiedene weitere Räume, die abwechselnd als Wohnzimmer, Salon, Bibliothek, Arbeitszimmer oder Büros bezeichnet waren. Auf den ersten Blick wirkte der Grundriss intim, sogar behaglich, bis man sich daran erinnerte, wie übergroß alles war. Die Erker hatten eine Größe wie anderer Leute Wohnzimmer. Und natürlich um die Hälfte höher. Wie Museumssäle bei Nacht. Nicht riesig, aber auch nicht mit menschlichen Proportionen, schwach beleuchtet und hallend.

Casey Nice fragte: »Siehst du eine Möglichkeit reinzukommen?«

Ich antwortete: »Wir haben kein Panzerfahrzeug. Also sind wir ziemlich auf Türen und Fenster beschränkt.«

»Die alarmgesichert sind.«

»Was eigentlich überflüssig ist. Sie brauchen kein Signal, um zu wissen, dass wir da sind.«

»Aber wo befinden wir uns dann eigentlich? In einem Haus mit vier Leibwächtern und zwei Weltklassekillern? Die uns gemeinsam drei zu eins überlegen sind? In einem Haus, das sich viel leichter verteidigen als stürmen lässt?«

»Falls das rhetorische Fragen waren, ist das eine ziemlich gute Zusammenfassung.«

»Wie lange würde der Bau eines gigantischen Subwoofers wohl dauern?«

»Ich hätte ein paar Feuerzeuge mitnehmen sollen, als ich die Tragetasche gekauft habe.«

Sie sagte: »Jetzt mal im Ernst. Ich habe einen Lehrgang in Fort Benning mitgemacht. Dort hieß es, man müsste jedes Unternehmen ungefähr hundert Stunden weit im Voraus planen.«

»Wer hat das gesagt?«

»Unsere Ausbilder.«

»Die alle nur lange genug überlebt haben, um Ausbilder zu werden, weil sie ständig improvisiert haben. Sie wissen, dass Pläne wertlos sind.«

»Reacher, wir müssen einen Plan haben.«

Ich sagte: »Komm, sehen wir uns die Luftaufnahmen an.«

Die Luftaufnahmen waren in einer Beziehung erstaunlich, weil es sich bei allen – unabhängig davon, ob sie von einem Satelliten, Tausende Kilometer von der Erde entfernt, einer in großer Höhe unhörbar fliegenden Drohne oder einem knatternden Hubschrauber in dreihundert Metern Höhe stammten – um gestochen scharfe, höchst detaillierte HD-Farbaufnahmen handelte. In anderer Beziehung waren sie wertlos, weil sie nichts zeigten, das wir nicht schon durch Bennetts Ferngläser gesehen hatten. Bloße Außenansichten, aber aus anderer Perspektive. Bei den Hubschrauberfotos war vermerkt, das Haus sei nicht das Primärziel gewesen, sondern der Einsatz habe einem Treffen von Gangsterbossen bei Drinks im Garten gegolten. Die entsprechenden Aufnahmen waren beigefügt, aber sie zeigten nur drei Männer, deren Gesichter man nicht sah, weil sie die Köpfe gesenkt hielten. Zufällig zeigten die Hubschrauberfotos das Haus am besten. Wir konnten alle vier Außenwände ziemlich gut erkennen. Türen, Fenster, Stärken und Schwachpunkte, insgesamt jedoch mehr Stärken als Schwächen. Kein leichtes Ziel, selbst wenn man sich noch nicht fragte, wie es nach dem Eindringen weitergehen sollte.

Ich sagte: »Uns fällt schon irgendwas ein. Wir haben genug Zeit. Wir müssen uns ohnehin zuerst Little Joey vorknöpfen.«

Sie fragte: »Hast du wenigstens *dafür* einen Plan?«

»Was ich letztes Mal gemacht habe, hat ziemlich gut funktioniert. Stell dir vor, wir wären auf diesem Parkplatz gewesen. Im Schatten hinter dem kleinen Supermarkt. Wir hätten ihn kaum verfehlen können.«

»Willst du *das* noch mal versuchen?«

»Bestimmt nicht freiwillig. Aber vielleicht kannst du eine Alternative vorschlagen.«

»Würde das überhaupt wieder funktionieren?«

»Gute Frage. Vermutlich nicht, ohne was zu verändern. Ein cleverer Kerl wie Joey könnte Verdacht schöpfen. Wir brauchen einen geeigneten Köder. Wir müssen jemanden finden, zu dem er unbedingt hinmuss.«

»An wen denkst du?«

»Der alte Charlie White könnte unser Favorit sein. Aber ich vermute, dass er zusätzliche Vorsichtsmaßnahmen ergreift. Also sollten wir uns auf Tommy Miller oder Billy Thompson konzentrieren. Vielleicht können wir interne Auseinandersetzungen provozieren, irgendeinen Konflikt wegen der Verteilung von Beute. Im Idealfall würden alle drei auf der Bildfläche erscheinen, um sich gegenseitig im Auge zu behalten. Dann könnten wir dafür sorgen, dass es bei den Romford Boys ein echtes Führungsvakuum gibt.«

»Joey muss Priorität haben!«

»Natürlich. Aber falls es Gelegenheitsziele gibt, nachdem er ausgeschaltet ist, sollten wir entsprechend handeln.«

»Das müsste ich von General O'Day genehmigen lassen.«

»Gut, meinetwegen. Aber zuvor solltest du Bennett eine SMS schicken und ihn fragen, wie Miller und Thompson geschützt werden. So wie Little Joey – oder besser oder schlechter? Und erklär ihm, wozu wir diese Angaben brauchen.«

Sie zog ihr Smartphone heraus, und ich sah ihre Daumen über die Tastatur tanzen. Dann hörte ich das Geräusch, mit dem die erste SMS versendet wurde – ein seltsamer Laut, als rutschte eine Comicfigur auf einer Bananenschale aus –, und beobachtete, wie Nice endlos lange weitertippte. Ihr ausführlicher und vollständiger Bericht für O'Day, vermutete ich. Mit weniger würde er sich nicht zufriedengeben. Ich fing an, wieder an schussfestes Glas zu denken, und fragte sie: »Hast du O'Day gemeldet, dass wir uns heute Morgen Wallace Court ansehen würden?«

Nice sagte: »Das steht hier im ersten Absatz meines Berichts.«

»Nein, ich meine, ob du ihm das schon mitgeteilt hattest, bevor wir hingefahren sind.«

Ihre Daumen wurden langsamer, und sie sprach auch langsamer, während sie weiterzuschreiben versuchte. Sie sagte: »Nein, nicht im Voraus. Ich wusste nicht, ob wir tatsächlich hinfahren würden. Weil mir nicht klar war, was es dort für uns zu sehen geben sollte. Deshalb dachte ich, ein nachträglicher Bericht sei besser.«

»Okay«, sagte ich. Nice schrieb wieder schneller, und ich sah ihr dabei zu. Dann war sie fertig, las ihren Bericht noch mal durch und sendete ihn mit dem gleichen Geräusch wie vorhin. Ich fragte: »Haben wir die Adressen von Miller und Thompson?«

»In ihrer Biografie stehen sie nicht.«

»Dann schickst du Bennett am besten noch eine SMS. Er kennt sie bestimmt.«

Die folgende Stunde verbrachten wir vor allem mit SMS-Verkehr mit Bennett und O'Day, bei dem wir Fragen stellten, Antworten bekamen und Informationen sammelten. Miller und Thompson lebten ebenfalls in Chigwell, nur zwei Straßen voneinander und vier Straßen von Little Joey entfernt. Nicht aus operativen Gründen, sondern einfach nur, weil man nach Chigwell zog, wenn man's in Romford geschafft hatte. Auch ihre Sicherheitsmaßnahmen waren auf dem Papier mit denen von Little Joey identisch: Jeder verfügte über einen Fahrer und vier Leibwächter, die sich im Achtstundenturnus abwechselten. Miller fuhr einen neuen Range Rover, schwarz, und Thompson einen neuen Range Rover Sport, ebenfalls schwarz. Nach Ansicht vieler so gut wie ein Bentley. Die drei Stellvertreter wurden gleichbehandelt. Zumindest auf dem Papier. Aber Bennett sagte, tatsächlich seien Millers und Thompsons Leute zweitklassig. Joey sicherte sich immer die Besten – weil er Little Joey war und Miller und Thompson Bürokraten waren. Wichtig, aber ohne zentrale Rolle. Zwischen diesen beiden gab es nicht viel zu wählen. Beide stellten weiche Ziele dar.

»Vergleichsweise, nehme ich an«, sagte Casey Nice.

Ich sagte: »Wir brauchen ein Fahrzeug.«

»General Shoemaker hat uns Kreditkarten mitgegeben. Wir könnten eines mieten.«

»Keine gute Idee. Wir wollen keine Spur auf Papier hinterlassen.«

»Vielleicht könnte Mr. Bennett uns eines leihen?«

»Die sind bestimmt alle mit GPS-Sendern ausgestattet, sodass er uns ständig überwachen könnte.«

»Wie sonst?«

»Die zweitbeste Möglichkeit wäre, eines zu stehlen. Aber im Idealfall würden wir zwei weiteren Romford Boys begegnen und ihnen ihren Kastenwagen abnehmen. Das würde uns ein paar Sekunden bei Miller oder Thompson einbringen. Sie würden die Gefahr nicht gleich erkennen, sondern uns für eigene Leute halten. Zumindest anfangs.«

»Du redest also von zwei Überfällen, nicht nur einem.«

»Und dann folgen noch zwei«, erklärte ich. »Die Romford Boys, danach Miller oder Thompson, zuletzt Little Joey und wer sonst noch im Haus ist.«

»Dann müssen wir also viermal überleben. Wie wahrscheinlich ist das?«

»Wie die World Series. Verdammt viel verlangt, aber irgendein Team schafft es jedes Jahr.«

»Das sind insgesamt fünfzehn Leute.«

»Achtzehn. Du vergisst die Fahrer. Miller und Thompson haben je einen, Little Joey auch. Aber es sind nicht achtzehn auf einmal. Das ist hier die gute Nachricht. Maximal sechs auf einmal, wenn wir's mit den wichtigen Leuten aufnehmen, von denen jeder einen Fahrer und vier Leibwächter hat.«

»Wobei fünf erstklassige Leute sind, die vor einem Kerl stehen, der zwei Meter zwanzig groß ist.«

»Wir können über ihre Köpfe zielen.«

»Das kommt mir echt verrückt vor.«

»Weil du nicht genau weißt, was du zu erwarten hast. Aber was sage *ich* dazu?«

Sie überlegte, dann wiederholte sie, was ich gesagt hatte. Sie hatte ein gutes Gedächtnis. Sie führte aus: »Du sagst, dass niemand weiß, was er zu erwarten hat. Auf beiden Seiten. Was eine gute Sache ist. Es bedeutet, dass der gewinnt, der am schnellsten denkt. Mehr brauche ich nicht zu tun.«

»Korrekt«, sagte ich. »Verrückte Dinge werden passieren, alles Mögliche kann sich verändern, der Erdboden unter unseren Füßen wird beben, aber wenn wir schnell denken, werden wir am Ende siegen.«

»Glaubst du?«

»Wie du schon gesagt hast, muss man alles vergleichsweise sehen. Hier kommt's darauf an, schneller als Joey Green zu denken. Und wie das funktionieren kann, ist längst bewiesen. Der *Homo sapiens* hat sich gegen den Neandertaler durchgesetzt.«

»Was meinst du, wenn du sagst, dass verrückte Dinge passieren werden?«

»Damit meine ich, dass wir ständig auf Überraschungen gefasst sein müssen.«

»Aber das hat so geklungen, als meintest du etwas Bestimmtes. Weißt du etwas, das du mir verschweigst?«

Ich gab keine Antwort.

Dann kreuzte Bennett nochmals persönlich auf und erhöhte den Einsatz. Wir bekamen einen Anruf in Nice' Zimmer, er sei unten. Er forderte uns auf, sich mit ihm im Restaurant zu treffen. Er sagte, er lade uns zum Lunch ein. Nice schaltete das Tablet aus, das seine nur teilweise nützlichen Bilder hinter unseren beiden Passwörtern verbarg. Dann fuhren wir mit dem Aufzug ins Restaurant hinunter, in dem wir ihn an einem Fenstertisch antrafen. Unsere Getränke – Mineralwasser für Nice, schwarzer Kaffee für mich – waren schon bestellt, was mir zeigte, dass er uns um einen ganz großen Gefallen bitten wollte.

Was er prompt tat.

Bennett legte dar, dass der Unterausschuss für Verhaltensforschung erneut zusammengetreten sei, um über seinen an diesem Vormittag erstatteten Bericht zu beraten. Und der Ausschuss war offenbar über seinen Auftrag hinausgegangen, indem er selbständig gedacht hatte. Ausgangsbasis war die schon von mir geäußerte Vermutung gewesen, bei den Romford Boys könnte es zu internen Streitigkeiten kommen. Fielen Miller oder Thompson aus, galt es – je nach dem unbekannten Verteilerschlüssel zwischen Charlie White und seinen Stellvertretern –, fünfzehn bis zwanzig Prozent des Nettogewinns der Romford Boys neu zu verteilen. Was interessant werden konnte.

Noch interessanter konnte die Sache jedoch werden, wenn der Einsatz erhöht wurde. Was wäre, wenn Nice und ich gleich Charlie White ins Visier nahmen? Damit hätten wir dem Kraken den Kopf abgerissen, nicht nur einen Fangarm. Das würde bestimmt alle drei Stellvertreter an den Tatort locken, und selbst wenn es mir nicht gelang, dort alle zu erledigen, würden sie sich später vermutlich selbst zerfleischen, weil sofort Diadochenkämpfe ausbrechen würden. In diesem Nachfolgestreit würden die beiden alten Kämpen sich gegen den jungen Aufsteiger zusammentun. Die Alten kannten alle geschäftlichen Details, aber ihr Herausforderer war zwei Meter zwanzig groß, was spannende Auseinandersetzungen versprach. Und dabei konnte leicht in Vergessenheit geraten, dass Charlie seine Cops und Berater wöchentlich bezahlt hatte, und das

Ausbleiben dieser Zahlungen konnte zu einer bestechungsfreien Periode führen, die Verhaftungen und Anklageerhebungen ermöglichte.

Was hielten wir also davon?

Ich fragte: »Wie kommen Sie mit den Informationen über das schussfeste Glas voran?«

Bennett sagte: »Die sind angefordert.«

»Bis wann?«

»Wie dringend kann das sein?«

»Ich möchte sie in der Minute, in der Sie sie bekommen. Und ich möchte sie bald.«

Er nickte. »Gut, was machen wir also mit Charlie White?«

»Wir?«

»Okay, Sie.«

Ich fragte: »Wo wohnt er?«

»Weiterhin in Romford. Dort geboren und aufgewachsen. Er sieht sich gern als einfacher Mann aus dem Volk.«

»Einfamilienhaus?«

»Wie meinen Sie das?«

»Alleinstehendes Haus«, übersetzte Nice als Dolmetscherin.

»Natürlich«, sagte Bennett. »Normal groß, aber wie Joeys Haus von einer Mauer umgeben. Oder vielmehr von einem Zaun aus Ziegeln und Schmiedeeisen. Um das dankbare Proletariat fernzuhalten.«

»Bewacher?«

»Sechs Leibwächter und ein Chauffeur.«

»Erstklassige Leute?«

»Brauchbar.«

»Ist er viel außer Haus?«

Bennett sagte: »Tatsächlich dürfte er heute Abend unterwegs sein.«

»Wohin fährt er?«

»Zu einem Treffen mit den Serben. Um ihnen sein Beileid auszusprechen.«

»Gehört das zu den altmodischen Höflichkeiten?«

»Unbedingt. Sie sind Geschäftspartner, und die Serben haben Verluste zu beklagen. Gestern Abend besuchte ihn eine Abordnung der Serben – wegen eines der beiden Kerle aus dem Kastenwagen.«

»Glauben Sie, dass der Unterausschuss für Verhaltensforschung in nächster Zeit an uns herantritt und verlangt, dass wir auch die Serben ausschalten?«

»Nichts wäre uns lieber, aber realistischerweise sollten Sie's nicht mit allen gleichzeitig aufnehmen.«

Ich sagte: »Wir haben noch nicht zugestimmt, es mit irgendwem aufzunehmen.«

»Der Ausschuss hat mich gebeten, Ihnen mitzuteilen, dass wir Millers und Thompsons Leibwächter vielleicht als zu zweitklassig hingestellt haben. Sie sind besser, als wir gesagt haben. Also dürfte es keinen großen Unterschied machen, wenn Sie sich gleich White vornehmen.«

»Finden Sie das auch?«

»Nein. Tatsächlich ist der Unterschied gewaltig.«

»Aber der Ausschuss muss das psychologisch sehen.«

»Wenn's funktioniert …«

»Meistens besser, wenn man vorher darüber nachdenkt. Haben Sie unsere Personalakten gesehen?«

Bennett nickte grinsend. »Haben Sie meine Winke mit dem Zaunpfahl verstanden? Mit den Passwörtern? O'Day hat uns die Dossiers geschickt?«

»Warum?«

»Weil wir ihn darum gebeten haben.«

»In besseren Zeiten hätte er Sie aufgefordert, sich zu verpissen.«

»Er ist nicht mehr, was er früher war. Er muss sich erst wieder hocharbeiten. Sein Stern war jahrelang im Sinken.«

»Das hat Chenkin in Paris auch gesagt.«

»Wir könnten Ihnen helfen, wenn Sie möchten. Vier von Charlies Leibwächtern fahren natürlich in einem eigenen Wagen. Den könnten wir abdrängen. Durch eine Verkehrskontrolle oder dergleichen. Dann hätten Sie's nur noch mit Charlie, zwei Leibwächtern und dem Fahrer zu tun.«

»Ein Leibwächter vorn auf dem Beifahrersitz, der andere hinten bei Charlie?«

»Genauso machen sie's.«

»Was für einen Wagen fährt er?«

»Einen Rolls-Royce.«

»Schwarz?«

»Natürlich.«

»Gepanzert wie Karel Libors Range Rover?«

»Nur die hinteren Türen und die Heckscheibe. Und nur gegen Handfeuerwaffen. Das dürfte die Option gegen Gelegenheitstäter für Leute sein, die damit rechnen müssen, dass an ihrem Wagen Feinde vorbeigehen.«

»Und das Begleitfahrzeug ist ein Jaguar?«

»Von denen haben sie Dutzende.«

Ich schwieg.

Bennett sagte: »Verkehrskontrollen sind teuer. Nicht nur finanziell. Dabei entstehen Kosten, aber es gibt auch Risiken und Haftungsfragen. Was ist, wenn eine werdende Mutter nicht rechtzeitig ins Krankenhaus kommt? Wenn ein alter Mann vor Aufregung einen Schlaganfall erleidet? Das würde zu Fragen führen. Deshalb können wir eine solche Kontrolle nur riskieren, wenn besondere Erfolge in Aussicht stehen.«

Diesmal lächelte ich und sagte: »Sie sind nicht zu Weltherrschern aufgestiegen, weil Sie nett waren, richtig? Sie bieten an, das Begleitfahrzeug aufzuhalten, wenn wir uns Charlie White vorknöpfen. Aber nicht, wenn wir Tommy Miller oder Billy Thompson ins Visier nehmen. Also können wir's uns aussuchen, ob wir's mit zwei Leibwächtern von Charlie oder jeweils vier der beiden anderen aufnehmen wollen. Charlies Leute sind besser, aber vermutlich nicht doppelt so gut. Daher haben wir's hier mit einem Anreiz zu tun. Vom Unterausschuss für Verhaltensfragen vorgeschlagen und empfohlen. Hab ich recht?«

»Wir sind hier, um uns gegenseitig zu unterstützen. Das ist der Plan.«

»Wann bekomme ich die angeforderten Informationen zu dem schussfesten Glas?«

»Sobald sie bei mir eingehen.«

»Und wann ist das der Fall?«

»Sehr bald.«

»Wann fährt der alte Charlie zu seinem Kondolenzbesuch los?«

»Spät. Die Sonne muss untergegangen sein. Das gehört zu irgendeinem ethnisch bedingten Ritual. Wir kennen ein paar Details, auch die voraussichtliche Fahrtroute. Und wir haben eine geeignete Stelle für die Sache mit dem Begleitfahrzeug gefunden. Ich schicke Ihnen ein Notebook mit allem, was wir an Informationen haben.«

Damit ging er.

Casey Nice fragte: »Gehört das zu den verrückten Dingen, die passieren werden?«

Ich sagte: »Nein, das war vorhersehbar.«

43

Den neuen Computer brachten die Leute, die uns schon das Tablet gebracht hatten. Sie sagten, in Nice' Fall sei ihr neues Passwort die Telefonnummer der Hotline der Krankenversicherung ihrer Mutter und in meinem Fall der Name des anderen Mannes, den ich vor Shoemakers Augen erschossen hatte. Dann gingen sie wieder, und wir fuhren wie zuvor mit dem Notebook in Nice' Zimmer hinauf, gaben die allein uns bekannten Passwörter ein und hatten nun auf dem Bildschirm ein langes Verzeichnis mit Ordnern vor uns.

Die meisten Dateien enthielten zufällige, aber wichtige Hintergrundinformationen, die über viele Jahre hinweg zusammengetragen und in der Hoffnung, die Zukunft lasse sich aus der Vergangenheit vorhersagen, von Computern aufbereitet worden waren. Zum Beispiel hatte Charlie White auf seinen Fahrten von Osten nach Westen quer durch London niemals die Autobahn M25, sondern immer nur die North Circular Road benutzt, die mit der South Circular Road zu den Überresten einer nie gebauten Stadtautobahn gehörte, die damals weit außerhalb der Stadt gelegen hatte, aber heute durch hoffnungslos dicht besiedelte Wohngebiete führte. Bei 85,7 Prozent seiner Fahrten hatte der alte Charlie sich für diese langsame Route entschieden. Und in den restlichen 14,3 Prozent aller Fälle hatte er sich geradewegs durch die Innenstadt chauffieren lassen. Das wurde als deutliche Bevorzugung der North Circular Road ausgelegt. Ich fand, es beweise lediglich, dass nur einmal in der Woche Sonntag war. Herrschte in der Innenstadt wenig Verkehr, war eine Gerade als kürzeste Verbindung selbstverständlich. An Werktagen war es dagegen besser, auf Abstand zu achten. Die Woche hat sieben Tage, und hundert geteilt durch sieben ist 14,3. Allerdings gab es in der heutigen Welt keinen großen Unterschied mehr zwischen Sonntagen und Werktagen. Aber Charlie war ein alter Mann, und alte Gewohnheiten halten sich hartnäckig. Vielleicht konnte er sich noch daran erinnern, wie London an Sonntagen ausgestorben und die M25 noch grünes Farmland gewesen war.

Ich fragte: »Was für ein Tag ist heute?«

Nice sagte: »Freitag.«

Bennett hatte Vorsorge getroffen und für beide Routen geplant, wobei er die Fahrt mitten durch die Stadt als Option zwei und die North Circular Road als Option eins bezeichnete. Was übrigens keine große Rolle spielte, weil der Kreisbogen irgendwann die Gerade schneiden musste. In diesem Fall im Westen, ungefähr bei neun Uhr. Dort lag logischerweise die Stelle für die Verkehrskontrolle, die das Begleitfahrzeug anhalten würde. Genau das hatte Bennett vor. Zwei Fliegen mit einer Klappe. Es gab sogar eine Luftaufnahme von der Stelle, wo die beiden Straßen sich trafen: eine gewöhnliche Kreuzung zweier vierspuriger Straßen mit riesigem Flächenverbrauch durch unzählige zusätzliche Fahrspuren, als wäre die Kreuzung wie Little Joeys Haus proportional aufgeblasen worden.

Charlie Whites Adresse war durch eine Stecknadel auf dem Stadtplan bezeichnet und sein Ziel mit einer zweiten Nadel markiert, die drüben in Ealing das Haus des serbischen Gangsterbosses kennzeichnete. Ein Gipfeltreffen. Es gab auch ein Foto des Hauses: ein großer, schöner Backsteinbau, der schon etwas von einem eleganten Stadthaus an sich hatte. Keine Million Meilen von Chigwell entfernt – außer in der Realität. Diese Straße war ungefähr dreißig Jahre älter als Joeys Wohnstraße, aber aus demselben Grund angelegt worden. Auch erfolgreiche Leute müssen irgendwo leben.

Charlies neuester Rolls-Royce Phantom füllte eine ganze Datei. Mit Fotos. Er war groß und hässlich, mit hinten angeschlagenen Hecktüren, aber sehr imposant. Das stand außer Zweifel. In 93,2 Prozent aller Fälle saß Charlie mit einem Leibwächter neben sich hinter dem Fahrer, neben dem dann der zweite Leibwächter hockte. Bei den restlichen 6,8 Prozent aller Fahrten tauschte er den Platz mit dem Leibwächter, sodass er hinter dem Beifahrer saß. Daraus war kein Verhaltensmuster abgeleitet worden, was Computern wieder ähnlich sah. Kein gesunder Menschenverstand. Charlies gewöhnlicher Fahrer war offenbar klein. Der Rolls-Royce hatte Rechtslenkung und fuhr auf der linken Straßenseite, und vielleicht fühlte Charlie sich an Ampeln oder im Stau stehend auf der Gehsteigseite nicht wohl und saß deshalb zur Straßenmitte hin hinter seinem Chauffeur, was in Ordnung ging, weil der Mann klein war. Andererseits hatte dieser Kerl manchmal frei, sodass Charlie hinter seinem groß gewachsenen Zweitfahrer hervorkommen musste – vielleicht an fünfundzwanzig Tagen innerhalb von zwölf Monaten, was genau sechs Prozent eines Jahres entsprach.

Ich sagte: »Ich muss losziehen und ein sehr scharfes Messer kaufen.«

Nice sagte: »Okay.«

Wir gingen elf Blocks weit auf dem Piccadilly und die ganze Bond Street entlang und sahen massenhaft Messer, aber manche bestanden aus massivem Silber und gehörten zu Fischbestecken, während andere Taschenmesser Perlholzgriffe aufwiesen, mit denen man bestenfalls den Kopf einer Bruyèrepfeife reinigen konnte. Mit keinem davon konnte ich etwas anfangen, bis wir endlich ein sehr teures Eisenwarengeschäft fanden. Es verkaufte wundervoll gearbeitete Messer, viele davon mit dunklen Holzgriffen, darunter auch ein Linoleummesser mit gefährlich gekrümmter Klinge. Ich erstand zwei davon sowie eine Rolle silbernes Gewebeband. Der Verkäufer packte alle drei Artikel in eine braune Papiertüte, die ich umsonst bekam.

Dann wollte Nice etwas zum Anziehen, also machten wir die Oxford Street zur dritten Seite unseres Quadrats. Sie entschied sich für ein Geschäft, in dem sie sich neue Sachen aussuchte. Bevor sie in der Umkleidekabine verschwand, ließ sie mich ihre Lederjacke halten und sagte: »Du brauchst nicht nachzusehen. Ich habe noch eine übrig.«

Fünf Minuten später kam sie in neuen Sachen heraus, zog ihre Lederjacke wieder an und war mit mir zum Ausgang unterwegs, als wir am Aufzug zur Herrenabteilung vorbeikamen. Ich folgte spontan ihrem Beispiel und kaufte mir neue Klamotten – außer neuen Hosen, weil mir keine passte. Aber das Sakko war besser als die Golfjacke aus Arkansas. Größere Taschen und mehr Platz für die Glock 17. Eine deutliche Verbesserung, aber mir schien, als ließe ich einen alten Freund zurück. Chenkins Gehirnmasse war daran gewesen, Nice' Tränen hatten sie durchnässt.

Dann schlenderten wir über den Grosvenor Square, an unserer Botschaft vorbei und zum Hotel zurück. Unterwegs sagte ich: »Ich vermute, dass Bennett uns heute Abend einen Dienstwagen anbietet. Den nehmen wir, lassen ihn aber möglichst bald wieder stehen.«

»Warum?«

»Ich will nicht verfolgt werden können.«

»Würden sie das tun?«

»Selbstverständlich würden sie's tun. Sie müssen sich rückversichern. Und sie müssen morgen einen Bericht schreiben. Zwanzig Komma zwei Prozent der Zeit habe ich damit verbracht, mich am Kopf zu kratzen.«

»Wozu brauchst du die beiden Linoleummesser?«

»Gar nicht. Ich brauche eines, und du brauchst eines.«

»Wofür?«

»Wie schon gesagt sollten wir jetzt selbständig denken, und es kann Befehle geben, die wir ignorieren müssen.«

Sie schwieg.

Ich sagte: »Die beste beider Welten. Wir erfüllen unseren Auftrag – aber wie wir's für richtig halten.«

Sie sagte: »Okay.«

»Was auch bedeutet, dass wir heute Abend unsere Smartphones im Hotel lassen.«

44

Bennett kam kurz nach sechzehn Uhr zurück. Er gab uns den Schlüssel seines silbernen Vauxhall und sagte, er habe die bewusste Kreuzung ins Navi eingegeben. Wir sollten etwas westlich der Kreuzung parken, um dem Rolls-Royce folgen zu können, sobald sein Begleitfahrzeug gestoppt worden war. Seiner Überzeugung nach würde Charlie White nicht auf den Jaguar warten, nicht intervenieren und auch nicht versuchen, seinen Leuten zu helfen. Die Einhaltung der Etikette war zu wichtig. Er durfte nicht verspätet in Ealing eintreffen. Das wäre unhöflich, sogar respektlos gewesen. In solchen Dingen waren Londoner Gangster empfindlich.

Charlie wurde um zweiundzwanzig Uhr im Haus des serbischen Gangsterbosses erwartet, was bedeutete, dass er mit einer Wahrscheinlichkeit von vierundachtzig Prozent genau eine Stunde vorher das Haus verlassen würde, um für Staus und ähnliche Unwägbarkeiten ein Zeitpolster von zwanzig Minuten zu haben. Notfalls konnte er irgendwo in der Nähe geparkt warten. Das war sein übliches Verfahren im Umgang mit empfindlichen Partnern. Etikette war alles. Zweiundzwanzig Uhr hieß zweiundzwanzig Uhr. Aber seine Ost-West-Fahrt auf der North Circular Road würde vermutlich ohne besondere Vorkommnisse ablaufen, sodass er die bewusste Kreuzung vor einundzwanzig Uhr dreißig erreichen würde. Bennett sagte, seine Leute würden ab einundzwanzig Uhr vor Ort einsatzbereit sein, und riet uns dringend, ihrem Beispiel zu folgen.

Ich fragte ihn: »Wie geht es in Bezug auf Informationen über das Glas voran?«

Er sagte: »Die bekommen Sie, sobald ich sie habe.«

»Das weiß ich. Aber wann bekommen Sie sie?«

»Spätestens heute Abend. Hoffentlich vor unserem Einsatz um neun Uhr. Sonst unmittelbar danach.«

»Woher kriegen Sie diese Informationen?«

»Sie wissen, dass ich Ihnen das nicht sagen darf.«

»Mit wem haben Sie noch gesprochen? Welche weiteren Quellen haben Sie angezapft?«

»Mit niemandem. Und gar keine. Fast alles kocht auf kleinster Flamme. Deshalb dauert's vermutlich so lange.«

»Okay«, sagte ich. »Entspannen Sie sich. Legen Sie eine Pause ein. Wir machen bis heute Abend auch eine. Sie werden uns vielleicht nicht sehen, aber vergessen Sie nicht, dass wir irgendwo in der Nähe sind und uns auf Sie verlassen.«

Bennett musterte mich prüfend, sagte aber nichts.

Dann ging er.

Wir aßen um halb sechs, weil wir dreieinhalb Stunden später voller Energie und Tatendrang sein wollten und die menschliche Verdauung unter Stress nicht schneller, sondern langsamer vonstattengeht. Dann legten wir unsere Smartphones zwanzig Stockwerke über dem Hyde Park nebeneinander auf eine Fensterbank, und Nice erklärte: »Ich werde General O'Day melden, dass wir befürchten, von englischen Geheimdiensten abgehört zu werden. Das ist die einzig glaubhafte Begründung. Ich verstoße hier gegen einen klaren Befehl.«

Ich sagte: »Verstanden.«

»Und das geht nur einmal. Ihr nächster Deal legalisiert das Mithören, für das es irgendeine Kompensation geben wird. Dann können wir keine neue Ausrede vorbringen, ohne erkennen zu lassen, dass dahinter Absicht steckt. Also werden wir das nur einmal machen. Lohnt es sich wirklich, nur damit die Briten nichts mitbekommen?«

»Das müssen wir nur einmal machen. Es gibt kein zweites Mal.«

»Aber wieso gerade jetzt?«

»Dieser Zeitpunkt ist so gut wie jeder andere.«

»Was soll das heißen?«

»Wir fahren um halb acht los«, sagte ich.

Um neunzehn Uhr dreißig standen wir in der kreisförmigen Zufahrt des Hotel Hilton neben dem silbernen Vauxhall, legten unsere Eindrücke vom hiesigen Stadtverkehr zusammen und gelangten zu einem unerfreulichen Schluss. Um unser Ziel zu erreichen, mussten wir einen komplizierten Slalom durch Nebenstraßen veranstalten oder die Hyde Park Corner in Richtung Buckingham-Palast umrunden. Casey Nice fand, auf Nebenstraßen könnten wir uns allzu leicht verfahren und so unseren Einsatz aus banalsten Gründen verpassen. Ich stimmte ihr zu. Dann sagte sie, andererseits sei die Hyde Park Corner eine Rennstrecke, und Blechschäden oder Verwarnungen seien ebenso banal. Auch dem stimmte ich zu. Aber dann meinte sie, in Bezug auf Blechschäden und Verwarnungen seien Nebenstraßen vermutlich auch nicht besser. Enge Fahrbahnen, parkende Autos, Linksabbiegen verboten, Rechtsabbiegen verboten, Halteverbote … Das Risiko sei wahrscheinlich höher. Also würden wir um die Hyde Park Corner fahren. Ich erbot mich zu fahren, aber sie lehnte ab. Was nur gut war, denn sie fuhr besser als ich.

Unsere Fahrt glich einem Sprung in einen reißenden Strom, in dem wir uns treiben ließen, um an genau der richtigen Stelle wieder hinauszuspringen: im Prinzip zwei gewagte Manöver, zwischen denen wir oft den Atem anhielten. Aber Nice machte zweimal alles richtig, und wir erreichten heil und gesund den Grosvenor Place an der seitlichen Mauer des Buckingham-Palasts, die viel Ähnlichkeit mit der von Wallace Court aufwies. Vielleicht hatte derselbe Baumeister sie errichtet. Vielleicht hatte er damals viele potenzielle Auftraggeber gehabt, die alle das Gleiche fürchteten.

Wir stellten den Wagen hundert Meter von der U-Bahn-Station St. James's Park entfernt im Parkverbot ab. Hundert Meter seien ausreichend mehrdeutig, fanden wir. Von dort aus hätten wir uns zu Fuß, mit dem Bus, mit dem Taxi in alle möglichen Richtungen bewegen können. Und die U-Bahn-Station selbst wurde von zwei verschiedenen Linien angefahren. Eine davon war die Circle Line, die – wie ihr Name andeutete – einen unterirdischen Kreis beschrieb, der zwar kleiner war als die oberirdischen Ringbahnen, aber ungefähr dem Loop in Chicago entsprach. Die andere Linie war die District Line, unsere alte Freundin, die wir wollten, weil sie in Ost-West-Richtung quer unter London hindurchführte.

Wir betraten eine strahlend hell erleuchtete Filiale von Booth dem Drogisten und besorgten uns zwei Prepaidhandys, die wir bar bezahlten. Dann gingen wir zur U-Bahn, benutzten unsere bar gekauften Fahrkarten und fuhren zum Bahnsteig hinunter, auf dem wir auf einen Zug nach Osten warteten: weg von Ealing, weg von der großen Kreuzung, weg von Bennett.

45

Wir stiegen in Barking aus und gingen zum Büro von Barking Minicabs, vor dem Nice ihr neues Handy benutzte, um einen Wagen zu bestellen. Am Randstein parkte das übliche Sammelsurium aus klapprigen Limousinen der Marken Ford, VW, Seat und Škoda – uns unbekannte Modelle, die aber anscheinend so gut für diesen Verwendungszweck geeignet waren wie Crown Victorias in den USA oder Mercedes in Deutschland. Innerhalb einer Minute kam ein Kerl, der in seinen Taschen nach dem Autoschlüssel kramte, aus dem Büro. Er war Mitte vierzig, schien ein Einheimischer zu sein und wirkte leicht verschlafen. Bei unserem Anblick ließ er keine Reaktion erkennen. Vielleicht arbeitete er hier nur in Teilzeit und hatte von der Fahndung nach uns nichts mitbekommen. Er fragte: »Wohin, Leute?«

Ich sagte: »Purfleet«, weil mir der Klang dieses Worts gefiel. Ich hatte es auf einem Wegweiser gelesen und vermutete diesen Ort etwas südöstlich von Barking. Der Kerl zeigte auf einen undefinierbar schlammfarbenen Ford Mondeo und sagte: »Okay, steigt ein.«

Was wir taten, indem wir beide hinten einstiegen. Der Kerl setzte sich ans Steuer und fuhr los, flott und kompetent, rechts, links und wieder rechts durch Nebenstraßen, schaltete häufig und ließ den Diesel schnurren. Um dem Verkehr auszuweichen, wollte er die nach Purfleet führende Hauptroute anscheinend erst möglichst spät erreichen, was mir nur recht war. Ich wartete, bis wir auf einem heruntergekommenen Straßenstück mit Unkraut auf den Gehsteigen, mit Brettern verschalten Fenstern und geschlossenen kleinen Läden unterwegs waren. Dort zog ich meine Pistole, hielt sie lange genug hoch, damit der Kerl sie im Rückspiegel erkennen konnte, drückte ihm die Mündung ins Genick und sagte: »Links ranfahren.«

Was er schwitzend und in Panik geratend augenblicklich tat, wobei er sagte: »Ich hab kein Geld bei mir.«

Ich fragte: »Sind Sie schon mal überfallen worden?«

Er sagte: »Viele Male.«

»Diesmal ist's anders. Wir rauben Sie nicht aus. Wir bezahlen Sie für Ihre Zeit. Für jede Minute. Sie bekommen sogar ein Trinkgeld. Aber ab jetzt fahren wir, und Sie nehmen auf dem Rücksitz Platz. Okay?«

Der Kerl gab keine Antwort.

Ich sagte: »Halten Sie die Hände hinter den Sitz.«

Als er das tat, fesselte ich erst seine Handgelenke und dann die Ellbogen mit ungefähr einem Meter Gewebeband. Unbequem, aber notwendig, um ihn außer Gefecht zu setzen. Ich fragte ihn: »Können Sie gut durch die Nase atmen?«

Er sagte: »Was?«

»Keine verstopfte Nase, keine perforierte Nasenscheidewand, keine Nasenpolypen, keine Grippesymptome?«

Er sagte: »Nein.«

Daraufhin klebte ich ihm den Mund mit Gewebeband zu, bevor ich ausstieg und seine Tür öffnete. Ich fand den Sitzverstellhebel, verwandelte seinen Sitz in einen Liegesitz und fesselte den Kerl an Knien und Knöcheln. Dann hob ich seine Füße an und schob ihn mit dem Kopf voraus nach hinten. Casey Nice packte seine Schultern, und wir bugsierten ihn auf den Wagenboden zwischen den Sitzen, wo er etwas unbequem, aber nicht schmerzhaft eingeengt lag. Das Handy aus der Innentasche seiner Jacke ließ ich im Rinnstein liegen. In seine Hemdtasche steckte ich zwei Fünfziger der Romford Boys – ein gutes Trinkgeld, wie wir fanden. Dann stieg Nice vorn links ein, und ich setzte mich ans Steuer, und wir fuhren los: um zwanzig Uhr fünfundzwanzig, ungefähr drei Meilen von unserem Ziel entfernt, das Romford hieß.

Wir navigierten abwechselnd mithilfe von Mitkoppeln, Bildern von früherer Fahrten und Erinnerungen an die Karten auf Bennetts Notebook. So erreichten wir Romford etwa zwanzig Minuten vor der Zeit, aber weil uns klar war, dass wir genauere Informationen brauchten, hielt ich vor einem Zeitungsladen. Nice stieg rasch aus und kam mit einem *Straßenatlas A–Z* zurück. Während der Kerl hinter uns grunzte, steckten wir die Köpfe zusammen und fanden Charlie Whites Adresse. Ungefähr fünf Minuten entfernt. Die Rushhour war vorüber, der Verkehr lief wieder flüssig, aber langsamer als gedacht, denn wir brauchten sieben Minuten statt fünf, um das Ende von Charlie Whites Straße zu erreichen – die den Eindruck einer kargeren, aber eleganteren Version von Little Joeys Straße machte. Die Häuser waren eine Generation älter, ihre Kamine etwas höher, die Ziegel etwas glänzender, aber im Prinzip boten sie das gleiche Bild: viele Mauern, Tore und Zäune und viele neue Luxuskarossen.

Darunter auch ein schwarzer Rolls-Royce und ein schwarzer Jaguar, die vor dem zweiten Haus links hinter einem Zaun parkten, der genau wie der von Joey aussah. Teils aus rotem Backstein für den gemauerten Sockel und die Zaunsäulen, teils aus schmiedeeisernen gedrehten Stäben, dazu zwei Tore mit Elektroantrieb für die Ein- und Ausfahrt. Der Rolls-Royce parkte logischerweise vor dem Begleitfahrzeug. Beide Tore waren geschlossen.

Mit einer Wahrscheinlichkeit von vierundachtzig Prozent würde er genau eine Stunde vorher wegfahren, um für Staus und ähnliche Unwägbarkeiten ein Zeitpolster von zwanzig Minuten zu haben.

Fünf Minuten.

Ich schaute auf den Stadtplan und sagte: »Sie wollen zur North Circular Road. Also biegen sie an der Ausfahrt links ab. So fahren sie von uns weg. Wir müssen auf die andere Straßenseite wechseln.«

Nice fragte: »Willst du das Risiko eingehen und direkt dort vorbeifahren, oder sollen wir lieber eine Runde um den Block drehen?«

»Dazu haben wir ein Minicab genommen. Wir können langsam vorbeifahren, als suchten wir eine Adresse, dann wenden und anhalten wie ein Fahrer, der auf einen Kunden wartet.«

»Diese Leute haben selbst Chauffeure.«

»Bestimmt nicht alle. Nur die Helden der Arbeiterklasse.« Ich stieß ein kleines Stück zurück, wendete über die Straße hinweg und fuhr genau wie ein Kerl auf der Suche nach einer Adresse: auffällig langsam und ständig aus dem rechten Fenster sehend. Charlies Villa war ein stattlicher, reich verzierter Bau aus der guten alten Zeit, in der Maurer billiger als Ziegel gewesen waren. Der Vorgarten existierte längst nicht mehr, sondern war durch eine flach gekrümmte Zufahrt ersetzt, die über Kies und Natursteine, zwischen Betonvasen und Betonengeln, von denen einige Bronzeschalen als Vogeltränken hochhielten, von einem Tor zum anderen führte.

Zwei Häuser weiter hielt ich am Randstein, um zu warten.

Etikette war alles. Und zweiundzwanzig Uhr bedeutete Punkt zweiundzwanzig Uhr. Daher öffnete sich um 21.59 Uhr Charlies Haustür, und er trat ins Freie. Er sah genau wie auf dem Foto aus. Siebenundsiebzig Jahre alt, dicklich, mit runden Schultern, schütterem grauem Haar und Allerweltsgesicht, in dem nur die gewaltige Knollennase auffiel. Unter einem schwarzen Regenmantel trug er einen schwarzen Anzug mit schwarzer Krawatte. Hinter ihm erschien ein kleinerer Mann Ende fünfzig, den ich für seinen Chauffeur hielt. Und hinter dem kleinen Mann tauchten sechs jüngere Männer auf, alle unauffällig gekleidet, alle mit rasierten Köpfen, alle muskulös und sportlich. Während vier von ihnen zu dem Jaguar gingen, eskortierten die beiden anderen den alten Charlie zu seinem Rolls-Royce, wo der vorausgehastete Fahrer ihm den Schlag aufriss.

Was umständlich war, weil diese Tür hinten angeschlagen war und den Türgriff vorn hatte, wo er mit dem Griff der ganz normal vorn angeschlagenen Fahrertür eine stromlinienförmige Einheit bildete. Weil Charlie von hinten kam, musste er zunächst an dem Chauffeur vorbeigehen, stehen bleiben und warten, bis der Mann die Tür aufgerissen hatte, und dann seine Richtung ändern, um einzusteigen. Gemeinsam schafften sie's jedoch. Charlie lehnte sich in die Polster zurück, und der Fahrer schloss seine Tür, öffnete die eigene und stieg ein. Anschließend stiegen die beiden Leibwächter links ein, einer vorn, einer hinten.

Um Punkt zweiundzwanzig Uhr begann sich das Tor zu öffnen.

46

Ich klammerte mich an zwei entscheidende Annahmen, von denen die erste war, dass Charlies Fahrer sich für eine Art Künstler hielt. Vielleicht ein alter Profi, der sich in der Vergangenheit bewährt hatte und allen Anforderungen gerecht geworden war, unabhängig davon, ob es sich darum gehandelt hatte, bei einem Bankraub das Fluchtfahrzeug zu fahren oder der schweigsame Chauffeur des obersten Bosses zu sein. Zugleich hatte er vielleicht die heimlichen Marotten seines Chefs übernommen, zu denen übertriebene Pünktlichkeit – vor allem bei schwierigen

Terminen – gehörte. Daher rechnete ich damit, dass der Mann Gas geben würde, wenn das Tor noch nicht ganz offen war, um es dann zu passieren: schnell, sauber und flüssig, aber mit nur einer Handbreit Platz auf beiden Seiten, als wäre seine mechanische Präzision eine Art Hommage an die zeitliche Präzision seines Bosses. Ich stellte mir vor, dass ein Künstler die Sache so angehen würde.

Was bedeutete, dass ich den Zeitpunkt, an dem der Mann Gas gab, zu erraten und ungefähr drei Sekunden später ebenfalls loszufahren hatte, weil ich noch ein Stück weit von dem Tor entfernt war und zu dem Rolls-Royce aufschließen musste. Weil ich nicht riskieren durfte, zu früh oder zu spät hinzukommen, ließ ich den Ford langsam rollen, was vermutlich keinen Verdacht erregte, weil ein Minicabfahrer sich möglicherweise noch etwas notieren oder seinen Kugelschreiber wegstecken musste, bevor er aufsah, sein Gehirn einschaltete und wirklich anfuhr. Ich sah den Rolls-Royce starten, als das Tor etwa zur Hälfte geöffnet war: langsam und lautlos, mit nicht sehr starker Beschleunigung, als wollte der Fahrer das Tor ohne anzuhalten passieren.

Ich achtete auf die Geschwindigkeit, mit der das Tor sich öffnete, auf das Tempo der Limousine, die Breite des Gehsteigs und die Entfernung bis zu der Stelle, an der ich sein musste; ließ mein Unterbewusstsein entscheiden, wann ich losfahren sollte, und gab dann Gas. Der rostige alte Ford schoss zehn, zwanzig Meter vorwärts, dann bremste ich scharf, und der Wagen hielt genau dort, wo der Rolls-Royce hätte sein wollen. Also bremste sein Fahrer ebenfalls scharf, sodass der majestätische Kühlergrill ungefähr einen halben Meter von Casey Nice' Tür zum Stehen kam, während der Jaguar einen halben Meter hinter seiner Heckstoßstange anhielt.

In den folgenden Sekunden ging es nur um Casey Nice, die

durch ihren engen Spalt schlüpfte und mit schussbereiter Pistole genau wie die CIA-Agentin, die sie war, die linke Seite des Rolls-Royce entlanghastete, während ich – ebenfalls mit gezogener Waffe – atemlos um die Motorhaube herumkam, auf dem Weg zu den beiden Türgriffen, die in der Wagenmitte nebeneinander angeordnet waren, sodass man sie auf einmal ergreifen und beide Türen gleichzeitig aufreißen konnte.

Die zweite entscheidende Annahme, an die ich mich klammerte, betraf die automatische Türverriegelung moderner Autos, die jedoch eine Mindestgeschwindigkeit voraussetzte, die bestimmt noch nicht erreicht worden war. Nicht in diesem Fall. Noch nicht.

Ich hielt die Glock zwischen Daumen und Zeigefinger und legte meine Hände auf die Türgriffe.

Und zog daran.

Beide Türen gingen auf.

Auch auf Nice' Seite öffneten sich beide Türen, sodass wir uns im Verhältnis zu dem Begleitfahrzeug genau dort befanden, wo wir sein wollten: beide hinter einem Schutzwall aus Panzerstahl und schussfestem Glas. *Die hinteren Türen und die Heckscheibe,* hatte Bennett in seinem walisischen Englisch gesagt. Und die hinteren Türen waren hinten angeschlagen, sodass sie jetzt wie Little Joeys Ohren in einem Winkel von neunzig Grad seitlich abstanden und uns schützten, während wir uns die Insassen des Rolls-Royce vornahmen. *Nur gegen Handfeuerwaffen,* hatte Bennett warnend hinzugefügt, aber das war okay, weil die Leibwächter im Begleitfahrzeug garantiert nur Pistolen besaßen. Nicht dass ich damit rechnete, dass sie überhaupt schießen würden. Das Risiko, versehentlich Charlie zu treffen, war viel zu hoch. Alle würden wissen, dass die Heckscheibe aus Panzerglas bestand, aber Bennett hatte sonst nichts erwähnt, weshalb sie nicht riskieren würden, dass ein Schuss versehentlich in den Kofferraum oder einen der Radkästen ging, die Polsterung durchschlug und jemanden auf dem Rücksitz irgendwo zwischen Hals und Hintern traf. Deshalb erwartete ich, dass sie eine Sekunde lang erstarren, dann reagieren, sich die Sache anders überlegen und zuletzt tun würden, was sie sofort hätten tun sollen: aus dem Jaguar springen und sich auf uns stürzen. Aber das würden sie erst an vierter Stelle tun, sodass mir drei Sekunden blieben, um meinen selbst gestellten Auftrag auszuführen, *ein-und-zwanzig, zwo-und-zwanzig, drei-und-zwanzig*, genauso lang wie der einsame Flug von John Knotts Geschoss Kaliber .50 durch die kalte Pariser Luft.

Meine Aufgabe war es, mit der Glock bedrohlich auf Charlie Whites Kopf zu zielen, während ich das Linoleummesser in meiner anderen Hand dazu benutzte, den Sicherheitsgurt des Leibwächters an zwei Stellen zu durchschneiden, bevor ich mich in den Wagen lehnte und seine andere Kopfseite mit einem Ellbogenstoß traf, der ihn aus dem Auto kippen ließ. Dann würde ich zwei Schritte zur Seite machen und alles mit dem vorn sitzenden Leibwächter wiederholen – den Schnitt durch den Sicherheitsgurt, den Ellbogenstoß, das Herauskippen –, bevor ich mich herumwarf und erst den Kerl vom Rücksitz, dann seinen Kollegen vom Beifahrersitz mit einem Tritt gegen den Kopf außer Gefecht setzte. Anschließend musste ich zu dem Ford zurückhasten, ihn wegfahren, wieder rausspringen und mich herumwerfen. Inzwischen befanden wir uns in der vierten Sekunde, und die Kerle waren aus ihrem Jaguar gesprungen.

Aber ich musste trotzdem schießen. Das gehörte alles zum Plan. Allerdings nicht auf ihre Reifen. Der Winkel war zu spitz. Das Geschoss wäre buchstäblich abgeprallt. Reifen können verdammt widerstandsfähig sein. Ein modernes Auto legt man am besten durch einen Schuss durch den Kühlergrill lahm. Unter der Motorhaube gibt es alle möglichen Kabel, Chips und Sensoren.

Genau das tat ich. Vier Schüsse, einzeln, aber rasch nacheinander abgegeben, hinter meiner gepanzerten Tür hervor, *peng, peng, peng, peng.* Sie ließen die vier Kerle einen Schritt zurückweichen, was mir Zeit gab, mich nach vorn zu werfen, die vordere Tür zuzuknallen, über die am Boden liegenden Männer hinwegzuspringen, einen raschen Schritt zur Seite zu machen, mich halb herumzuwerfen, mich neben Charlie auf den Rücksitz fallen zu lassen und meine hintere Tür zuzuziehen. Gleichzeitig gab Nice am Steuer sitzend Vollgas, nachdem sie den Chauffeur mit Messer und Pistole außer Gefecht gesetzt und aus dem Wagen gezerrt hatte. Der Rolls-Royce raste mit aufheulendem Motor davon, röhrte die Straße entlang. Die vier Kerle aus dem Jaguar liefen wie im Film einen halben Häuserblock weit hinter uns her, dann blieben sie stehen und sahen uns nach.

47

Der Rolls-Royce fühlte sich genauso an, wie er sich anfühlen sollte, wenn man berücksichtigte, was die Leute über ihn sagten. Er fuhr sehr leise und glich alle Unebenheiten aus. Die Rückbank bestand aus Leder und war wie zwei bequeme, breite und weiche Klubsessel gestaltet. Charlie White neben mir war noch immer angeschnallt, sein Körper nach vorn gewandt, aber er hatte den Kopf zur Seite gedreht und starrte mich an. Eine Haarsträhne fiel ihm ins Gesicht. Seine Knollennase hatte fast die Größe einer Avocado. Trotzdem machte er insgesamt durchaus den Eindruck, ein Gangsterboss zu sein. Er strahlte Macht, Energie und Selbstbewusstsein aus.

Ich fragte: »Sind Sie bewaffnet, Charlie?«

Er sagte: »Kid, du weißt, dass du eben dein Todesurteil unterschrieben hast, richtig? Bitte sag mir, dass du das kapiert hast. Was du getan hast, darf keiner machen.«

»Aber?«

»Aber nichts.«

Ich sagte: »Irgendwas geht immer, Charlie.«

»Ahnst du überhaupt, wie tief du in der Scheiße sitzt?«

»So tief, dass ich meine Verluste minimieren, Sie erschießen und abhauen sollte, solange ich noch kann?«

Er entgegnete: »Das könntest du tun. Oder du könntest einen Hinrichtungsaufschub bekommen, der dir die Flucht aus der Stadt ermöglicht. Den biete ich dir an. Aber das sage ich nur einmal, und deine erste Antwort gilt, daher solltest du deine Denkkappe aufsetzen, Kid, und dir überlegen, wie's weitergehen soll und wie verdammt schwierig alles für den Rest deines Lebens sein wird.«

»Und was sollen wir dafür tun?«

»Aus meinem Wagen verschwinden.«

»Falsche Antwort, Charlie. Ich habe gefragt, ob Sie bewaffnet sind.«

»Ich bin zu einem Gedenkgottesdienst unterwegs. Natürlich bin ich nicht bewaffnet.«

»Ist das ein Ausdruck besonderer Höflichkeit?«

»Was?«

»Haben Sie ein Handy in der Tasche?«

»Sehe ich wie ein Mann aus, der jederzeit telefonisch erreichbar ist?«

Ich sagte: »Genau genommen *waren* Sie zu einem Gedenkgottesdienst unterwegs. Jetzt haben Sie ein anderes Ziel. Ich werde Ihre Hände mit Klebeband fesseln müssen. Das lässt sich nicht vermeiden. Und für uns wär's besser, Ihnen auch den Mund zuzukleben. Aber ich will ganz ehrlich sein, Charlie: Mir macht Sorgen, wie gut Sie durch diese Nase atmen können.«

»Wieso?«

»Sie könnten ersticken, wenn ich Ihnen den Mund zuklebe.«

»Mit meiner Nase ist alles in Ordnung.«

»Gut zu wissen. Dann sind wir uns also einig.«

Er fragte: »Was versucht ihr genau zu erreichen?«

Ich antwortete: »Zerbrechen Sie sich deswegen nicht den Kopf. Sie sind nur ein Kollateralschaden.«

»In welchem Zusammenhang? Ich habe ein Anrecht darauf, das zu erfahren!«

Von vorn hörte ich Casey Nice sagen: »Nein, Mr. White, darauf haben Sie kein Anrecht. Tatsächlich haben Sie überhaupt keine Rechte. Die Gesetzeslage ist für Sie denkbar ungünstig. Ihr Partner Joseph Green beschützt Männer, die jedes Gericht der Welt als Terroristen bezeichnen würde.«

»Ich weiß nichts davon, dass Joey irgendwen beschützt.«

»Er hat Gäste.«

»Freunde, nehme ich an.«

»Sie sind dafür verantwortlich, was er macht.«

»Er hat nichts getan.«

Ich sagte: »Aber er wird noch etwas tun«, und Nice wurde langsamer und bog nach Chigwell ab.

Wir kamen an dem Pub vorbei, an den wir uns beide erinnerten, taten unser Bestes, um auf der Strecke zu bleiben, die wir zu Fuß zurückgelegt hatten, wobei der riesige Wagen hier besser zu fahren war als in Romford, und erreichten schließlich den Fußweg zwischen zwei Bretterzäunen. Nice bremste und hielt, und ich bedeutete Charlie White, er solle seinen Sicherheitsgurt lösen und sich von mir abwenden. Dann fesselte ich ihm Hände und Ellbogen auf dem Rücken, klebte ihm den Mund zu, beugte mich hinüber, um seine Tür zu öffnen, und schob ihn ins Freie. Dann stieg ich hinter ihm aus und schleppte ihn zu der Stelle, wo der Fußweg begann.

Nice fuhr hundert Meter weiter und parkte im gleichen Abstand von fünf opulenten Villen, von denen aus die schmale Lücke mit dem Fußweg nicht zu sehen war. Sie kam schnell zurückgejoggt und wirkte keineswegs entspannt, als sie sich an uns vorbeidrängte und vorauslief. Ich scheuchte Charlie hinter ihr her, wobei der alte Kerl brummte und knurrte, was Empörung oder Mangel an Kondition bedeuten konnte. Jedenfalls hatte er die Wahrheit gesagt, als er behauptete, mit seiner Nase sei alles in Ordnung.

Wir erreichten die mit Kies bedeckte Lichtung. Nice, die nach links und rechts schaute, als Erste, dann Charlie, der ganz in Schwarz hinter ihr herstolperte, und zuletzt ich, der nach hinten beobachtete, nach links und rechts blickte und die Hütte mit dem Schild *Bowling Club* über der Tür begutachtete. Nice bückte sich, schob den Stein zur Seite, richtete sich wieder auf und sagte: »Kein Schlüssel.«

Charlie White stand da und atmete schwer.

Ich schwieg.

Sie sagte: »Ja, ich weiß bestimmt, dass das der richtige Stein ist.«

Ich fragte: »Haben sie wieder das alte Schloss eingebaut?«

»Wozu sollten sie das tun?«

Ich gab keine Antwort. Eine Holzhütte, lange vor meiner Geburt erbaut. *Beschweren Sie sich darüber bei dem Zimmermann, der dieses Haus vor siebzig Jahren erbaut hat.* Vermutlich ein guter Handwerker, der aber mit schlechtem Material hatte arbeiten müssen, dazu über sechzig Sommer und Winter – was bedeutete, dass die Konstruktion massiv, aber nicht allzu haltbar sein würde. Ich machte drei große Schritte, trat die Tür mit dem Absatz ein und fing sie auf, als sie zurückschwang.

Die Ferngläser waren verschwunden, die Küchenhocker und die dreibeinigen Stative ebenfalls. Der freigeräumte Bereich zwischen Tür und Fenster war völlig leer.

Casey Nice fragte: »Gehört das zu den verrückten Dingen, die passieren werden?«

Ich erwiderte: »Nein, dies ist noch verrückter. Aber man muss nehmen, was man kriegt.«

Ich schob Charlie White ganz hinein und sorgte dafür, dass er sich in einer Ecke auf einen Berg Material des Bowling Clubs setzte. Dann aktivierte ich mein Handy, gab Bennetts Nummer ein, die ich mir nachmittags gemerkt hatte, und schickte ihm eine SMS.

Sie lautete: *Wir haben Charlie White.*

Anschließend stellte ich mir die im County Gloucestershire arbeitenden Computer vor und machte mein Mobiltelefon sofort wieder aus.

Nice fragte: »Ob das funktioniert?«

Ich sagte: »Keine Ahnung. Aber irgendetwas passiert bestimmt.«

Charlie White beobachtete uns. In Bezug auf Auffälligkeit würden seine Augen immer hinter seiner Nase zurückstehen müssen, aber sie wirkten klug, hellwach und ausdrucksvoll, als sie jetzt zwischen uns hin und her gingen – oder vielleicht zwischen zwei Interpretationen seiner misslichen Lage. Die erste verkörperte vermutlich ich: irgendein amerikanischer Gangster, der sich im Ausland zu viel zugemutet und aus Dummheit mehr abgebissen hatte, als er würde bewältigen können. Das garantierte, dass ich zuletzt tot sein und er überleben würde. Alles nur eine Frage der Zeit. Bis dahin konnte es etwas ungemütlich werden, aber das Endergebnis stand außer Zweifel. Er war viel zu wichtig, als dass man ihn hätte opfern können. Und ein paar Unbequemlichkeiten bereiteten einem Romford Boy kein Kopfzerbrechen. Sie hatten alle schon Schlimmeres erlebt.

Aber die zweite mögliche Interpretation wurde von Casey Nice verkörpert – mit ihrer Jugendlichkeit, ihrer Energie, ihrem Akzent, den ländliches Illinois, Yale und Langley geformt hatten, und ihrer klaren Stimme, die wahrscheinlich etwas damit zu tun hatte, dass sie in einem Farmhaus mit mehr als nur einem Hund aufgewachsen war. Sie stellte einen Typ, ein Produkt der modernen Welt dar, das man vielleicht sogar in London erkannte. Sie arbeitete im Staatsdienst, in der Exekutive, das stand außer Zweifel. In diesem Fall konnten die spöttischen Bemerkungen über Kollateralschäden eine reale Grundlage haben, weil damit auf ein mögliches Bauernopfer angespielt wurde. Charlie White hätte sich niemals als Bauer in einem Schachspiel gesehen, aber manchmal wurden selbst Türme und Springer geopfert. Außerdem waren die Regierungen der Welt die Könige mit ihren aus drei Buchstaben bestehenden Diensten und Geheimorganisationen, aus denen diese junge Frau kommen musste. Sie war Teil irgendeines gigantischen internationalen Dienstes, bei dem sich nichts um London und Charlie drehte, was seine garantierten Überlebenschancen dramatisch reduzierte. Ein Bauer war keine wertvolle Figur und konnte bei Bedarf geopfert werden.

Charlie White wusste nicht, was er denken sollte.

»Sieh mal nach«, sagte Nice. »Bennett müsste inzwischen geantwortet haben.«

Ich schaltete mein Handy wieder ein und beobachtete auf dem Display, wie es ein Signal suchte, eines fand und mir alles präsentierte, was ich unterdessen versäumt hatte – eine MMS von Bennett mit folgendem Text: WO SIND SIE DRIN-

GENDSTE NEUE INFORMATIONEN WIEDERHOLE HÖCHST DRINGENDE INFORMATIONEN MÜSSEN SIE SOFORT BESPRECHEN

Keine Satzzeichen, gar nichts.

48

Wir hatten sorgfältige Maßnahmen ergriffen, um uns elektronischer Überwachung zu entziehen, aber nun sollten wir den Briten einfach mitteilen, wo wir uns befanden. Casey Nice sagte: »Ich denke, das müssen wir.«

Ich schwieg.

Sie sagte: »Du hast ihm zugesetzt, damit er dir Informationen verschafft. Über das Glas. Und jetzt hat er sie. Du musst erfahren, was er zu sagen hat. Das könnte wichtig sein. Es ist wichtig. Schau dir an, wie dringend sich das liest.«

»Außer er spielt falsch. Vielleicht ist er sauer, weil wir vom Radar verschwunden sind. Dabei soll er immer wissen, wo wir sind. Vielleicht sieht er das als persönliche Herausforderung.«

»Er ist Soldat wie du, ein Kamerad. Sieh dir an, was er geschrieben hat. Würde er dich so schamlos belügen?«

»Sie sind nicht zur Weltherrschaft aufgestiegen, weil sie nett waren.«

»Deine Entscheidung«, meinte sie.

Ich legte den Zeigefinger auf den Ausschaltknopf meines Handys, ließ ihn dort ohne Druck liegen, überlegte mir die Sache dann anders und gab das Gerät Nice. Ihre Daumen waren kleiner. Und schneller. Ich sagte: »Schreib ihm, dass er allein kommen soll.«

Ich wusste nicht genau, wie lange Bennett sich an der großen Kreuzung in West London herumgetrieben haben würde, aber er hatte bestimmt ziemlich bald mitbekommen, dass die Sache nicht nach Plan lief, und sein Zelt abgebrochen, um nach Hause zu fahren. In diesem Fall konnte er binnen zwanzig Minuten in Chigwell sein. Oder bis zu vierzig Minuten brauchen, falls er bis zum bitteren Ende dort ausgeharrt hatte. Das ließ sich unmöglich sagen.

Der einzige brauchbare Zugang zu dem Bowling Club war der nur einen Meter breite Fußweg zwischen Bretterzäunen. Für Rasenmäher, Eisenwalzen und sonstiges schweres Gerät zur Spielfeldpflege gab es bestimmt alte Wegerechte über Nachbargrundstücke, und falls SWAT-Teams erschienen, würden sie von Hubschraubern abgesetzt werden, die auf dem Grün landeten. Doch wenn Bennett allein kam, würde er zu Fuß gehen müssen.

Charlie White beobachtete uns noch immer. Weiter unsicher. Ich verbrachte die meiste Zeit damit, aus den Fenstern zu sehen, aber ohne Vergrößerung und Restlichtverstärkung gab es draußen nicht viel zu erkennen. Nur dunkle Nacht, vage erkennbare Bäume und der schwache Lichtschein von Little Joeys Straße, die eine Viertelmeile entfernt lag. Keine Details. Ich konnte kaum sein Haus ausmachen, obwohl es so riesig war. Nice hockte zusammengesunken auf einem klumpigen Segeltuchsack und hatte beide Hände in ihren Jackentaschen vergraben. Mit einer Hand umklammerte sie vermutlich ihre Glock, mit der anderen vielleicht das Tablettenfläschchen. Ich hätte am liebsten gesagt: *Dies ist nicht die richtige Nacht, um Zoloft abzusetzen,* aber ich tat es nicht, weil das zu unernst geklungen hätte. Und möglicherweise dachte sie gar nicht an das Medikament. Dann wollte ich sie keineswegs darauf stoßen. Vielleicht wärmte sie sich auch nur die Hände. Tagsüber war das Wetter angenehm gewesen, aber bei Sonnenuntergang war die Temperatur schlagartig gefallen.

Nach einer Viertelstunde verließ ich das Haus, schloss die aufgebrochene Tür hinter mir und ging über den Kies zur entferntesten Ecke des Parkplatzes, von der aus ich das Ende des Fußwegs und die Hütte des Bowling Clubs seitlich überblicken konnte. Mehr war im Augenblick nicht zu machen. Auf dem Fußpfad wollte ich mich nicht aufhalten, und auf der Straße erst recht nicht. Ich suchte nach einer Fluchtroute für Notfälle, die über die uns umgebenden Rasenflächen und Villengrundstücke führen sollte, aber nicht über öffentliche Straßen, auf denen unzählige Gefahren lauerten.

Und ich wollte selbst ein bisschen aktiv sein. Falls Nice schießen musste, würde sie es aus der Hüttentür tun, daher war es zweckmäßig, wenn ich in einem Winkel von neunzig Grad zu ihr stand. Für diese Position, die wirkungsvolles Kreuzfeuer ermöglichte, sprachen viele gute Gründe. Allerdings konnte ich nicht sehr gut sehen. Der Bowling Club hatte offenbar gegen jegliche Außenbeleuchtung gestimmt. In den meisten Häusern der näheren Umgebung brannte Licht, und weil der von einer niedrigen Wolkendecke verhangene Nachthimmel durch den Widerschein der Großstadtlichter erhellt war, entstand ein schwacher gelblicher Schimmer. Doch auch diese beiden Lichtquellen waren zu schwach, um in der mondlosen Nacht wirklich etwas zu erkennen. Mein Unterbewusstsein sagte mir, dass Bennett mittelgroß war, sodass seine Körpermitte knapp einen Meter hinter seinem Mündungsfeuer liegen würde.

Ich wartete.

Nach sieben weiteren Minuten in der Kälte, die mit der ursprünglichen Viertelstunde zweiundzwanzig Minuten ergaben, war es so weit, was mir bewies, dass Bennett bald aufgegeben und die weitere Entwicklung an irgendeinem zentralen Punkt abgewartet haben musste. Ich hörte seine Schritte bereits, als er den Fußpfad von der Straße aus betrat: ein leises Geräusch, das von den beiden parallel verlaufenden Bretterzäunen verändert und zurückgeworfen wurde. Als er näher kam, hörte ich seine Schuhsohlen auf der dünnen Kiesschicht des Weges knirschen, und einmal war ein kurzes Ratschen zu hören, als hätte er auf dem unebenen Boden das Gleichgewicht verloren und mit etwas, das er in der Hand hielt, den Bretterzaun gestreift – dem Geräusch nach mit etwas aus Leder, dachte ich.

Er trat auf die Lichtung hinaus und blieb stehen. Ich konnte sein Gesicht als vagen hellen Fleck sehen, aber sonst nichts erkennen. Vor allem seine Hände nicht.

Ich wartete.

Dann sprach er in seinem normalen Singsangtonfall, als befänden wir uns mit zwei Metern Abstand im selben Raum. Er sagte: »Reacher? Ich vermute Sie neunzig Grad links oder rechts vor mir. Ich habe eine Stablampe in der Hand, die ich jetzt einschalten und nicht auf Sie, sondern auf mich richten werde. Danach beleuchte ich den Fußweg hinter mir, damit Sie sehen, dass ich allein gekommen bin.«

Ich sagte nichts.

Ich sah den Lichtstrahl einer Stablampe über den Erdboden tanzen, bevor Bennett die Richtung wechselte und ihn rasch über seinen Körper huschen ließ, als stünde er in Flammen und das Licht sei Löschschaum. Er war wie immer gekleidet. Der Gegenstand in seiner Hand war ein lederner Aktenkoffer. Zuletzt hielt Bennett die Stablampe noch wie einen Duschkopf über sich.

Ich sagte: »Okay, ich glaube Ihnen.«

Er sah innerhalb des Lichtkegels kurz zu mir herüber, dann hielt er die Lampe waagrecht und ging damit zur Tür. Ich folgte ihm in die Hütte, in der er die Stablampe so auf den Boden stellte, dass ihr von der Decke zurückgeworfenes Licht uns alle beleuchtete. Nach einem prüfenden Blick zu Charlie White wandte Bennett sich wieder mir zu.

Ich fragte ihn: »Was ist aus den Ferngläsern geworden?«

Er sagte: »Die habe ich abbauen lassen.«

»Warum?«

»Das waren nicht nur Ferngläser. Sie haben auch Videos aufgenommen. Denken Sie an die Vergangenheit. Wer hat am wenigsten Ärger bekommen? Der Kerl auf Band oder der nicht abgebildete, weil es kein Band gibt?«

»Sie haben also für uns gesorgt?«

»Wir sind hier, um einander zu helfen.«

»Danke.«

»Ich habe heute Nacht etwas Action erwartet.«

»Was ist mit meinen Informationen?«

Er machte eine kurze Pause, dann sagte er: »Ich habe Informationen.«

»Aber nicht meine?«

»In gewisser Beziehung sind es doch Ihre. Sie sollten sie kriegen, denke ich. Viele der Ideen stammen von Ihnen.«

»Welche Ideen?«

»Die falschen Ideen«, sagte er.

Er ging in die Hocke und klappte den Deckel seines Aktenkoffers auf. Ich sah darin ein Schwarz-Weiß-Foto liegen, das er ins Licht hielt. Er schien es Nice und mir zeremoniell gleichzeitig anzubieten, deshalb nahmen wir jeder eine Kante und hielten es zwischen uns. Das vermeintliche Foto war in Wirklichkeit ein Computerausdruck: matt und auf dünnem Papier, vielleicht ein E-Mail-Anhang.

Das Foto zeigte einen Toten, der in einem Krankenhausbett zu liegen schien. Offenbar irgendwo im Ausland. Vielleicht in einem heißen Land. An einem Ort, an dem Krankenhäuser gelb geflieste Fußböden hatten. Das Bett wirkte schmal, schien aus weiß gestrichenen zusammengeschweißten Wasserrohren zu bestehen. Die Bettdecke war glatt und gerade eingesteckt, das Kopfkissen schneeweiß und frisch aufgeschüttelt. Der Pflegestandard musste sehr hoch sein. Oder vielleicht war dies nur eine Inszenierung für die Kamera, denn das Foto gehörte anscheinend zu irgendeiner offiziellen Dokumentation. Jemand hatte am Fußende des Betts gestanden und den Toten für eine Ermittlungsakte fotografiert. Das bewiesen Blickwinkel und Bildausschnitt. Wie bei einem Tatortfoto waren unten Datum und Uhrzeit eingeblendet. Je nachdem, wo man dieses Foto aufgenommen hatte, war es entweder neu oder sehr neu.

Der Mann in dem Bett hatte keinen leichten Tod gehabt. Das war offensichtlich. Er wies eine Schussverletzung an der Stirn auf. Dort war die Haut aufgerissen, aber es gab kein Einschussloch. Auch keine Austrittswunde, sondern eine tiefe Furche wie von einem Streifschuss, der nur ein Stück Knochen wegreißt, statt ihn zu durchschlagen. Vielleicht hatte er das Pech gehabt, von einem Querschläger getroffen worden zu sein.

Dies war keine frische Verletzung. Bei Weitem nicht. Das konnte ich praktisch durchs Papier hindurch riechen. Solche Wunden kannte ich von früher. Sie war schätzungsweise zwölf bis zwanzig Tage alt und nicht verheilt. Hatte nicht einmal angefangen zu heilen. Sie musste sich frühzeitig entzündet haben, und diese Infektion hatte heftiges Fieber zur Folge. Ich konnte mir den Verletzten auf seinem Krankenlager vorstellen, wie er fiebernd, von Schmerzen gepeinigt, in Schweiß gebadet und unter Schüttelfrost leidend blasser und blasser wurde und dabei so stark abmagerte, dass er nur noch aus Haut und Knochen bestand, als irgendein gelangweilter Beamter diese letzte Aufnahme von ihm gemacht hatte. Ruhe in Frieden – wo auch immer. Wie dieser Mann vor drei Wochen ausgesehen hatte, ließ sich unmöglich sagen, außer dass er ein Weißer mit durchschnittlich großem Kopf gewesen war.

Ich fragte: »Also?«

Bennett sagte: »Dies ist einer der ehemaligen Scharfschützen, die wir im Auge behalten.«

»Und?«

»Er hat sich in Venezuela engagieren lassen. Aber dort drüben ist irgendwas schiefgegangen. Sie wissen ja, wie das ist: Jeder verrät jeden. Unser Knabe ist in eine Schießerei mit der Polizei geraten und flüchtete – aber mit dieser Wunde an der Stirn. Die er nicht behandeln lassen konnte, weil er sich jetzt auf der Flucht befand. Er hat sich irgendwo in einem Hühnerstall verkrochen und versucht, die Wunde auszukurieren. Hat von rohen Eiern gelebt und nachts aus einem Wasserschlauch getrunken. Aber die Infektion war zu schwer. Eine Frau hat ihn delirierend aufgefunden und auf der Ladefläche ihres Pick-up ins nächste Krankenhaus gefahren. Aber die Infektion war schon zu weit fortgeschritten. Am Tag darauf ist er gestorben. Er hatte keinen Ausweis, keinen Namen. Weil er seiner Sprache nach ein *Gringo* war, haben sie seine Fingerabdrücke ins Interpolsystem eingegeben.«

»Und?«

»Das hier ist William Carson.«

49

Bennett sagte: »Kott ist jetzt der Einzige, dessen Aufenthaltsort wir nicht kennen. Woraus sich zwei Möglichkeiten ergeben, die das Establishment natürlich in Panik versetzen. Weil es sich jetzt entscheiden muss. Entweder haben Sie unrecht, weil ein Kerl beide Schüsse hätte abgeben können – oder sie haben unrecht, weil es mehr Superschützen auf der Welt gibt, als sie wussten.«

Ich fragte: »Zu welcher Erklärung tendieren sie?«

»Ich wette, dass sie am liebsten alle Schuld auf Sie schieben würden, aber sie müssen rational bleiben. In Wirklichkeit wissen sie's einfach nicht.«

»Nicht mal der Unterausschuss für Verhaltensforschung?«

»Nicht mal der.«

»Die erste Möglichkeit trifft zu«, sagte ich. »Kott arbeitet allein.«

»Woher wissen Sie das?«

»Von einem zahnlosen Hillbilly in Arkansas.«

»Geben Sie zu, dass Sie unrecht hatten?«

»Ich gebe zu, dass ich mich habe täuschen lassen.«

»Wodurch?«

»Spielt noch keine Rolle. Ändert nichts daran, was wir als Nächstes tun müssen.«

»Nämlich?«

»Wir müssen Little Joey aus seinem Haus locken.«

»Wie?«

»Wir werden mit ihm verhandeln. Wegen der Bedeutung des Deals von Angesicht zu Angesicht.«

»Worüber verhandeln?«

»Wir werden ihm Charlie verkaufen.«

»Wir verlangen Lösegeld?«

Ich schüttelte den Kopf. »Nein, wir verkaufen ihn richtig. Bisher ist nur bekannt, dass Charlie von Unbekannten entführt wurde, deshalb können wir ihn unter der Hand verkaufen, und Joey kann alles, was er an Informationen braucht, aus ihm herausprügeln, ohne dass ein Mensch davon erfährt. Diesen Deal kann er unmöglich ablehnen, denn so erfährt er alle Kontonummern und Passwörter und weiß, wo die Leichen vergraben sind. Dann ist er automatisch der neue Boss.«

»Wird er sich darauf einlassen?«

»Soll das ein Witz sein?«

»Ich meine, wird er die Logik verstehen?«

»Das ist eine DNA-Sache. Wie bei Ratten. Er wird gerannt kommen. Und genau das wollen wir.«

»Wieso hat Carson Sie nicht mehr überrascht?«

»Ich hatte schon einen Verdacht.«

»In welcher Beziehung?«

»Joey hat seine Leibwache lediglich verdoppelt, nicht verdreifacht. Obwohl er gern eine Show abzieht. Also sind nur zwei Leute in seinem Haus: Joey und Kott.«

»Wieso nicht Joey und Carson?«

»In Paris hat Kott geschossen. Das besagen alle Untersuchungen – Glauben Sie mir, hier geht's nur um John Kott.«

»Nein, hier geht's um die G8.«

»Glauben Sie mir, die G8 sind nicht in Gefahr.«

»Sie sind erst außer Gefahr, wenn wir ihn als Letzten gefasst haben.«

»Die G8 waren niemals das Ziel«, sagte ich.

»Was denn sonst?«

»Ich brauche die Informationen über das Glas.«

»Die kriegen Sie. Wer ist das Ziel?«

»Es ändert nichts daran, was wir als Nächstes tun müssen.«

»Vorläufig tun wir nichts. Sie reden noch.«

»Wer redet noch?«

»Die Ausschüsse.«

»John Kott ist in Little Joeys Haus. Mehr brauchen sie nicht zu wissen. Bestellen Sie ihnen das von mir.«

»Sie werden sagen, Ihre Glaubwürdigkeit sei erschüttert.«

»Dann tue ich, was meine Mutter mir immer geraten hat, wenn ich zornig werden wollte: Ich zähle bis drei.«

»Was soll das heißen?«

»Können Sie bis drei zählen?«

»Natürlich kann ich das.«

»Ich höre.«

»Eins, zwei, drei.«

Ich sagte: »Es soll so klingen, als verginge die Zeit dabei tickend.«

Er sagte: »Eine Sekunde, zwei Sekunden, drei Sekunden.«

»Sagt man das so in Wales?«

»So sagt man's überall.«

»Nein, das stimmt nicht. Wir Amerikaner sagen ein-tausend, zwei-tausend ...«

»Das soll wie das Ticken einer Uhr klingen. Und das tut es auch. Sekunde, Sekunde, Sekunde. Wie die alte Standuhr mit Pendel im Salon der Großeltern.«

»Das ist ein ziemlich guter Vergleich.«

»Worauf wollen Sie hinaus?«

Ich sagte: »John Kott ist in Little Joeys Haus.«

Bennett hielt einen Moment inne, dann sah er zu einer Ecke der Hütte hinüber und sagte: »Diese wilden Gerüchte sollten wir uns von Mr. White bestätigen lassen.«

Der alte Charlie wich etwas zurück, als er dieses Worte hörte. Von Zeit zu Zeit befragten die Romford Boys bestimmt Leute, die nur widerwillig Auskunft gaben, und benutzten dabei zweifellos Methoden, die von brutal bis tödlich reichten. Und er rechnete wohl nicht damit, von einem Geheimdienstmann mit Samthandschuhen angefasst zu werden.

Bennett baute sich vor ihm auf und musterte den Alten eine halbe Minute lang. Dann zog er ein Schnappmesser aus der Tasche. Im Englischen ein Springmesser. Als er den Knopf drückte, schnappte die Klinge heraus und rastete hörbar ein. Vermutlich ein antikes Stück. Solche Messer waren schon so lange verboten, dass es schwierig war, ein gutes zu bekommen. Er balancierte den Griff auf seinem Daumen, sodass seine vier Finger die Griffschale nur leicht berührten, und führte die Klinge dicht an Charlies Wange, als wollte er ihm mit einem Rasiermesser den Bart abnehmen.

Charlie wich noch weiter zurück, bis er mit dem Hinterkopf an die Holzwand stieß.

Casey Nice fragte: »Wird das hier aufgenommen?«

Bennett antwortete: »Keine Sorge.«

Er benutzte die Spitze der Klinge, um den Rand des Gewebebands hochzuheben, mit dem ich Charlie den Mund zugeklebt hatte. Dann schob er einen Fingernagel darunter, schnitt das Band einen halben Zentimeter weit auf und begann diesen Vorgang von Neuem, bis die ganzen fünf Zentimeter durchgeschnitten waren. Mit den Fingern der linken Hand ergriff er ein Ende des Klebebands und zog es von Charlies Mund ab – weder schnell noch langsam, sondern wie eine Krankenschwester, die einen Verband wechselt. Charlie brachte seine Lippen hüstelnd an die Schulter, um sie abzuwischen.

Bennett fragte ihn: »Wer ist bei Joey zu Gast?«

Charlie sagte: »Das weiß ich nicht.«

Das scharfe Springmesser blieb aufgeklappt. Charlie hatte die Hände noch immer auf dem Rücken gefesselt. Er war so in der Ecke eingeklemmt, dass er unmöglich weiter zurückweichen konnte.

Bennett fuhr fort: »Sie verkaufen Waffen an Gangster im ganzen Land. Sie dealen mit Heroin und Kokain. Sie leihen einem Familienvater fünfzig Pfund, aber er muss hundert zurückzahlen, sonst lassen sie ihm die Beine brechen. Sie importieren Teenager aus Lettland und Estland und schicken sie auf den Strich, und wenn sie verbraucht sind, bekommt Joey sie. Wie wahrscheinlich ist's auf einer Skala von eins bis zehn, dass irgendwer auf der ganzen Welt sich einen Scheiß darum kümmert, was ich als Nächstes mit Ihnen mache?«

Charlie gab keine Antwort.

»Ah, ich verstehe«, sagte Bennett. »Sie wissen nicht, was Sie antworten sollen. Das war eine Trickfrage – weil die Skala nicht weit genug hinunterreicht. Kein einziger Mensch wird sich etwas daraus machen. Und was aus Ihnen wird, erfährt ohnehin niemand. Morgen sind Sie schon in Ägypten oder Syrien, vielleicht sogar in Guantánamo Bay. Heutzutage laufen solche Dinge anders. Ihre Organisation beherbergt einen Scharfschützen, der den britischen Premierminister und den US-Präsidenten erschießen will. Sie sind der neue Osama bin Laden. Oder wenigstens Chalid Scheich Mohammed.«

Charlie White sagte: »Das ist Bullshit.«

»Welcher Teil?«

»Alles. Ich würde den Premierminister nie erschießen lassen.«

»Warum nicht?«

»Ich habe ihn gewählt.«

»Wer ist Joeys Gast?«

»Ich weiß nicht, wer er ist.«

»Aber Sie wissen, dass jemand bei ihm wohnt?«

»Ich hab den Mann noch nie gesehen.«

Bennett sagte: »Er hat Karel Libor in Ihrem Auftrag umgelegt, Ihnen einen Haufen Geld eingebracht und Sie dazu veranlasst, den Serben die Hand zu schütteln. Ihre Gegenleistung besteht darin, ihm sieben Tage in der Woche Tag und Nacht Schutz und Unterkunft zu gewähren, aber selbst bei einem Deal dieser Größenordnung haben Sie niemals persönlich mit ihm gesprochen?«

Charlie schwieg.

Bennett sagte: »Ich glaube, dass Sie ausführlich mit ihm gesprochen haben. Ich glaube, dass Sie alle Details kennen – auch die Zielperson.«

Charlie sagte: »Ich will meinen Anwalt.«

Bennett fragte: »Welchen Teil von Guantánamo Bay verstehen Sie nicht?«

Charlie schwieg.

»Reden wir also von einem hypothetischen Fall«, fuhr Bennett fort. »Ausnahmsweise. Würde ein hypothetischer Mann in Ihrer hypothetischen Situation nicht unbedingt darauf bestehen, bestimmte Konditionen eines Deals dieser Art selbst zu genehmigen?«

»Natürlich würde er das. Hypothetisch.«

»Das würde auch für die Zielperson gelten?«

»Natürlich auch für die.«

»Wieso?«

»Sie müsste akzeptabel sein.«

»Wer wäre off limits?«

»Frauen und Kinder, versteht sich. Und die königliche Familie.«

»Und der Premierminister?«

»Das wäre ein großer Schritt. Hypothetisch, meine ich. Ich glaube, dass solche Leute sich bisher nie mit dieser Art Politik befasst haben.«

»Nur mit Dingen, die Geld bringen?«

»Hypothetisch.«

»Sie wissen also, wer die Zielperson ist. Weil Sie sie genehmigt haben.«

Keine Antwort.

Bennett sagte: »Dies ist keine der philosophischen Fragen, über die in Zeitungen diskutiert wird. Nehmen wir mal an, Sie hätten bis Sonnenaufgang Zeit, um eine tickende Zeitbombe zu finden und zu entschärfen – wie weit würden Sie ethisch und juristisch gehen?«

Keine Antwort.

»Wer ist die Zielperson, Mr. White?«

Charlie schwieg. Er sah Bennett an, sah mich an, sah wieder Bennett an, wechselte mit irgendwie bittendem Blick zwischen uns hin und her, als wünschte er sich die Erlaubnis, beiden eine unterschiedliche Antwort geben zu dürfen.

Ich sagte: »Lassen Sie's vorerst gut sein, Bennett. Das ändert nichts daran, was wir als Nächstes tun müssen.«

Bennett schaute erst mich, dann Charlie und zuletzt Nice an, dann zuckte er mit den Schultern und ging zurück zu der Stelle am Fenster, wo er zuvor gestanden hatte. Als er dort ankam, flog die beschädigte Tür krachend auf, und ein Mann, dem sofort ein zweiter folgte, stürmte mit einer Pistole in der Hand herein, sodass wir in der beengten Hütte plötzlich zu sechst waren. Dann wurde alles noch schlimmer. Ein Bein von der Größe eines Baumstamms erschien mit angewinkeltem Knie, anschließend tauchten eine massive Schulter, ein krummer Rücken und ein gesenkter Kopf tief unter dem Türsturz auf, über dem außen *Bowling Club* stand – und plötzlich stand Little Joey leibhaftig vor uns: aufgerichtet fast zwei Meter zwanzig groß, sodass die beiden Dachschrägen den großen Schädel und die massiven Schultern genau einrahmten.

50

Joeys gewaltige Masse schob seine beiden Kerle nach vorn, und weil wir räumlich bedingt nicht zurückweichen konnten, standen wir alle wie in der U-Bahn zusammengezwängt. Das bedeutete, dass wir frühzeitig in Kontakt gerieten, wobei einer von Joeys Kerlen, der gegen Casey Nice gedrängt wurde, sie am Ellbogen packte und vor seinen Körper zog, während er ihr vermutlich seine Pistole ins Kreuz drückte, was der andere mit Bennett tat, sodass ich unmöglich schießen konnte. Ich konnte nicht mehr tun, als mir den Hals zu verrenken.

Aus nächster Nähe wirkte Little Joey noch widerwärtiger als befürchtet. Er wies wenig Ähnlichkeit mit den Football- und Basketballspielern auf, die ich aus meiner Zeit in West Point kannte. Diese Kerle waren riesig, aber zurückhaltend und fokussiert und vor allem beherrscht gewesen, als hätte ihr Gehirn sie völlig unter Kontrolle. Joey war ganz anders. Er unterschied sich so weit wie nur möglich von einem nervösen kleinen Kerl, aber er wurde von den gleichen unbeherrschbaren Spasmen geschüttelt und wirkte geistesgestört. Seine Augen lagen tief in ihren Höhlen, und seine feuchte Unterlippe hing auf das stark fliehende Kinn herab. Mit dem rechten Fuß klopfte er auf den Boden. Seine linke Hand war zur Faust geballt, die rechte mit gespreizten Fingern offen, völlig steif.

Joey starrte zuerst Charlie White an, dann schaute er weg. Er musterte Casey Nice von oben bis unten, anschließend mich von oben bis unten, bevor er sich an Bennett wandte: »Glauben Sie, dass mir die Sturmschäden nicht aufgefallen sind? Und die freie Sicht auf mein Haus? Sie halten mich wohl für dumm? Glauben Sie, dass Sie der Einzige sind, der sich Nachtgläser leisten kann? Wir dachten, ihr wärt abgehauen. Aber wir wollten trotzdem mal nachsehen. Und jetzt sind wir fündig geworden!«

Bennett gab keine Antwort. Ich erkannte Joeys Kerle wieder. Beide waren auf dem Parkplatz des kleinen Supermarkts gewesen. Leibwächter aus dem schwarzen Jaguar. Zwei der vier. Die besten Leute. Neben ihrem Boss stehend wirkten sie wie Liliputaner. Ich vermutete, dass die beiden anderen draußen Wache hielten. In Kälte und Dunkelheit. Joeys Fahrer war vermutlich bei dem Bentley am Anfang des nur einen Meter breiten Fußpfads geblieben. Ich steckte meine Hände in die Taschen. Rechts hatte ich die Glock, links das Linoleummesser. Ich sah aus dem Fenster zu der vierhundert Meter entfernten Straße und hoffte, dass Kott kein Nachtsichtgerät an seinem Gewehr montiert hatte. Sonst hätte er sich in aller Ruhe aussuchen können, in welches Auge er mich treffen wollte.

Hinter mir sagte Charlie White: »Joey, bring mich von hier weg, okay?«

Aber Little Joey antwortete nicht gleich, was Hoffnung in mir aufkeimen ließ. Vielleicht war er bereits auf einem Trip, der in eine nützliche Richtung führen konnte. *Das ist eine DNA-Sache. Wie bei Ratten.*

Hinter mir sagte Charlie: »Sie sind bewaffnet, Joey. Sie haben Pistolen und Messer.«

Joey nickte, drei Zentimeter runter, drei Zentimeter rauf, die wegen seiner Größe wie Millimeter wirkten. Der Kerl hinter Bennett ließ dessen Ellbogen los und klopfte seine Taschen ab. Zum Vorschein brachte er das Schnappmesser, jetzt zugeklappt, und eine Pistole SIG Sauer P226 – bekanntlich die bevorzugte Waffe von Special Forces in aller Welt. Dann durchsuchte der hinter Casey Nice stehende Kerl ihre Taschen und brachte ihre Glock, das Linoleummesser und zuletzt das Fläschchen zum Vorschein, in dem die letzte Tablette melancholisch klapperte. Little Joey streckte eine tellergroße Pranke aus, und der Kerl legte das Fläschchen hinein. Joey brachte es dicht an seine Augen und fragte: »Wer ist Antonio Luna?«

Nice wollte sprechen, räusperte sich und nahm einen zweiten Anlauf: »Ein Freund von mir.«

»Sind Sie abhängig?«

Sie machte eine Pause, dann sagte sie tapfer: »Ich versuche, es nicht zu sein.«

Little Joey stemmte den Deckel mit einem Daumen von der Größe eines Golfballs auf, ließ ihn achtlos zu Boden fallen und kippte die verbliebene Tablette in seine Handfläche, in der sie winzig aussah.

Er fragte: »Wollen Sie sie?«

Casey Nice gab keine Antwort.

»Raus mit der Sprache!«

Keine Antwort.

»Sie hätten sie gern, was?«

Keine Antwort.

Joey klatschte sich die Handfläche an die Lippen und schluckte die Tablette. Das leere Fläschchen ließ er zu Boden fallen.

Charlie White sagte: »Komm jetzt, Joey.«

Little Joey streckte massive Arme wie Baumstämme aus und drückte seine Kerle rechts und links zur Seite, sodass sie mit Nice und Bennett dicht an der Wand beziehungsweise am Fenster standen. Sie hatten jeweils einen Arm um den Hals der beiden geschlungen und bedrohten mich mit ihren jetzt sichtbaren Pistolen: Browning High Powers aus Belgien.

Ich nahm die Hände aus den Taschen.

Joey drehte sich halb zur Seite, kam durch die Gasse zwischen seinen Männern auf mich zu, wofür ein einziger Riesenschritt genügte, und blieb dann direkt vor meiner Nase stehen.

Oder, besser gesagt, vor meinem Schlüsselbein. Er war zwanzig Zentimeter größer und bestand nur aus Knochen und Muskeln. Aber er war kein Bodybuilder, sondern eigentlich normal gebaut und in allen Proportionen wie sein Haus aufgeblasen. Er stank nach Schweiß, ein scharfer, ranziger Geruch, und an seinem Hals pochte eine Ader. All das registrierte mein Gehirn, vor allem der älteste Teil, der uns seit sieben Millionen Jahren am Leben erhalten hat. Der Fluchtreflex kreischte mich an, schleunigst von hier zu verschwinden. Aber das tat ich nicht. Ich konnte nicht. Ich war an drei Seiten von Wänden umgeben und hatte Little Joey vor mir. Ich sah ihm ins Gesicht und stellte fest, dass eine Pupille auffällig geweitet und die andere nur stecknadelkopfgroß war.

Ich fragte: »Was nehmen Sie sonst noch, Joey?«

Er sagte: »Schnauze.«

Er hob die Hände. Seine Finger waren lang und dick. Aber nicht wie Würste. Das wäre die falsche Beschreibung gewesen. Sie waren breiter und härter. Wie schlanke Limonadendosen mit Fingerkuppen und -nägeln, die doppelt so groß waren wie meine.

Mit diesen Fingern fuhr er in meine Jackentaschen, schob sie tief hinein, kam dicht an etwas heran, riss plötzlich die Hände zurück und fetzte meine Taschen mit einem Ruck auf. Meine Pistole und das Linoleummesser fielen scheppernd zu Boden. Er scharrte mit einem Fuß danach und beförderte beide Gegenstände hinter sich. Dann wandte er sich ab und trat an die Tür, was wieder nur einen einzigen Schritt erforderte.

Charlie White sagte: »Joey, lass mich nicht im Stich.«

Little Joey verlagerte sein Gewicht von einem Fuß auf den anderen, sodass der Holzboden knarrte. Die stehende Stablampe fiel um und beleuchtete nur noch unsere Knöchel. Charlie White wurde ungeduldig, begann sich zu bewegen und zerrte an seinen gefesselten Händen. Joey blieben vermutlich noch anderthalb Sekunden Zeit, sich zu entscheiden. Zögerte er länger, gab es kein Zurück mehr. Dann war langjähriges Vertrauen zerstört. Misstrauen würde sich nie mehr ganz beseitigen lassen. Charlie würde immer wissen, dass sein Untergebener genau das gedacht hatte, was ich Bennett gegenüber angedeutet hatte.

Anderthalb Sekunden.

Joey entschied sich falsch.

Er blickte sich um und rief nach draußen: »Kommt rein und bringt Mr. White nach Hause!«

Was unmöglich war, solange er die Tür blockierte. Also senkte er wieder den Kopf, zog die Schultern hoch, machte einen krummen Rücken, beugte die Knie und schob sich seitlich aus der Hütte, rechter Fuß, ducken, linker Fuß, und dann war er fort.

Die Kerle, die Nice und Bennett festhielten, blieben aufmerksam, umklammerten die Hälse der beiden weiter mit den Armen und hielten ihre Pistolen schussbereit. Ich sah zu Bennett und fragte ihn: »Wie heißt dieses neue Team, zu dem Sie gehören?«

Der Kerl, der ihn von hinten umfasste, sagte: »Klappe halten.«

Ich sagte: »Zwing mich dazu.«

Was er nicht tat. Außer in dringenden Notfällen durfte er sich vermutlich nicht einmischen. Ansonsten würde über unser Schicksal, unsere Behandlung erst später und auf höherer Ebene entschieden werden. Bennett sagte: »Wir haben eigentlich keinen Namen dafür. Noch nicht. Vorerst ist alles ziemlich unbestimmt.«

»Ist bei Ihnen die Royal Air Force mit im Boot?«

Er nickte. »Dies ist ein vollständig integriertes Unternehmen.«

»Können Sie uns einen Flug von hier besorgen?«

»Heim?«

»Fort Bragg.«

»Wann?«

»Jetzt wäre großartig. Aber sagen wir in ein paar Stunden.«

»Sie sind optimistisch.«

»Ich versuche, unter allen Umständen gute Laune zu bewahren.«

»Schickt O'Day Ihnen denn kein Flugzeug?«

»Ich will die Royal Air Force«, sagte ich. »Dafür verzichte ich auf die Begegnung mit der Queen.«

Dann kamen die beiden Kerle von draußen herein, durchquerten den kleinen Raum und halfen Charlie White auf die Beine. Sie zerschnitten seine Arm- und Beinfesseln mit ihren eigenen Messern. Er rieb sich die Handgelenke, bewegte die Schultern, um die Durchblutung wieder in Gang zu bringen, richtete sich dann auf und war plötzlich keine Geisel mehr, sondern wieder ein Gangsterboss voller Macht und Stärke und Selbstbewusstsein. Er schaute mich an und sagte: »Pech gehabt, Kid. Schade, aber jetzt kommt das Todesurteil.«

Ich blickte über das Spielfeld hinaus, zu der ungefähr eine Viertelmeile entfernten dunklen Straße. Beobachtete Kott uns? Ich stellte mir ein Flurfenster vor, das um die Hälfte größer war als in gewöhnlichen Häusern, dahinter ein dreibeiniges Stativ mit einem Nachtglas, das vielleicht im Internet erworben oder in irgendeiner britischen oder europäischen Garnison gestohlen worden war, und wiederum dahinter Kott, der mit an die Okulare gedrückten Augen zur Hütte des Bowling Clubs hinüberstarrte und alle Details in sich aufnahm. Aber sein Blickfeld war eng. Wir konnten das Haus sehen, und er konnte die Hütte sehen, aber das war so ziemlich alles.

Was nur gut war.

Was würde er aus einer Viertelmeile Entfernung hören? Die Browning High Power war eine Neun-Millimeter-Pistole und wie alle Erzeugnisse der belgischen Fabrique Nationale eine Präzisionswaffe, sodass sie nicht übermäßig laut wäre. Aber er würde sie hören. Spätabends in Suburbia mussten Schüsse auffallen.

Todsicher.

Wahrscheinlich.

Hatte er ein Nachtvisier an seinem Gewehr?

Ich sagte: »Charlie, warten Sie.«

Charlie blieb stehen, drehte sich zu mir um, und ich traf sein Gesicht mit einer kolossalen rechten Geraden, die ich breitbeinig stehend mit voller Kraft schlug – teils, weil ich den Kerl nicht leiden konnte, und teils, weil ich sofort mit dem Typen weitermachen wollte, der Nice festhielt. Ich traf genau Charlies Nase, ein zugegebenermaßen großes Ziel, und spürte, wie meine Faust durch sie hindurchging. Und dann brach er zusammen, und mein Angriffsschwung ließ mich mit der rechten Schulter voran mit Nice und dem Kerl hinter ihr zusammenprallen.

Zu diesem Zeitpunkt hielten wir uns zu acht in der kleinen Hütte auf, und der Vorteil dieses Nahkampfs im flackernden Schein der über den Fußboden rollenden Stablampe war, dass wir alle schoben, stießen und rangelten, ohne dass irgendwer genau zielen und dabei garantieren konnte, dass er nicht versehentlich Charlie White traf. Kompliziert wurde alles dadurch, dass Bennett sich seinen Kerl vornahm, während ich mich um Nice' Bewacher kümmerte. Casey Nice wusste genau, was passierte; sie wand sich aus seinem Griff und nutzte den Vorteil ihrer geringeren Größe, um ihm ein Knie in den Schritt zu rammen. Das nützte mir sehr, weil sein nach unten gehender Kopf mit meinem nach oben gerissenen Ellbogen zusammenprallte, was die Wucht meines Schlags mühelos fast verdoppelte, sodass ich mich sofort Charlies Begleitern zuwenden konnte, die mit leeren Händen auf dem Weg nach draußen waren, weil sie glaubten, Charlie sei dicht hinter ihnen, was er bis vor wenigen Sekunden tatsächlich gewesen war.

Einer der beiden riss die Fäuste wie ein Boxer hoch, sehr hoch, also verpasste ich ihm einen Magenhaken, der im Nahkampf ohnehin besser war: ein ansatzlos geschlagener Haken, der ihn zusammenklappen ließ. Der andere Kerl kam auf mich zu, als wollte er mich mit einem Ringergriff umklammern, was keine schlechte Idee war, aber er kam nicht dicht genug an mich heran, weil auch unter beengten Verhältnissen ein wirkungsvoller Kopfstoß immer möglich war, der nicht mehr als ein rasches, energisches Nicken erforderte. Als er zusammenbrach, wandte ich mich dem Kerl zu, dem ich den Magenhaken verpasst hatte, und rammte ihm mein Knie unters Kinn. Inzwischen waren fünf ziemlich laute Sekunden vergangen, aber ich machte mir keine Sorgen, dass Little Joey hereingestürmt kommen könnte. Erstens war er nicht in der Lage, durch eine Tür in Normgröße hereinzustürmen, und zweitens hätte ich mir seinetwegen nicht gleich Sorgen gemacht, auch wenn er's gekonnt hätte.

Weil ich etwas über Little Joey wusste.

Bennett kam gut allein zurecht. Er hatte einen Daumen im Auge seines Kerls und drückte ihm mit der anderen Hand die Kehle zu. Das heißt, seine stahlharten Finger zerquetschten ihm den Kehlkopf. Sie waren nicht zu Weltherrschern aufgestiegen, weil sie nett waren. Das stand verdammt fest. Ich hob die Stablampe auf, wartete, bis Bennetts Kerl zu Boden gegangen war, und suchte dann alle Waffen zusammen: unsere ursprünglichen Pistolen und vier identische Brownings High Power Model 1935 von Joeys Männern. Die Brownings waren alle neu, hatten alle einen seltsamen Sicherungshebel. Nach oben, gesichert; nach unten, entsichert. Alle vier waren geladen, aber nicht durchgeladen. Wir hatten in weniger großer Gefahr geschwebt als vermutet. Wir behielten jeder eine, und ich zog das Magazin aus der vierten Pistole und gab es Nice, die es einsteckte.

Ich sagte: »Kommt, wir suchen Joey.«

Als ich mich abwandte, um zur Tür zu gehen, hielt Bennett mich am Arm fest und sagte: »Wir können nicht einfach rausgehen. Vor allem nicht mit einer Stablampe. Wir wären bequeme Zielscheiben.«

Ich entgegnete: »Wir sollten uns nicht allzu viele Gedanken machen.«

Bennett sah stumm bittend zu Nice hinüber, als hielte er mich für übergeschnappt.

Sie sagte: »Ich denke, wir kommen zurecht.«

Ich lächelte. Sie hatte es also auch gesehen. Wahrscheinlich im Zusammenhang mit dem Tablettenfläschchen.

Ich sagte: »Little Joey ist nicht bewaffnet. Davon können wir sicher ausgehen.«

Bennett fragte: »Wie das?«

»Weil wir wissen, dass Joey in seinem gesamten Erwachsenenleben niemals mit einem Gewehr, einer Pistole oder sonst irgendeiner Schusswaffe geschossen hat.«

»Woher wissen wir das?«

»Weil kein Abzugsbügel der Welt groß genug für seinen Zeigefinger ist. Er könnte ihn nicht hineinstecken. Früher vielleicht, jetzt nicht mehr. Zuletzt geschossen hat er vermutlich als Siebenjähriger. Und auch damals dürfte er schon Schwierigkeiten gehabt haben. Jetzt ist er draußen auf dem Parkplatz – unbewaffnet, und wir haben hundertvier Schuss Munition und eine Stablampe.«

51

Casey Nice hatte die Stablampe. Ich hielt in jeder Hand eine Pistole, vor allem auch deshalb, weil ich über keine geeigneten Taschen mehr verfügte. Bennett war hinter uns, beobachtete nach links und rechts, sicherte uns nach hinten und nach beiden Seiten. Nice bewegte die Stablampe sehr schnell, ließ ihren Lichtstrahl über unsere Umgebung huschen, die nur stroboskopartig beleuchtet wurde.

Nirgends eine Spur von Joey. Zumindest anfangs nicht. Der Lichtstrahl erhellte einen großen Teil des einen Meter breiten Fußpfads, aber dort befand er sich nicht. Hätte er auf dem Weg zu flüchten versucht, wäre er noch zu sehen gewesen, da er sich nur seitwärts hätte hindurchbewegen können. Wir kontrollierten die Ecke, in der ich Bennett erwartet hatte, aber da war er nicht. Wir kontrollierten auch die gegenüberliegende Ecke. Wieder nichts.

Wir standen still und horchten. Kein Laut. Der Widerschein der Großstadt erhellte weiter den Nachthimmel, doch die Häuser um uns herum waren dunkler. Licht wurde ausgemacht. Leute gingen zu Bett. Ihre Kinder schliefen längst. Bald würden wir auf allen Seiten von Schlafenden umgeben sein. Hier und da flackerte der fahle Schein des Fernsehers eines Nachtschwärmers, der vielleicht eine Show, Fußball oder einen Dokumentarfilm guckte. Wir jagten einen Riesen im Dunkeln.

Und kamen damit nicht weiter, bis ich tat, was ich gleich hätte tun sollen: Ich versetzte mich in seine Lage und versuchte, wie er zu denken, für einen Augenblick wie er zu sein. Was hätte ich getan? Keine Waffe, Leibwächter ausgeschaltet, der Chauffeur zu weit weg, um gerufen werden zu können, und der Fußweg zu eng, um eine schnelle Flucht zu ermöglichen. Nicht dass ich hätte flüchten oder auf die Unterstützung anderer hätte warten müssen. Ich war Little Joey Green, war es mein Leben lang gewesen.

Aber ich liebte es, vor Publikum aufzutreten.

Doch das war in diesem Augenblick kaum vorhanden. Auf dem Spielfeld des Bowling Clubs herrschte gähnende Leere. Überall um uns herum zogen Leute ihre Vorhänge zu und schlossen die Augen. Es gab nur einen Ort, an dem Joey ein Publikum finden konnte. Vielleicht. Nur ein Einmannpublikum, das stimmte, aber sehr interessiert. Ein Verbündeter, vielleicht bereits ein Freund und nach Joeys Auffassung ein Profi wie er selbst.

Vielleicht beobachtete John Kott im Moment alles durch das Nachtglas.

Oder durch das Nachtvisier seines Gewehrs.

Ich machte Casey Nice ein Zeichen. Sie schaltete die Stablampe aus, und wir schoben uns um die rückwärtige Ecke der Hütte, wo wir uns auf Augenhöhe mit den Fenstern befanden, hinter denen die Ferngläser gestanden hatten, sodass nun wieder das gesamte Spielfeld vor uns lag, diesmal jedoch mit Little Joey in der Mitte. Der Riese war unter dem schwach gelblichen Nachthimmel ganz allein, tanzte mit schlurfenden Schritten, ließ die Hüften kreisen, wedelte mit den Armen und warf den Kopf von einer Seite zur anderen.

Ich wusste sofort, was er tat … und wie und weshalb. Dahinter steckte primitive Berechnung, eine Art animalischer Schläue. *Das ist eine DNA-Sache. Wie bei Ratten.* Er hatte keine Schusswaffe in der Hand. Wie konnte er uns unsere Pistolen wegnehmen? *Auf allen Seiten von Schlafenden umgeben, deren Kinder schon im Bett waren.* Er tanzte, damit wir ihn verfehlten. Was wir uns nicht leisten durften. Nicht hier draußen. Dabei hätten wir ihn natürlich nicht verfehlt. Nicht neunundneunzig Male von hundert. Oder von hundertvier. *Das klingt wie eine dieser philosophischen Fragen, die in Zeitungen diskutiert werden.* Welche Trefferquote brauchte ein vernünftiger Mensch? Aber selbst ein sauberer Treffer konnte ein Durchschuss sein. Zum Beispiel würde das weiche Gewebe am Hals ein Geschoss kaum aufhalten. Es konnte weiterfliegen und in einem rosa oder blau dekorierten Kinderzimmer einschlagen. Oder es wurde von einem

Knochen abgelenkt, surrte als Querschläger davon und traf vielleicht einen Nachtschwärmer, bevor das Spiel zu Ende war. Vielleicht bei einem Unentschieden oder in der Nachspielzeit. Das würde er nie mehr erfahren.

Konnte ich auf ihn schießen? Teufel, ja. Little Joey war groß genug. Sollte ich auf ihn schießen? Wo er auf allen Seiten von schlafenden Kindern hinter dünnem Glas umgeben war?

Wir zogen uns in den Schatten zurück, lehnten uns an die Hüttenwand. Wir konnten es uns leisten, Joey eine Minute länger tanzen zu lassen, dachte ich. Vielleicht würde ihn das ermüden. Was wiederum nützlich wäre. Das hoffte ich.

Nice und Bennett benutzten einen viel begangenen Kiesweg, der um das Grün herum auf die andere Seite des Spielfelds führte. Vielleicht trabten dort Schiedsrichter auf und ab. Oder die Linienrichter. Ich hatte keine Ahnung, wie eine Partie Bowling ablief. Bennett ging etwas weiter als Nice, bis sie Joey mit ungefähr zehn Metern Abstand genau vor der Holzhütte hatten. Mussten sie irgendwann schießen, weil es keine Alternative gab, war so sichergestellt, dass ihre Fehlschüsse von sechzigjährigem Holz gestoppt werden würden. Oder wenigstens verzögert.

Weil ich keine vorderen Taschen mehr hatte, steckte ich meine Pistolen in die Hüfttaschen. Dann betrat ich das Grün. Ich holte etwas nach links aus, damit Joeys Masse zwischen mir und dem großen Haus mit den vielen Feuerstellungen hinter seinen vielen übergroßen Fenstern blieb. Vierhundert Meter. Weniger als eine Sekunde. Blitz … *ein-und-zwan…* Ende.

Ich ging langsam weiter auf Joey zu. Er grinste, sodass ich seine weißen Zähne erkennen konnte, als er mich vor dem gelblichen Widerschein der Großstadtlichter aufragend kommen sah. Gleichzeitig bewegte er sich auf die entfernteste Ecke des Spielfelds zu, wobei er Schritt für Schritt darauf achtete, mich zwischen sich und dem großen Haus zu halten. Dumm war er wirklich nicht. Nach drei Rückwärtsschritten hatte er Nice' sicheres Schussfeld verlassen, und nach dem vierten Schritt konnte auch Bennett nicht mehr völlig sicher schießen. Ich erriet, wie sie die Schultern hängen ließen, und hörte in der Stille den Ton, mit dem Bennetts Smartphone eine SMS ankündigte. Hoffentlich mit den für mich bestimmten Informationen über das Sicherheitsglas. Die interessant sein würden. Falls ich sie jemals zu lesen bekam.

Joey schaute sich um, korrigierte seine Position etwas und machte dann halt. Er begann wieder zu tanzen, hüpfte von einer Seite zur anderen, bog sich hierhin und dorthin, warf sich nach vorn und zurück. Seine Riesenfüße pflügten tiefe Furchen in den perfekt gepflegten Rasen. Ich stellte mir vor, wie sauer der Bowling Club sein würde. Hoffentlich war er gut versichert. Oder hatte wenigstens eine Großpackung Rasensamen.

Ich sagte: »Pass auf, Joey. Es geht um Folgendes. Ich muss in dein Haus. Ohne dass du drin bist. Die Option Nummer eins lautet: Du stimmst gleich jetzt zu.«

Er fragte: »Und die zweite Option?«

»Ich rate dir, die erste zu wählen.«

»Mein Heim ist meine Burg, sagen wir Engländer.«

»Das verstehe ich, Joey, ich versteh's wirklich. Aber du musst dir mich als Wikinger vorstellen. Oder als plündernden Piraten. Oder als irgendeinen Eroberer. Ich werde deine Burg erstürmen. Für dich ist's besser, wenn du dabei nicht zu Schaden kommst.«

»Was ist, wenn *du* zu Schaden kommst?«

»Du könntest mir hier aushelfen, Joey. Du könntest mir sagen, wo Kott sich aufhält, wer ihn bewacht und welche Gefahren es möglicherweise in deinem Haus gibt. Rutschende Teppiche? Lose Bodendielen? Ich möchte nicht ausrutschen und hinknallen.«

»Du bist ein toter Mann.«

»Wie das, Joey? Bist du bewaffnet?«

Er gab keine Antwort.

Ich sagte: »Das hab ich mir gedacht. Hast du außer den vier Kerlen, die mit gebrochenen Knochen in der Hütte liegen, irgendwen bei dir?«

Er gab keine Antwort.

»Das hab ich mir gedacht«, wiederholte ich.

Little Joey tanzte noch immer ein wenig. Er bewegte sich nach links, er bewegte sich nach rechts, und ich hielt mit ihm Schritt, damit er zwischen mir und dem Haus blieb. Ich war keine zwei Meter von ihm entfernt, was für ihn nur einen einzigen großen Schritt bedeutete. Dicht genug, um besorgt zu sein, weil ich auf dem Parkplatz des kleinen Supermarkts gesehen hatte, wie unheimlich schnell er war.

Er steckte eine Hand in die Tasche. In die rechte Tasche seines Jacketts. Eine große Hand. Eine riesige Tasche. Er zog ein Smartphone heraus, hielt es sich vor den Mund und sagte: »Gary anrufen.« Dann hielt er das Handy ganz normal an sein Ohr. Seine Finger waren zu klobig, als dass er normal hätte wählen können. Sein Mobiltelefon reagierte auf Sprachbefehle. Das funktionierte allem Anschein nach, denn der Angerufene meldete sich.

Joey sagte: »Gary, ich bin's, Joey. Ruf mich in zehn Minuten wieder an, okay? Melde ich mich nicht, gebt ihr das Schiff auf. Jeder Mann für sich selbst. Verstanden?«

Gary hatte offenbar verstanden, denn Joey beendete das Gespräch und steckte sein Smartphone wieder ein. Dann stand er einfach nur da.

Meine Mutter hatte Regeln für Schlägereien aufgestellt. Sie zog zwei Söhne auf Militärstützpunkten auf, deshalb konnte sie

sie nicht ganz verbieten. Ihre erste Regel war strikt praktisch: *Prügle dich nicht, wenn du neue Sachen anhast.* Auf mich traf das nicht mehr zu, seit Joey mir die Taschen herausgerissen hatte. Die zweite Regel konnte man ethisch oder moralisch auffassen, aber für meine Mutter war sie nur *correct* gewesen, was auf Französisch etwas ganz anderes bedeutete. Die zweite Regel besagte, dass man niemals eine Schlägerei anfangen, und die dritte, dass man niemals eine verlieren durfte.

Worüber ich als kleiner Junge oft mit ihr stritt. Manchmal musste man als Erster zuschlagen, weil man sonst nie gewinnen würde. Die Regeln zwei und drei seien nicht miteinander vereinbar, fand ich. Das wusste ich aus eigener Erfahrung. Das führte zu langwierigen Diskussionen innerhalb unserer Familie, bis wir uns darauf einigten, dass sie tatsächlich unvereinbar seien. Aber vielleicht waren sie eine Art Rorschachtest. War man ein Regel-zwei-Typ oder ein Regel-drei-Typ? Mein Bruder Joe war ein Regel-zwei-Typ. Ich war ein Regel-drei-Typ. Das bewirkte, dass unsere Eltern anfingen, uns etwas differenzierter zu betrachten. Wir wussten nicht, was falsch oder richtig war. Ihre Signale fanden wir widersprüchlich. Sie waren anständige Leute, aber eben beim Marine Corps.

Ich war ein Regel-drei-Typ. Niemals verlieren. Damit war ich immer gut gefahren. Auch wenn ich dafür manchmal gegen die zweite Regel hatte verstoßen müssen. Hin und wieder musste man eine Schlägerei anfangen. Zum Beispiel in diesem Fall. Als Faustregel galt: Ich musste Little Joey treffen, bevor er mich traf.

Aber dann sagte er: »Ich bin ein Romford Boy.«

Ich fragte: »Und?«

»Wir halten Wort. An Mr. Kott kommst du nur über mich heran.«

»Als müsste man zum Zahnarzt. Aber wenn's nicht anders geht, tu ich das.«

»Glaubst du, dass du's mit mir aufnehmen kannst?«
»Wahrscheinlich.«
Er sagte: »Ich mag Mr. Kott nicht.«
Ich sagte: »Ich auch nicht.«
»Aber ich bin ein Romford Boy. Ich halte Wort.«
»Also?«
»Also wollen wir die Sache ein bisschen interessanter gestalten.« Joey machte eine nachdenkliche Pause, als überlegte er, wie sich eine langatmige Erklärung abkürzen ließe. Er deutete auf seine Tasche und fragte: »Hast du gehört, was ich am Telefon gesagt habe?«
Ich antwortete: »Ja.«
»Gary kommandiert heute Nacht das Team, das Mr. Kott bewacht. Du hast gehört, was ich gesagt habe. Melde ich mich am Telefon, heißt das, dass du ausgeschaltet bist, sodass sie normal weitermachen können. Ich bin ein Romford Boy und habe Wort gehalten. Aber ich will nicht, dass meine Leute sich mit diesem Scheiß abgeben, wenn ich sie nicht beaufsichtigen kann. Melde ich mich also nicht am Telefon, verschwinden sie sofort, und Mr. Kott gehört dir.«

52

Die sokratische Methode aus dem Hörsaal hätte in Joeys Äußerungen vielleicht eine tiefere Bedeutung entdeckt: Risikofreude oder individuelle Auffassungen von Ehre, Loyalität und Opferbereitschaft. Oder vielleicht hatte er nur Spaß daran, sich zu prügeln, und fand keine Gegner, wenn er sie nicht bestach. Aber damit beschäftigte ich mich nicht weiter, denn er war einen Schritt zurückgetreten und stand leicht nach vorn gebeugt da, als wartete er auf den Gong. Er musste ihn früher gehört haben als ich, denn er kam wie eine Abrissbirne blitzschnell aus dem Dunkel auf mich zu, doppelt so schnell wie auf dem Parkplatz des Supermarkts, und versuchte, mich mit einem Ellbogen zu treffen, so wie ich den Kerl auf dem Kastenwagen ausgeschaltet hatte. Joey wollte mich gleich mit dem ersten Schlag ausschalten. *Dagegen half nur eines: Man verdrehte den Oberkörper, warf sich nach vorn und fing den Schlag mit dem Oberarm ab.* Genau das tat ich. *Was immer schmerzhaft und manchmal lähmend ist.* Beides stimmte. *Aber im Allgemeinen bleibt man auf den Beinen.* Was ebenfalls stimmte.

Aber nur mit knapper Not. Über hundertdreißig Kilo in energisch schneller Bewegung. Meine Reaktion konnte nur daraus bestehen, dass ich an ihm vorbeiglitt und ihn dabei umdrehte. Nun kehrte ich dem Haus den Rücken zu, aber Casey Nice leuchtete mich wie vereinbart sofort zwei Sekunden lang mit der Stablampe an, die Kotts Nachtsichtgerät blenden würde. Das hatte den zusätzlichen Vorteil, Joey etwas abzulenken, sodass ich ihn mit einem linken Kinnhaken und einer rechten Geraden gegen die Niere treffen konnte – beide mit voller Kraft und äußerster Konzentration geschlagen. Dann wich ich zwei Schritte zurück und vollendete so den Kreis, damit Kott, falls er blind schoss, Joey und nicht mich traf, während ich den angerichteten Schaden begutachtete.

Der nicht allzu groß war. Und nicht gerade ermutigend. Größe war nicht alles. Nicht an sich. Wirklich vorsichtig musste man bei Kerlen sein, die sich so aufpumpten, dass sie keinen Schmerz mehr empfanden. Irgendeine chemische Sache. Ihre Körper konnten ihnen nicht mehr sagen, sie sollten aufhören. Dann wurde Größe wie bei Joey zu einem wichtigen Faktor. Ich hatte ihn zweimal getroffen. Was keine Kleinigkeit war, aber er stand weiterhin unbekümmert auf den Beinen, war weiter zwanzig Zentimeter größer als ich und dreißig Kilo schwerer.

»Zehn Minuten«, erklärte er. »So viel Zeit hast du. Jetzt schon etwas weniger, denke ich.«

Das sagte er mit heiterer Gelassenheit wie ein alter Preisboxer aus der Zeit, als noch mit bloßen Fäusten gekämpft wurde. Ein Mann aus dem neunzehnten Jahrhundert, der sich ins einundzwanzigste verirrt hatte, ein Londoner wie eine Gestalt aus einem Charles-Dickens-Film. Ein junger, aber altmodischer Mann, längst veraltet, ein Schlägertyp, sonst nichts. Inzwischen forderte mein Unterbewusstsein mich auf, mit der rechten Faust weiter seine Niere zu bearbeiten – in der Hoffnung, dass ich dabei sein Smartphone demolierte, sodass Gary ihn nicht würde erreichen können, was Nice und Bennett später die Arbeit erleichterte.

Joey kam wieder herangeschlurft. Ein Preisboxer, aber kein sehr guter. Er holte zu einem gewaltigen Rundschlag aus, den ich schon im Ansatz kommen sah. Ich ging blitzschnell in die Hocke, sodass seine Faust über meinen Kopf hinwegsauste. Sein Schwung bewirkte, dass er sich um die eigene Achse drehte und ich seine rechte Niere wieder vor mir hatte. Also schlug ich erneut zu und traf sie mit einer weiteren rechten Geraden, einem kolossalen Schlag, der einen jungen Baum hätte zersplittern lassen und von dem ein Maultier tot liegen geblieben wäre. Einer der drei wuchtigsten Schläge meines Lebens, was einiges heißen wollte. Joey zeigte alle zu erwartenden körperlichen Reaktionen. Unter der Wucht meiner Geraden machte er ein krampfhaftes Hohlkreuz, atmete geräuschvoll aus, als der Schock die Lungenspitzen erreichte, und schwankte auf plötzlich steifen Beinen.

Aber er brach nicht vor Schmerzen schreiend zusammen, wie zu erwarten gewesen wäre. Jeder normale Mensch hätte im Koma gelegen. Alle inneren Organe in Flammen, eine Million

Messer im Rücken, zu sehr außer Atem, um kreischen zu können. Aber Little Joey schnaubte nur, schüttelte den Schlag einfach ab und nahm wieder die vorige Haltung ein. Vielleicht half ihm das Zoloft dabei. Ich nahm mir vor, Nice nach den körperlichen Auswirkungen zu fragen.

Und dann änderte ich meine Taktik, stellte auf einen Bewegungskrieg um. Konnte ich ihn nicht niederschlagen, konnte ich vielleicht dafür sorgen, dass Joey sich selbst zu Fall brachte. Weil das Endspiel auf dem Rasen stattfinden musste. Nur dann waren die um uns herum schlafenden Kinder nicht gefährdet. Ich tänzelte wie ein Boxer vor und zurück, seitlich heran und wieder weg – nach gewöhnlichen Maßstäben lächerlich unbeholfen, aber im Vergleich zu Joey war ich erstmals der bewegliche kleine Kerl, der sich auf ihn stürzte, rasch zurückwich und blitzschnell zustach.

Little Joey war wegen des weichen Grases und seines Übergewichts dreimal in Gefahr zu stolpern und zu Boden zu gehen. Ich bewegte mich weiter schnell, hauptsächlich wegen Kott, aber auch aus der verrückten Idee heraus, dass der große Mann auf diese Weise schneller ermüden würde. So umkreisten wir einander, und als er wieder einmal stolperte, weil seine Beine nicht ganz nachkamen, brachte ich einen Ellbogenstoß an. Aber er parierte ihn genauso wie ich den seinen, und wir prallten voneinander ab und umkreisten uns weiter.

Ich änderte meine Taktik erneut. Little Joey würde nicht über die eigenen Füße stolpern, sondern ich würde ihm dabei helfen müssen. Das wollte ich nur zu gern tun. Und ich freute mich von Minute zu Minute mehr darauf. *Glaubst du, dass du's mit mir aufnehmen kannst?* Vielleicht hatte Scarangello recht. *Kann es nicht ertragen, herausgefordert zu werden.* Aber nicht ganz recht. Es ging weniger um die Herausforderung als den Kerl. Ich mochte Joey Green nicht. Teils aus den richtigen Gründen wie die Teenager aus Estland und Litauen und die Familienväter, die Wucherzinsen zahlen mussten. Aber auch aus anderen, primitiveren Gründen, denn bevor der Mensch zivilisiert worden war, hatte er siebenmal länger als Wilder gelebt, was Spuren hinterließ. Unterdessen gab der primitive Teil meines Gehirns den Ton an: *Meine Stammesversammlung will, dass du beseitigt wirst, Kumpel. Noch dazu bist du hässlich. Und du bist ein Waschlappen.*

Ich tänzelte nach rechts, ich tänzelte nach links, spekulierte darauf, dass er ein Bein nachziehen würde, und trat mit dem Absatz auf eine Kniescheibe, als wollte ich eine Tür eintreten, nur mit weit mehr Kraft. Sein Schmerzempfinden mochte gestört sein, aber ein Knochen ist etwas Materielles, und wenn er bricht, bricht er eben, was seine Kniescheibe auch tat. Das spürte ich durch meinen Stiefel hindurch. Aber die Scheibe war kein statisch unerlässlicher Knochen, deshalb ging er nicht zu Boden. Stattdessen trat er auf dem unverletzten Bein vor und traf mich mit einer blitzschnellen Geraden, die ich überhaupt nicht kommen sah, an der Brust. Ich taumelte laut keuchend und nach Atem ringend rückwärts, stolperte, krachte schwer zu Boden, wollte mich fortwälzen, versuchte auf alle viere zu kommen, was mir gelang. Dann kroch ich von ihm weg, bevor er mich mit den Stiefeln bearbeitete, bis ich tot war, zersplitterte Kniescheibe hin oder her.

Nun kam er ganz aufgepumpt, weil ich zu Boden gegangen war, auf mich zugestampft, vielleicht nicht ganz zielgerichtet, aber doch schnell und bedrohlich genug, um mich rasch flüchten zu lassen. Ich rappelte mich hoch, wich ihm aus und begann eine neue Runde. Ich hatte keine neue Taktik und ungefähr noch sechs Minuten Zeit. Also blieb ich in Bewegung, dachte dabei ständig an das weit entfernte Haus hinter mir, setzte ihm weiter zu und schaffte es, als er ganz verdreht dastand, ihn nochmals an sein verletztes Knie zu treten. Ein wirksames Stürmerfaul, für das ich jedoch teuer bezahlte, denn Joey holte zu einem Rückhandschlag aus – vielleicht nur als wütende Reaktion, vielleicht aus nüchterner Berechnung, wo ich sein würde – und traf mich am Kopf. Bei diesem wuchtigen Schlag klatschte der Rücken seiner massiven Pranke zum Glück nur an meine Stirn, statt mir das Nasenbein zu brechen.

Ich landete auf dem Rücken, aber mein vorheriger Erfolg rettete mir das Leben. Little Joey konnte sich nicht herumwerfen. Er schaffte es einfach nicht. Sein Knie war blockiert. Vielleicht nicht einmal schmerzhaft, aber Mechanik bleibt Mechanik. Ich wälzte mich weg, kroch ein Stück weit und rappelte mich wieder auf. Dann blieb ich sekundenlang mit beiden Händen auf den Knien stehen, atmete schwer, blinzelte unsicher und wusste einige Augenblicke nicht recht, was passiert war und wo ich mich befand. Ich hatte den Kerl fünfmal getroffen – mit einer Linken, zwei Rechten und zwei Tritten –, aber er stand noch immer. Und meine zweite Rechte hätte jeden Mann fällen müssen. Oder ein Pferd oder einen Gorilla oder einen Elefanten.

Ich hatte ein Problem.

Dann dachte ich an die Fußballspiele, die einige Nachtschwärmer sich vielleicht noch ansahen, und betrachtete den Rasen: weich und glatt und eben, vom Nachtnebel feucht. Joey kehrte mir halb den Rücken zu. Ich trat einen Schritt zurück, nahm gewaltig Anlauf und grätschte ihm von hinten in die Beine, dass meine Schienbeine seine Waden trafen. Auf dem Fußballplatz wäre das ein klares Foul gewesen, das mir mindestens eine gelbe Karte eingebracht hätte – oder eine rote, wenn dahinter böse Absicht steckte, die in diesem Fall reichlich vorhanden war. Ich pflügte schwungvoll durch ein Gewirr aus Waden, Knöcheln und Fersen, und er bäumte sich auf und landete ebenso theatralisch auf dem grünen Rasen wie irgendein verhätschelter europäischer Superstar.

Dann ging es darum, schnell wieder auf die Beine zu kommen, sich herumzuwerfen, einen Schritt auf ihn zuzumachen und meine Glock aus der Hüfttasche zu reißen, bevor ich einen Jungen imitierte, der sich mit den Knien voraus fröhlich in eine Schneewehe stürzt; nur hatte dies nichts mit Fröhlichkeit zu tun, und die Schneewehe war Joeys Bauch. Gleichzeitig drückte ich meine Glock nach unten, sodass ein perfektes Dreieck entstand: Mein linkes Knie, mein rechtes Knie und die Pistolenmündung, die sein Sonnengeflecht mit der ganzen Wucht meiner in Bewegung befindlichen hundertzehn Kilo traf und es tief einbeulte. Dann drückte ich ab.

Ich war eben ein Regel-drei-Typ.

In einer Pathologievorlesung wäre die Rede von einer Strahlenkranzeintrittswunde gewesen. Aus der aufgesetzten Pistolenmündung war als Erstes natürlich das Neun-Millimeter-Geschoss ausgetreten, das ein sauberes Loch in sein Fleisch gestanzt hatte. Aber es war nicht lange sauber geblieben, weil dahinter ein Schwall Treibgase folgte, der tief in Joeys Körper augenblicklich zu einer heißen Blase von der Größe eines Basketballs anschwoll. Davon verbrannte die Haut an der Eintrittsstelle, sodass sie wie ein fünfzackiger Stern aussah, wenn sie sich wieder senkte, sobald die Gase sich verflüchtigt hatten.

Der erste Vorteil bestand darin, dass Little Joey sofort tot war. Aus dieser geringen Entfernung, mehr oder weniger Kernschussweite, gab es dort drinnen ein Menge zu treffen: Wirbelsäule, Herz, Lunge, alle möglichen Arterien. Der zweite Vorteil war, dass dieser glatte Durchschuss höchstens einige Regenwürmer das Leben gekostet hatte. Oder vielleicht ein paar Engerlinge. Dafür hätte der Bowling Club sich bei mir bedanken sollen.

Der dritte Vorteil war, dass Little Joeys gesamter Brustraum als Schalldämpfer diente. Als hätte ich einen Schalldämpfer von der Größe eines Bierfässchens aufgeschraubt. Er hatte ziemlich gut funktioniert. Der Schussknall war sehr gedämpft gewesen. Trotzdem ging Bennett auf Nummer sicher. Er kam zu mir und sagte: »Das habe ich gehört.«

Ich sagte: »Natürlich haben Sie's gehört. Sie waren keine dreißig Meter entfernt.«

»Wenn ich es gehört habe, haben die Nachbarn es auch gehört.«

Er zog sein Smartphone heraus und verschickte eine aus einem einzigen Wort bestehende SMS.

Ich fragte: »Was war das?«

»Das bedeutet, dass der Schuss von uns gekommen ist. Ruft jemand auf dem nächsten Polizeirevier an, bekommt er die Auskunft, das sei eine Fehlzündung gewesen, und er brauche sich keine Sorgen zu machen.«

»Das können Sie heutzutage?«

»Ich hab's eben gemacht.«

»Seit wann?«

»Manche Unannehmlichkeiten sind sehr frühzeitig beseitigt worden.«

Ich sagte nichts.

Little Joeys Mobiltelefon klingelte in seiner Tasche.

Und klingelte.

Wir fassten es nicht an, sondern warteten, bis es von selbst aufhörte.

Ich sagte: »Los, wir müssen weiter! Wir müssen aufpassen, dass Kott nicht zusammen mit seinen Bewachern abhaut. Wir müssen die Fassade des Hauses sehen. Aber aus viel größerer Nähe.«

Casey Nice sagte: »Die kürzeste Verbindung zwischen zwei

Punkten ist eine Gerade.« Sie setzte sich auf der Spur der Verwüstung, die der Sturm hinterlassen hatte, in Bewegung, und wir folgten ihr über Baumstümpfe im Garten irgendeines Kerls und durch ein Loch im Zaun irgendeines anderen.

53

Wenn ich richtig gezählt hatte, schlichen wir durch fünf Gärten, bis wir auf dem letzten Grundstück hinter einer niedrigen Ziermauer genau gegenüber der Fassade von Little Joeys Haus haltmachten. So hatten wir sie ganz aus der Nähe vor uns. Besser als durch irgendein Fernglas. Auf der Zufahrt parkte ein einzelner schwarzer Jaguar. Das schmiedeeiserne Tor war geschlossen. Die massive Haustür ebenfalls. Sie hatte einen Briefschlitz aus Messing, eine Messingklinke und in der Schlossplatte darunter ein einzelnes Schlüsselloch. Bestimmt irgendein kompliziertes Sicherheitsschloss, zweifellos von Versicherungen in aller Welt empfohlen, auch wenn Joey Green keine andere Versicherung als seinen berüchtigten Namen gebraucht hatte.

Dann fuhr das Tor wie auf ein Stichwort hin elektrisch betätigt zurück, und die riesige Haustür wurde aufgerissen. Vier Männer stürzten ins Freie wie Formationsspringer, die ihre Absetzmaschine verlassen. Die Kerle machten einen leicht verwirrten Eindruck. Sie stolperten durcheinander, sahen nach links und sahen nach rechts, während ein Kerl sich einen Mantel anzog und ein anderer sich mit allen zehn Fingern durchs Haar fuhr. Sie stiegen in den Jaguar und rollten durchs Tor auf die Straße hinaus, wo der Fahrer plötzlich Gas gab, sodass die Limousine rasch außer Sicht kam.

Sie ließen das Tor offen.

John Kott kam nicht heraus.

Nicht in der ersten Minute, nicht in der fünften, nicht in der zehnten.

Er blieb drinnen, bereitete sich auf den Endkampf vor.

Ich sah Bennett an und fragte: »Haben Sie die Informationen über das Glas?«

»Ja, aber auf Französisch«, antwortete er.

Er zeigte mir die Nachricht auf seinem Smartphone. Sie bestand aus einem eingescannten Fax oder einer Fotokopie eines streng geheimen Dokuments und war sehr lang. Ich musste über den Bildschirm streichen, um den Text zu scrollen. Ich fragte: »Geht es nach fünf Minuten von selbst in Flammen auf?«

Bennett erwiderte: »Nein, aber ganz ausschließen lässt sich das nicht.«

Ich sagte: »Danke, dass Sie's mir besorgt haben.«

Er sagte: »Nichts zu danken. Hoffentlich können Sie was damit anfangen.«

Dies war ein französischer Text, weil Glas in Frankreich als eine wichtige Sache galt. Und als eine Erfolgsgeschichte in aller Welt. Alle Arten von Haushalts- und Gastronomiegläsern hoher Qualität und Haltbarkeit. Ein französisches Restaurantglas konnte man wie einen Baseball werfen und darauf wetten, dass es heil blieb. Welche Industrie war mehr dafür prädestiniert, die existierende Technologie weiterzuentwickeln und ein wirklich schussfestes Glas herzustellen? Ein Pariser Forschungslabor hatte diese Herausforderung angenommen. Wie immer ging es darum, höchste Durchsichtigkeit mit höchster Widerstandsfähigkeit zu kombinieren. Es hatte keinen Zweck, den Präsidenten mit Sicherheitsglas zu schützen, das milchig oder fast undurchsichtig war. Sichtbarkeit war bei öffentlichen Auftritten entscheidend wichtig. Die Geheimdienste aller großen NATO-

Staaten hatten sich an den Entwicklungskosten beteiligt. Die Leute in Paris hatten das Geld eingesammelt und sich an die Arbeit gemacht.

Die erste Überraschung war, dass ihr Erzeugnis nicht Panzerglas hieß, sondern als »transparente Panzerung« bezeichnet wurde. Die zweite Überraschung war, dass es sich nicht um Glas handelte, nicht mal eine Spur davon enthielt. Bisher hatte Panzerglas immer aus mehreren Glasscheiben bestanden, zwischen denen Schichten aus Polykarbonat oder thermoplastischem Material lagen. Obwohl die Ergebnisse im Allgemeinen gut waren, gab es zwei Probleme: Die Kante der fertigen Scheibe konnte wie Sperrholz aussehen. Und weil der Brechungsfaktor jeder einzelnen Schicht anders war, konnte aus bestimmten Blickwinkeln der Eindruck entstehen, man sehe in sechs Swimmingpools gleichzeitig. Das ergab dann verzerrte Bilder. Schlecht fürs Fernsehen.

Deshalb wandten die Wissenschaftler sich von Glas ab und experimentierten stattdessen mit Aluminium. Das kam mir anfangs verrückt vor, aber wie so häufig bei chemischen Prozessen trog der erste Eindruck. Die Verbindung, um die es hier ging, war Aluminiumoxynitrid, ein transparenter keramischer Werkstoff mit kubischer Kristallstruktur aus Aluminium, Sauerstoff und Stickstoff. Angegeben war auch die chemische Verhältnisformel mit Großbuchstaben, tief gestellten Ziffern und eleganten Klammern. Das ebenfalls skizzierte Molekül erinnerte mich an den Kronleuchter im Speisezimmer meiner Tante in New Hampshire.

Aluminiumoxynitrid war anfangs ein Pulver, das man wie Kuchenmehl sorgfältig siebte, bevor man es in einer isostatischen Trockenpresse komprimierte. Die so geformten »Grünlinge« wurden in Brennöfen gesintert und anschließend geschliffen und poliert, bis sie mehr wie Glas aussahen als Glas selbst. Das neue Material war optisch perfekt und schwer, aber nicht prohibitiv schwer.

Und es war schlagfest. In der Ausschreibung war festgelegt, dass es einem Geschoss Kaliber .50 widerstehen sollte, und das Testverfahren war detailliert und gründlich. Ich las den Bericht sehr sorgfältig. Auch wenn ich einige der französischen Fachausdrücke nicht verstand, sprachen die Zahlen eine deutliche Sprache. Aus Entfernungen von fünfzehn Metern bis hinunter zu aufgesetzten Schüssen hatten die Testpaneele sich gegen Neun-Millimeter-Geschosse, .357 Magnums und .44 Magnums zu hundert Prozent bewährt.

Daraufhin wurden die Paneele ins südfranzösische Draguignan geflogen, in dessen Nähe mein Großvater damals die Giftschlange getötet hatte. Auf dem dortigen Militärstützpunkt mit seinen vielen Schießbahnen gingen die Tests aus neunzig Meter Entfernung. Wieder bewährten die Paneele sich zu hundert Prozent gegen .223 Remingtons und das NATO-Kaliber 7,62 mm. Daraufhin erhöhten die von ihrer Erfindung überzeugten Wissenschaftler ihren Einsatz. Sie verringerten die Entfernung auf sechzig Meter, was für die größeren Kaliber unrealistisch war, übersprangen wichtige Kaliber wie das .308 Winchester und das britische Kaliber .303 und gingen gleich zum .44 Remington Magnum über. Aus nur sechzig Metern. Als würde ein Schlachtschiff auf eine Hafenmauer schießen.

Die Paneele bewährten sich zu hundert Prozent.

Dann kam der Augenblick der Wahrheit. Sie luden ein Gewehr mit Munition Kaliber .50. Mit panzerbrechender Munition, für die sechzig Meter erst recht unrealistisch waren. Aber ich verstand, was sie beweisen sollten.

Die Paneele bewährten sich zu hundert Prozent.

Ebenso bei dreißig und bei fünfzehn und sogar bei zehn Metern Entfernung. Allerdings gestanden die Wissenschaftler offen ein, dass die dann sichtbaren Absprengungen einen Austausch der Paneele nach jedem derartigen Vorfall erzwingen würden. Selbst die Wissenschaftler dachten politisch genug, um zu erkennen, dass ein Kandidat sich nicht hinter Paneelen zeigen konnte, die noch die Spuren vergangener Attentate trugen. Als hätte er nur mit knapper Not überlebt. Nicht gut für sein Image. Die Leute konnten leicht auf dumme Gedanken kommen.

In dem Projekt steckte viel ausländisches Kapitel, und weil das Leben so vieler ausländischer Spitzenpolitiker von den Ergebnissen abhing, wurde das Testverfahren durch Vertreter der interessierten Staaten beaufsichtigt. Sie kontrollierten die Zahlen, sie stellten Fragen, sie blickten hinter die Kulissen. Lauter erfahrene Geheimdienstler, aber wissenschaftliche Analphabeten. Den Jungs aus Paris konnte das natürlich nur recht sein. Dies war lediglich eine weitere Überprüfung durch Fachkollegen. Allerdings zeitlich stark komprimiert. Ich fuhr mit einem Finger über den Bildschirm und scrollte durch die Beobachterliste nach unten bis zum Buchstaben *E,* États-Unis d'Amerique.

Vereinigte Staaten von Amerika.

Das Pentagon hatte Tom O'Day entsandt.

54

Ich sah über die niedrige Mauer zu Joeys Haus hinüber. Das Tor stand noch immer offen, die Außenbeleuchtung blieb eingeschaltet. Ansonsten passierte dort nichts. Ich gab Bennett sein Handy zurück und schlug vor: »Wollen Sie nicht einen kleinen Spaziergang machen?«

Er fragte: »Wozu?«

»Ich muss allein mit Miss Nice reden.«

Er zögerte kurz, dann stand er auf und verschwand in der Dunkelheit, eben noch hier, in der nächsten Sekunde fort – genau wie auf dem Balkon des Apartmenthauses in Paris. Nice und ich hockten uns mit dem Rücken an die Ziermauer gelehnt nebeneinander.

Ich sagte: »Dies ist die Szene, in der ich versuche, dich loszuwerden.«

Sie äußerte sich nicht dazu.

Ich sagte: »Nicht aus den Gründen, die du vermutest. Ich könnte deine Hilfe bei einem halben Dutzend Dinge brauchen, und du wärst bei allen gut. Aber diese Sache betrifft nur Kott und mich. Er will mich erledigen, deshalb will ich ihn beseitigen. Es wäre unfair, andere Leute in unsere Privatfehde hineinzuziehen. Bennett werde ich das auch erklären.«

»Bennett bleibt auf jeden Fall. Das muss er. Er hat seine Vorschriften. Aber ich kann tun, was ich will.«

»Hier geht's um Kott und mich. Auch dafür gibt es Regeln. Wir müssen diese Sache untereinander ausmachen.«

»Das sagst du nur so.«

»Das ist mein Ernst.«

»Du willst bloß freundlich sein.«

»Das ist ein Vorwurf, den ich nicht oft höre.«

Sie fragte: »Warum hat er meine Tablette genommen?«

»Genommen wie weggenommen oder eingenommen?«

»Geschluckt.«

»Ich vermute, dass er alle möglichen Pillen eingeworfen hat. Ein abnorm großer Kerl wie er hat bestimmt alle möglichen schmerzhaften Wehwehchen. Im Rücken, in allen Gelenken. Also nimmt er bereits Opiate und andere Schmerzmittel und fängt an, das Zeug auszuprobieren, mit dem er dealt. Schon bald schluckt er alles, was ihm in die Finger kommt. Ein Berufsrisiko.«

»Ich will diese Tabletten nicht mehr einnehmen. Hast du seinen Mund gesehen? Einfach widerlich.«

»Im Augenblick kannst du keine mehr einnehmen. Selbst wenn du wolltest.«

»Ist das der Grund? Du fürchtest, ich könnte ausflippen?«

»Tust du das?«

»Bestimmt nicht vor Angst. Ich sehe Angst nicht mal mehr im Rückspiegel.«

»Wir kommen schon zurecht.

»Wir?«

»Du hier draußen, ich dort drinnen.«

»Ich sollte dir helfen.«

»Hier geht's um Kott und mich«, wiederholte ich. »Zwei gegen einen wäre unfair. Das würde sich später nicht richtig anfühlen.«

Das Tor stand weiter offen, aber ich wollte nicht durch die Haustür kommen. Sie war der offensichtliche Zugang, den Kott hauptsächlich im Auge behalten würde. Der MI5 hätte vermutlich einen Prozentsatz angeben können. *Kott hat 61 Prozent seiner Zeit damit verbracht, die Vorderseite des Hauses zu beobachten.* Den zweiten Platz würde die Rückseite belegen. Den dritten und vierten Platz würden die Seiten einnehmen. Aber welche kam zuerst? Ich tippte darauf, dass die dem Bowling Club zugekehrte Seite an dritter Stelle stand. Nur dort hatte es bisher Action gegeben. Also machte ich mich auf den Weg zur anderen Seite des Hauses, die nicht im Bereich von Kotts Nachtsichtgerät lag, blieb dabei im Schatten und stieg dann über den Zaun. Was nicht leicht, aber immerhin möglich war, weil die schmiedeeisernen Zaunstäbe Verzierungen aufwiesen, die ich wie Sprossen einer Leiter nutzen konnte. Auf der anderen Seite landete ich in einem Blumenbeet und hatte die Hauswand durch einen schmalen Kiesweg getrennt direkt vor mir. Im Erdgeschoss gab es acht Fenster. In Little Joeys Originalentwurf würden sie klein ausgesehen haben, aber ich hätte durch jedes von ihnen aufrecht gehen können.

Ich begutachtete das nächste Fenster. Sein Fensterbrett war für mich brusthoch. Dahinter lag ein verhältnismäßig kleiner Raum. Ein Erker oder eine Nische eines Salons. Oder einer Bibliothek, vielleicht eines Wohnzimmers. Ich ging zum nächsten Fenster. Dahinter entdeckte ich einen Flur. Schon viel besser! Ich sah auch den Fuß einer zehn, elf Meter entfernten Treppe und vermutete, dass der Gang rechts abknickte, um die Haustür zu erreichen. Ich stand still und atmete tief durch. Und noch mal. Dann benutzte ich den Griff der erbeuteten Browning und zerschlug das Fenster – *schepper, schepper, schepper* –, bis das Loch so groß war, dass ich hindurchklettern konnte. Ich rechnete damit, dass Kott diesen Bluff sofort durchschauen würde. Er würde erkennen, dass er hier nachsehen sollte, während ich hinter seinem Rücken durch die Haustür kam. Das würde er voraussehen. Und weil er professionell paranoid war, würde er darin sofort einen doppelten Bluff erkennen und wie geplant zum Fenster laufen, um mich dort abzuwehren. Deshalb entschied ich mich für einen Dreifachbluff. Ich spurtete zur Haustür, weil ich wusste, dass sie noch offen stand. Diese Art Schloss musste man von innen oder außen immer eigens absperren. Und das hatten die vier Flüchtenden nicht getan. Sie waren hastig in den Jaguar gestiegen und mit quietschenden Reifen davongerast.

Die Türklinke war ein protziges Teil: eine übergroße Kopie eines georgianischen Modells und so lang wie der Unterarm der meisten Männer. Drinnen stand ich in einer Eingangshalle mit schwarz-weiß kariertem Marmorboden und einem Kronleuchter von der Größe eines Apfelbaums.

Nirgends eine Spur von Kott.

Was gut war. So konnte ich die Haustür weit geöffnet lassen, um freies Schussfeld zu haben. Hinter der Eingangshalle begann ein langer Flur, an den sich das Treppenhaus anschloss. Das bedeutete, dass der Abschnitt mit dem eingeschlagenen Fenster um neunzig Grad versetzt links vor mir lag.

Ich trat über die Schwelle.

Nirgends eine Spur von Kott.

Glaubte er trotz meines Dreifachbluffs an einen Doppelbluff, stand er jetzt da und starrte die eingeschlagene Scheibe an oder durchsuchte die unmittelbare Umgebung mit all ihren Erkern und Nischen in Bibliothek, Büros und Salons.

Er war links vor mir, in einem Winkel von neunzig Grad.

Ich durchquerte die Eingangshalle und betrat den Korridor. Wie jeder andere Flur war er rechteckig, viel länger als breit, mit typischen Flurmöbeln und hohen Türen, die in die Art Räume führten, die es in großen Häusern immer zu geben schien. Aber ich war schon mehrmals in großen Herrenhäusern gewesen, doch Joeys Villa glich ihnen in keiner Weise. Ich erinnerte mich an Türen in auffällig großen Abständen, hinter denen übergroße Räume lagen, die noch größer wirkten, weil ihre Wände scheinbar endlos weiterführten. Aber Joeys Villa stellte ein in allen Teilen maßstäblich vergrößertes Haus dar. Ihre Zimmer waren riesig, sahen aber nicht so aus, weil die Türen normale Abstände zu haben schienen – nur waren sie fast drei Meter hoch, mit den Zargen sogar noch höher, sodass ihre scheinbar normalen Abstände eine optische Täuschung waren.

Die Marmorquadrate des Fußbodens hätten in jedem Designermagazin eine Seitenlänge von vierzig Zentimetern gehabt, aber in Joeys Haus waren es sechzig. Über ein halber Meter. In einem luxuriösen viktorianischen Herrenhaus wären die Fußbodenleisten dreißig Zentimeter hoch gewesen; in Joeys Villa waren sie fast einen halben Meter hoch. Ein gewöhnlicher Türknopf hätte meinen Oberschenkel getroffen, Joeys Türknöpfe meine Rippen. Und so weiter. Alles zusammen bewirkte, dass ich mir sehr klein vorkam, als wäre ich von einem verrückten Wissenschaftler geschrumpft worden. Vielleicht würden die Aluminiumglasleute sich demnächst damit befassen.

Und ich kam mir langsam vor. Logischerweise dauerte es die Hälfte länger, eine bestimmte Entfernung zurückzulegen. Drei Schritte von A nach B waren in Wirklichkeit viereinhalb. Man fühlte sich so, als wäre man in einer sirupartigen Masse unterwegs. Oder bewegte sich rückwärts. Ständig in Eile, ohne ans Ziel zu gelangen. Als würde man eine nach unten laufende Rolltreppe hinaufrennen. Das war verwirrend, als bewegte man sich in einer neuen Dimension.

Meiner Einschätzung nach machte ich zwei Meter vor der Stelle halt, wo der Korridor links abknickte. Aber es hätten auch drei Meter sein können. Jedenfalls hielt ich den Atem an und horchte, ohne etwas zu hören. Kein Knirschen von Glas, das unter schweren Schritten zersplitterte, kein Öffnen und Schließen von Zimmer- und Schranktüren. Also schob ich mich zentimeterweise bis zur Ecke vor – oder jeweils einen Dreiviertelzentimeter oder anderthalb Zentimeter, das wusste ich selbst nicht mehr. In der linken Hand hielt ich die Browning, in der rechten die Glock – durchgeladen und mit zwölf Schuss im Magazin. Fünf Schuss hatte ich bisher abgegeben: vier auf den Motorraum des Jaguars von Charlies Leibwächtern, einen durch Joey hindurch ins grüne Spielfeld des Bowling Clubs.

Falls Kott damit rechnete, dass sich ein Kopf um die Ecke schob, würde er ihn in normaler Höhe erwarten. Aber was war normal? Augenhöhe bedeutete etwa einen Meter fünfundsechzig, also ungefähr sechzig Prozent normaler Zimmerhöhe. Auf Joeys Spukschloss übertragen waren das fast zweieinhalb Meter.

Also würde Kott hoch über meinen Kopf hinwegstarren. Trotzdem ging ich lieber auf Nummer sicher. Ich kniete mich hin und spähte auf Höhe der Fußbodenleiste um die Ecke, wobei ich mir wegen der ungewöhnlich hohen Leiste nicht mal den Hals verrenken musste.

Ich stellte mir vor, wie meine Stirn und die Augen plötzlich zu sehen sein würden: winzig im Vergleich zu der extravaganten Fußbodenleiste.

Nirgends eine Spur von Kott.

Auf dem Marmorboden lagen Glassplitter. Von der eingeschlagenen Fensterscheibe. Ich sah geschlossene Türen zu Salons, Bibliotheken, Arbeitszimmern. Nur Kott war nirgends auszumachen. Lauerte er hinter einer geschlossenen Tür? Vielleicht war er nie heruntergekommen und wartete oben in der Gästesuite, geduldig wie alle Scharfschützen, mit seinem Barrett Kaliber .50 auf dem Tisch, das genau auf die Tür der Suite zielte.

Ich dachte an die Baupläne, die wir studiert hatten. Die Gästesuite lag im rückwärtigen linken Quadranten des Hauses. Im Prinzip über dem Küchenflügel. Die Treppe hinauf, dann rechts. Ich erhob mich, schaute in alle vier Himmelsrichtungen und atmete tief durch.

Dann nahm ich die Treppe in Angriff.

55

Die Treppe führte an der linken Wand bis auf halbe Höhe hinauf, änderte dort auf einem Treppenabsatz ihre Richtung und verlief an der rechten Wand weiter. Wie alles andere in diesem Haus waren ihre Stufen um die Hälfte höher, sodass ich Mühe hatte, sie zu erklimmen, weil ich den Fuß jedes Mal fünfzig Prozent höher heben musste, als meine Muskeln gewohnt waren. Außerdem war mir klar, dass mein Hinterkopf durch die Stäbe oder Spindeln des Treppengeländers über dem Niveau des Fußbodens im ersten Stock zu sehen sein würde. Kott würde oben lauern und mit liegendem Anschlag unter dem Handlauf hindurchzielen. So konnte er mich von hinten treffen, kurz bevor ich den Treppenabsatz erreichte. Aus nicht mal vier Metern Entfernung. Und ich bestand nicht aus Aluminiumoxynitrid.

Also blieb ich dicht an der Wand und stieg die Treppe rückwärts hinauf, bis ich den Fußboden im ersten Stock selbst sehen konnte. Der Korridor dort war leer. Nirgends eine Spur von Kott. Ich hastete nach oben weiter und erreichte einen Flur, der – außer dass ich hier nicht Marmor, sondern Teppichboden unter den Füßen hatte – genau wie der untere aussah. Ein Teppich wie die Weiten der Prärie und mehrere Türen, jede fast drei Meter hoch. Ein Gang mit weiteren Türen. Alle geschlossen. Zwei links, zwei rechts, eine geradeaus vor mir in der Querwand, die den Flur abschloss. Dahinter musste die Gästesuite liegen, auf die ich geradewegs zugehen würde.

Im Haus eines Riesen geradeaus auf eine Tür zuzugehen hatte den Vorteil, dass der überbreite Korridor viel Bewegungsfreiheit bot. Ein normaler Flur hätte das Schussfeld stark eingeengt, aber fünfzig zusätzliche Prozente gaben mir die Möglichkeit, neben der Mittelachse zu bleiben. Schließlich musste ich damit rechnen, dass Kott etwas vorbereitet hatte. Vielleicht hatte er sein Gewehr so fixiert, dass er blindlings durch die Tür schießen konnte. Vielleicht sogar mit einem Infrarotvisier.

Aber ich erreichte die Querwand, ohne dass ein Schuss fiel, und blieb an die Wand neben der Tür gepresst stehen. Ich drehte meine Browning um und klopfte mit dem Griff an die Tür.

Ich fragte: »Kott? Sind Sie da drin?«

Keine Antwort.

Ich hämmerte lauter an die Tür.

Ich sagte: »Kott? Machen Sie auf!«

Ich erwartete fast, dass er das tat. Ballistisch war sie bereits offen, weil jeder von uns durch sie hätte hindurchschießen können. In seinem Fall hätte er durch praktisch alles schießen können. Das war möglich, wenn er sich allein auf Schallortung verlassen wollte. Wände und Decken existierten für ihn nicht. Er befand sich in einem transparenten Haus.

Aber er würde alles sehen wollen. Garantiert. Ein Mann, der mein Bild an die Wand heftete, um mich tagtäglich anschauen zu können, würde beobachten wollen, wie ich getroffen wurde. Er würde sehen wollen, wie ich zusammenbrach. Vermutlich hatte er sich dieses Bild bei den täglichen Yogaübungen ausgemalt. *Stell dir deinen Erfolg vor.* Er hatte fünfzehn Jahre lang gewartet. Vielleicht ließ er sich jetzt dazu hinreißen, die Tür zu öffnen.

Ich sagte: »Kott, wir sollten miteinander reden.«

Keine Antwort.

Ich sagte: »Kein Schaden, kein Foul. Vergessen Sie mich, vergesse ich Sie. Wir gehen einfach unserer Wege. Sie sollten sich ausnahmsweise mal überwinden. Kein Grund, eine große Affäre daraus zu machen. Ich habe schon viele Kerle hinter Gitter gebracht, aber außer Ihnen hat mir das keiner persönlich verübelt.«

Ich hörte ein Knarren, das ich sekundenlang mit einer Tür in Verbindung brachte, aber es kam aus entgegengesetzter Richtung von der Treppe her. Aus dem Augenwinkel heraus sah ich ein Kind vorbeiflitzen. Sehr schnell. Die Treppe herauf, über den Flur und außer Sicht. Ein kleiner Junge, dachte ich. Wie konnte Bennett vergessen haben, ihn zu erwähnen? Wo war seine Mutter? Was, zum Teufel, ging hier vor?

Ich nahm den Zeigefinger vom Abzug der Glock.

Dann sagte mein Unterbewusstsein: Das war kein Kind! Nicht pummelig oder knochig oder gelenkig, sondern steif und verkrampft wie ein Erwachsener. Ein kleiner Mann, vielleicht nur einen Meter siebzig groß, der unter fünf Meter hohen Decken vor fünfzig Zentimeter hohen Fußbodenleisten an einem anderthalb Meter hohen Treppengeländer vorbeirannte.

Kein kleiner Junge.

John Kott.

Ich versuchte wieder, mich an den Bauplan zu erinnern. Ich wollte alle Einzelheiten sehen. Der Flur im ersten Stock verlief von der Treppe zu einem Panoramafenster über der Haustür – mit zwei Abzweigungen, die zur Gästesuite und dem riesigen Schlafzimmer des Hausherrn führten. Kott war nicht in meine Richtung gelaufen, und ich stellte mir vor, dass er nicht am Erkerfenster herumlungern wollte. Wozu denn auch? Folglich war er in Little Joeys Schlafzimmer.

Unter mir hörte ich eine Stimme. Bennett, der in der Eingangshalle stand. Er rief laut: »Reacher? Alles in Ordnung dort oben?«

Ich rief zurück: »Verpissen Sie sich, Bennett! Sie brauchen sich hier nicht einzumischen!«

Ich horchte auf eine Antwort, die jedoch ausblieb.

Ich wandte mich der Gästesuite zu. Die Tür war nicht abgesperrt. Ich trat ein und blickte mich um. Ähnliche Suiten kannte ich aus Hotels, nur waren sie da nicht so groß. Ein komplett eingerichtetes Apartment. Eine kleine Diele, eine Toilette, eine vollständige kleine Küche, ein Wohnzimmer und zwei gegenüberliegende Schlafzimmer, beide mit eigenem Bad. Das linke Schlafzimmer war leer. Im rechten Zimmer lag Kotts nicht gerade reichliches Gepäck. Ein Rucksack und ein Schlafsack, hatte Nice in Arkansas vermutet und mehr oder weniger recht behalten. Der Schlafsack war abgewetzt und geflickt, und der alte schwarze Lederrucksack enthielt vor allem T-Shirts, Unterwäsche und Munition.

Munition gab es zwei Sorten: Neun-Millimeter-Parabellum oder Wettbewerbsmunition Kaliber .50. Auf den ersten Blick auffällig unterschiedlich. Die Pistolenmunition war klein und zierlich, wie Schmucksteine. Die Gewehrmunition sah wie Munition für die Bordkanone eines Jagdflugzeugs aus. Allein die Patronenhülsen waren zehn Zentimeter lang.

Ich suchte alle nur denkbaren Verstecke ab, ohne eine Pistole zu finden.

Aber ich fand sein Gewehr.

Es lag in einer maßgeschneiderten Tragetasche unter Kotts Bett versteckt. Ein Barrett Light Fifty, das Original aus Tennessee, über anderthalb Meter lang, mit Zielfernrohr und Munition ungefähr dreizehn Kilo schwer. Eine Waffe zum Preis eines guten Gebrauchtwagens. Ich trat das Zielfernrohr schief, weil ich zu mehr nicht Zeit hatte, und lief wieder auf den Korridor hinaus.

Den Bauplänen nach musste ich zehn Meter weit gehen, rechts abbiegen, sechs Meter weitergehen und dann links abbiegen, um in eine Art Vorzimmer des großen Schlafzimmers zu gelangen. Auf dem Plan würde es vermutlich als Nische eingezeichnet sein. Die Schlafzimmertür lag in der dem Korridor zugekehrten Wand. Wie ein Revolverheld in einem alten Schwarz-Weiß-Film behielt ich die Browning in der linken Hand und die Glock 17 in meiner Rechten. Nicht dass ich diese alten Geschichten glaubte. Ich hatte nie jemanden gekannt, der mit zwei Waffen gleichzeitig zielen konnte. Jedenfalls nicht gut. Nein, ich würde mich auf die Glock konzentrieren, als wäre sie meine einzige Waffe, und wenn die Browning dabei ebenfalls losging – ungezielt und unsynchronisiert –, war das umso besser. Es konnte nicht schaden.

Ich bog um die erste Ecke. Weit vor mir hatte ich das Panoramafenster, aber ich verstand mich allmählich besser darauf, die Abmessungen des Spukschlosses richtig einzuschätzen. Mit der Glock zielte ich auf die nächste Ecke des Vorraums – in einer Höhe, die mit knapp anderthalb Metern drei Fußbodenleisten und damit der Höhe von Kotts Brustkorb entsprach. Hier war ich fünf Meter weit von der Tür entfernt, und das Neun-Millimeter-Parabellum war ein schnelles kleines Geschoss. Trat Kott aus der Tür, wäre er in ungefähr einer Achtzigstelsekunde tot. Dazu kam noch meine Reaktionszeit. Aber die würde sehr kurz sein. Das stand fest.

John Kott trat nicht heraus. Ich erreichte den Vorraum. Die Schlafzimmertür war geschlossen. Fast drei Meter hoch, mit der Zarge sogar höher, der Türknauf in Rippenhöhe.

Dahinter war eine Frauenstimme zu hören.

Keine Worte. Unverständliches. Kein Schreien oder Stöhnen, sondern ein frustriertes Keuchen. Sie wollte etwas tun, etwas haben oder etwas ergreifen, das außerhalb ihrer Reichweite lag. Nur war *wollen* das falsche Wort. Sie war nicht irritiert, sie war verzweifelt. Sie *musste* etwas tun, etwas haben oder etwas ergreifen.

Aber das konnte sie nicht.

Ich trat einen Schritt zurück und rief über eine Schulter hinweg: »Bennett? Sind Sie noch dort unten?«

Keine Antwort.

Plötzliche Stille im Schlafzimmer.

Ich trat etwas zur Seite – für den Fall, dass er durchs Holz schoss.

Das geschah nicht.

Wie bringt man sie dazu, freiwillig rauszukommen? Das weiß niemand. Kein Mensch hat es je gewusst. Normalerweise hätte ich mit dem Rücken zur Wand dagestanden und die Tür ungesehen auf Armeslänge aufgedrückt, aber dafür waren Joeys Türen viel zu breit. Also verhielt ich mich wie der flinke kleine Kerl, der ich in dieser Umgebung war: Ich trat vor, drehte den Türgriff nach rechts, stieß die Tür mit einem Fuß auf, sprang zurück und zielte.

Und schoss. Und traf John Kott in der Stirnmitte. Aber leider nicht wirklich. Nur sein Bild in einem Spiegel an der Seitenwand. Der Schuss knallte und löste eine Kaskade aus silberbeschichtetem Glas aus, dann herrschte wieder Stille, bis Kott aus einer anderen Ecke des Raums fragte: »Was ist aus der Idee geworden, dass wir alles vergessen und unserer Wege gehen?«

Ich hatte seine Stimme sechzehn Jahre nicht mehr gehört, aber sie war unverkennbar. Die gedehnte Sprechweise eines Mannes aus den Ozark Mountains, der missmutige Tonfall, der beleidigte Unterton.

Ich sagte: »Sie haben nicht darauf geantwortet.«

»War keine Antwort wert.«

»Wer ist dort drinnen bei Ihnen?«

»Wollen Sie nicht reinkommen und selbst nachsehen?«

Ich stellte mir erneut den Bauplan vor und sagte: »Sie sind im ersten Stock eines riesigen Hauses. Ich blockiere Ihren einzigen Ausgang. Und ich habe gerade einen Schuss abgegeben, den alle Nachbarn gehört haben müssen. Binnen fünf Minuten marschiert draußen eine Hundertschaft Cops auf. Ohne Essen können Sie ungefähr drei Wochen durchhalten. Aber was machen Sie dann?«

Er sagte: »Die Cops kommen nicht.«

Ich fragte: »Glauben Sie?«

»Bennett sagt ihnen, dass *er* geschossen hat.«

»Was wissen Sie über Bennett?«

»Mehr als Sie ahnen.«

»Wer ist dort drinnen bei Ihnen?«

»Ich hätte sie Ihnen im Spiegel gezeigt, aber den haben Sie zerschossen. Deshalb müssen Sie jetzt reinkommen.«

Ich machte einen Schritt zurück und rief über die Schulter: »Bennett? Sind Sie noch da unten?«

Keine Antwort.

Ich trat wieder an die Tür und sagte: »Sie wissen vermutlich, dass Little Joey nicht mehr unter uns weilt. Und Sie wissen, dass seine Männer getürmt sind. Also kann ich so lange hierbleiben, wie's sein muss. Dann verhungern Sie, auch wenn keine Cops kommen.«

»Und dann klebt das Blut einer Unschuldigen an Ihren Händen. Weil ich hier nicht allein bin. Aber das wissen Sie längst, stimmt's?«

Und dann murmelte er etwas, das nicht für mich bestimmt war, vielleicht eine Aufforderung. Und ich hörte wieder die Frauenstimme, noch immer undeutlich, aber diesmal kein frustriertes Keuchen, sondern ein gedämpfter Schrei. Sie war geknebelt. Und wenn sie geknebelt war, war sie bestimmt auch gefesselt.

Die Frau schrie noch mal.

Ich fragte: »Soll mich das beeindrucken?«

Kott sagte: »Das hoffe ich.«

»Was bin ich, ein Sozialarbeiter?«

Der Schrei wiederholte sich: lange und laut, durch den Knebel gedämpft. Er ging in ein blubberndes Schluchzen voller Kummer und Schmerz, Enttäuschung und Empörung über.

Kott sagte: »Mich beeindruckt das jedenfalls sehr, muss ich sagen.«

Dem Bauplan nach war das Zimmer fast zehn mal zehn Meter groß – mit dem Bad links und einem Ankleideraum rechts.

Ich blieb stehen, wo ich war, und starrte in den Spiegel, der mir jedoch nichts zeigte außer einer grob verputzten Wand, die nicht hätte sichtbar sein sollen. Aber als der Spiegel noch unversehrt war, hatte er mir Kott gezeigt. Mein Winkel war ziemlich spitz, also war auch seiner ziemlich spitz. Die beiden mussten gleich sein. Das lernte man im Physikunterricht der Highschool. Vermutlich stand das Bett mit dem mir zugekehrten Kopfende gleich hinter der Wand, und ein Bett war der passende Platz für eine geknebelte und gefesselte Frau. Dann saß Kott wahrscheinlich am Bettende. Das klang alles vernünftig, bis ich die Winkel kontrollierte und dabei feststellte, dass er mir am Bettende sitzend zu nahe gewesen wäre. Ungleiche Winkel. Nicht möglich. Dann fiel mir ein, dass Little Joeys Bett bestimmt über zweieinhalb Meter, vielleicht sogar drei Meter lang war. So stimmte wieder alles.

Ich trat noch etwas näher an die Schlafzimmertür. Obwohl ich nichts vom Bauen oder von Baubeschlägen verstand, hatte ich Augen und ein gutes Gedächtnis, das mir sagte, dass alle Türangeln, die ich jemals gesehen hatte, einen Dorn oder Bolzen mit gut einem Zentimeter Durchmesser gehabt hatten. Folglich mussten die Bolzen von Joeys Angeln fast zwei Zentimeter stark und so geformt sein, dass sie ihre Aufgabe erfüllten, die darin bestand, das Türblatt vom Türrahmen zu heben und es aufschwingen zu lassen. Eine Überschlagsrechnung besagte, der Spalt zwischen Türblatt und Rahmen müsse bei genau neunzig Grad Öffnung am größten sein. In diesem Fall wären das gut zweieinhalb Zentimeter gewesen. Aber die Tür stand nicht neunzig, sondern nur dreißig Grad weit offen. Vielleicht ein paar Grad weiter. Das bedeutete, dass der Spalt zwischen Türblatt und Rahmen etwas über zehn Millimeter breit war.

Und ein Neun-Millimeter-Geschoss hatte neun Millimeter Durchmesser.

56

Ich hielt mein Auge von dem Türspalt fern, wie ein Scharfschütze sein Auge vom Zielfernrohr fernhält, weil ich nicht wollte, dass Kotts Unterbewusstsein durch eine plötzliche Verdunklung oder das Pfeifen ausgeatmeter Luft in dem engen Spalt alarmiert wurde. Kott saß halb der Tür zugewandt tatsächlich am Bettende. Er sah mindestens sechzehn Jahre älter aus. Er hatte Falten um die Augen, tiefere um die Mundwinkel. Er wirkte erschöpft und ausgelaugt. Zu einer braunen Hose trug er ein braunes Hemd – billige Sachen, als hätte ich sie gekauft. Seine Hände lagen locker in seinem Schoß. Er hielt eine Pistole: eine Browning High Power, die hierzulande bevorzugte Waffe.

Neben ihm auf dem Bett lag eine mir unbekannte nackte Frau. Ihre Haut war weiß, ihr Haar blond. Sie konnte irgendwo zwischen achtzehn und vierzig sein. Ihre Arme waren hinter dem Rücken, ihre Beine an den Knöcheln gefesselt. In ihrem Mund steckte ein Knebel.

Ihre Arme waren so verdreht, dass die Innenseiten der Ellbogen nach außen zeigten. Sie boten keinen schönen Anblick. Grüne und gelbe Flecken, Narben und blutunterlaufene Einstiche.

Kott griff nach einer Spritze und zeigte sie ihr, dann hielt er sie an den Ellbogen. Sie verdrehte den Kopf und beobachtete ihn mit großen Augen. Kott berührte ihre Haut mit der Nadel. Sie starrte und starrte, hoffte und hoffte.

Kott nahm die Nadel wieder weg.

Die Frau sank zurück und ließ den gleichen Laut wie zuvor hören. Kummer, Enttäuschung und Schmerz. *Sie musste etwas haben. Aber es wurde ihr vorenthalten.*

Ich machte einen großen Schritt zurück, blieb dabei genau

auf der Linie, steckte die Browning in meine linke Hüfttasche, stand breitbeinig da, hob die Glock mit zwei Händen – eine lockere, natürliche Bewegung, die ich schon tausendmal ausgeführt hatte – und schoss durch den Spalt auf den wirklichen John Kott, nicht nur sein Spiegelbild. Und ich traf ihn wieder genau in der Stirnmitte. Gut viereinhalb Meter. Eine Achtzigstelsekunde. Ich sah eine sofort entstehende saubere schwarze Eintrittswunde, bevor im nächsten Augenblick sein Hinterkopf wegflog, was unordentlicher war. Dann machte der Schussknall mich kurzzeitig benommen, während Kott dasaß, still wie eine Statue, und dasaß und dasaß, bis er endlich zur Seite kippte und vom Bett fiel.

Für Kotts Zustand interessierte ich mich nicht. Er war aufs Gesicht gefallen, und ich konnte in seinen Schädel blicken, was mir alles sagte. Stattdessen durchsuchte ich seine Taschen, in dem ich ein Smartphone wie meines fand. Dann befreite ich die Blondine von ihren Fesseln und zog den Knebel aus ihrem Mund. Als ich mich halb abwandte, um einen Bademantel, ein Laken oder ein Handtuch zu suchen, mit dem sie sich bedecken konnte, stieß sie mich beiseite, schnappte sich die Spritze und stach die Nadel in ihren Arm.

Sie schloss die Augen und drückte den Kolben langsam, langsam ganz hinunter.

Sie wartete.

Dann gab sie Laute von sich, die ich noch nicht von ihr gehört hatte: ein zufriedenes Summen, ein schläfriges Kichern, ein glücklich entspanntes Gähnen.

Sie stand auf: wie in Zeitlupe und benommen, etwas unsicher auf den Beinen.

Sie sagte: »Ich will weg von hier.«

Sie sprach mit osteuropäischem Akzent. Vielleicht kam sie

aus Lettland oder Estland. Jedenfalls war sie nicht leicht zu verstehen.

Ich sagte: »Ziehen Sie die Nadel aus Ihrem Arm.«

Das tat sie und ließ die Spritze achtlos zu Boden fallen.

Ich fragte: »Wo sind Ihre Sachen?«

Sie sagte: »Ich habe keine.«

Also ging ich ins Bad und fand ein Badetuch von der Größe eines Doppelbetts. In Little Joeys Welt vermutlich nur ein gewöhnliches Handtuch. Ich nahm es mit und hängte es der Blondine um. Sie begriff, was sie tun sollte, und wickelte sich darin ein.

Ich fragte: »Wie heißen Sie?«

Sie sagte: »Erst will ich das Geld haben.«

Sie taumelte leicht. Ich steckte meine Glock ein, ergriff ihren Ellbogen und stützte sie. Ich fragte: »Können Sie gehen?«

Sie holte tief Luft, und ich sah an ihren Lippen, dass sie Ja sagen wollte, aber dann verdrehte sie die Augen und kippte mit einem weiteren zufriedenen Laut um. Ich fing sie eben noch rechtzeitig auf, hielt sie in den Armen und überlegte mir, sie hinunterzutragen und irgendwo zu deponieren, bis ich Bennett fand. Sobald Nice und ich fort waren, konnte er einen Krankenwagen rufen. Sie brauchte keine sofortige Betreuung und würde keine benötigen, bevor sie von ihrem High herunterkam.

Ich hob sie mit beiden Armen hoch, wie es für sie und mich am bequemsten war, trug sie in den eigenartigen kleinen Vorraum hinaus und bog auf den Korridor ab. Dort stand ich plötzlich Charlie White gegenüber. Er hielt eine Pistole in der Hand, wieder eine Browning High Power, und zielte damit auf meinen Kopf.

57

Charlies guter schwarzer Anzug war nach meiner Geraden in sein Gesicht vorn mit Blut getränkt. Ob seine Knollennase gebrochen oder nur gequetscht war, ließ sich schwer beurteilen. Sein Haar stand nach allen Richtungen ab. Aber er war auf den Beinen. Nicht schlecht für einen Siebenundsiebzigjährigen.

Ich sagte: »Sie haben mich belogen. Sie haben gesagt, Sie hätten keine Waffe.«

»Das hat gestimmt«, sagte er. »Die hier gehört Little Joey. Ich weiß, wo er sie aufbewahrt.«

»Aufbewahrt hat«, sagte ich. »Er bewahrt nichts mehr auf.«

»Ja, ich weiß. Ich habe ihn gefunden.«

»Schwer zu übersehen.«

»Legen Sie die Nutte ab.«

Was ich bereitwillig tat, weil ich so die Hände frei haben würde. Ich legte die Frau sanft auf den Teppichboden. Ihr Kopf rollte zur Seite, als beobachtete sie Charlie.

Er sagte: »Sie ist echt gut. Mit ihr kann man stundenlang Spaß haben. Für einen Fix tut sie alles. Buchstäblich alles. Sie macht, was einem nur einfällt. Das muss man gesehen haben!«

Dann verlegte er seinen Zielpunkt auf meine Brustmitte. Er stand ungefähr zweieinhalb Meter von mir entfernt. Weniger als eine Hundertstelsekunde. Er sagte: »Breiten Sie die Arme weit aus, als wollten Sie fliegen.«

Dies war der Augenblick der Wahrheit. Hände hoch, Hände auf den Kopf oder vor dem Körper zusammengelegte Hände … jeder dieser Befehle wäre konventionell gewesen, bevor er mich fesselte oder damit er in Ruhe über seinen nächsten Schritt nachdenken konnte. Aber ausgestreckte Arme waren die Vorstufe einer Hinrichtung. Sie bedeuteten, dass ich ein, zwei, drei, vier, fünf, sechs flüssige Bewegungen von meiner Rettung entfernt war. Hände runter, nach hinten greifen, die Waffen ziehen, Hände hochreißen, zielen und abdrücken. Auch wenn der alte Knabe noch so langsam und verwirrt war, würde er mich umlegen, bevor ich an die Pistolen herankam. Zweieinhalb Meter. *Blitz, Spiel vorbei,* nichts dazwischen. Theoretisch würde ich das Mündungsfeuer sehen. Licht ist schneller als jedes Geschoss. Das Mündungsfeuer würde aufleuchten, sobald das Geschoss ungefähr zwanzig Zentimeter zurückgelegt hatte, und das Licht würde meine Augen erreichen, lange bevor mein Körper getroffen wurde. Ob ich noch Zeit haben würde, *Hey, das sieht wie Mündungsfeuer aus!* zu denken, war eine andere Frage.

Vermutlich nicht.

Charlie sagte: »Breiten Sie die Arme aus.«

Hinter ihm bewegte sich etwas. Ein Schatten auf der Treppe.

Ich sagte: »Seien Sie vernünftig, Charlie. Sie sollten sich zur Ruhe setzen.«

Der Schatten bewegte sich erneut. Auf der Treppe war jemand, der ganz langsam und lautlos heraufkam. Vor einer Tischlampe, die auf einem Sideboard unten im Korridor stehend einen langen Schatten warf. Mir wurde jetzt klar, dass ich von oben zu sehen gewesen wäre, lange bevor mein Kopf tatsächlich in Sicht kam.

Ich sagte: »Dies ist kein Spiel für alte Männer, Charlie. Und Sie haben gerade die nächste Generation eingebüßt. Die Zeiten ändern sich. Sie müssen aussteigen, solange Sie noch können.«

Er sagte: »Die Zeiten ändern sich ständig. Meistens zum Schlechteren.« Sein Nicken galt der Pistole in seiner Hand. »Nichts ist mehr wie früher, seit diese Dinger eine gute altmodische Tracht Prügel ersetzt haben.«

Der Schatten bewegte sich wieder. Jemand kam die Treppe herauf, lautlos, machte einen großen Schritt nach dem anderen, jeweils dreißig Zentimeter auf einmal.

Ich sagte: »Also wird's Zeit auszusteigen.«

»Nicht unbedingt«, entgegnete Charlie. »Joey ist kein großer Verlust. Wir sind ohnehin dabei, uns neue Tätigkeitsfelder zu erschließen. Computern gehört die Zukunft. Mit Kreditkartenbetrug ist heutzutage mehr zu verdienen.«

Der Schatten wurde zu einem Kopf und Schultern. Er schob sich weiter nach oben. Mal für Mal dreißig Zentimeter. Ich behielt Charlie weiter fest im Blick. Um ihm keinen Hinweis zu geben, verließ ich mich allein auf mein peripheres Sehen.

Er sagte: »Sie sollen die Arme ausbreiten.«

Ich fragte: »Wer beerbt Joey?«

»Warum wollen Sie das wissen?«

»Ich denke nur, wie schwierig es sein wird, dieses Haus zu verkaufen. Der infrage kommende Käuferpool dürfte ziemlich klein sein. Oder groß, je nachdem, aus welchem Blickwinkel man die Sache sieht.«

Der Schatten wurde noch größer. Ein Kopf, Schultern, ein Oberkörper glitten über Setz- und Trittstufen hinweg. Wie eine überfahrene und platt gedrückte, den Stufen angepasste Comicfigur.

Ich sagte: »Sie sollten an die Serben verkaufen. Bevor die alles umsonst übernehmen.«

Aus dem Augenwinkel heraus sah ich Haare und eine Stirn. Blondes Haar. Grüne Augen und ein herzförmiges Gesicht. Sie kam wie zuvor ich rückwärts die Treppe herauf.

Cleveres Girl.

Charlie sagte: »Die Serben übernehmen gar nichts. Sie bleiben wie schon immer draußen im Westen.«

Ich fragte: »Sie wollen sich Libors Geschäft mit ihnen teilen?«

Er gab keine Antwort.

Am Rand meines Blickfelds sah ich sie jetzt von der Taille aufwärts. Ihre Glock 19 hielt sie fast schulterhoch in der Rechten.

Ich sagte: »Sie haben also nicht vor, sich Libors Geschäft mit ihnen zu teilen. Glauben Sie, dass die Serben sich das gefallen lasen?«

»Wir waren zuerst da.«

»Aber wer war vor Ihnen da? Was Sie heute besitzen, haben Sie anderen weggenommen, richtig? Wer immer diese anderen waren. Das kann ich mir gut vorstellen. Damals, als Sie ein kraftstrotzender junger Mann waren. Daran erinnern Sie sich, nicht wahr? Genau das sind die Serben heute. Lassen Sie sich lieber auszahlen, wenn es ein Angebot gibt.«

Sie erreichte den Treppenabsatz. Hatte die Hundertachtzig-Grad-Wende vor sich. Nahm die zweite Hälfte in Angriff.

Charlie sagte: »Ich bin nicht hier, um übers Geschäft zu diskutieren.«

Sie bewältigte die erste Stufe. Dreißig Zentimeter.

Ich fragte: »Wozu sind Sie also hier?«

Noch eine Stufe. Wieder dreißig Zentimeter.

Charlie sagte: »Es gibt Regeln. Sie haben gegen praktisch alle verstoßen.«

Ich sagte: »Nein, ich habe Ihnen geholfen. Ich habe ein paar unbrauchbare Leute aussortiert. Darwinismus in Aktion. Sie haben eine schwache Crew, Charlie. Ich erkenne kaum Talente. Und ich sehe keinen, der clever genug für Kreditkartenbetrug wäre.«

»Wir kommen schon zurecht. Machen Sie sich keine Sorgen um uns.«

Sie betrat den oberen Korridor. Nun war sie sechs Meter von Charlie entfernt. Er hatte eine massige Gestalt mit runden Schultern. Und breitem Rücken. Sechs Meter vor ihr.

Ich schieße durchschnittlich gut und habe keine Erfahrung im Nahkampf.

Ich sagte: »Sie wissen alles über Ihr Geschäftsmodell, das auf

Bestechung basiert. Sobald Sie die Zahlungen einstellen, nehmen die Serben Sie auseinander.«

Sie schlich näher. Lautlos über den Teppichboden. Noch ungefähr fünf Meter.

Ich dachte: *Noch näher. Dann auf die Körpermitte zielen. Alles so einfach wie möglich. Keinen Kopfschuss.*

Charlie sagte: »Ich stelle die Zahlungen niemals ein. Wozu denn auch?«

Ein weiterer lautloser Schritt. Viereinhalb Meter.

Sie stand still.

Zu weit!

Sie hob die Glock.

Ich fragte: »Haben Sie schon oft mit der Pistole geschossen, Charlie?«

Sie hielt den Atem an.

»Das FBI hat Zahlen dazu veröffentlicht. Nach Auswertung von Tausenden von Fällen. Die durchschnittliche Entfernung für den erfolgreichen Einsatz von Handfeuerwaffen beträgt knapp dreieinhalb Meter.«

Sie ließ die Glock sinken.

Charlie sagte: »Ich bin schon näher an Ihnen dran.«

Sie machte einen weiteren Schritt.

Ich nickte. »Ich meine ja nur. Die Sache sieht schwieriger aus, als sie ist. Aber das muss nicht sein. Die meisten Leute sind zu verkrampft. Dabei sollten sie sich entspannen. Alles muss ganz natürlich ablaufen. Als ob man mit einem Finger auf etwas zeigt. Dann trifft man immer.«

Charlie sagte: »Natürlich treffe ich. Aber vielleicht sollte ich absichtlich schlecht zielen. Sie erst mal nur verletzen. Um Ihnen eine Lehre zu erteilen.«

Sie machte einen weiteren Schritt. Damit war sie bis auf zweidreiviertel Meter heran.

Ich sagte: »Ich brauche keine Belehrung.«

»Jemand sollte Ihnen Manieren beibringen.«

Wieder ein Schritt.

Sie war nur noch zweieinviertel Meter hinter ihm.

Ich sagte: »Machen Sie sich meinetwegen keine Sorgen, Charlie, mir geht's klasse.«

Er sagte: »Vielleicht früher. Aber im Augenblick sieht's nicht danach aus.«

Sie hob den rechten Arm und umklammerte ihr Handgelenk mit der linken Hand. Die Pistolenmündung war nur eineinviertel Meter von seinem Rücken entfernt. Nun fing ich an, mir Sorgen zu machen. Wegen aller möglichen Dinge. Er konnte sie riechen. Er konnte die Pistole riechen. Er konnte eine Art Störung in seiner nächsten Umgebung wittern. Aus irgendeinem primitiven Instinkt heraus. Siebenhundert Jahre Evolution für jedes Jahr der Moderne. Und wenn sie aus dieser Nähe schoss, würde das Geschoss seinen Körper durchschlagen und mich genauso umnieten, als wenn er geschossen hätte.

Ich sah ihm in die Augen und sagte: »In einer Sekunde falle ich zu Boden.«

Charlie fragte: »Was?«

Und ich tat, was ich angekündigt hatte. Ich sackte zusammen wie ein Mantel, der vom Kleiderbügel rutscht, und sie schoss ihm aus eineinviertel Meter in den Rücken, und ich sah eine dünne Säule aus Fleisch und Blut aus seiner Brust austreten, und das Panoramafenster hinter mir zersplitterte, und ich landete neben der Frau in dem Badetuch, die sich im Schlaf bewegte und mir einen Arm um den Hals schlang und mich aufs Ohr küsste und »O Baby« sagte.

58

Keine drei Minuten später befanden wir uns im Fond eines minzgrünen Vauxhall. Vorn saß das Paar, das uns die Computer gebracht hatte. Die Frau und der Mann, beide schweigsam und zurückhaltend, beide auch mit diesem undankbaren Auftrag zufrieden. Gute Teamspieler. Bennett war in Little Joeys Haus geblieben, und ich rechnete nicht damit, dass wir uns jemals wiedersehen würden.

Wir hatten Chigwell in Richtung East Anglia verlassen. Auf der Autobahn M11, wie wir auf Verkehrsschildern lesen konnten. Unser Ziel war der RAF-Stützpunkt Honington in der Nähe von Thetford. Anderthalb Stunden, hatte Bennett versprochen, aber ich rechnete mit weniger. Die Frau fuhr sehr rasant. Das Land um uns herum wirkte flach. Strategisch gesehen stellte Großbritannien einen permanent vor Europa ankernden Flugzeugträger mit reichlich Platz für Flugdecks dar.

Die RAF Honington erwies sich als riesiger Flugplatz, von dem nachts jedoch nicht allzu viel zu sehen war. Die Frau fuhr durchs Tor und geradewegs aufs Vorfeld hinaus. Genau wie der SEAL in McChord, was sehr lange zurückzuliegen schien. Auch sie hielt nach einem schwungvollen Halbkreis vor der Fluggasttreppe eines Geschäftsreiseflugzeugs. Sobald wir ausgestiegen waren und die Türen geschlossen hatten, fuhr der minzgrüne Vauxhall davon.

Der zweistrahlige Jet sah O'Days Gulfstream ähnlich – klein, schnittig und elegant –, aber er war glänzend dunkelblau lackiert, hatte unter einem goldenen Zierstrich eine blassblaue Unterseite und trug den Schriftzug *Royal Air Force* über den Fenstern. In der ovalen Kabinentür über uns erschien ein Mann in RAF-Uniform. Er sagte: »Sir, Madam, bitte kommen Sie an Bord.«

Drinnen gab es kein cognacfarbenes Leder, keine Walnusspaneele. Stattdessen war das Leder schwarz, und die Paneele schienen aus Kohlefaser zu bestehen. Nüchtern, aber sportiv. Eine ganz andere Atmosphäre. Vielleicht wie in einem modernen Bentley. Der Steward teilte uns mit, die letzte Passagierin habe dem Königshaus angehört. Eine Herzogin von irgendwas. Vielleicht von Cambridge. Dabei musste ich wieder an MI6 und MI5 und alles andere dazwischen denken. Nice und ich nahmen einander zugewandt auf beiden Seiten des Mittelgangs Platz. Der Uniformierte verschwand, und drei Minuten später befanden wir uns in der Luft, stiegen steil hoch und nahmen Kurs auf Amerika.

Wir bekamen eine Mahlzeit, dann zog der Steward sich in ein diskretes Kämmerchen zurück und ließ uns allein. Ich sah zu Nice hinüber, die mir so nahe war, dass ich sie hätte berühren können, und sagte: »Danke für alles.«

Sie sagte: »Oh, bitte sehr.«

»Alles in Ordnung mit dir?«

»Wegen Charlie White? Ja und nein.«

Ich sagte: »Konzentrier dich auf das für dich Positive.«

»Das tue ich«, meinte sie. »Wie er über die arme Frau geredet hat! Ich hab unten alles mitgehört. Sie haben sich einen Spaß daraus gemacht, sie zu quälen.«

»Denk auch an den Waffenhandel, den Drogenschmuggel und die Wucherzinsem.«

»Aber wir sollten nicht Richter, Geschworene und Scharfrichter in einer Person sein.«.

»Warum nicht?«

»Wir sind angeblich zivilisiert.«

»Das sind wir«, sagte ich. »Sehr zivilisiert. Wir fliegen im Jet einer Herzogin. Sie sind nicht zur Weltherrschaft aufgestiegen, weil sie nett waren. Wir übrigens auch nicht, als die Reihe an uns war.«

Sie schwieg.

Ich sagte: »Immerhin hast du bewiesen, dass du einsatztauglich bist.«

»Ohne Tabletten, meinst du? Willst du mir wieder raten, den Dienst zu quittieren?«

»Ich will dir nichts raten, sondern dir nur danken. Du hast mir das Leben gerettet. Iss meinetwegen so viele Tabletten, wie du willst. Aber sei dir wenigstens darüber im Klaren, weshalb. Eigentlich ist die Sache ganz logisch. Du machst dir Sorgen wegen deiner beruflichen Leistungen und deiner Mutter, aber nur eine Sorge ist berechtigt, folglich schluckst du die Tabletten, weil deine Mutter krank ist. Was in Ordnung ist. Nimm sie, solange du sie brauchst. Aber deine Fähigkeiten darfst du nicht anzweifeln. Die sind etwas anderes. Du bist in deinem Beruf gut. Die nationale Sicherheit ist ungefährdet. Im Gegensatz zu deiner Mutter.«

Nice sagte: »Ich gehe nicht zur Army. Ich bleibe, wo ich bin.«

»Das solltest du auch tun. Du weißt, was wirklich passiert ist. Du hast einen großen Schritt nach vorn gemacht. Jetzt bist du schwerer zu täuschen.«

Wir flogen mit der Sonne um die Wette, blieben aber hinter ihr zurück und landeten um zwei Uhr auf Pope Field. Unsere Maschine rollte endlos lange aus und hielt dann vor einem kleinen Verwaltungsgebäude, an dessen Fassade *47th Logistics, Tactical Support Command* zu lesen war. Die Triebwerke wurden abgestellt, der Uniformierte öffnete die Kabinentür und klappte die Fluggasttreppe aus.

Er sagte: »Sir, Madam, Sie wollen zu der roten Tür, glaube ich.«

»Danke«, sagte ich. Ich zog die dicken Rollen mit Pfundnoten aus Romford und Ealing aus der Tasche und drückte sie dem Kerl in die Hand. Ich sagte: »Organisieren Sie eine Party in der Messe. Laden Sie die Herzogin ein.«

Dann folgte ich Nice die Treppe hinunter und im Halbdunkel zu der roten Tür hinüber.

Die rote Tür ging auf, als wir noch drei Meter von ihr entfernt waren, und Joan Scarangello trat ins Freie. Sie hielt ihren Aktenkoffer in der Hand. Sie hatte auf uns gewartet, wollte das aber nicht eingestehen. Stattdessen versuchte sie den Eindruck zu erwecken, sie sei nach einem langen Tag im Büro auf dem Weg nach Hause.

Sie blieb stehen, schaute mich an und sagte: »Ich nehm's zurück.«

»Was nehmen Sie zurück?«

»Sie haben sehr gute Arbeit geleistet. Die britische Regierung ist uns offiziell dankbar.«

»Wofür?«

»Dank Ihrer Unterstützung konnte ihr Agent die Angelegenheit zu einem sehr befriedigenden Abschluss bringen.«

»Bennett?«

»In seinem Bericht stellt er fest, dass er's ohne Sie nicht hätte schaffen können.«

»Wie lange waren wir in der Luft?«

»Sechs Stunden fünfzig Minuten.«

»Und er hat schon einen Bericht geschrieben?«

»Er ist Brite.«

»Was hätte er nicht ohne mich geschafft?«

»Er hat Kott im Haus eines Londoner Gangsters liquidiert. In das er auf Ihren Vorschlag hin eingedrungen ist. Daher die Dankbarkeit. Unterwegs musste er einige Gangster ausschalten, darunter zwei prominente Bosse, sodass Scotland Yard ebenfalls dankbar ist, und weil einiges von dem, was er geschrieben hat, uns in vorteilhaftem Licht zeigt, bin ich davon überzeugt, dass wir in Zukunft noch besser zusammenarbeiten werden.«

Ich sagte: »Er behauptet, dass sie Ihre Nachrichten mitlesen.«

Sie sagte: »Das wissen wir.«

»Ohne Scheiß?«

»Wir haben insgeheim ein neues Netz aufgebaut. Es ist in den Übermittlungen von Wettersatelliten versteckt. Über die reden wir. Aber wir haben das alte System beibehalten. Diese Nachrichten lesen sie mit. Wir füttern sie mit lauter nutzlosem Zeug.«

Ich schwieg.

Sie sagte: »Wir sind nicht zur Weltherrschaft aufgestiegen, weil wir dumm sind.«

Und dann ging sie mit dem Aktenkoffer in einer Hand davon – in ihren guten Schuhen, ihren dunklen Nylons und ihrem schwarzen Kostüm. Und ich sah ihr dreißig Meter weit nach, was ich durchaus als angenehm empfand, weil alles gut zusammenpasste, vor allem die Nylons und der Rock, und dann verließ sie den letzten Lichtkreis und wurde von der Dunkelheit verschluckt. Ich hörte ihre Absätze noch einige Sekunden lang klappern, bis Casey Nice die rote Tür aufzog und wir eintraten.

Der Büfettraum war leer. Kein Gebäck, kein Kaffee. Alles bei Dienstschluss abgeräumt, um morgens neu geliefert zu werden. Wir gingen rasch nach oben: auf einer Treppe mit Standardmaßen leicht und mühelos. Shoemakers Dienstzimmer war leer. Der Besprechungsraum war leer. Aber bei O'Day brannte Licht.

Er saß am Schreibtisch in seinem Blazer mit dem Pullover darunter. Lesend auf beide Ellbogen gestützt. Sein Kopf war gesenkt, und er schaute zu uns auf, ohne ihn zu heben.

Er sagte: »Die Nachbesprechung findet morgens statt.«

Wir warteten.

Er sagte: »Eine Frage habe ich allerdings schon jetzt. Wieso sind Sie mit der RAF zurückgeflogen? Unsere eigene Maschine hat für Sie bereitgestanden.«

Ich setzte mich auf einen Klappstuhl in Marineblau. Casey Nice nahm neben mir Platz. Ich sagte: »Dürfen wir vorab auch eine Frage stellen?«

»Gegen einen fairen Tausch ist nichts einzuwenden, denke ich.«

»Wir sind nur so zum Spaß mit der RAF zurückgeflogen. Wir wollten sehen, wie die andere Hälfte lebt.«

»War das alles?«

»Bennett, dem vieles in den Schoß gefallen ist, sollte ein bisschen arbeiten müssen.«

Ich sah, wie er sich entspannte.

Ich sagte: »Unsere Frage lautet: ›Warum konnten weder die NSA noch das GCHQ die Geldgeber aufspüren?‹«

Ich sah, wie seine Haltung sich verkrampfte.

Er gab keine Antwort.

Ich sagte: »Hier geht's um ein Jahr Miete für Kotts Haus, seinen Lebensunterhalt, sein Honorar, das teure Gewehr, die viele Munition, den Nachbarn, den Privatjet nach Paris, was die Vietnamesen gekostet haben und die beiden Londoner Banden und sein späterer Heimflug. Das sind nicht gleich ein paar Millionen Dollar, aber bestimmt mehr, als der elfte September gekostet hat. Deshalb müssten ihre Computer darauf angesprochen haben. Und diese Leute sind clever. Und motiviert dazu, weil Misserfolge auch ihnen angelastet werden. Weil alles mit Geld beginnt. Wieso konnte es dann niemand finden?«

»Keine Ahnung.«

»Weil es nie da war.«

»Es muss existiert haben. Kein Geld, kein Unternehmen.«

»Genau. Es hat keines gegeben.«

»Haben Sie einen Schlag über den Schädel bekommen? Sie haben selbst mitgeholfen, dieses Unternehmen zu vereiteln. Sie haben Kott drei Meilen vom Einsatzort entfernt aufgespürt.«

Ich sagte: »Das erste Geschoss sollte das Glas zersplittern lassen. Das zweite Geschoss sollte den Kerl tödlich treffen. Aber es hat keinen zweiten Schuss gegeben.«

»Weil das Glas nicht zersplittert ist.«

»Aber das hat keine Rolle gespielt. Lassen wir das zweite Geschoss vorerst aus dem Spiel. Ob das Glas zersplittern würde oder nicht, war ein zukünftiges Ereignis. Sie haben das Video aus Paris gesehen. Wie lange haben die Personenschützer nach dem Einschlag gebraucht, um den Präsidenten zu erreichen?«

O'Day sagte: »Wenige Sekunden. Die Männer waren gut.«

»Stellen Sie sich jetzt die Schussweite vor. Dreizehnhundert Meter. Das Geschoss ist drei volle Sekunden lang in der Luft. Das bedeutet, dass man nicht warten darf, denn was würde sonst passieren? Man drückt ab, man wartet drei volle Sekunden lang – und *wow!*, das Glas zersplittert, also drückt man noch mal ab und wartet wieder drei Sekunden lang, bis das zweite Geschoss ankommt. Aber inzwischen ist der Präsident unter Geheimdienstagenten begraben, und man hat seine Chance verpasst. Treffen kann man den Mann nur mit einem sofort abgefeuerten zweiten Geschoss. Höchstens eine halbe Sekunde Abstand wäre gut. Dann fliegt ein Geschoss hinter dem anderen her. Sie sind über zwei Sekunden lang gleichzeitig in der Luft, bevor das erste trifft. Das zweite Geschoss fliegt durch die Wolke aus Glassplittern und trifft den Präsidenten, bevor irgendjemand reagieren kann – auch der Präsident nicht, der schließlich am nächsten dran ist.«

O'Day schwieg.

»Oder das Glas zersplittert eben nicht, worauf das zweite Geschoss eine halbe Sekunde später einschlägt und eine weitere kleine Einkerbung hinterlässt.«

O'Day schwieg.

»Aber es hat kein zweites Geschoss existiert. Es sollte nie eines geben. Irgendjemand hat Kott mit dem Auftrag nach Paris geschickt, einen einzelnen Schuss abzugeben. Auf schussfeste Paneele. Was unsinnig war. Das Glas zersplittert oder hält, aber wenn es zersplittert, zerlegt sich das Geschoss oder ist als Querschläger unwirksam. Wer nicht zwei Schüsse abgeben will, braucht gar nicht zu schießen. Oder man gibt nur einen Schuss ab, weil man im Voraus weiß, dass das Glas unzerstörbar ist.«

O'Day fragte: »Der Hersteller? Als Werbung?«

Ich antwortete: »Als eine Art Werbung, denke ich. Aber nicht unbedingt für den Hersteller. Wer hat außerdem davon profitiert? Sie müssen in Ihren Akten nachsehen, wer auf die Idee mit dem Scharfschützenwettbewerb gekommen ist.«

»Spielt das denn eine Rolle?«

»Nehmen wir mal an, Sie seien der Chef irgendeines Geheimdienstes, der sein Profil schärfen muss. Sie wissen zufällig, dass die neuen Glaspaneele halten, was sie versprechen. Damit können Sie sich ohne große Kosten in den Vordergrund spielen. Kott gibt seinen einzelnen Schuss ab, das Glas hält, Sie erzeugen mit dem angeblichen Wettbewerb Panik, und plötzlich sind Sie bei der größten Verbrecherjagd der Welt das Alphatier, das von Spitzenpolitikern hofiert wird. Wie vielen Geheimdienstchefs würde das gefallen?«

»Im Ernst? Natürlich allen! Aber nicht viele hätten den Mumm dazu. Weltweit vermutlich nur eine Handvoll.«

»Vielleicht lässt sich der Kreis etwas eingrenzen. Wer kann inoffizielle Agenten wie Kott mit Schwarzgeld finanzieren, ohne dass NSA oder GCHQ etwas davon mitbekommen?«

»Das grenzt nichts ein. Das kann jeder.«

»Wessen Profil musste unbedingt geschärft werden?«

»Nach welchen objektiven Kriterien? Wäre das nicht eine subjektive Einschätzung?«

»Wer wusste, dass das Glas halten würde?«

»Jeder, der bei den Tests dabei war.«

Ich sagte: »Das grenzt den Kreis nicht sehr ein, richtig?«

Er sagte: »Nicht sehr.«

»Wer hat John Kott gekannt?«

O'Day wartete einen Moment, dann sagte er: »Einige Leute können ihn auf dem Radar gehabt haben.«

»Nach sechzehn Jahren?«

Er gab keine Antwort.

Ich fragte: »Wie viele Geheimdienstchefs sind sechzehn Jahre später noch auf ihrem Posten?«

Er gab keine Antwort.

Ich sagte: »Vielleicht sollten wir das als entscheidenden Faktor dazunehmen. Als weiteres Kästchen, das abzuhaken ist. Welcher Geheimdienstchef, der sechzehn Jahre später noch immer im Amt war, musste sein Profil schärfen und wusste, dass das Glas halten würde, und hatte Schwarzgeld zur Verfügung und hat John Kott gekannt?«

O'Day sagte nichts.

»Wir könnten einen Punkt nach dem anderen durchgehen, wenn Sie wollen. Ihr Ansehen war so tief gesunken, dass Sie als Beobachter zu den Glastests geschickt wurden. Eine Demütigung für den großen O'Day. Das war ein überdeutlicher Wink. Sie sollten sich pensionieren lassen. Das wusste jeder. Sogar Chenkin in Moskau. Die SWR hat Sie als altes Streitross kurz vor dem Ruhestand eingeschätzt. Aber Sie hatten eine Idee für ein Comeback. Sie wussten, dass Kotts Entlassung bevorstand. Sie hatten ihn nie aus den Augen verloren. Vielleicht hat er damals vor sechzehn Jahren für Sie gearbeitet. Vielleicht haben Sie mich ebenso gehasst wie er. Also haben Sie ihm ein Angebot gemacht. Fliegt er nach Paris und gibt einen einzigen sinnlosen Schuss ab, verpflichten Sie sich, mich ihm früher oder später auf einem Silbertablett zu servieren – irgendwo im Freien, in bequemer Schussweite.«

O'Day schwieg.

Ich sagte: »Das einzige Ziel war ich. Ich persönlich. Nicht die G8 oder die G20. Das waren Ablenkungsmanöver.«

O'Day sagte: »Bullshit.«

Ich sagte: »Um Kott aufzustacheln, schicken Sie ihm ausgewählte Teile meiner Personalakte. Das versetzt ihn in einen schlimmen Zustand. Gut für die lokale Wirtschaft. Der dortige Copyshop muss in diesem Jahr ganz schön verdient haben. Dann fliegen Sie ihn nach Paris. Er gibt den Schuss ab, und sie erfinden den angeblichen Wettbewerb. Plötzlich sind Sie wieder ein gefragter Mann. Sie stecken Kott, dass Sie eine Anzeige aufgegeben haben und er Geduld haben soll. Und Sie finden mich schnell, was ihm sehr imponiert. Dann schicken Sie mich nach Paris. Sie wissen, dass ich auf diesem Balkon sein werde – und ungefähr wann. Schließlich haben Sie die Einzelheiten meines Besuchs mit den Franzosen besprochen. So bekommt Kott seinen Schuss, der aber Chenkin trifft.«

»Bullshit.«

»Also rollt der Zirkus nach London weiter. Mein GPS-Handy übermittelt ständig meinen Standort. Sie wollen Kott zu mir führen. Sie telefonieren ständig mit ihm. Er hat genau das gleiche Smartphone wie ich. Sie wissen, dass wir uns den Wallace Court ansehen werden. Aber Miss Nice kündigt unseren Besuch nicht an. Sie sehen plötzlich, dass ich dort bin, aber Sie können Kott nicht rechtzeitig hinschicken. Zu kurze Vorwarnzeit. Aber das macht nichts. Morgen ist auch noch ein Tag. Und unterdessen sind Sie der König der Welt. Die Politiker haben panische Angst.

Sie fressen Ihnen aus der Hand. Alle Welt beeilt sich, Ihnen Hindernisse aus dem Weg zu räumen. Sogar die Londoner Cops lieben Sie. Von Pensionierung ist natürlich keine Rede mehr, denn Sie sind auf jeden Fall der große Gewinner. Erschießt Kott mich, verkaufen Sie ihn sofort an Bennett und haben damit die Welt hinter den Kulissen gerettet. Erledige ich Kott, haben Sie die Welt durch den kühnen Einsatz inoffizieller Agenten gerettet. So oder so sind Sie wieder ein Star. Sie haben's erneut in die Lehrbücher geschafft.«

O'Day schwieg.

Ich sagte: »Sie haben dem Nachbarn das Geld gegeben. Woher könnten Sie sonst wissen, dass ihm ein Zahn fehlt?«

Keine Antwort.

»Sie haben Mitwisser«, fuhr ich fort. »Die drei gefährlichsten Worte in der Geheimdienstwelt. Aber so ist's nun mal. Ich weiß davon, und Miss Nice weiß davon. Deswegen sind wir mit der RAF zurückgekommen. Denn wo wäre Ihre Maschine gelandet? Vielleicht in Guantánamo. Aber nun sind wir wieder in Amerika, frei und unbelastet. Und wir wissen Bescheid. Natürlich könnten Sie Miss Nice' Karriere ruinieren, aber mich finden Sie nie. Ich bin immer irgendwo da draußen. Und Sie kennen mich, General. Sie kennen mich seit Langem. Ich verzeihe nichts, und ich vergesse nichts. Und ich bräuchte nicht mal viel zu tun. Ein paar geschickt gestreute Informationen würden genügen. Was wäre, wenn die SWR erführe, dass Sie an Chenkins Tod schuld sind? Dann wäre Schluss mit der guten Zusammenarbeit. Und die Russen könnten sich rächen. Vielleicht gäbe es Gerüchte über den armen alten Tom O'Day, der so verzweifelt war, dass er sich einen verrückten Plan ausgedacht hat. Denken Sie an all die Jungspunde, die über Sie lachen würden. Auf der ganzen Welt. In allen Geheimdiensten. Das wäre Ihr Vermächtnis. Zumindest ist das eine Möglichkeit. Mit der werden

Sie leben müssen, fürchte ich. Oder auch nicht. Aber ignorieren lässt die Sache sich nicht so einfach. Hier geht's um Sie und mich, General. Und ein Happy End wird es nicht geben.«

Ich stand auf und legte die Browning, mit der Charlie White mich hatte erschießen wollen, auf O'Days Schreibtisch. Dann folgte ich Casey Nice aus dem Raum und die Treppe hinunter und durch die rote Tür in die Nacht hinaus.

Sie fuhr mich mit dem klapprigen Bronco drei Meilen weit zu einer Kreuzung, an der ich auf einen Nachtbus warten konnte. Unterwegs schwiegen wir. Sie hielt, konnte aber nicht aussteigen, weil sie den rechten Fuß auf dem Bremspedal lassen musste. Deshalb wiederholten wir die gleiche keusche Umarmung wie in London. Ich bat sie, Shoemaker von mir zu grüßen, und stieg aus.

Dann ging ich zu der Betonbank und beobachtete, wie sie winkte und davonfuhr, streckte mich auf der Bank aus und schaute zum Sternenhimmel auf, bis ich den Bus kommen hörte.

Ich hielt mich an Orten auf, die ich vergessen habe, aber einen Monat später war ich in Texas unterwegs, in einem Bus, der an Ford Hood vorbeikam und in dem ein Mann in Uniform ein Exemplar der *Army Times* liegen ließ. Auf der Titelseite war O'Days Gesicht abgebildet. Sein Nachruf stand im Innenteil, stellte einige frühere Meldungen richtig. Tatsächlich sei der Schuss versehentlich gefallen. O'Day habe mit einer in Europa erbeuteten fremden Waffe hantiert. Vermutlich sei er wegen der späten Nachtzeit übermüdet gewesen und habe deshalb einen Fehler gemacht. Unzutreffend sei das Gerücht, wenige Minuten zuvor sei ein RAF-Flugzeug auf Pope Field gelandet. O'Day hatte postum drei weitere hohe Auszeichnungen erhalten, und in North Carolina sollte eine Straßenbrücke nach ihm benannt werden, die über einen kleinen Fluss führte, der die meiste Zeit des Jahres trockenlag.